PORTH Y BYDDAR

Porth y Byddar

Manon Eames

'Hir yr erys y mud wrth borth y byddar'

bwthyn
GWASG Y BWTHYN

ISBN: 978-1-912173-05-1

Cyhoeddwyd gyda chymorth ariannol
Cyngor Llyfrau Cymru.

Dyluniad y clawr: Sion Ilar
Darlun y clawr blaen: Tomos Eames
Llun yr awdur: Jennie Scott

Cyhoeddwyd ac argraffwyd gan
Wasg y Bwthyn, Caernarfon
gwasgybwthyn@btconnect.com
01286 672018

I Mam a Dad am yr ysbrydoliaeth
a'r brwdfrydedd –
Dad am yr Hanes, a Mam am y Ddrama.

Diolch

Hoffwn ddiolch i Medwen Roberts am yr holl waith ymchwil a wnaeth i mi ddegawd yn ôl, pan roeddwn yn ysgrifennu'r ddrama lwyfan, *Porth y Byddar*. Ffrwyth ei llafur hi ydi'r llond bocs, sydd yn dal yn fy meddiant, o erthyglau a sylwadau o bapurau newydd y cyfnod, a deunydd o Archifdy Gwynedd a llyfrgelloedd eraill di-ri. Mae fy niolch yn fawr i Rhys Evans, Owain Williams ac Emyr Llewelyn Jones am fod mod barod i ddarllen fy ngwaith, a Beryl S Williams ac Einion Thomas, hefyd, am eu cefnogaeth a'u sylwadau adeiladol a manwl ar y cynnwys.

Gair gan yr awdur

Ddegawd yn ôl, mi es ati i ysgrifennu'r ddrama *Porth y Byddar* ar gyfer Eisteddfod Genedlaethol Sir y Fflint a'r Cyffiniau, ac mae'r nofel yma yn estyniad o'r ddrama honno, ac yn seiliedig arni.

Wrth geisio cyrraedd gwreiddiau'r hanes ar gyfer y ddrama lwyfan, cefais fy argyhoeddi fwyfwy, wrth ddarllen a thrafod, bod gwir angen i ni ddeall Tryweryn fel rhywbeth mwy na symbol, waeth pa mor bwerus, yn yr isymwybod cyffredinol – bod yn rhaid i ni ddeall yn union beth ddigwyddodd, sut a pham y boddwyd Capel Celyn, a hefyd goblygiadau ac arwyddocâd y weithred. Dyma weithred sydd, efallai, yn fwy nag unrhyw beth arall yn yr oes fodern wedi dylanwadu ac effeithio yn fwyaf di-droi'n-ôl arnom ni fel cenedl.

Mae Hanes yn ymwneud â ffeithiau, ac o barch i'r hanes a'r bobol a brofodd 'ddegawd Tryweryn', mi rydw i wedi astudio ac ystyried y ffeithiau caled yn fanwl ac yn ofalus. Mi rydw i hefyd wedi gwneud fy ngorau i sicrhau bod elfennau storïol yn ymwneud â phobol, gwleidyddiaeth, a digwyddiadau 'hanesyddol' y cyfnod yn hollol gywir. Mi rydw i'n ddyledus i nifer o awduron, haneswyr, newyddiadurwyr ac ymchwilwyr am eu cyhoeddiadau ar y pwnc, ac mi fyddwn yn annog unrhyw un sydd yn awyddus i wybod mwy am hanes y digwyddiadau i ddarllen eu gwaith, fel y rhestrir ar dudalen 11.

Ond nofel, ffuglen, yn seiliedig ar ffeithiau, yw'r gyfrol hon. Mae ynddi felly gymeriadau hanesyddol a oedd yn fyw ar y pryd, yn ogystal â chymeriadau dychmygol llwyr, wedi eu creu gen i. Ffrwyth fy nychymyg, er enghraifft, ydi'r rhan fwyaf o drigolion Capel Celyn (gydag ambell i eithriad amlwg fel Dafydd Roberts ac Elisabeth Watcyn) a dychmygol hefyd yw eu profiadau personol, eu teithiau unigol. Cymeriadau dychmygol hefyd yw'r myfyrwyr a'u criw, a thrigolion y Bala. Ond ymhlith gwleidyddion yr hanes a rhai o'r gweithredwyr mae yna nifer o bobol 'go iawn', ac mae gan rhain hefyd eu rhan i'w chwarae yn y ffuglen. Mi rydw i wedi rhoi geiriau yn eu genau, yn hytrach na'u dyfynnu (weithiau, yn ogystal â'u dyfynnu) ond mi rydw i wedi ceisio gwneud hynny yn gydwybodol ac yn ddidwyll, yn unol bob amser â'r dystiolaeth a'r ymchwil sydd yn bodoli amdanynt, a hefyd yn gyson â'u gwerthoedd, eu gweithredoedd, a'u cymeriadau cydnabyddedig.

Mae'r un peth yn wir am brif ddigwyddiadau hanesyddol y nofel sydd i gyd yn seiliedig ar achlysuron, gweithredoedd, ffeithiau a thystiolaeth, ond ceir hefyd yma ddigwyddiadau ffuglennol – a phersonol – wedi eu creu gen i, mewn ymateb creadigol i'r hyn a ddigwyddodd go iawn. Mi rydw i wedi gwneud llawer o ddehongli, a llawer o 'greu' yn y broses o roi cig a gwaed ar yr esgyrn, ar sgerbwd o ffeithiau, a gadael i'r dychymyg ac empathi wneud eu gwaith mewn ymgais greadigol i gyfoethogi, personoli a lliwio digwyddiadau degawd a oedd mor unigryw, ysgytwol a phellgyrhaeddol ym mywyd ein cenedl.

Llyfrau cefndir

Gwynfor: Rhag Pob Brad, Rhys Evans

Cofio Tryweryn a *Cofio Capel Celyn*, Watcyn L. Jones

Cysgod Tryweryn, Owain Williams

Capel Celyn, Einion Thomas

Hands off Wales, Wyn Thomas

For the Sake of Wales, Wyn Thomas

Trwy Ddulliau Chwyldro, Dylan Phillips

a hefyd casgliad o luniau Geoff Charles o Dryweryn a'r ardal, Llyfrgell Genedlaethol Cymru

RHAN 1

Pennod 1

Dŵr

Mae hi'n noson wlyb, wlyb, wlyb o aeaf.

Nos Lun, Rhagfyr 19eg, wythnos cyn y Nadolig, yn y flwyddyn 1955. Mae'r glaw yn disgyn yn y tywyllwch, yn ddyfal, yn ddiddiwedd, ers oriau, ac i bob cyfeiriad – allan yn y wlad, ac yn y trefi a'r dinasoedd hefyd. Pa syndod, yng Nghymru fach? Gwlad y gân, cennin Pedr, rygbi, glo, cocos, yr Eisteddfod, Dewi Sant, bara brith, bara lawr, pice bach, llechi, lobsgóws, cawl, Lloyd George, Dylan Thomas, Nye Bevan – a glaw, glaw, glaw.

Mae hi'n tywallt y glaw, yn pistyllan ar y Gororau, yn ei diwel hi ar draws bryniau a thrwy gymoedd du'r De, yn bwrw'n shefe ar draws twyni a thripiau a rhiwiau Ceredigion ac uwch ben y tonnau aflonydd sy'n dawnsio yn ei bae, ac yn ei stido a'i thresio hi dros ucheldiroedd ac ar hyd glannau Cadernid Gwynedd.

Ond heno, am unwaith, nid yng Nghymru yn unig y ceir dilyw. Mae hi'n noson fudr ar y naw o John O' Groats i Land's End, o Rockall i Lowestoft. Dros y ffin, yn nhywyllwch cefn gwlad Lloegr, ym mhylni ei threfi ac ym mlerwch ei dinasoedd gwasgarog, mae'n glawio yn ddi-baid. Hyd yn oed yn Llundain, y brifddinas befriog, hyderus, 'never-had-it-so-good', mae'r glaw'n dafnu ar *epaulettes* a chleddyf yr hen

15

Arglwydd Nelson, yn hidlo i lawr adenydd a bwa Eros, yn llifo'n ddigywilydd dros gromen euraidd, fawreddog St Paul's, ac yn gwlychu colomennod blêr a llewod llonydd Traffalgar. Mae'r glaw hyd yn oed yn defnynnu, yn foesgar, o dan fondo parchus Buck House, tra mae dyfroedd tywyll, llygredig yr Hen Dafwys yn ymchwyddo yn y lleithder, ac yn llithro, fel sarff fawr ddu yn gyforiog o fudreddi a llaid, o dan fwâu Pont Albert, heibio i simneiau enfawr Battersea, tŵr Big Ben pedwarwynebog, a choridorau caddugol San Steffan, lle mae'r hen afon yn oedi i godi ei llwyth beunyddiol o gyfrinachau, sibrydion, esgusodion a phoer, yn barod i'w harllwys, yn y pen draw, i ddüwch a dirgelwch mawr y moroedd.

Mae'r tywydd gynddrwg yn siroedd gogledd Lloegr heno hefyd. A bod yn onest, mae'n waeth. Ac mewn dinas sydd heb fod yn bell o borfeydd bryniog, gleision a chribau gerwin Eryri – dinas lwyd, lle mae hyd yn oed y gwlith yn fudr – mae'r diferion yn ymgasglu ac yn dylifo, megis dagrau, i lawr cannoedd o ffenestri pyglyd y blociau di-nod o swyddfeydd digroeso, lle mae gweithwyr gwelw-fel-papur yn dyheu, erbyn hyn, am gael gwisgo eu cotiau, a mynd adre.

'Brrrrr Brrrrr!!'

'Brrrrr BRRRRR!!!!!'

Mewn ystafell gul a swnllyd yn un o'r adeiladau llwyd, mae rhes daclus o chwech o ferched hwyliog, sydd wedi bod yn eistedd yno drwy'r dydd, clustffonau am eu pennau cyrliog, yn plethu ac yn gwau gwifrau neidraidd yn hynod o ddidrafferth a chelfydd o dwll i dwll yn y switsfwrdd hir a dryslyd – ymgorfforiad o'r dechnoleg ddiweddaraf – o'u blaenau.

'Hello. Liverpool Corporation. Can I help you?'

'Yes Madam, putting you through now.'

'Hello. Liverpool Corporation. Which department please?'

Ond mae hi bron yn bump o'r gloch, ac felly mae tinc lluddedig yn eu hacen soniarus, wrth iddynt glecio a chlicio a phlygio a chyfnewid galwadau a thrafodaethau diwetha'r dydd.

'I'm sorry, Madam, that department seems to be closed just now.'

'Could yer try again tomorrer, sir?'

'I'm sorry, Mrs Fazakerley, there's no reply. Could yer ring again tomorrer?'

Ar ben y rhes, mae Beryl Kehoe yn datgysylltu'r wifren ola yn y bwrdd o'i blaen, ac yn tynnu'r clustffonau oddi ar ei phen, yn ofalus, rhag ofn iddi styrbio'r *perm* Nadolig. Mae'n troi at y ferch ifanc wrth ei hochr, ac yn datgan yn flinedig,

'That's me done Ellie.' Mae'n rhyddhau ochenaid o ryddhad, wrth anwesu ac ailwampio'r cwrls tyn o ddeutu ei chlustiau. 'You not done yet, luv?'

Mae Eleanor yn ysgwyd ei phen, a'i *pony-tail* brown tywyll.

'Norra chance, Bee. 'E's waitin' on a very important call. Gorra stay on ...'

'Well, I'm packing up worrever, chuck,' medd Beryl, gan godi a chydio yn ei bag llaw hirsgwar a'i dynnu am ei braich.

Mae'r merched eraill hefyd wedi dechrau hel eu pac. Llenwir yr ystafell â'u sgwrs a'u chwerthin, wrth iddynt chwilota am fagiau, menig, cotiau.

'It's Christmas week after all!' ychwanega Beryl, wrth droi i nôl ei chôt oddi ar y rhes o fachau yng nghornel yr ystafell, ac yna, gan amneidio gyda'i phen cyrliog at y cloc mawr ar y wal, sy'n dangos 5.31, 'Mind yer book the overtime, chuck! Night Ells!'

Mae Eleanor yn gwenu wrth ateb,

'Night!'

'Night' a 'See ya tomorrer Ellie!' medd côr o leisiau, wrth i'r merched gasglu ambarelau patrymog a sgarffiau glaw plastig, cyn llifo drwy'r drws agored yn fwrlwm lliwgar a swnllyd o gwynion am yr amser, y tywyllwch a'r tywydd. Ar y coridorau a'r grisiau maent yn ymuno â'r ffrwd o weithwyr eraill sy'n heigio o bob cyfeiriad ac yn anelu yn reddfol, gyda'r llanw, am y drysau mawr, agored ar lawr gwaelod yr adeilad llwm.

O fewn munudau, mae'r ystafell, a fu'n llawn i'r ymylon o glebar a thynnu coes drwy'r dydd, yn dawel. Am y tro cynta erioed, mae Eleanor yn sylweddoli ei bod hi'n gallu clywed tipiadau'r cloc.

Tic toc.

Erbyn hyn, mae Beryl a'r lleill wedi cyrraedd y strydoedd llaith a llwydaidd i ymuno â llif o ffoaduriaid eraill, pob copa walltog yn diolch, er gwaetha'r glaw, am gael eu gollwng yn rhydd o'u slafdod dyddiol, ac yn prysuro, o dan frela neu gopi o'r *Echo*, tuag adre. I ffwrdd â nhw, ar hyd y palmentydd pyllog a thrwy wlybaniaeth oer y strydoedd i'w *bedsits*, a'u lojins, a'u fflatiau. Mae bysiau deulawr gwyrdd y ddinas yn sblasio heibio, dŵr yn tasgu o'u holwynion wrth iddynt ymlwybro drwy'r traffig, a thu fewn iddynt, wedi eu pacio fel sardîns, mae mwy o weithwyr a siopwyr, i gyd yn mygu yn eu cotiau mawr, yn syllu i'r pellteroedd gyda llygaid blinedig, ac yn dal cipolwg yma ac acw, drwy'r ffenestri driflog, ar y goleuadau a'r coed Nadolig addurnedig crand sy'n sefyll yn ffenestri lliwgar y siopau mawr – Lewis's, Owen Owen, Woollies – tra mae'r glaw'n taro'r sgrin wynt a'r to i guriad y weipars yn gwichian o ochr i ochr, yn ddiog a llesg.

Ding ding!

Mae llais y casglwr tocynnau yn galw, 'Dale Street ... Water Street ... Liver Building ...'

Ding ding!

Ac adre â nhw, fel mae'r dŵr yn parhau i gasglu a thasgu o dan y landerau a'r bargodion, yn cronni yn y cwteri a'r peipiau a'r draeniau, ac yn ffrydio yn y rhigolau budr nes ymgolli o'r diwedd yn afon Merswy a'r dociau, lle mae merddwr dudew Albert, Garston, Queens a Wellington yn adlewyrchu cysgod y gangiau o ddynion sy wrthi'n llwytho a dadlwytho *hoof and horn*, blawd a glo, a'r *carbon black*, sy'n duo'u crwyn am ddyddiau.

'Brrrrr Brrrrr!!'

Neidia Eleanor. Roedd hi wedi cau ei llygaid am ennyd, yn mwynhau'r gosteg annisgwyl, a thipiadau'r cloc wedi ei suo a'i harwain ar drywydd rhyw frithgof dulas – atgof a oedd bron o fewn ei gafael pan glywodd,

'Brrrrr BRRRRR!!!!!'

Mae hi'n ailosod ei chlustffon yn frysiog.

'Good Evening. Liverpool Corporation. How can I help you?' Mae'r llais yn ei chlust yn glir ac yn hyderus.

'Frank Cain for John Braddock.'

'Yes, sir. 'E's expecting your call. One moment ...'

Mae ei bysedd tenau'n symud y ceblau yn fedrus, ac yna mae llais yr un mor hyderus yn ei hateb,

'Yes?'

'Your call, sir? Mr Cain for you, sir?'

'Good. Well? Put him through then, love. Chop chop.'

Mae hi'n gwneud hynny. Clic.

Ac mae'r ystafell yn dawel unwaith eto. Mae hi'n edrych ar y cloc. 5.45. Ydi hon am fod yn alwad hir tybed? Try ei phen i edrych tuag at y ffenestr fechan ym mhen pella'r ystafell. Mae'r glaw yn dal i lifo i lawr y gwydr yn benderfynol, ac mae Eleanor yn ochneidio, wrth sylweddoli yn sydyn iddi anghofio dod â'i hambarél.

* * * *

Yn y cyfamser, mae'n parhau i lawio yn benderfynol a dygn yng Nghymru – ar y Gororau, drwy gymoedd y De, yng Ngheredigion, a thros Gadernid Gwynedd ... yn ogystal ag ym mhentre bach tawel, di-nod a digyffro Capel Celyn, Cwm Tryweryn, Sir Feirionnydd.

Erbyn hyn, brithlaw ysgafn sy'n gorchuddio erwau Meirion. Ym murmur isel y gwynt, mae'r glaw yn lluwchio'n felfedaidd dros lechi'r toeau yn y pentref ac ar gronglwydydd yr anheddau ar y llethrau cyfagos ... Caefadog a Choedmynach, Garnedd Lwyd, Maes-y-dail; mae'n ymestyn yn gofleidiol o boptu plygiadau plwm y simneiau ym Mochyrhaeadr, Gwerndelwau a Gwerngenau; fel cwrlid, mae'n gorwedd dros grib hen do Ysgol Capel Celyn, a thros y Llythyrdy, Penbryn Mawr a Brynifan, Penbryn Bach, Tŷ Nant, Gelli Uchaf, a Hafod Wen; mae'n rholio i lawr oddi ar ysgwyddau Arennig Fawr ac Arennig Fach i orchuddio'r addoldy, Capel Celyn, a'i fynwent, ac yn lledaenu ar draws yr hen, hen fynwent arall gerllaw: mynwent Crynwyr yr ardal, y rhai na ddihangodd ganrifoedd yn ôl, dros y dŵr, ond a arhosodd gartref i wynebu gorthrwm, rhagfarn, trais ac angau. Heno, mae'r brithlaw yn anwesu gweddillion eu beddrodau hynafol hwythau, a gyda'r diferion yn disgyn o frigau'r coed o'u cwmpas, bron fel tipiadau cloc, o eiliad i eiliad, o oes i oes, tybed a oes yma, yn yr adfeilion gwlyb, yng nghysgod coffaon eu dioddefaint, awgrym o orthrwm sydd eto i ddod i drigolion y cwm?

Yn sydyn, gydag ochenaid ddofn, mae'r gwynt yn codi ac yn chwythu'r gwlithlaw hwnt ac yma, gan amlapio'r holl gwm mewn blanced niwlog, er mwyn ei guddio, efallai, o olwg llygaid barus.

*   *   *   *

'Frank!'

'Jack!'

'Good committee?'

'Excellent, Jack. Excellent.'

'Unanimous, Frank?'

'Unanimous, Jack.'

'Excellent.'

Yn ei swyddfa foethus ond llwyd a llychlyd mae'r Henadur John 'Jack' Braddock, Arweinydd Cyngor Dinas Lerpwl, yn rhedeg ei law fach dew yn hunanfoddhaol dros yr haen o wallt du seimlyd sy wedi ei gribo'n ofalus ar draws ei benglog chwyslyd i guddio ei foelni. Ar y ddesg o'i flaen mewn ffrâm arian mae llun du a gwyn o glompen o ddynes flonegog: Elizabeth, ei wraig, Aelod Seneddol Llafur dros ward etholiadol Exchange, Lerpwl, ers mwy na degawd. Teg fyddai dweud bod awenau'r Blaid Lafur yn y ddinas yn eitha sownd yng ngafael gref y ddau gyn-gomiwnydd yma erbyn hyn, a bod 'Battling Bessie', llysenw Elizabeth, yn ddisgrifiad pur agos o'r Sgowsen hyderus ugain-stôn basgedig.

'Press release tomorrow then, Frank?'

Mae'r Henadur Frank Cain, ar ben arall y ffôn, yn gwenu'n fodlon.

'Of course, Jack. Already drafted.'

'Oh well done, Frank mate.'

Mae John wedi'i blesio.

'Er ... 'ere we go then ...'

Ac yn ei swyddfa yntau (sydd hefyd yn llwyd, ac yn llychlyd, ond yn llai) mae'n dechrau darllen, yn ddiffwdan a chysetlyd, o'r nodiadau o'i flaen.

'"Concerning the Review of Water Consumption within our district ..."'

Mae Jack yn pwyso'n ôl yn ei gadair i wrando, ac yn codi ei draed bach tew ar ei ddesg fawr bwysig, gan droi ei sylw at ewinedd (brwnt) ei fysedd cnodiog gydag astudiaeth fanwl.

Y gwir yw bod Corfforaeth Lerpwl wedi bod yn trafod ers bron i flwyddyn ei phryderon ynghylch diwallu ei hanghenion dŵr yn y dyfodol. Mae'r ddinas wrthi ers amser yn ceisio chwalu ei slymiau a chodi cartrefi modern yn eu lle, sy'n golygu y bydd cynnydd sylweddol yn y galw am ddarpariaethau glanweithdra. Yn syml, maen nhw wrthi'n creu miloedd ar filoedd o fathrwms, sy'n golygu y bydd angen miloedd ar filoedd o alwyni o ddŵr. Ond, yn bwysicach, o dipyn, wrth i'r ddinas ymledu a datblygu, mi fydd arni angen mwy o ddiwydiant a swyddi: ac mae diwydiannau – cemegol, peiriannol, a gweithgynhyrchu – hefyd angen cyflenwad dibynadwy, digonol, a rhad, o ddŵr.

Mae Frank erbyn hyn wedi dechrau astudio'i aeliau yn y drych ar y wal wrth ddarllen.

'"To this end we have carried out extensive surveys at various sites."'

Ar ben hynny, er bod cyflenwad dŵr presennol Lerpwl a'i chyffiniau, o gronfeydd Rivington a Llanwddyn (a foddwyd ganddi ym 1880), yn ddigon i dorri syched y ddinas ar hyn o bryd, mae'r Gorfforaeth hefyd yn cyflenwi, hynny yw, yn gwerthu, dŵr i awdurdodau eraill, ac yn pocedu'r elw: trefniad sy'n fuddiol iawn, yn amlwg. I Lerpwl. Pa syndod, felly, ei bod yn awyddus i gynnal ac ymestyn y busnes proffidiol hwn yn y dyfodol?

'"Pennines. A study of maps showed there are no areas of any size still left for development in this area ..."'

Mae Jack wedi dechrau pigo'r baw sydd wedi casglu o dan ewin ei fawd sylweddol gyda chlip papur. Mae Frank yn parhau.

'"Ullswater appeared the most promising source, but would involve extensive road diversions and considerable interference with lakeside properties ..."'

'Well put, Frank, well put. Obviously out of the question.'

'Thank you, Jack.' Mae'n gwenu ar ei adlewyrchiad yn y drych, ac yn sythu ei dei.

'Go on ...'

'"Alwen – already developed by Birkenhead; and Brenig – powers to develop also possessed by Birkenhead ..."'

'Bloody early birds ...'

Ni wyddai neb yng Nghymru am y trafodaethau hyn ar y cychwyn – yn gyhoeddus. Y tu ôl i ddrysau caeedig yn Whitehall a Chaerdydd, roedd y Gorfforaeth wedi bod yn cynnal trafodaethau ers dechrau'r flwyddyn gydag adran Gymreig y Weinyddiaeth Dai a Llywodraeth Leol. Dim ond ym misoedd yr haf, pan welwyd grwpiau o ddynion mewn ceir gyda mapiau ac offer mesur yn ymgasglu braidd yn llechwraidd yn eu siwtiau llwyd ar lethrau Meirionnydd a Maldwyn, ac yn gorchymyn gangiau bach o lafurwyr i dyllu fan hyn a thyllu fan draw, y dechreuodd y sibrydion, a'r cwestiynau. Ac yna, ym mis Medi, datgelwyd y newyddion.

'"Which brings us of course to – Doll-ann-ugg."'

'Dyddiau Olaf Dolanog!' cyhoeddodd *Y Cymro*, wedi cael ysgytiad. Bro Ann? gofynnodd pawb, mewn gwewyr. Cyngor Lerpwl am foddi Bro Ann? Dolanog, Dolwar Fach, a chapel coffa Ann Griffiths? Does bosib?! Boddi Bro Ann? I'r gad bobl! I'r gad!

'"As a Corporation, we have emphasised throughout that the Liverpool Water Committee has *no desire whatsoever* to harm Wales ..."'

Mae Jack yn gwenu iddo'i hun wrth wrando, gan barhau i grafu a phigo o dan ei ewin gydag awch.

'"On the contrary, we would like to preserve the friendly relationship with the Welsh authorities that we have enjoyed in the past."'

'Lovely, Frank. Well put.'

'Thank you, Jack, thank you.' Mae'n parhau, '"So, since the Doll-ann-ugg proposal has been attracting so much attention, and many locals are concerned that geological reasons would necessitate siting the dam in the very centre of this historical village ..."'

'Hysterical village more like, Frank! Hysterical, eh!'

'Oh very good, Jack, very good ...' Mae Frank yn piffian chwerthin yn sebonllyd ar ffraethineb syfrdanol ei Arweinydd cyn ailgydio yn ei thema: 'Er, yes ... where was I? Oh yes ... "the Liverpool Corporation states its intention of sparing Dolanog, and abandoning the scheme."'

'YES!'

Mae ebychiad annisgwyl Jack yn torri ar draws Frank a'i lif.

'Jack? Are you alright?'

Mae Jack yn fwy nag 'alright'. Mae'n astudio'r belen drioglyd mae newydd dynnu, o'r diwedd, o'i ewin, gyda boddhad, ac yn ei chodi at ei drwyn lwmp i'w hogleuo. Hm. Cymysgedd o gaws a chig braenllyd. Neis.

'Yes. Sorry, Frank, sorry. Carry on!'

'Oh. Right. Er ... "Abandoning the scheme. We will be introducing a Private Measure in Parliament to obtain the right to erect a dam on the River Tree-weer-ing instead."'

'Excellent, Frank, excellent. Good job. Passed unanimously, you said?'

'Thank you, Jack. Yes. Unanimously agreed. We have it on very good authority that Tree-weer-ing will cause far less opposition than Doll-ann-ugg – plus, it has a much greater supply of the raw materials *right on site!*'

'Not to mention giving us a bigger lake into the bargain!'

Mae'n taflu'r clip papur i'r bin sbwriel yn y gornel yn fuddugoliaethus.

'Absolutely, Jack. Perfect timing too. An appropriate demonstration of corporate magnanimity and civic sensitivity I'd say. Season of goodwill and all that.'

'Absolutely perfect timing, Frank. I can hear the carols already! Merry Christmas, Frank!'

'And to you Jack. And the Mrs of course!!!'

Mae Jack yn syllu ar lun ei wraig ar ei ddesg, ac yn gwenu. Teimlad braf yw synhwyro bod ei ymerodraeth (fel gwasg ei wraig) yn ehangu'n ddyddiol.

Gosoda Frank y ffôn yn ôl ar ei grud, cyn edrych yn y drych eto. Mae'n hynod o falch ohono'i hun, ac yn llacio'i dei eto, yn wobr am ei ddisgleirdeb.

Ac yn y cyfamser, yn yr ystafell hir a thywyll, mae Eleanor yn datgysylltu'r gwifrau yn y bwrdd o'i blaen, ac yn tynnu'r clustffon oddi ar ei phen. Edrycha ar y cloc. 6.05. Mae wedi bod yn ddiwrnod hir, ond does ganddi ddim rheswm i frysio.

Mae'n tacluso'r ddesg a'r ceblau o'i blaen yn fyfyriol, ac yna'n edrych ar y clustffon eto, ac yn murmur yn dawel, gan grychu ei thalcen. Mae yna air wedi dechrau atseinio yn ei hisymwybod, am ryw reswm ...

'Tryweryn.'

Mae'n ochneidio eto, wrth godi ar ei thraed, a chwilio, fel y lleill, ond yn flinedig a braidd yn llesg, am ei bag a'i chôt, cyn troi am y drws. Ac yna, i ffwrdd â hithau hefyd, i ffwrdd drwy law oer y ddinas lwyd ar fws gwyrdd i'r fflat fach uwch ben siop wlân yn Sefton Park lle mae'n byw, efo'r gath Jimmy Dean, a'r ddau bysgodyn aur, Mantovani a Marilyn, yn gwmni.

Erbyn hanner awr wedi 6 o'r gloch, mae *chauffeur* yr Henadur John 'Jack' Braddock wrth y llyw yn Daimler 'One o' Four' y Gorfforaeth, yn cwyno am y tywydd a'r traffig wrth y teithiwr corffog ar y sedd gefn ledr, sydd yn llawer rhy brysur yn ei longyfarch ei hun ar y strôc ryfeddol mae ei weinyddiaeth newydd ei chyflawni i wrando ar glebar y gyrrwr siaradus. Mi fydd ildio ynghylch prosiect Dolanog yn dangos i bawb fod y Gorfforaeth haelfrydig yma yn fwy na pharod i barchu dymuniadau gwladgarol yr 'hymn singing Taffs' (ys dywed ef), tra bydd cynllun Tryweryn yn rhoi miliynau'n fwy o alwyni o ddŵr i Lerpwl – am ddim – na fyddai Dolanog (a oedd, mewn gwirionedd, lawer rhy fach ar gyfer anghenion arfaethedig uchelgeisiol y ddinas) wedi gallu ei wneud erioed. Ac wrth sicrhau bod yr awdurdod i weithredu yn dod iddi drwy Ddeddf Seneddol, gall y Gorfforaeth gyflawni'r cyfan heb orfod ymorol am ganiatâd cynllunio gan awdurdodau lleol Cymru.

Ia. Strôc glyfar ar y naw.

Ar ochr arall y ddinas, yn ei Ford Zodiac deuliw hufen a

choffi, mae Frank Cain yn gyrru drwy'r glaw i'w *semi* moethus, ond clyd, yn ardal Woolton. Mae hi'n noson fudur, ac mi fydd bàth cynnes jyst y job i gael gwared â strès y diwrnod. Mae'n gwenu eto, gan synhwyro y bydd yr Ŵyl eleni yn un lawen iawn.

Cyfarchion y Tymor, felly.

Anrheg Nadolig Corfforaeth Lerpwl i bobl Dolanog: cânt aros yn eu tai a'u bro. A'r anrheg Nadolig i bobl Capel Celyn? 'A Chorfforaeth Lerpwl a roddodd ac a ddygodd ymaith ...'

Pwy fyddai'n meddwl bod dŵr yn fusnes mor fudr?

* * * *

Ond, ychydig a ŵyr Hari Tomos bach am hyn i gyd, wrth iddo orwedd yn ei wely yng nghrogloffit ffermdy'r Hafod, yn ôl yng Nghapel Celyn. Beth a ŵyr unrhyw un o drigolion Cwm Celyn am yr hyn sydd newydd ddigwydd, wrth i ddiwrnod arall ddod i ben, fel arfer, ym mhorfeydd mynyddig Meirionnydd?

Mae Hari yn rhy brysur heno i hidio am ddim ond ysgrifennu ei lythyr blynyddol at Siôn Corn, yn cuddio o dan y blancedi, gyda thortsh fach wedi ei goleuo yn ei law, a phensil fach a'i phen wedi ei chnoi'n drwyadl yn ei law arall.

'Annwyl Siôn Corn.'

Mae'r gwlithlaw erbyn hyn yn gorwedd dros y cwm fel cwrlid trwchus. Prin y gellir clywed y dafnau'n lluwchio dros hen lechi'r to uwch ben y bachgen bach.

'Hoffwn i yn fawr pe baech garediced â dod o hyd i wialen bysgota i mi'r Nadolig yma? 'Dw i 'di bod isio un ers hydoedd, efo'r bache a'r pryfed a'r tacl i gyd ... fel s'gen Rhys Brynhyfryd. 'Swn i'n licio beic hefyd, wrth gwrs, i ga'l mynd i 'sgota arno fo, 'nde. Ond 'dw i'n gwybod ych bod chi'n ofnadwy o brysur, chware teg, a ma' mam yn deud rhaid i mi beidio bod yn farus. Cofion, Hari.'

O dan ei chwrlid hithau yn ei bwthyn sgwâr o gerrig mawrion, nid nepell o'r ysgol, mae'r ysgolfeistres, Mrs Martha Roberts, yn gorffen ysgrifennu yn ei dyddiadur, yn union fel mae hi'n gwneud bob nos.

'Cafwyd gwasanaeth Nadolig hyfryd iawn bore 'ma: y plant i gyd mewn hwylie da, ac eithrio Morfudd Edwards a Siân Coedmynach, a oedd ill dwy o dan annwyd.'

Rhoddwyd pob modfedd o'r cwilt clytiau amryliw sy'n gorwedd ar ei chôl at ei gilydd ganddi hi ei hun, wrth eistedd yn ei pharlwr dros nosweithiau, wythnosau, misoedd, yn gwnïo'n daclus a chelfydd, a'r pwytho perffaith yn llafur cariad, fel y mae pob un o weithredoedd Mrs Roberts. Mae pob sgwaryn taclus o'r cwilt yn ei hatgoffa o blentyn, neu freuddwyd, neu stori, neu rigwm, neu gân.

'Cawsom "O dawel ddinas Bethlehem" ac yna "Mae'r nos yn ddu".. O.N. cofier, cyn gynted â phosib tymor nesa, cael Jenkins o'r Bala i diwnio'r piano. Yn y prynhawn gwnaeth pob un o'r plantos gerdyn Nadolig i fynd adre at eu rhieni, hefo'r papur siwgr o'r Cwpwrdd Tynnu Llun a'r darnau o bapur arian yna yr oeddwn i wedi llwyddo i'w cadw o'r neilltu ers y Pasg. Roedd ymdrechion Rhys Harris a Morfudd Edwards yn hynod o drawiadol.'

Ac yna, mae'r athrawes weddw yn dylyfu gên yn flinedig, ac yn cau'r llyfr, cyn diffodd y golau, a chyn pen pum munud bydd Mrs Martha Roberts yn breuddwydio'n braf – am lond buarth ysgol o blant hapus yn chwarae mig, yn union fel mae hi'n gwneud bob nos.

Yn ei chegin daclus mae Elisabeth Watcyn Jones yn brysur yn ticio a nodi a gwirio ei rhestr Nadolig. Mae Lisi May, fel y'i gelwir, bob amser yn brysur. Newydd orffen ysgrifennu cofnodion cyfarfod lleol y Blaid mae hi, ac wedyn mi fydd yn rhaid iddi ddewis emynau ar gyfer y capel ddydd Sul. Cafodd ei geni yn y Llythyrdy, mae'n gyn-athrawes yn ysgol y pentre, ac mae ei hegni yn synnu pawb. Mae hi'n craffu ar y rhestr.

'Gorffen ysgrifennu'r cardiau Nadolig,' mae'n darllen, gydag ochenaid. Mae yna eithaf pentwr ohonyn nhw hefyd, am fod gan Elisabeth restr faith o gymdogion a ffrindiau. Ben bore mi fydd yn rhaid iddi eu postio, cyn mynd i gasglu'r ŵydd o Hafod Fadog. Mae'n edrych ar ei horiawr. Tybed oes ganddi amser i wneud y mins peis heno hefyd?

Breuddwydio am ddoli newydd – arall – ydi hanes Siân Coedmynach heno, yn ei gwely bach twt mewn bwthyn o gerrig ar gyrion y cwm. Mae hi'n hollol argyhoeddedig y bydd ei ffrind gorau, Morfudd Edwards, yn cael doli newydd gan Siôn Corn eleni, ac felly mae hi Siân eisiau un hefyd – er bod ganddi hi eisoes lond hen goets fawr Silver Cross o dedi bêrs a doliau o bob lliw a llun. Mae hi'n troi ac yn trosi yn ei gwely bach, yr annwyd sydd arni yn amlwg yn aflonyddu ar ei breuddwydion a'i hun.

O flaen y tân yn ei barlwr, ac yn mwynhau ei Horlicks nosweithiol, mae PC Ken Williams yn manteisio ar ennyd o heddwch ac yn darllen ei 'Collins Crime Club' diweddaraf (4.50 from Paddington, gan Agatha Christie) yn dawel. Mae PC Ken Williams yn ddyn sy'n hapus yn ei waith: mae ganddo ambell i leidr a photsiar ar ei batsh, yn enwedig ochrau'r Bala, ond 'Wel, 'n'd oes yne ddihirods drwg ymhobman deudwch?' yw ei agwedd: ac mae PC Williams yn Gwybod y Drefn, ac yn nabod ei gymdogion. Mae hefyd, felly, yn gwybod yn union ym mha dŷ i alw os eith dafad ar goll ... 'Dw i'n eu nabod nhw, maen nhw'n 'n nabod i.' Dyna'r fargen, yn ei olwg ef.

Un o hoff bleserau Ken (heb law'r 'Collins Crime Club') yw galw yn y ffarm yma neu'r ffarm acw amser dipio defaid. Ar yr adegau hyn, mae'n gwneud yn siŵr bod ganddo ei *egg-timer* bach spesial ym mhoced ei drwser, fel y bydd yn gallu sicrhau bod pob un ddafad yn y *dip* am ddigon o amser. Mae wrth ei fodd yn diosg ei diwnic ac yn cynnig help llaw, ac yn cael paned wedyn, a chinio hefyd weithiau. Pwdin reis fydd yn Gelli Ucha bob tro. Mae Mrs Evans yn gwneud coblyn o bwdin reis mawr iddo fo bob blwyddyn, chwarae teg iddi, ac yntau'n gwneud yn siŵr o gladdu pob tamaid, rhag ofn iddo bechu, yndê? Mae PC Williams hefyd ar ben ei ddigon yn cydganu nerth ei ben yn ei lais bas soniarus yn y capel bob dydd Sul:

> 'Buddugoliaeth! Buddugoliaeth!
> Gwna i mi weiddi yn y llif!
> Gwna i mi weiddi yn y llif!'

Ond (yn answyddogol) ei ddiléit mwya yn y byd ydi mynd allan i'r bryniau gyda'r nos efo'i gyd-heddwas a'i gyfaill, Wil Jones, yn ei A35 bach gwyrdd yntau, ac eistedd ar y bonet tra mae Wil yn gyrru, yn saethu cwningod yng ngolau'r hedlamps efo'i ffôr ten. Hapusrwydd pur.

Yng nghegin Caefadog, mae diwrnod prysur arall wedi dod i ben, ac mae Dafydd Roberts – bach o gorff, mawr o galon a dyletswyddau: ffarmwr, postmon, a chynghorydd, yn ogystal â thrysorydd a blaenor Capel Celyn ers tri deg tair o flynyddoedd – yn picied allan i gael golwg ar y cŵn cyn clwydo. Mae'n cydio yn ei hen gap oddi ar y bachyn ar gefn y drws ac yn mentro allan i dywyllwch y nos, gan adael trefn y gwasanaeth plygain mae o newydd ei hysgrifennu ar gyfer eleni ar fwrdd y gegin. 'Peraidd ganodd sêr y bore.' Perffaith.

Ar y buarth gwlyb, mae Dafydd yn oedi. Mae'n edrych i fyny'r cwm tuag at y Gelli, Brynhyfryd ac Ysgol Celyn, ar draws i Benbryn Mawr, yna Dôl Fawr, ac yn ôl i Goedmynach. Mae'n synhwyro, drwy'r gwlithlaw, fod pawb o'i amgylch eisoes yn eu gwlâu. Cymuned o foregodwyr sydd yng Nghwm Tryweryn: mae yma waith bob dydd, Nadolig ai peidio. O ddydd i ddydd, ac o dymor i dymor, yn oena neu'n cneifio, yn dyrnu, yn dipio defaid. Mae yma amser i bob peth, ac amser i bob amcan dan y nefoedd.

Ac yna, a'r lleithder yn dal i ddisgyn fel blanced drom, yn dyfnhau'r distawrwydd yn yr iard fach garegog, mae Dafydd yn cynnig ei hwyrol weddi, fel y bydd yn gwneud bob nos, glaw neu hindda, gan ddiolch i'r Hollalluog am ei fendithio ag einioes yn y gilfach gefn hon o ddedwyddwch a threfn.

Amen.

Ond, yn ddiarwybod i Dafydd, mae yna un golau sydd ynghyn o hyd yn y cwm.

Oherwydd, draw yn y Garnedd Lwyd, mae Rhiannon a Gwilym Ellis yn eistedd o boptu'r tân, fel dwy ddelw. Mae Gwilym yn smalio darllen, tra mae Rhiannon yn smalio gwau. Ac allan ym mynwent Capel Celyn, mae diferion o ddŵr yn rhedeg yn araf, ac yn ofalus, dros betalau a dail y rhosod cochion adawodd Rhiannon yno ddoe, ac yn dafnio'n drist i lawr llythrennau cerfiedig y llechen syml.

'Huw Ellis, annwyl fab Gwilym a Rhiannon Ellis, ganwyd Hydref 23ain 1947.

Hunodd Awst 1af 1955. Hedd perffaith hedd.'

'Mam!' 'MAM!'

Mae'r sgrech yn rhwygo'r tawelwch ym Mrynhyfryd, ac mae Marian Harris yn rhuthro, yn ei choban, i lofft ei mab, Rhys. Mae'n gwybod o brofiad pan fydd hi'n cyrraedd y bydd ei bachgen yn eistedd i fyny yn gefnsyth yn ei wely, dafnau o chwys ar ei dalcen, yn crynu.

'Dyma fi'n dŵad 'raur ... Dyma fi ... Ty'd yma 'ngwash i ...'

Ar unwaith, mae'n lapio ei phlentyn yn ei breichiau mewn coflaid dyner ond tyn.

'Shhhh rŵan cariad ... 'na chdi ... ma'n iawn rŵan yli ... 'dw i yma ... Sh ...'

Yn araf deg mae corff anystwyth ei mab yn dechrau ymlacio, a'i anadlu yn dychwelyd i rythmau mwy cyson. O'r diwedd mae'n agor ei geg i siarad.

'Huw. Huw o'dd yn yr afon eto.'

'Ie ie, 'nghariad i, wn i.'

'O'dd o'n chwifio'i freichie ac yn galw ac yn galw ond o'n i'n methu'i gyrredd o ...'

'Sh rŵan Rhys. 'Dw i'n dallt ... paid rŵan 'nghariad i.'

Ac mae'n cusanu ei gorun, ac yn gwthio'i wallt yn ôl oddi ar ei dalcen bach chwyslyd, a'i ddal yn dynn, fel y bydd yn gwneud yn aml y dyddiau hyn. Mae'r ddau'n siglo yn ôl ac ymlaen yn ara ar y gwely. Mae Marian yn gwybod y bydd hi ar ei thraed am beth amser eto heno, yn cysuro ei phlentyn bach gofidus.

*   *   *   *

Yn ei fflat fach dywyll yn Sefton Park, mae Eleanor ar ei thraed yn hwyr heno hefyd. Hi, a'r gath, a'r pysgod aur. Mae'r Dansette yn chwarae'n dawel – Jimmy Young yn canu 'Unchained Melody' – ac mae ganddi lyfr ar agor ar ei glin, albwm lluniau. Mae rhywbeth yn ei phoeni ... hen luniau du a gwyn ... ac atgofion lu ...

> 'Lonely rivers flow, to the sea, to the sea
> To the open arms of the sea ...'

Mae hi'n cau'r llyfr, yn diffodd y golau a'r Dansette, ac yn troi am ei gwely.

* * * *

Dros Arennig Fawr ac Arennig Fach, Gelli Deg, Ffridd y Coed, Bryn Du, y Foel, mae'r gwynt yn codi. Yn ffermydd Hafod Fadog, Garnedd Lwyd, Caefadog, Gelli Uchaf, Bochyrhaeadr, Maes y Dail, Hafodwen, Tŷ Nant, Coedymynach, Craigyronw, Brynifan, Gwerngenau, Penbryn Mawr, Penbryn Bach, Tyn-y-bont, Dolfawr, Tyncerrig, Tyucha, Tyddyn Bychan, Moelfryn, a Chaerwernog, mae teuluoedd Evans, Jones, Pugh, Roberts, Rowlands, Edwards, Parry a'r lleill i gyd yn cysgu'n drwm.

Mae hi'n nos Lun, wythnos cyn y Nadolig, yn y flwyddyn 1955.

Ac mae eu bywydau – a'u byd – ar fin newid. Am byth.

Pennod 2

Cyfarchion yr Ŵyl

Ddiwedd yr wythnos, mae'r glaw wedi cilio, ac mae'r bore Gwener ola cyn y Nadolig, 1955, yn gwawrio'n annhymhorol o braf ar draws y cwm. Erbyn i Dafydd Roberts orffen y godro a dychwelyd i gegin Caefadog efo'r cŵn, Jaco a Meg, ar ôl eu crwydr boreol drwy'r caeau a'r defaid, mae heulwen denau, swil ond gobeithiol yn ymledu dros y bryniau o'r dwyrain, ac yn gwneud ei gorau i sychu'r llethrau a'r meysydd sydd yn llawn, erbyn hyn, o wyrddni soeglyd llaith.

Mae Lisi May wedi mwynhau brecwast cynnar efo'i thad, Watcyn, ac mae Siân Coedmynach (a'r Silver Cross efo'r dolis Ceridwen a Lleucu a Tomos y Tedi Drwg yn glyd o dan hen flancedi o frethyn cartre ynddo) newydd alw yn nhŷ Morfudd, i chwarae 'sbyty. Mae PC Williams wedi gorffen shifft nos yn y Bala, ac mae Mrs Martha Roberts wedi agor drysau'r ysgol, er ei bod yn ddiwedd tymor, er mwyn twtio, tacluso a threfnu ar gyfer y tymor newydd. ''N'does ene rywbeth i'w wneud bod dydd yma wir!' mae hi'n myngial iddi'i hun yn hapus. (Mi fydd yn gwneud hyn i gyd eto ym mis Ionawr, ond dyna fel mae Mrs Roberts, bob amser yn hoffi gweithredu yn effeithlon ac yn drylwyr.)

''Dech chi'n diolch am ddiwrnod sych, 'dw i'n cymryd, Dafydd Robets?'

Mae'r llais yn gyfarwydd i Dafydd Roberts, sydd yn sefyll ar dop hen ysgol bren y tu allan i'r ysgol, pot o baent yn y naill law a brwsh paent yn y llall, yn peintio'r landerau. Mae'n edrych i lawr ac yn gweld dynes daclus yn craffu arno yn erbyn yr haul gyda'i llygaid bywiog.

'Ma' hi'n rhyfeddol o braf 'n'dydi?' ychwanega Lisi May.

'Yndi wir!' medd Dafydd. 'Sut 'dech chi'n cadw, Elisabeth? A'ch tad?

''Den ni'n iawn, Dafydd Robets, diolch. Deudwch i mi, does gennych chi'm digon i neud heb orfod peintio'r hen ysgol 'ma hefyd?'

Mae Dafydd yn gwenu. 'Twt, ddylwn i fod 'di neud hyn fisoedd yn ôl, a bod yn berffaith onest. 'Dw i 'di rhoi 'ngair i Mrs Martha Roberts ers amser. Ond dyne fo, gwell hwyr na hwyrach yndê? 'Dw i'n rhyw obeithio ca'l y cyfle i daclo'r festri hefyd cyn 'Dolig, os bariff hi'n sych.'

'Cyn 'Dolig? Dafydd!?' Ei ddwrdio'n gellweirus mae Elisabeth.

'Wel, cyn y flwyddyn newydd, beth bynnag.'

Mae Elisabeth yn gwenu, ond mae Dafydd yn synhwyro rhywbeth anarferol o betrusgar o'i chwmpas y bore 'ma. Mae'n dechrau dringo i lawr yr ysgol.

'Does yne'm byd o'i le nac oes Elisabeth ...?' mae'n gofyn yn dawel, a thamaid yn bryderus. Ond mae Elisabeth yn ei atal.

'Na na – 'rhoswch chi lle 'dech chi. Ar 'n ffordd i Hafod Fadog i nôl yr ŵydd o'n i, a meddylies i alw heibio i ofyn oeddech chi 'di clywed y ... "si" diweddara? Dywedodd Nel mai yn fama oeddech chi.'

'Si? Wel nach'dw i, ddim siw na miw, Elisabeth – am be rŵan? Cofiwch, 'dwi'm 'di torri gair efo fawr neb dyddie dwytha 'ma – rhwng y ffarm, a phawb yn paratoi at y Nadolig a ...'

Ond mae Dafydd wedi sylwi ar PC Williams yn nesáu ar ei feic.

'Bore da, Ken. Popeth yn iawn tua'r Bala 'ne?'

Daw beic PC Williams i stop wrth ochr Elisabeth efo clic-clic-clic swyddogol a gwich hynod o foesgar ar y brêc. Mae ganddo gopi o bapur newydd yn ei diwnic, ac mae'n ei estyn yn awr i Dafydd.

'O, ma' *Bala*'n iawn, yn ôl hwnna. Cymryd ych bod chi heb weld *Y Seren* eto.'

Derbynia Dafydd y papur oddi wrtho, a dechreua ei ddarllen. 'Cynllun Boddi Capel Celyn.' Cwyd ei lygaid glas llaethog o'r dudalen flaen a'r pennawd ysgytwol i astudio wynebau Ken ac Elisabeth, mewn anghrediniaeth.

'Mae o'n y *Daily Post* 'fyd. Tudalen flaen. "Big new dam near Bala planned."'

Dydi'r atodiad yma gan PC Williams yn gwneud dim i godi calonnau'r ddau arall. Â Dafydd yn ei flaen, yn ei lais bas, cysurlon, er mai ychydig o gysur sydd i'w gael yn ei eiriau,

'"Ddydd Mawrth, hysbyswyd fod Corfforaeth Ddinesig Lerpwl am gyflwyno mesur gerbron y Senedd, gyda'r bwriad o foddi rhan o ddyffryn y Tryweryn ..."'

Edrycha Dafydd ar y ddau arall mewn anghrediniaeth unwaith eto: ond mae'r ddau'n syllu yn ôl, yn fud. Â ymlaen,

'"Y mae'r cynllun i foddi Dolanog wedi ei roi o'r neilltu, ond eir ymlaen gyda'r cynllun, a gyst 16 miliwn o bunnoedd, i grynhoi mil ar bymtheg o filiynau o alwyni o ddŵr mewn llyn helaeth, dros wyth cant o aceri, bedair milltir o'r Bala. Bydd ardal Capel Celyn bron yn gyfan gwbl o dan y dŵr, a byddai'n rhaid newid cwrs y ffordd a'r rheilffordd o'r Bala i Ffestiniog ..."'

Mae Dafydd yn llygadrythu'n syn o wyneb Elisabeth i wyneb Ken eto, fel pe bai'n gobeithio y bydd o leiaf un ohonynt yn dweud mai cellwair yw'r cyfan.

'Mil ar bymtheg o filiynau o alwyni o ddŵr?' Mae'r geiriau'n marw ar ei wefusau tenau.

'Sydd yn golygu, mae'n debyg, codi wal anferthol yn safn y cwm.' Mae llais Elisabeth yn grynedig.

'Ond ... be am Gapel Celyn?

'Dymchwel popeth, Dafydd. Pob un dim. Dyne'r gwir amdani.'

Mae geiriau PC Williams fel ergyd, wrth i faintioli'r gwirionedd daro Dafydd Roberts am y tro cyntaf. Unwaith eto, mae ei lygaid yn astudio wyneb Elisabeth ac wyneb Ken.

Na. Dim cellwair.

Yn sydyn, mae Dafydd yn plygu'r papur yn ddisymwth ac yn ei roi yn ôl i PC Williams yn benderfynol.

'Wel. Chân nhw ddim! A dyne fo.'

*   *   *   *

Wal. Llen, o glai a graean anhreiddiadwy. Yn ymestyn dros bedair mil o droedfeddi, o un ochr i'r cwm i'r llall. A thu draw i'r wal, ar ochr Capel Celyn, boddi'r cwm. Yn gyntaf, efo haen o sment gyda thrwch o ddeugain troedfedd, ac wedyn, gyda miliynau o alwyni o ddŵr oer, du, dideimlad.

A chau ceg Cwm Celyn, am byth.

*   *   *   *

Wrth lan afon Celyn, yn hwyr y prynhawn, mae Siân Coedmynach a Morfudd yn eistedd ar foncyff, y Silver Cross

37

gerllaw, yn gwylio Hari a Rhys yn pysgota – neu, yn hytrach, mae Rhys yn pysgota hefo'i wialen bysgota 'go iawn', tra mae Hari yn ei wylio. Mae'r pedwar wedi eu lapio yn gynnes yn eu menig a'u cotiau a'u sgarffiau: y ddau fachgen â chapiau fflat am eu pennau, sy'n peri i'r ddau edrych yn debycach i hen ddynion bach difrifol, ac mae Morfudd yn gwisgo cap patrymog lliw hufen a mefus am ei gwallt melyn cyrliog, newydd ei wau iddi gan Nain Gwerndelwau, sy'n peri iddi edrych hyd yn oed yn dlysach nag arfer. Un da am wau ydi Nain Gwerndelwau, hyd yn oed efo'i chricymalau. Mae Siân, sydd wastad yn rhy boeth, wedi taflu ei *beret* bach glas hi ar y llawr, efo'i menig, ac mae erbyn hyn yn crensian ei ffordd yn swnllyd drwy afal. Mae Siân Coedmynach wastad eisiau bwyd hefyd.

'Ond 'dw i'm yn dallt,' mae hi'n datgan rŵan, efo llond ceg. 'Sut *fedren* nhw'n "boddi" ni?'

Mae Rhys yn ochneidio yn llawn dirmyg yng ngŵydd Hari. 'Hy! Merched!'

Ond try Morfudd at ei ffrind gorau efo diddordeb. Dydi Siân ddim mor beniog â Morfudd a'r lleill, ond mae ganddi hi'r ddawn i daro'r hoelen ar ei phen weithiau – waeth befo ei bod hi'n gwneud hynny yn ei ffordd unigryw ei hun.

'Be ti'n feddwl rŵan, Siân?'

'Weeeeel,' medd Siân, yn feddylgar. 'Yn un peth, ma'r rhan fwyaf ohonon ni'n gallu nofio, 'n'dyden?'

Mae Rhys yn castio eto, yn ddiamynedd.

''Im dyne'r pwynt nacie?'

Ond mae Siân fel pwll y môr.

'A ... Be tase gennon ni gwch? 'Fatha Noa.'

'Paid â siarad lol.'

'Pa lol? 'Na i gyd 'dw i'n ddeud ydi fedren nhw'm jest dod a'n *boddi* ni siŵr? Na fedren Morfudd?'

Mae Morfudd yn gwenu arni.

'Na fedren Siân ...'

Ac er nad ydi tôn Morfudd yn hynod o argyhoeddedig, i Siân mae beth bynnag mae Morfudd yn ei ddweud yn gywir, wedyn mae hyn yn ddigon o brawf iddi hi.

''Ne chi, 'lwch,' mae'n datgan yn fuddugoliaethus, cyn cymryd cegaid bendant arall o'r afal, a'i gnoi'n swnllyd, a bodlon. 'Weles i Penri Hafod Fadog yn boddi cathod bach unwaith,' yw ei chyfraniad goleuedig nesa. 'Ar y buarth. O'dd o 'di'u rhoi nhw mewn sach gynta, yn mewian ac yn gwingo i gyd, wedyn glymodd o'r sach yn dynn efo'i ddwylo mawr, ac wedyn sodro fo mewn bwced llawn dŵr, a'u dal nhw i lawr, am oesoedd poesoedd, tan eu bo' nhw 'di stopio symud. 'Dw i'n siŵr nad o'dd 'im isio'u dal nhw mor hir. Ond un fel'ne ydi Penri Hafod Fadog yndê?'

Cymer Siân hansh arall o'r afal a dechrau ei gnoi. Ond yna mae syniad mor ofnadwy yn ei tharo nes gwneud iddi lyncu'n beryglus o sydyn.

'Hei! Ddim dyne neith pobol Lerpwl i ni, nacie?'

Mae Rhys wedi cyrraedd pen ei dennyn. 'Wel be rŵan, Siân?!?'

'Rhoi ni mewn sach, taflu ni mewn bwced a dal ni i lawr am oesoedd poesoedd.'

'Nefi wen! Naci.'

Mae arswyd Siân yn cilio wrth iddi 'styried am eiliad. 'Fyse'n rhaid iddyn nhw ga'l andros o sach fawr yn base? A choblyn o fwced hefyd, o ran hynny.'

'Y twpsyn. Rŵan isht ... ti'n dychryn y pysgod.'

Mae Siân yn tynnu ei thafod allan ar Rhys tu ôl i'w gefn.

39

'Ti 'di'r twpsyn. Pysgota ym mis Rhagfyr! 'S'na'm pysgod *i* ddychryn siŵr! Hy! Bechgyn!'

'Hy! Merched,' medd Rhys eto, cyn ychwanegu, 'I chdi ga'l dallt, Siân Coedmynach, dangos i Hari 'dw i sut ma' 'sgota go iawn, erbyn gwanwyn.'

Gwena Hari ar ei ffrind efo edmygedd eto. Dyna ddeud wrthi. Ond dydi Siân ddim yn malio taten. Mae hi ar ei thraed ac wedi mynd at y Silver Cross, gan gydio yn y llyw.

''Dio'm bwys gin i 'lwch, a gewch chi ddeud be liciwch chi, dwi'n mynd i ga'l cwch o rwle, digon o faint i mi, a Ceridwen, Lleucu, a Tomos y Tedi Drwg.'

Mae'n dechrau siglo'r pram enfawr yn ôl a 'mlaen, i gysuro'r triawd.

'O, *a* Morfudd, wrth gwrs,' mae'n ychwanegu. ''Dw *i*'m am foddi Rhys Harris. A dyne fo!'

Mae yna dawelwch am ennyd, ac mae Rhys yn castio eto, cyn nodi, yn dawel, 'Well 'ti ga'l sybmarîn 'te ...'

'Y?'

'Ddim *ni* ma' nhw isio "boddi", nacie? Ond Celyn, twpsyn.'

'Ond fama 'den *ni*'n byw! Os ddôn nhw i foddi Celyn, bydd rhaid 'ddyn nhw'n boddi *ni* 'n bydd? Twpsyn.'

'Fyddan *ni* 'di gorfod symud o'ma, 'n byddwn?'

''Dw i'm yn symud i unman Rhys Harris, a dyne ddiwedd arni.'

Disgynna tawelwch drachefn. Mae'r awyrgylch yn hynod o annifyr pnawn 'ma, fel tase rhyw gysgod tywyll wedi disgyn dros lannau'r afon, y plant, a'u sgwrs.

Teifl Rhys garreg i'r afon, braidd yn bwdlyd. Mae Hari yn ei astudio, o gornel ei lygad. Y tu ôl iddo, mae Morfudd hefyd wedi sylwi ar hwyliau Rhys, ac mae'n penelinio Siân, gan amneidio i'w gyfeiriad.

'Aw! Be?' medd Siân, mewn syndod, yn rhwbio'i braich.

Cwyd Morfudd fys at ei cheg, yn annog Siân i ddistewi.

Mae Rhys yn castio eto, yn penderfynu troi'r stori.

'Be ti'n ga'l gen Siôn Corn 'leni, Hari?'

'O. Ym ... Gwialen 'sgota,' medd Hari, yn ofalus.

'Handi ... a ninne'n ca'l llyn newydd!' medd Siân o dan ei gwynt wrth Morfudd. Os clywodd Rhys, mae'n ei hanwybyddu.

'A beic ... hwyrach,' ychwanega Hari.

'Beic!' medd Siân, yn chwerthin rŵan. 'Fydd hwnnw fawr o iws i ti dan ddŵr na fydd?'

Yn sydyn, try Rhys arni. Neidia ar ei draed gydag ebychiad rhwystredig.

'Yli! Jest caea hi 'nei di!'

Mae Siân yn syfrdan.

'Wel be sy?' mae hi'n gofyn, gan edrych ar Morfudd yn ymbilgar. Ond dim ond ysgwyd ei phen yn dawel mae Morfudd. Mae Hari hefyd ar ei draed, ac yn helpu Rhys, sydd wrthi'n stwffio'i fag yn frysiog efo'i focs plu a'r pecyn o frechdanau Sandwich Spread wnaeth ei fam iddo cyn iddo adael y tŷ.

'Jest ...' Ond dydi o ddim yn gorffen ei frawddeg, ac mewn dim mae wedi troi ar ei sawdl a ffoi, gan adael Hari bach yn syllu ar Siân.

'Ti'm yn meddwl weithie, hyd yn oed ddim ond am eiliad, cyn i ti agor y geg fawr yne?' mae'n gofyn, yn dawel.

'Ond be 'dw i 'di neud rŵan?' medd Siân, mewn dryswch.

Ysgydwa Hari ei ben arni cyn troi a galw, 'Rhys! Aros am funud 'nei di!' a brysio ar ôl ei gyfaill.

'Wel ... be 'nes i Mor?' mae Siân yn gofyn eto, yn dawel.

Siarada Morfudd yn ddistaw, ond yn garedig. 'Wel ... Huw yndê?'

Egyr llygaid llwyd Siân fel soseri.

'Ddaru ti'm meddwl?' medd Morfudd yn dyner.

Mae Siân yn gwrido, ac yn brathu'i gwefus.

'Naddo. Naddo, ddaru fi'm meddwl.'

'Naddo,' medd Morfudd. 'Yr holl siarad a thrafod am "foddi". Mae o'n siŵr o neud i bobol gofio am be ddigwyddodd i Huw yn'dydi? 'N enwedig Rhys. O'dd o hefo fo'r pnawn yne, 'n'doedd?'

'Oedd,' medd Siân yn dawel bach.

'O'dd *Huw*'n gallu nofio, a 'drycha be ddigwyddodd iddo fo.'

'Ond taro'i ben ar garreg ddaru Huw a ...' Mae Siân yn tewi. Yn sydyn mae hi'n edrych ar fin crio. 'Do'n i'm isio ypsetio Rhys. Ddylwn i fynd ar ei ôl o, ti'n meddwl?'

'I be?'

'Deud sori ...'

'Na. Ddim rŵan. Deud y lleia 'di gore, am heddiw.'

'Fi a 'ngheg fawr,' mae Siân yn gwenu'n wan. 'Fel arfer.'

Mae'r ddwy'n tawelu. Mae'r cysgodion tenau gaeafol yn dechrau lledu, ac mae ias fain yn codi yn ara o rywle ac yn treiddio drwy awel y prynhawn. Mae Morfudd yn rhynnu fymryn, a Siân yn closio ati.

'Morfudd? Os *bydd* raid 'ni symud o'ma ... i le ei di?'

'Wn i'm'.

''Nei di addo? 'Nei di addo, be bynnag sy'n digwydd, a lle bynnag y byddwn ni'n gorfod mynd, byddwn ni'n ffrindie gore o hyd?'

Gwena Morfudd ar ei ffrind, sydd wedi troi'n rhyfedd o swil yn sydyn. Am eiliad, mae Morfudd yn cofio'r bore cynta iddyn nhw gwrdd: eu diwrnod cyntaf un yn Ysgol Celyn. Ro'dd Siân yn llai ac yn deneuach na'r plant eraill i gyd, a rhwng hynny a'i gwallt llygliw a'i llygaid llwyd ro'dd hi'n debycach i lygoden na phlentyn: llygoden fach ar goll mewn côt ddyffl swmpus (o eiddo ei brawd mawr) o leia dair gwaith yn rhy fawr iddi, ond o ansawdd rhy dda i'w wastraffu. Roedd hi mor ofnus a swil, a ddim yn dangos unrhyw arlliw eto o'r cymeriad bywiog a siaradus a drigai y tu ôl i'r wên dawel a'r aeliau di-liw. Roedd Morfudd wedi dotio arni yn syth, ac wedi cydio yn ei llaw ar unwaith a'i harwain at ddesg ddwbl ar flaen y dosbarth i'w rhannu efo hi. Ac yno mae'r ddwy wedi eistedd byth oddi ar hynny, yn rhannu popeth, cyfeillion bore oes.

'Gaddo,' medd Morfudd, yn daer.

Mae Siân yn estyn ei llaw i selio'r fargen. 'Am byth?'

Cydia Morfudd yn ei llaw a'i gwasgu.

'Am byth.'

Ar amrantiad, ac am yr eildro'r prynhawn hwn, mae dagrau wedi dechrau cronni yn llygaid llwyd Siân, ac mae Morfudd yn taflu ei breichiau amdani yn ddisymwth.

Ac am eiliad, mae fel pe bai Amser wedi aros yn ei unfan, a llanw a thrai'r byd a'i ddigwyddiadau wedi rhewi, wrth i'r ddwy sefyll yn llonydd ac yn dawel wrth lannau afon Celyn. Dwy ferch fach, yng nghefn gwlad Cymru, mewn coflaid dynn, dynn. Ond yna, yr un mor sydyn, wrth i feichiad crynedig godi ym mynwes Siân, mae'r byd go iawn yn llifo yn ôl drwy'r fflodiardau, ac mae Morfudd yn gollwng ei gafael ynddi, gydag ebychiad:

'Ha! 'Drycha arnon ni! Dwl, yndê?' yn y gobaith o godi ei chalon. Edrycha Siân arni, cyn sychu blaen ei thrwyn ar ei llaw ac amneidio'n daer, os nad yn argyhoeddiadol, a chytuno.

43

'Ia. Dwl!'

'Dwl dwl dwl dwl *dwl*!' mae Morfudd bron â chanu drachefn. 'Fedren nhw'm boddi cwm, siŵr! A dyden ni'm yn mynd i unman! Ty'd. 'Dw i'n rhewi, a ma' 'ne fara brith Gwerndelwe i de.'

Ac mae Morfudd yn cychwyn o'na yn sionc. Mae wyneb Siân wedi goleuo'n sylweddol efo'r sôn am fara brith Gwerndelwau. Nain Morfudd sy'n gwneud y bara brith gorau yn y cwm. Mae hi'n rhuthro i gasglu'i sgarff a'i menig, a'r Silver Cross (a Ceridwen, Lleucu a Tomos y Tedi Drwg) cyn brysio ar ôl Morfudd.

'Aros!' Den ni'n dŵad!' Gan straffaglu braidd efo olwynion mawr y goets ar y cerrig llithrig yn ei brys.

*　　*　　*　　*

'Peraidd ganodd sêr y bore
Pan y ganwyd Brenin Nef ...'

Bore Nadolig, dydd Sul, Rhagfyr y 25ain 1955. Ar yr awel iach farugog, mae nodau 'Caersalem' yn nofio'n bersain dros feddrodau a muriau'r fynwent fechan gerllaw addoldy Capel Celyn, cyn gwasgaru a thoddi ar draws gwastadoedd a llethrau'r cwm ar awyr lân y bore.

'Gwerthfawr drysor
Gwerthfawr drysor
Gwerthfawr drysor ...'

Mae lleisiau'r plant, Siân, Morfudd, Hari, Rhys a'r plantos eraill, i'w clywed yn glir, yn ffliwtian uwchlaw meinleisiau'r sopranos (yn dilyn arweiniad brwdfrydig Mrs Martha Roberts), melfed moethus yr altos (gyda Lisi May yn cyseinio yn eu plith), uchelgais melys y tenoriaid (Cwnstabl

Wil 'Elvis' Jones yn serennu) a chyfoeth cadarn a soniarus Dafydd Roberts a PC Ken Williams, gyda'u hisalaw bas.

'Dyma Geidwad i'r colledig,
Meddyg i'r gwywedig rai ...'

Yr unig un o'r bron i saith deg o drigolion y cwm sydd ddim yn y capel y bore 'ma ydi Rhiannon Ellis. Ond does yna ddim un o'r gynulleidfa heddiw yn debygol o wneud sylw hallt ar ei habsenoldeb, serch hynny. Mae'r gymuned hon yn rhannu rhyw gyd-ddealltwriaeth nas lleferir o'i galar, ac er i nifer o'r eneidiau caredig, hoffus a selog sydd yn eistedd y bore hwn yng nghorau pren y capel deimlo'n gryf mai yn eu plith y deuai'r fam ifanc doredig o hyd i gysur, ni fyddai'r un ohonynt yn meiddio ymddwyn mor drahaus â mynnu hynny, nac yn ei beirniadu chwaith am ddewis, ar hyn o bryd, gilio o'u cwmnïaeth, waeth pa mor annwyl a chroesawgar ydyw

'Diolch iddo
Diolch iddo
Diolch iddo
Byth am gofio llwch y llawr!'

Wrth i'r gynulleidfa eistedd, daw Dafydd Roberts i sefyll yn ei le yn y sedd fawr, gan droi i edrych ar yr wynebau sydd i gyd yn edrych arno yntau yn eiddgar – rhai yn obeithiol, rhai yn bryderus. Wynebau cefn gwlad, Cymreig – y plant, yn gnodiog neu'n fain, i gyd â bochau gwritgoch; y dynion, y rhan helaethaf ohonynt yn gweithio ar y tir, yn ifanc neu'n hen, ag ôl y tywydd yn dangos ar grwyn eu gruddiau a'u bochgernau wedi misoedd, blynyddoedd, degawdau yn llafurio yn llosg yr haul, y gwynt, y glaw a'r barrug; a'r merched wedyn, yn dwt ac yn daclus ac yn weddus bob un, yn eu dillad dydd Sul, sawl un â llygaid blinedig, arwydd o nosweithiau o gwsg anesmwyth, ac o oriau o bendroni a phryderu am ddyfodol eu tylwyth, eu haelwydydd, a'u tir.

'Annwyl ffrindiau.' Mae Dafydd yn clirio'i wddw. Os oes yna'r cryndod lleiaf yn ei oslef, mae'n llwyddo i'w reoli.

'Waeth i mi heb â sefyll yma heddiw a pheidio â sôn am yr hyn sydd ar flaen ein meddylie ni i gyd ers dyddie bellach, na waeth? Ond, ar yr un pryd, *mae* isio i ni i gyd gofio, gyfeillion, yn'does – yn union pam yr yden ni wedi dod at ein gilydd yma heddiw, a heddiw yn arbennig.'

Er gwaetha'r sefyllfa, mae'n gwenu'n dawel, yn enwedig ar y plant, ac mae ei lais yn dyner.

'Ryden ni yma, ar ddydd y Nadolig, ar yr aelwyd glyd a chartrefol yma, ein hangorfa ym mhob storm, ein herw gysegredig ni i gyd, i ddathlu genedigaeth ein Gwaredwr. Gwerthfawr drysor, ie gyfeillion, os buodd un erioed. Brenin Nef, yn faban bach yn y preseb, a ddaeth i'r ddaear hon i'n hachub ni, i'n harwain ni, ac i'n gwared ni rhag drwg.'

Mae Rhys yn estyn i'w boced am Fruit Gum, ac yn pasio un i Hari, wrth ei ochr. (Cafodd Rhys lond bocs ohonyn nhw yn ei hosan bore 'ma gan Siôn Corn.) Â Dafydd Roberts yn ei flaen:

'A 'dw i'n siŵr y bydde pob un ohonoch chi yma heddiw yn cytuno hefo mi, mae gennym ni, yma yng Nghelyn, lawer i ddiolch amdano. Hyd heddiw, ychydig iawn mae'r byd a'i ofalon wedi tarfu ar ddedwyddwch a thawelwch ein bywydau, yndê? Cawsom ein bendithio gyda heddwch, a gydag ysbryd cydweithredol hefyd, sydd, lawer ohono, wedi ei ganoli o gwmpas y capel yma. Ac felly mae hi wedi bod ers canrifoedd.'

Gwena eto, gan edrych ar yr aelodau hŷn y tro hwn.

'Mae llawer iawn ohonom ni *yma* ers canrifoedd yn'dyden,

hefo cysylltiade uniongyrchol efo'r cwm yn ymestyn dros sawl cenhedlaeth. Ryden ni bobol Celyn yn bobol sydd wedi byw, a marw, yma. 'Den ni wedi cynnal ein gilydd drwy unrhyw dreialon, gan gydlawenhau a rhannu ym mendithion ein gilydd, a chysuro'n gilydd mewn cyfnode o alar a phoen. A dyne ein ffordd o fyw, yndê? Ers degawde maith. Ac er nad oes 'ne Williams Pantycelyn nac Ann Griffiths, Dolanog, yn enedigol o'r plwy, mi fentrwn i belled â deud, bod yr ardal fach yma hefyd wedi gwneud ei rhan i faethu a chynnal a chadw diwylliant a chrefydd, a'n hannwyl iaith: efo pob copa walltog ohonom yma, gant y cant, yn siarad Cymraeg.'

Mae'n dal llygad Lisi May, ac mae hi'n gwenu arno. Wrth ei hochr mae Nel, gwraig Dafydd, hefyd yn amneidio â'i phen yn galonogol tuag ato. Yn y côr y tu ôl i'r ddwy, mae Siân Coedmynach yn dylyfu gên yn ddifeddwl, ac yn cael pwniad ysgafn yn ei hystlys gan ei mam, Eirlys, am wneud hynny. Mae'r oedolion, y teuluoedd Jones, Evans, Roberts, Jones eto, Rowlands, Williams, Harris, Roberts eto, Edwards, Pugh, Jones, Parry a Rowlands eto, i gyd â'u sylw wedi'i hoelio ar Dafydd Roberts yn fwy'r bore 'ma nag erioed.

Mae'r blaenor yn parhau, a'i lais yn difrifoli. 'Ond rŵan, fel y gwyddoch, fy annwyl gymdogion a ffrindie, mae yna gynllunie ar droed sydd yn golygu ein bod ar fin wynebu bygythiad enfawr i bopeth yr ydym yn ei gyfri mor werthfawr. Rŵan, nid dyma'r lle, na'r amser ychwaith, ma'n siŵr, i fanylu a thrafod, nacie? Mi gawn ni gyfle i wneud hynny eto. Ond dyma sydd yn bwysig i mi ei ddeud, ac i chi ei glywed, heddiw: nad oes isio i'r un ohonoch chi, dim un, cofiwch, deimlo'n unig, nac yn ofnus, be bynnag a ddaw. Fel ma' rhai ohonoch chi'n gwybod, mae gennym arwyddion nerthol o gefnogaeth yn barod. Mae Undeb Ffermwyr Meirion, a

Phlaid Cymru, wedi datgan eu bod am ymladd y cynllun yma â'u holl adnodde, do wir, a 'dw inne wedi bod mewn trafodaethe hefo sawl un ohonoch chi yn barod, ynghylch sefydlu Pwyllgor Gwarchod lleol, yma, i lywio'n protest.'

Mae'n oedi am eiliad, ac yn cymryd anadl ddofn, cyn ategu: 'Achos protestio sydd raid, gyfeillion. A 'dwi'n hollol ffyddiog y cawn ni lwyddiant.'

Mae'n gwenu eto, a'i lais yn rhesymol ac annwyl. ''Dw i'n hollol argyhoeddedig, ylwch, unwaith y bydd henaduriaid Lerpwl wedi *dallt* yn iawn be ydi gwir arwyddocâd eu cynlluniau, y byddan nhw'n ailystyried, a hynny'n ddi-oed. Mae'n amhosib i mi gredu yr ân nhw ymlaen efo'r pethe 'ma, pan fyddan nhw wedi gweld y gwirionedd. Felly ...'

Daw'r naws cysurlon yn ôl i'w lais. 'Gadewch i ni ddibynnu ar ein gilydd, a chynnal ein gilydd, fel yr yden ni wedi gwneud yma yng Nghapel Celyn ers cyn co', drwy'r amsere anodd sydd ar y gorwel. Mewn undod mae nerth, gyfeillion. Ac mae nerth hefyd yn ein ffydd, ac yn ein cariad, a hefyd yn y sicrwydd di-droi-'nôl bod cyfiawnder, yn yr achos yma, ar ein hochr ni. Felly, peidied neb â digalonni. Mae heddiw yn ddiwrnod i ddathlu, ac i ddiolch, ac i foliannu.'

Ac yna, mae Dafydd Roberts yn arwyddo efo'i law, ac mae pawb ar eu traed unwaith eto, ac yn dechrau cydganu yn nerthol, a swynol, ac o'r galon.

> 'Wele cawsom y Meseia,
> Cyfaill gwerthfawroca erioed;
> Darfu i Moses a'r proffwydi
> Ddweud amdano cyn ei ddod:
> Iesu yw, gwir fab Duw,
> Ffrind a Phrynwr dynol-ryw ...'

Y tu allan i'r capel cerrig syml, mae'r glaw yn dechrau disgyn eto, yn ddibynadwy, yn haelfrydig – ac yn dragywydd. Dŵr pur, glân, gloyw.

Tic toc.

*   *   *   *

Mae yna ddŵr pur a glân yn llifo ar lannau Merswy hefyd. Ond nid yn yr afon, na'r dociau, ond mewn decanter o grisial Waterford, yn llaw'r Henadur Frank Cain. Mae hi'n Nos Galan 1955, ac mae'r rhan fwyaf o gynghorwyr y Ddinas Lwyd sychedig, ynghyd â'u gwragedd ac aelodau pwysicaf eu staff, yn mwynhau eu hunain yn eu *dinner dance* blynyddol yn y *ballroom*, ar lawr ucha Neuadd y Dre. Mae crisialau'r tair siandelïer anferthol uwchben llawr y ddawnsfa yn pefrio yn ddathliadol a disglair, tra mae'r drychau enfawr bob pen i'r ystafell yn adlewyrchu miri'r dawnsio a'r cymdeithasu oddi tanynt.

'Woah! Steady on now Frank, that's enough!'

Gyferbyn ag un o'r nifer o bilastrau Corinthaidd o amgylch yr ystafell mae Arweinydd y Cyngor, John Braddock, yn gwthio'r decanter yn llaw Frank i un ochr.

'Don't spoil a bloody good Scotch, Frank!'

Mae Frank yn glaswenu. 'Apologies Jack, apologies! Wouldn't want to *drown* it now, would we? Ha!' Ac mae'n chwerthin yn uchel a braidd yn ferchetaidd. Mae Frank yn mwynhau ei jôcs ei hun heno, wedi cael un 'bloody good Scotch' yn ormod, yn ôl pob golwg.

Ond yn sydyn mae sylw'r ddau yn cael ei dynnu gan MC corffol y noson, sydd wedi tawelu'r gerddoriaeth, ac sydd yn awr yn cydio yn y meicroffon.

'Ladies and Gents! If I could have your attention

49

please! Here we go. Are we ready then? Raise your glasses everybody!'

Tic toc. Mae'n dechrau cyfri:

'Twelve! Eleven! Ten! Nine! Eight!'

Mae lleisiau'r dorf yn ymuno:

'Seven! Six! Five! Four!'

Mae dynion a merched yn cydio'n frysiog mewn *party poppers*, balŵns i'w byrstio, ac eraill mewn poteli o siampên i'w hagor.

'Three! Two! One!'

Ac wrth i'r cloc ar ben Neuadd y Dre, o dan wyliadwriaeth Minerva, a'r pedwar cloc ar y Liver Building, o dan wyliadwriaeth adar unigryw y ddinas, gydganu clychsain gyntaf 1956, cwyd bloedd uchel a llon – ond blêr a meddw – i lenwi'r *ballroom*, 'Happy New Year!' cyn i'r gloddestwyr groesi eu breichiau, a chydio yn nwylo pwy bynnag sydd agosaf atynt – waeth befo ydyn nhw'n gyfeillion ai peidio – a dechrau cydganu'n hapus ac yn gryf, ond yn anffodus, heb lawer o gelfyddyd, hyd yn oed yn unsain.

> 'Should auld acquaintance be forgot,
> And never brought to mind?
> Should auld acquaintance be forgot,
> And auld lang syne?
> For auld lang syne, my dear,
> For auld lang syne,
> We'll take a cup of kindness yet,
> For auld lang syne.'

Gan orffen gyda chorws o 'Hip hip Hurray! Hip hip Hurray! Hip hip Hurray!' yr un mor uchel, a'r un mor flêr.

Yn gwylio'r dathlu, mae Frank Cain a Jack Braddock yn

bwrw eu gwydrau chwisgi at ei gilydd gyda thinc drud, crisialog, boddhaol, ac yn cynnig llwncdestun i'r flwyddyn newydd.

Mae'r ddau yn rhagweld y bydd eleni'n Flwyddyn Newydd Dda iawn.

Pennod 3

Dyfroedd Dyfnion

Ionawr 1956, Aberystwyth.

Mae hi'n un o'r gloch y bore, ac mae Dafydd ap Iorwerth yn gorwedd ar ei wely bach sengl o dan flanced o frethyn cartre yn ei ystafell yn Neuadd Pantycelyn, yn syllu ar y nenfwd. Mae'n gobeithio y bydd y nenfwd yn stopio troi cyn bo hir. Mae hi wedi bod yn noson a hanner.

Yn y gwely sengl arall yn yr ystafell mae Trystan yn rhochian chwyrnu. Mae Trystan yn chwyrnu bob nos, ond mae'n chwyrnu'n waeth nag erioed heno. Mae Dafydd, neu Dai-iô fel y'i gelwir gan ei ffrindiau, yn methu'n glir â deall sut mae dyn ifanc mor fach (ac mae Trys yn fach – dim ond ychydig dros bum troedfedd) yn gallu cynhyrchu cymaint o sŵn. Dyle Dai-iô fod wedi hen arfer erbyn hyn. Mae'r ddau wedi rhannu ystafell ers eu blwyddyn gyntaf yn y brifysgol, ac yn ffrindiau pennaf ers iddyn nhw ymdrochi efo'i gilydd yn nyfnderoedd, yn ogystal â gorfoleddau, eu Hwythnos y Glas gyntaf. Y gwir plaen yw bod Trys yn addoli ei gyfaill tal, golygus, poblogaidd a pheniog. Ac nid Trys yw'r unig un.

I lawr ar lan y môr, yn Neuadd Alexandra, mae Rhiannon Lewis (Non Bala fel yr adwaenir hi) hefyd yn gorwedd yn ei gwely ac yn syllu ar y nenfwd. Ac er nad yw'r nenfwd yn yr ystafell yma yn troi, mae ei phen.

Am noson!

Ddydd Llun, mi fydd tymor newydd arall yn dechrau, ac o ganlyniad, yn ystod y penwythnos, mae rhan helaeth o'r myfyrwyr eisoes wedi cyrraedd eu lletyau a'u preswylfeydd 'cartref-oddi-cartref'. Cyfarfu nifer ohonynt yn gynharach y noson honno yn nhafarn yr Angel, a hithau'n ddechrau tymor newydd, yn lle eu cyrchfan arferol, sef yr Home Café, gan gynnwys Dai-iô, Trys, Non – a Gaynor.

Gaynor Thomas – neu Geinor, fel mae hi wedi dechrau sillafu ei henw – yw ffrind gorau Non. Mae'r ddwy'n astudio'r Gymraeg, a'r ddwy'n bwriadu mynd i ddysgu. 'Geography' ydi pwnc Dai-iô, er mae'n well ganddo fynydda, canŵio a chwarae pêl-droed nag astudio tirweddau ffisegol a chyfri dots ar fap; tra mae Trys yn astudio 'Maths' ac 'Economics', ac am ddilyn ei dad (Justin Bowen, Cardiff and Vale Management Consultant, Tori rhonc) i fyd busnes, os digwyddith iddo, drwy ryw wyrth, basio'i arholiadau.

Mae Non yn ochneidio'n ddwfn. Mae'n dop llanw, ac mae'r tonnau y tu allan i ffenestr ei hystafell wely fach yn torri'n swnllyd ar gerrig y traeth, a'r gwynt yn griddfan. Ond nid dyna'r rheswm pam ei bod ar ddi-hun o hyd. Mae Non yn mynd dros ddigwyddiadau'r noson yn ei phen.

Roedd popeth wedi dechrau mor dda.

''Na chi ferched,' o'dd Dai-iô wedi datgan efo gwên, yn gosod potelaid o Babycham (i Non) a Mackeson (i Geinor) ar y bwrdd o'u blaenau. 'A Blwyddyn Newydd Dda i chi'ch dwy yndê.'

Roedd Non wedi gwenu arno. Doedd hi ddim wedi'i weld ers diwedd y tymor diwethaf, ac mi roedd hi'n tybio rŵan fod ei wallt o'n hirach ac yn fwy cyrliog nag oedd hi'n ei gofio, a'i lygaid yn lasach, os oedd hynny'n bosib. Nefi, o'dd o'n bishyn.

Teimlodd ei chalon yn llenwi yn sydyn wrth iddo eistedd gyferbyn â hi, ond yn ddigon agos i'w ben-glin gyffwrdd ei chlun hi o dan y bwrdd.

'Iechyd,' meddai Trys, yn ymuno efo nhw, yn rhoi peint i Dai-iô o'r ddau yn ei ddwylo, ac yn cymryd llymaid o'i ddiod ei hun.

'A thwll din pob Sais,' ychwanegodd Geinor, yn gorffen tollti ei Mackeson i'w gwydr yn ofalus. Chwarddodd Non.

'Be rŵan?' gofynnodd Geinor.

'Dim byd. Dim ond bo' chdi wastad ganwaith mwy eithafol ar ôl bod adra, Gei.'

'Fyset titha hefyd, taset ti'n gorfod treulio pythefnos gyfan yn Thomas Towers.' Cododd Geinor ei gwydr. 'Diolch i'r drefn 'mod i 'nôl yn y byd go iawn o'r diwadd! Twll!'

Roedd Non 'di gwenu ar Dai eto, a fyntau 'di gwenu'n ôl, efo'i lygaid glas yn llawn direidi dros ymyl ei wydr peint.

'Shwt *ma*' hi "Mrs Thomas" 'te?' o'dd cynnig nesa Trys, yn ddigon chwareus.

'Duw! *As ever,*' atebodd Geinor. 'Darling, there's some mince pies in the refrigerator, a delightful recipe of Flo's at the WI. Such a nice woman, Florence. Marvellous cook, and educated too, you know.'

A dyma'r tri arall yn chwerthin, er eu bod i gyd yn ymwybodol o'r difrifoldeb sy'n llechu o dan ddynwarediad ysgafn Geinor o'i mam.

Merch o Fethesda ydi Geinor: unig ferch Wmffra a Rosemary Thomas. Yn enedigol o Gerlan, mi ro'dd Wmffra wedi dilyn ei dad, a'i daid, i'r chwarel, ond o ganlyniad i ddamwain yn y Penrhyn a barodd iddo golli hanner ei fraich chwith, gadawodd y ponciau (a'r rhan fwyaf o'i gyfeillion) a chael gwaith fel gofalwr yn ysgol y pentref. Dyna, felly, sut y daeth i gwrdd â Rosemary, a oedd yn gweithio yno ar y pryd fel *supplementary teacher*. O Fangor y dôi Rosemary, a hyd yn oed bryd hynny mi roedd hi'n cyfri ei hunan radd neu ddwy yn uwch na phawb arall. Ond mi roedd hi'n hynod o dlws hefyd, yn chwareus, yn beniog, ac wedi hen arfer cael ei ffordd ei hun, ac felly buan iawn yr oedd Wmffra ifanc, golygus, hydrin, wedi ildio ac wedi syrthio dros ei ben a'i glustiau mewn cariad, ac wedi troi hefyd, drwy hynny, o fod yn 'Wmffra Tomos' i 'Humphrey Thomas', megis dros nos.

Bu colli ei thad i gancr, a fynta'n gymharol ifanc, yn ergyd drom i Geinor, a oedd yn ddeuddeg oed ar y pryd, ac wedi etifeddu hiwmor a daliadau sosialaidd gwerinol Cymreig ei thad, ynghyd â harddwch ei mam, ond dim arlliw o'i snobyddiaeth. Ers y brofedigaeth wyth mlynedd yn ôl, bu'r ddwy yn byw mewn bwthyn bach yn Nhal-y-bont o dan amodau cadoediad anesmwyth, tan i Geinor ddengid, ychydig dros flwyddyn yn ôl, i'r 'coleg ger y lli'. A bod yn deg â Rosemary, mi roedd hi wedi gwirioni o ddifrif calon fod ei merch wedi llwyddo i ennill lle mewn prifysgol, ac mi roedd hi hefyd wrth ei bodd bod Geinor yn bwriadu hyfforddi i fod yn athrawes; ond ni wnaeth fawr o ymdrech chwaith i guddio'i siomedigaeth pan fynnodd Geinor astudio yng Nghymru, gan ffafrio Aberystwyth.

'Liverpool, or even Manchester, would be so much better for you darling, and so much more practical to get to and from!'

Ond mewn gwirionedd, gwyddai Rosemary yn iawn nad oedd ganddi unrhyw obaith o berswadio Geinor i newid ei meddwl, am hyn, nac am unrhyw beth arall. Efallai nad dim ond harddwch ei mam yr oedd Geinor wedi'i etifeddu, wedi'r cwbl.

Efallai, hefyd, nad oedd hi'n fawr o syndod mai un o'r pethau cyntaf a wnaeth Geinor, ar ôl cyrraedd Aberystwyth yn y flwyddyn gyntaf honno, oedd ymuno â Phlaid Cymru. A'r peth nesa oedd newid sillafiad ei henw o Gaynor i Geinor.

Doedd hi felly'n fawr o syndod i Non Bala, chwaith, fod Geinor, yn gynharach y noson honno, wedi troi sgwrs y pedwar cyfaill yn y dafarn yn fuan iawn, ac yn ôl ei harfer, at wleidyddiaeth, ac at y pwnc llosg diweddara. Tryweryn.

Mae Non yn troi ar ei hochr yn ei gwely, gydag ochenaid. 'Noson gynta 'nôl 'ma hefyd!'

'Deudwch chi fel liciwch chi,' o'dd Geinor 'di datgan, yn cymryd dracht o'i Mackeson, "Dw i'n meddwl eu bod nhw 'di neud o'n hollol fwriadol.' Roedd hi mor ddiflewyn ei thafod ag arfer.

'Beth nawr?' o'dd ymateb Trys, yn crychu'i drwyn, yn sinigaidd braidd, yn ôl ei arfer yntau.

'Corfforaeth Lerpwl yndê? Deud eu bod nhw am sbario Dolanog. I gau'n cega ni. I edrych fel tasen nhw'n gwrando arnon ni, a wedyn dwyn rwla arall sy, o be 'dw i'n 'i ddallt, yn mynd i roi mwy o ddŵr iddyn nhw, ac am lai o gost. Tipical. Imperialwyr rhonc yn chwara'n fudur efo'r werin. Eto.'

'Dyna ddeudodd Gwynfor Evans yndê, yn *Y Faner*. Mai "sioe" o'dd y sôn am foddi Dolanog 'lly. Ddarllenaist ti o?'

Doedd Non ddim wedi bwriadu am funud awgrymu, drwy ei chyfraniad yma i'r sgwrs, nad oedd Geinor yn gallu dod i'w chasgliad ei hun ar y mater. Ond, am ryw reswm, mi roedd Geinor wedi bod yn arbennig o bigog heno, ac yn hynod o chwim i'w digio.

'Wrth gwrs 'mod i 'di 'i ddarllan o. Digwydd meddwl ei fod o'n iawn 'dw i! Os edrychi di ar y syms, mae'n hollol amlwg. O'dd o'n *Daily Post*. Mae'n debyg bo' nhw am reoli rhediad y dŵr drwy afon Dyfrdwy, sy'n golygu na fydd dim rhaid iddyn nhw ga'l rhyw bibella costus a ballu, ac felly mae o tua hannar y pris y bydda Dolanog wedi bod. A – ma' nhw'n meddwl – gân nhw fwy o ddŵr o'na hefyd. Dan din yndê? Wel! Dim ffiars o beryg!'

A gyda hyn, cododd ei Mackeson at ei cheg eto, yn fuddugoliaethus, wedi dweud ei dweud.

'O'dd o'n dweud yn *Daily Post* eu bod nhw 'di ystyried lot o wahanol lefydd, hyd yn oed Bala, ar un adeg,' o'dd Non druan wedi ychwanegu, yn ddiniwed reit. 'Dychmygwch! Boddi Bala i gyd! 'Sen nhw'n *bendant* 'im 'di ca'l getawê efo hynne, na f'sen?'

Llyncodd Geinor.

'Be ti'n ddeud Non? Ma'n iawn iddyn nhw foddi Tryweryn, 'mond bod Bala'n saff, ia?'

O'dd Non 'di syllu arni, wedi'i brifo. Ei thro hi oedd o i fod yn bigog.

'Ddim dyne ddeudis i o gwbwl Geinor.'

Ac ar amrantiad, bron, o'dd awyrgylch y noson wedi newid yn llwyr. 'Blydi gwleidyddiaeth,' meddai Non wrthi ei hun. Mi roedd hi wedi edrych ar Dai-iô am gymorth, ond Trystan gamodd i'r adwy.

'Y peth yw, ti'n ffili gwadu bo' Lerpwl wedi profi eu bod nhw angen mwy o ddŵr, Geinor.'

'O? Ydyn nhw?'

'Odyn. So ti 'di gweld y llunie o'r slyms s'da nhw i gliro? Ma' rial problem tlodi 'da nhw, ti'n gwybod.'

'O, chwara teg i chdi. Sosialydd i'r carn. Ydi dy dad yn gwybod ei fod o 'di magu Marcsydd rhonc?'

'Gweud odw i, bod 'da nhw resymau itha teg, yn yr hinsawdd economaidd bresennol. Ma'n rhaid iddyn nhw wella eu stoc tai, a ma' nhw hefyd moyn cynnal a datblygu diwydiant yr ardal, er mwyn creu gwaith. O be ddarllenes i, ma' nhw'n goffod adeiladu mwy na whech-deg mil o dai newydd, a bydd gan bob un o'r tai 'na fathrwm, 'n bydd? Wedyn mae'n amlwg y bydd isie mwy o ddŵr arnyn nhw, on'd yw e?'

'Iawn. Ond pam dod i Gymru i ddwyn y dŵr Trys? Dyna'r pwynt! Tro dwetha edrychish i ar fap, o'dd 'na uffarn o lot ohono fo yn y Lake District!'

'Ti'n ffili gwadu bo' pobol yn haeddu cartrefi a gwaith, lle bynnag y bo nhw, Geinor.'

'Be? Ar draul pobol erill? Does bosib bo' chdi'n coelio hynny?'

'Ond dyw e ddim "ar draul'" pobol eraill, o reidrwydd, nac yw?'

Edrychodd Geinor ar Trys mewn anghrediniaeth. 'Sut ar wynab y ddaear w't ti 'di dod i'r casgliad yna?'

'Galle Gogledd Cymru elwa. Ma 'da chi ddigon o ddiweithdra lan yna nac oes e, ac fe ddaw'r cynllun â gwaith i ardal Bala. A tha p'un i, ma' 'na' filoedd o Gymry yn byw yn Lerpwl, a bydd y rheiny'n elwa 'fyd. Lerpwl yw'ch prifddinas chi'r Gogs, nacyfe?'

'Hy! Ers pryd?'

'A ...' Roedd Trys wedi dechrau mwynhau, '... ti'n ffili gweud taw Sais yn erbyn Cymro yw'r frwydr yma chwaith. O beth 'yf fi'n gofio, wrthododd Cymry Glannau Merswy – Cymry nawr, on'd yfe – gefnogi trigolion Dolanog. A wedwn i eu bod nhw'n debygol o dwmlo hyd yn oed yn fwy di-hid am Dryweryn, a hynny am resymau economaidd call 'fyd.'

'O. Dyma ni. Economeg. Cyfalafiaeth. Gorthrwm.'

'Ddim o gwbwl. Synnwyr cyffredin. Ma' barn pawb yn cyfri mewn democratiaeth, Geinor.'

'Ti'n malu cachu go iawn rŵan, Trys.'

'Fi? Ti sydd ddim isie clywed ochr arall y ddadl.' Cymerodd Trys lowc arall o'i gwrw, cyn ychwanegu, 'Fel arfer.'

Am yr eildro, mi roedd distawrwydd annifyr 'di disgyn dros y pedwar, a'r sgwrs.

Roedd Non wedi edrych ar Dai-iô yn bryderus, ond doedd ganddo ddim i'w ddeud, dim ond codi ei eiliau. Roedd yna wastad ryw densiwn wedi bodoli rhwng Geinor a Trys, wyddai Dai-iô ddim pam, ac ni wyddai chwaith pam, na sut, o'dd yr holl beth wedi gorferwi heno, ond mi roedd o'n deall digon i wybod nad oedd unrhyw ddiben iddo roi'i big ei hun i mewn i'r potas hefyd. Gallai weld y ddwy ochr, fel arfer. Mi roedd Geinor yn llawer rhy groendenau heno, ac mi roedd Trys wedi mynd yn rhy bell.

'Iawn. 'Na fo 'ta,' roedd Geinor 'di datgan, yn torri'r mudandod o'r diwedd. A chyn i Non allu dweud dim, mi ro'dd hi 'di codi ar ei thraed ac wedi cydio yn ei chôt. 'Gan 'mod i'n gymint o dân ar eich croen, mi'ch gadawa i chi i ga'l ych noson fach gyfeillgar, drugarog. Ond dallta di hyn, Trystan Bowen. Dydw i'm yn credu'r holl nonsans 'ma am allgarwch Cyngor Lerpwl, a bod argyfwng ar y gorwel yn y ddinas – a 'dw i'n synnu dy fod ditha. Ma' isio i ni ymladd hyn, fel Cymry, efo'n gilydd. Dyma'n cyfla ni, i neud safiad. Neu waeth i ni aros ar 'n glinia ddim, yn cowtowio i'r Sais dros bopeth, am byth.'

Ac ar hynny, roedd hi wedi troi ar ei sawdl a mynd, gan adael ei Mackeson ar y bwrdd, a Non yn gaeth rhwng dau feddwl.

'Ddylwn i fynd ar ei hôl hi, ella?'

'Na.' Ro'dd Dai-iô 'di gwenu arni. 'Aros di fan hyn. Ddudist di dy hunan, ma' hi wastad yn afresymol ar ôl sbel yn Thomas Towers efo Rosemary.'

Ond o'dd Non 'di troi at Trystan.

'O'dd raid i chdi?'

Codi 'sgwyddau ddaru yntau. 'Ti'n gwybod 'mod i'n dwli ar ddadl. Ma' fe'n neud lles i'r *grey matter*. Fydd hi'n iawn fory, gei di weld. Ma' ddi'n ddigon gwydn.'

Ond doedd Non ddim mor siŵr ar y pryd, ac mi roedd hi'n dal i deimlo'n annifyr, awr yn ddiweddarach, yn cerdded ar hyd y prom law yn llaw efo Dai-iô wrth iddo ei hebrwng hi adre, cyn i ddrysau Neuadd Alexandra gael eu cloi am ddeg o'r gloch. Roedd y noson wedi oeri, a'r gwynt wedi dechrau codi, ac mi roedd Non yn falch o gynhesrwydd ei chymar wrth ei hochr.

''Dw i 'di gweld d'eisiau di ti'n gwybod. Dros 'Dolig.'

Roedd y ddau newydd gyrraedd y lloches ar y prom, a Dai wedi ei harwain i mewn am gusan hir a serchog. A Non 'di gwenu arno.

'A finna chditha. Yn ofnadwy 'fyd.'

Cusanodd y ddau eto, a theimlodd Non ei chalon yn llenwi unwaith yn rhagor, wrth i ddwylo Dai anwesu ei chefn a'i 'sgwyddau, gan bwyso a gwthio yn dyner gyda'i wefusau cynnes, meddal ar ei cheg awchus ei hun.

'Mmmm,' ochneidiodd Dai, gyda phleser. ''Dw i 'di bod isio neud hynna ers i ni ista'n yr Angel. Ond ma' dy drwyn di'n wlyb ac yn oer,' ychwanegodd, gyda gwên.

''Dw *i*'n oer,' atebodd Non.

'Ty'd yma 'ta,' meddai Dai, ac mi afaelodd ynddi hi eto mewn coflaid dynn. Ond teimlai Non yn anniddig o hyd.

'Oes raid i Trystan fod mor ymosodol drwy'r amser, dywed?'

Dim ond ochneidio wnaeth Dai-iô eto, gan afael yn ei llaw a'i harwain i eistedd wrth ei ymyl ar fainc y lloches.

'Geinor sy'n danbaid yndê. Fel lot o'r rheiny sy 'di ca'l tröedigaeth. Paid â phoeni rŵan. Ma' Trys yn iawn. Fydd hi 'di sadio erbyn fory.'

'Tybed?'

Rhoddodd Dai ei fraich amdani a'i thynnu ato. Gwyliodd y ddau'r tonnau am eiliad.

'Braf bod 'nôl. Yma. Efo chdi,' meddai Non.

'Yndi,' meddai Dai, cyn ychwanegu, 'Y draffarth ydi, *mae* o'n dipyn o beth, cofia.'

'Be?' Cododd Non ei phen oddi ar ei ysgwydd i edrych arno. 'Tryweryn? Yndi. Wn i. A bod yn onest, dyna pam geuish i 'ngheg.'

'O'n i'n amau. O'dd Dad a finna'n trafod y peth, dros y gwyliau.'

Swyddog addysg yn Sir y Fflint ydi Iorwerth, tad Dai-iô. Pleidiwr ymroddedig a chanddo lawer i'w wneud â'r ymdrech ddiweddar yn ei adran i sefydlu ysgol uwchradd Gymraeg yn y fro. Dyn addfwyn, peniog, diymhongar – ond dyn efo'i fys ar y pyls yn ei ardal, os buodd un erioed.

'Mae o'n rhagweld y bydd 'na dipyn o frwydr.'

'Goelia i. Ond ...' Edrychodd Non arno eto, yn gwgu. 'Y drafferth ydi ... wel, 'dw i'n gwybod bod y Blaid 'di collfarnu'r holl beth, a phobol erill hefyd, ond, ti'n gwybod, ma 'na lot o ... siarad, 'di bod, yn Bala ...'

Oedodd Non, a gwenodd Dai arni.

'Ia?'

'Gen i g'wilydd deud, a bod yn berffaith onest. Ond ... wel, glywes i lot o bobol dre yn deud nad ydi Tryweryn ddim yr un peth â Dolanog o gwbwl, ac nad oes dim sens mewn dadle 'i fod o. 'I fod o'n dwll o le, a phwy ar wyneb y ddaear fydde isio byw 'na yn y lle cynta'? Waeth boddi'r lle ddim, a dod â thipyn o waith a phres i'r ardal.'

Chwarddodd Dai yn ysgafn.

''Dwn i'm ydi'r Blaid yn unfrydol chwaith, o be ddalltish i.'

Gwgodd Non. 'O'dd Gwynfor Evans yn ddigon pendant, yn *Y Faner*, a'r *Cymro*.'

'O'dd. Yn gyhoeddus. Ond yn ôl 'y 'nhad, o'dd 'na dipyn o ddadlau yn y Pwyllgor Gwaith. Methu cytuno ar sut i weithredu.'

'O.' Ochneidiodd Non eto, yn drist. 'Be ddigwyddith, ti'n meddwl?'

''Sgen i'm syniad. Ond 'dw i yn gwybod un peth.'

'Ia?'

Rhoddodd ei fraich amdani eto, yn dynn.

'Dw 'di ca'l hen ddigon o wleidyddiaeth am un noson. Ty'd yma ...'

Ac fe'i tynnodd hi ato unwaith eto am gusan hir a nwydus.

Roedd porthor nos Neuadd Alexandra ar fin cloi'r drws pan gyrhaeddodd Non, wedi ffarwelio â Dai-iô yn sŵn y gwynt a'r môr a'i adael i gerdded yn ôl i'r Angel at Trys, a oedd, roedd hi'n eitha siŵr, yn aros yn eiddgar erbyn hynny am ei bartner yfed, gyda mwy nag un peint arall ar agenda gweddill y noson.

Roedd hi wedi oedi wrth basio drws ystafell Geinor, ac wedi ystyried cnocio yn ysgafn arno, i weld sut hwyl o'dd ar ei ffrind erbyn hynny, ond doedd yna'm golau yn dangos o dan y drws, wedyn ymbwyllodd, a phenderfynu gadael iddi gysgu.

Yn awr, yn gorwedd yn ei hystafell yn gwrando ar y tonnau ar y traeth yn powlio a throi'r cerrig a'r gro yn ddyfal, a hithau wedi bod yn powlio a throi digwyddiadau'r noson yn ei phen, mae Non yn edrych ar y cloc ar y bwrdd wrth erchwyn ei gwely. Hanner awr wedi un. Ac yn sydyn mae hi'n sylweddoli pam y mae hi'n teimlo mor anesmwyth, mor effro, ac mor bryderus. Am ryw reswm, mae ganddi hi deimlad diysgog a greddfol ym mêr ei hesgyrn eu bod nhw i gyd ar drothwy digwyddiad mawr: digwyddiad fydd, efallai, yn newid eu byd yn gyfan gwbl.

Mae hi'n cau ei llygaid, yn y gobaith y daw cwsg.

Ond mae Non Bala wedi deall bod hon am fod yn flwyddyn newydd bwysig yn eu hanes, heb amheuaeth, ac mae cwsg felly ymhell o'i gafael.

*   *   *   *

Capel Celyn, Chwefror 1956.

Saif Elisabeth Watcyn Jones wrth y ffenestr yng nghegin Caefadog, cwpaned o de yn ei llaw, yn gwylio'r glaw yn diferu yn ddidrugaredd i lawr y gwydr, ac yn teimlo'n ddigalon ar y naw. Tasen nhw ond yn cael llai o law fydden nhw ddim yn y picil yma. Wyth deg chwe modfedd y flwyddyn, mae'n debyg, ar gyfartaledd. Digon i holl aelodau Corfforaeth Lerpwl allu golchi eu dwylo yn lân o bob penderfyniad, debyg.

Mae hi'n gweld ffigwr yn ymlwybro drwy'r gwlybaniaeth a'r pyllau ar hyd y ffordd heibio'r Gelli a Brynhyfryd tuag at y capel. Rhiannon Ellis, ar ei thaith feunyddiol i'r fynwent, glaw neu hindda. Mae'r ddelwedd yn peri i galon Lisi May suddo ryw fymryn yn is eto.

Roedd y flwyddyn wedi dechrau mor addawol. Ar nos Wener gyntaf mis Ionawr, mewn cyfarfod yn y capel, penderfynwyd yn ddi-os ymladd i achub Celyn, a'r papur newydd lleol, *Y Seren*, yn ei adroddiad wedi galw ar Gymru:

> 'Dros ein tir, dros fraint hen,
> Dros ein Duw, dros nwyd Awen,
> Dros aelwyd ddoeth, dros wlad dda,
> Rhyfelwn â'r arf ola.'

Roedd negeseuon o gefnogaeth wedi dechrau cyrraedd o bob tu. Cyngor Dosbarth Penllyn wedi datgan mai 'dŵr yw un o'r adnoddau pwysicaf a feddwn. Dylasem wneud yn fawr o'n hadnoddau a dylai fod gennym ein hunain yr hawl i werthu'r dŵr.' Undeb Ffermwyr Meirion wedi addo gwrthwynebu unrhyw fygythiad i dir, cartrefi a gwaith ei aelodau yn y cwm. Plaid Cymru, a Gwynfor Evans ei hun, Llywydd Plaid Cymru ac ymgeisydd Seneddol Meirionnydd, wedi mynnu bod ardal Capel Celyn cyn bwysiced i fywyd y genedl ag oedd Dolanog, cof-allor i Ann Griffiths ai peidio, ac wedi cytuno i ymladd Corfforaeth y Ddinas Lwyd ar sail economeg yn ogystal â gwladgarwch, a Chyngor Gwledig Penllyn wedi galw ar Faer Caerdydd, fel prifddinas newydd sbon Cymru, i drefnu trafodaeth ar sefydlu Bwrdd Dŵr Cenedlaethol i Gymru.

Ac eto, yn ôl pob golwg, doedd yna fawr o ddim byd wedi digwydd ers i'r newyddion trallodus ysgwyd y gymuned fechan wledig i'w seiliau, ddeufis yn ôl. Mi roedd cynghorwyr plwyfi lleol, Llanycil a Llanfor, wedi ymateb yn gefnogol i gais gan Dafydd Roberts ac wedi mynd ati i geisio trefnu cyfarfod gwrthwynebu agoriadol, gyda'r gobaith y gellid sefydlu rhyw fath o 'Bwyllgor Amddiffyn' i godi a llywio ymgyrch yn erbyn y cynllun yn lleol, a thrwy Gymru hefyd, ond hyd yma, nid oedd na dyddiad wedi ei drefnu, nac agenda glir wedi ei phennu chwaith.

Mae Elisabeth yn ochneidio yn drist. ''Drychwch.'

Mae Dafydd Roberts yn ymuno wrth ei hysgwydd, ac mae'r ddau yn gwylio ffurf aneglur y ddynes ifanc dal, denau ac eiddil yn ymbellhau, ac yna, yn raddol, yn diflannu i'r niwl brithlawog, bron fel rhith.

'Rhiannon druan.'

'Ie hefyd. Liciwn i'n fawr tase yne rywbeth y medrwn ni ei wneud i'w helpu hi Elisabeth.'

'O Dafydd, a finne. A finne wir. Ond 'dw i ddim yn meddwl meder unrhyw un ohonon ni ddychmygu yn iawn sut ma'r gradures yn teimlo, nach'dw i.'

Mae Dafydd yn cymryd y gwpaned a'r soser o'i dwylo.

'Paned arall?'

'Na. Na, ddim diolch i chi Dafydd.'

Try'r ddau o'r ffenest ac yn ôl at fwrdd y gegin – sy'n bentwr o bapurau a dogfennau a phapurau newydd – a'r broblem ddiweddaraf.

'Y Bala,' medd Elisabeth, gydag ochenaid ddofn.

'Ie. Y Bala,' medd Dafydd.

Newydd glywed maen nhw fod Cyngor Tre'r Bala, eu cymdogion agos, wedi ymateb i'r sefyllfa fygythiol, a'u hapêl am gefnogaeth, drwy wahodd dau gynrychiolydd o Gorfforaeth Lerpwl i'r Bala i egluro eu cynllun yn fwy manwl iddynt: newyddion sydd wedi ysigo brwdfrydedd, a gobaith, y ddau yn reit ddifrifol.

'Philistiaid,' medd Elisabeth yn dawel, yn mynd yn ôl i eistedd wrth y bwrdd, lle mae'r ddau wedi bod, ers rhai oriau bellach, yn pori drwy'r papurau. 'Poeni maen nhw am effaith y cynllun ar eu tre "gyfareddol" nhw, ma'n siŵr.'

Mae Dafydd yn ysgwyd ei ben. 'Ond fydd o ddim yn cael unrhyw effaith arnyn nhw, na fydd – o be 'dw i'n ddallt? Mae'u dŵr nhw'n dod o Lyn Arennig Fawr.'

'Yn union. Eisiau sicrhad ma' nhw, ar yr wyneb be bynnag. Ond hwyrach, Dafydd, eu bod nhw'n gweld manteision hefyd.'

'Pa "fanteision" deudwch? Iawn, gallai'r cynllun ddod â gwaith i'r ardal – er nad oes yne neb wedi addo y bydden nhw'n cyflogi pobol leol, nac oes, hyd y clywes i – ond hyd yn oed wedyn, dim ond dros dro bydde hynny, yndê?'

Mae Elisabeth yn syllu ar y papurau o'u blaen, cyn rhwbio'i thalcen yn rhwystredig gyda'i dwy law.

''Dwn i ddim Dafydd. Hwyrach mai ni sydd 'di bod yn ddiniwed. Yn cymryd yn ganiataol y bydde pawb yn gweld ac yn cytuno hefo'n safbwynt ni.'

Try Elisabeth i edrych arno: ar ei wyneb esgyrnog, gwerinol, doeth, a'i lygaid glas, llaethog, onest, ac mae'n gweld dyn y tir. Dyn y tir hwn. Yma mae'n perthyn. Dyma ei filltir sgwâr. Ei gynefin. Yn sydyn, mae popeth yn gwneud synnwyr iddi eto, ac mae ei chalon yn llamu wrth iddi sylweddoli – ydi, mae hi'n iawn i dderbyn her y frwydr yma, ac ydyn, mae cyfiawnder a thegwch ar eu hochr nhw.

Na, does ganddi hi ddim dewis.

Mae Dafydd, yn y cyfamser, wedi bod yn ystyried ei geiriau.

'Hwyrach ein bod ni. Yn ddiniwed, hynny 'di. Ond ddychmyges i erioed y bydde'n rhaid i ni *weithio* i berswadio pobol mor agos aton ni, ein cymdogion, a'n cyfeillion, bod ein cartrefi a'n haelwydydd ni'n werth eu hachub. Wnaethoch chi? Wn i ddim be sy'n digwydd i'r hen fyd 'ma Elisabeth, na wn i wir. Mae'r peth yn arswydus, a bod yn onest.'

Mae Elisabeth yn oedi, cyn ychwanegu, yn bwyllog,

'Dydi pawb yma yng Nghapel Celyn ddim yn hollol argyhoeddedig chwaith Dafydd, cofiwch.'

'Na. Wn i. Ond, ofn ydi hynny, nacie? Ofn na allwn ni ennill y frwydr.'

'Wn i ddim. Ie. Hwyrach bod rhai ohonyn nhw'n ... ofnus. 'Den ni'n bobol heddychlon, gydweithredol, yn y bôn. Yn ara, breuddwydiol hyd yn oed, ein bywyde ni'n dawel, ac yn sefydlog. Erioed 'di gorfod ystyried pethe mor ... enfawr. 'Dw i'm yn synnu bod meddwl am fynd i'r afael â chymhlethdode cynllun mor anferthol, heb sôn am wynebu grym a phrofiad a gorthrwm "arbenigwyr" Dinas Lerpwl, yn ormod. I ambell un.'

'Yn 'y nghynnwys i, Elisabeth, a dweud y gwir yn blaen.'

'Twt, Dafydd. Peidiwch â digalonni. Ma'r holl beth wedi bod yn ergyd drom i ni i gyd, ac oes, ma' 'na rai mewn llewyg yma o hyd. Ond mi fydd pethe'n gwella, unwaith gawn ni drefn, a chyngor, does bosib? 'Dw i'n reit siŵr o hynne. Enillwn ni ddim dros nos, ond chaiff pobol Lerpwl ddim dwyn ein tir a'n cartrefi – ein bywyde, a'n hetifeddiaeth – mor hawdd â hyn, gewch chi weld.'

Ond mae Dafydd yn dawel.

'Ma' 'na un peth liciwn i yn fawr, cofiwch.' Mae cryndod yn ei lais. 'Liciwn i'n *arw* tase'r bobol Lerpwl 'na'n rhoi'r gore i'r lol foesol ma' nhw 'di bod yn ei baldaruo yn y papure: yr holl nonsens 'ma am eu tlodion yn pydru mewn slymiau budr, ac yn aros am waredigaeth, ar ffurf *bathrooms*, a dŵr Cymru. Yn gwneud ati ein bod ni, ni o bawb, yn gwarafun diod o ddŵr i'r sychedig rai, pan mae'r holl fater yn llawer mwy dyrys ac afrwydd na hynny. Mae'n corddi f'ymennydd i Elisabeth, yndi wir. Wnes i, na'r rhan fwyaf o'r eneidie yn y lle 'ma, erioed warafun unrhyw beth i unrhyw un yn fy myw.'

Gosoda Elisabeth ei llaw yn ysgafn ar ei fraich.

'Mi ddaw pethau'n well, 'dw i'n siŵr. Arweiniad 'den ni 'i angen, Dafydd.'

'Liciwn i tase gen i hanner eich egni chi, Elisabeth,' medd Dafydd, gyda gwên dawel. 'A 'drychwch. 'Dech chi wedi codi 'nghalon i eto. Fel arfer.'

Ond y gwirionedd ydi bod y ddau yn iawn i bryderu, ac nid yn unig am ddiffyg arweiniad. Cwestiwn arall ydi at bwy, ac i ba le, i droi.

Mae aelodau Corfforaeth Lerpwl, yn eu doethineb, am gyflwyno eu cynllun fel Mesur Preifat gerbron y Senedd, yn San Steffan, Llundain, Lloegr, ac yn hollol hyderus y byddant, drwy wneud hynny, yn ennill yr hawl gyfreithiol i foddi Cwm Tryweryn. Ac, er gwaetha ymdrechion diweddar nifer o Aelodau Seneddol o Gymru, nid oes na Swyddfa Gymreig nac Ysgrifennydd Gwladol yn bodoli (a fawr o obaith o gael yr un o'r ddau, o dan weinyddiaeth bresennol y Ceidwadwyr) ac felly o dan adain y Swyddfa Gartref, a'r Gweinidog Cartref, y daw materion yn ymwneud â Chymru.

Ac er mai Cymro, yr Uwch-gapten Gwilym Lloyd George, yw'r Gweinidog Cartref ar hyn o bryd, mae hwnnw eisoes wedi cael ei feirniadu yn hallt yng Nghymru am siarad yn erbyn pob ymgais i gael Senedd i Gymru, ac wedi deddfu hefyd y dylai Jac yr Undeb gyhwfan uwch ben y Ddraig Goch ar bob achlysur pan fydd gofyn i'r ddwy faner gael eu gweld efo'i gilydd. Mae cwestiynu faint o 'lais' fydd gan bobol Capel Celyn yn y fath Senedd, felly, yn ddigon teg.

Yn ôl yn y gegin yng Nghaefadog, mae Elisabeth yn codi ar ei thraed ac yn dechrau casglu ei phapurau. Mae Dafydd yn sefyll hefyd, ac yn nôl ei gap a'i siaced. Mae'n hwyr glas iddo fynd i odro heno.

'Arweiniad, Elisabeth. 'Dech chi yn llygad eich lle. Dyne yn union 'den ni ei angen. Arweiniad.'

'Ac mi ddaw Dafydd. 'Dw i'n ffyddiog y daw.'

Ond wrth iddi adael y ffermdy cerrig, a cherddcd i lawr y llwybr a heibio fan Morris Minor Dafydd, sy'n sefyll yn dawel ac yn ddigalon yn y glaw, mae yna lais bach yng nghefn ei meddwl yn gofyn: o ble y daw'r arweiniad yna tybed? Ac am ba hyd fydd yn parhau?

*　　*　　*　　*

Pasg, 1956. Tal-y-bont, ger Bethesda.

'Gaynor darling? I'm home!'

Mae Geinor, sy'n eistedd ar y gadair freichiau o flaen y tân, ei choesau hirion ymhlyg oddi tani, yn cau ei llyfr efo ochenaid ddofn, ac yn rhwbio'i llygaid, wrth i'w mam ddod i mewn i'r parlwr cefn, yn tynnu ei chôt ac yn datod y sgarff lliwgar efo ceffylau rasio wedi'u printio arno oedd wedi ei glymu o dan ei gwddw.

'Oh the fire's still in – lovely: quite nippy out there tonight ... oh, you're in your jimjams already!'

Mae Geinor yn ymestyn ei choesau, gan wiglo bodiau'i thraed, a dylyfu gên.

'Well, that was interesting. I told you you should have come!' medd Rosemary, yn setlo i eistedd gyferbyn â Geinor, ac yn dal ei dwylo allan o flaen y tân i gynhesu ei bysedd. 'We had quite a lively discussion, I can tell you.'

'O'dd llawer yna 'ta?' gofynna Geinor, heb lawer o ddiddordeb.

'The usual. Although Elsie Williams hasn't turned up for

several weeks now. Nora Griffiths says she's not at all well, poor woman, but there we are, with that husband Ianto and those two boys. Both delinquent, by all accounts. Anyway, there we all were, expecting a little lecture on cross stitch quilting from this friend of Mrs Edwards Rachub's sister's neighbour in Holyhead, when, just before introducing her, Eunice suddenly announces we've had a letter from those people you've been going on about, in Bala. With the water thing.'

'Be? Tryweryn?'

'Yes them. They've got some sort of Defence Committee together apparently. And they're obviously sending out letters to Uncle Tom Cobbley and all.'

Mae Geinor, a oedd ddim ond yn hanner gwrando cyn hyn, yn dechrau talu sylw.

'Be oeddan nhw isio 'ta?'

'Oh, just a letter, pledging support. On behalf of the local WI. You did fill the kettle did you darling? I've been gasping for a decent cup of tea. Nora Griffiths means well, but she always makes it like treacle. You could stand your spoon in it. Typical *chwaral* tea.'

''Dach chi am eu cefnogi nhw ydach, gobeithio?'

'Well, that was the discussion. Obviously not everyone was convinced. But yes, we agreed, eventually, that we would send a letter as a branch.'

'O'n i'n meddwl am funud bo' chi am ddeud bo' nhw'n Nashis ac yn haeddu colli eu dŵr.'

'Don't be ridiculous darling – although ...'

Mae Rosemary yn oedi.

'Be?'

'Well it might be just as well if they didn't keep spouting

70

on about Welsh this and Welsh that all the time, if they want to keep people on their side. Ordinary people aren't keen on that sort of nationalist ranting, you know. I mean jobs, and money, and houses are more important than *siarad Cymraeg*, aren't they, at the end of the day. And those poor Liverpudlians really took an almighty pounding in the war, and deserve a bit of help. Now do you want tea too darling, or is it just me?'

''Dw i'n iawn, diolch.' Cwyd Geinor o'i sedd. ''Dw i am fynd fyny. Os na 'dach chi'n meindio.'

'Not at all. You look tired. Nite-night darling. Watch the bugs.'

''Sda. Cysgwch yn dawel.'

Ac mae Geinor yn dringo'r grisiau cul i'w hystafell wely fach yng nghefn y bwthyn. Mae'n cau'r drws, ac yn pwyso yn ôl yn ei erbyn, yn cau ei llygaid. Mae'n gallu clywed ei mam yn symud o gwmpas i lawr grisiau, yn gwneud panad, ac yn canu yn dawel i gyfeiliant y weiarles yn y gegin – yn ymuno efo Dean Martin yn canu 'Memories are Made of This'.

Mae Geinor yn dringo i'w gwely, ac yn tynnu'r blancedi dros ei chlustiau i gau allan bob sŵn, ac yn gorwedd yn y tywyllwch yn ceisio dyfalu – pam yn union mae hi'n teimlo mor hynod o unig, a thrist?

*   *   *   *

Ddiwedd mis Mawrth, mewn cyfarfod cyhoeddus yng Nghapel Celyn, cafodd Pwyllgor Amddiffyn Capel Celyn ei sefydlu – o'r diwedd – a phenodwyd Elisabeth yn Ysgrifennydd: o'i llaw ddiflino hi y mae'r ugeiniau o lythyrau sydd wedi dechrau gadael y cwm erbyn hyn (yn cynnwys yr un at gangen y WI ym Methesda) wedi deillio.

'Cofia, 'dwn i'm be wnawn ni heb gefnogaeth Gwynfor a'r Blaid,' mae'n cyfaddef i'w chwaer Dorothy – neu Donos, fel y'i gelwir gan ei theulu. Mae hi'n fore braf o Ebrill ychydig wedi'r Pasg, ac mae'r ddwy yn cerdded heibio'r Victoria Cinema yn y Bala yn mwynhau heulwen gynnar y gwanwyn. Yn Nhrawsfynydd mae Donos yn byw erbyn hyn, ond mae'r chwiorydd wedi arfer cwrdd i ga'l 'gom a phanad yn y Bala mor aml â phosib.

Â Elisabeth yn ei blaen wrth iddynt gerdded, ei braich ym mraich Donos: 'Does gennon ni ddim profiad gwleidyddol "go iawn" ar y pwyllgor o gwbwl, na fawr o ddealltwriaeth sut i daclo'r sefyllfa ore chwaith, wedyn ma'n gaffaeliad anferthol ei fod o mor barod i 'sgwyddo'r baich efo ni.'

'Os ti'n deud.'

Saif Elisabeth yn stond. 'Be rŵan, Donos?'

'Meddwl oeddwn i eich bod chi 'di penderfynu peidio cysylltu'ch hunain efo unrhyw blaid yn benodol.'

'Wel, do.' Gwena Elisabeth ar ei chwaer ifanc. Cefnogwr brwd i'r Blaid Lafur ydi Donos: gweithiodd ar ei chyfer, yn erbyn Gwynfor Evans, pan safodd yntau fel ymgeisydd Seneddol dros Feirionnydd yn 1950. ''Den ni angen pob cymorth o ba gyfeiriad bynnag y daw, Donos fach, a Gwynfor a Phlaid Cymru ydi'r cynta i gamu i'r adwy. Ond mae 'ne ddigon o le, a chroeso, i dy ffrindie Llafur di ymuno yn y frwydr hefyd, wsti.'

'Wel, dyne ni,' medd Donos, yn awyddus i beidio dadlau, ac yn gwybod bod Elisabeth yn ei phryfocio yn chwareus, fel arfer. 'Ond gwylia di. Dydi'r Blaid ddim yn boblogaidd efo pawb o bell ffor' wyddost, ac mae yne rei'n deud yn barod mai trio troi'r dŵr at ei felin ei hun mae Mr Evans.'

Chwardda Elisabeth yn ysgafn. 'Mae honno'n ddihareb

braidd yn anffodus i'w defnyddio hefyd, os ca i ddeud, Donos.'

'O! Yn'dydi 'fyd!' medd Donos, yn codi'i llaw at ei cheg. 'Ddrwg gin i!'

Mae'r ddwy yn dechrau cerdded eto, fraich ym mraich, i lawr y stryd.

'W't ti'n siŵr bo' gen ti'r amser i wneud hyn i gyd, Lisi? Yr holl bwyllgora a threfnu a llythyru 'ma. Mae o'n andros o lot o waith.'

'Donos fach – ers pryd ma'r teulu yma ofn gwaith caled dywed? Ac oedd, mi roedd pethe'n edrych yn eitha digalon ar y dechre, ond 'den ni 'di cael ymateb arbennig i'n ceisiade am gefnogaeth wsti. Ma'r llythyre'n dechre dylifo 'nôl, o bob man hefyd. A diolch i'r nefoedd amdanyn nhw.'

'Ti byth yn gwybod,' medd Donos. 'Hwyrach bydd y Llywodraeth yn ymateb yn bositif i'r ddeiseb. Gewn ni, a Thryweryn, lawer mwy o sylw wedyn, cawn?'

'Cawn.'

Sôn mae Dorothy am y ddeiseb hollbleidiol o 240,652 o enwau (tua 14 y cant o holl etholwyr Cymru) yn gofyn am Senedd i Gymru, a fydd yn cael ei chyflwyno yn gyntaf yn Nolgellau, ac yna i'r Senedd, ddiwedd y mis.

'Ti'n mynd, wyt?' gofynna Elisabeth rŵan.

'I Ddolgellau? Yndw, siŵr. Ti am ddod – Neuadd Idris?'

'Wn i'm. Liciwn i yn fawr ond ...'

'Wn i.' Mae hi'n gwenu eto ar ei chwaer. 'Llythyru?'

Mae Elisabeth yn amneidio.

'Llythyru, pwyllgora a threfnu.'

Ac mae'r ddwy yn mynd yn eu blaenau, yn yr heulwen, yn llawn gobaith gwanwynol.

*　　*　　*　　*

Aberystwyth. Dydd Sadwrn Ebrill 29ain 1956.

'Man on! Man on! Blydi *hel*!'

Wrth ochr Non, mae Trys yn gweiddi nerth ei ben, ac yna'n ochain yn rhwystredig wrth i'r dyfarnwr chwythu ei chwiban i ddynodi hanner amser. Mae'r gêm bêl-droed ar y Vicarage Field rhwng Aber a choleg Prifysgol Bangor wedi bod yn achlysur cecrus, cwerylgar, budr ac arteithiol – fel arfer.

'Odi ddi'n amser i ti ga'l glasys neu be?' mae Trys yn gweiddi rŵan ar Dai-iô, wrth iddo ymlwybro heibio, yn fwdlyd ac yn siomedig, efo gweddill y tîm i'r ystafelloedd newid. Cwyd Dai-iô ei law arno'n flin. Mi fethodd o bêl ofnadwy o hawdd ym munudau cynta'r frwydr, a rŵan mae Bangor un gôl ar y blaen. Trychineb, os bu un erioed.

'Ddyle fo fod 'di sgorio honna?' mae Non yn gofyn yn ofalus.

'Wel dyle siŵr! Fyddwn *i* wedi galler sgorio honna Non! Gyda'n llyged ar gau 'fyd. Beth 'yt ti 'di neud iddo fe, gwed?'

Mae Non yn gwenu. 'Ha. Dim byd i neud efo fi Trys, onest. Hwyrach gwnawn ni'n well yn yr ail hanner.'

'Gobeithio 'ny. Ne fydd dy sboner di'n talu am beint i bawb heno.' Mae'n oedi, cyn ychwanegu, 'Geinor ddim am 'muno 'da ni heddi 'de?'

'Nach'di. Dydi hi'm yn byw yn 'y mhoced i wsti.'

'Olreit. Dim ond gofyn.'

'A deud gwir 'dw i 'di, wel ... 'dw i 'di gadael hi lawr, dipyn bach, heddiw.'

Mae Trys yn sugno'i wynt i mewn ar draws ei ddannedd, cyn datgan yn ddifrifol, 'W diar. W diar, diar mi.'

'Paid â dechre, Trys.'

Mae Trys yn edrych arni – ac yna'n gwenu. 'So chi 'di cwympo mas? O ddifri?'

'Naddo. Ddim o gwbwl.'

'Ie ...?'

'Wel ... do. Do. Ella.'

Mae Trys yn chwerthin. 'Der' mla'n 'te. Gwed wrth Yncyl Trys. Beth yn gwmws yw ei phroblem hi *nawr*?'

'Trys, paid. 'Dw i'n gwybod nad wyt ti a hi ddim yn ffrindie penna, ond, wel, *ma*' hi'n ffrind gore i mi, yn'dydi? A dyne pam ma' hi 'di digio efo fi, am ddod yma pnawn 'ma, ar ôl imi addo mynd i ryw gwarfod pwysig efo hi.'

'O! Miss Lewis – 'ych chi 'di pechu nawr, gw' gyrl.'

'O's raid i ti fod mor biwis, dywed? O'n i 'di anghofio am y gêm 'ma pan ddeudish i 'swn i'n mynd efo hi, ac wedyn o'dd Dai mor flin efo fi, a ...'

'Est ti ddim?'

'Naddo.'

'O jiw jiw Non – pwy yw dy bartner di gwed, Geinor, ne Dai-iô?'

'Dai, siŵr.'

'Wel, 'co ti 'de. 'Yt ti 'di dewis yn ddoeth. Ble ma' hi 'di mynd, ta p'un?'

'Ym. Cwarfod Mudiad Merched Cymru, 'dw i'n meddwl.'

Edrycha Trys arni mewn anghrediniaeth. 'Ar bnawn Sadwrn? Pan ma' gêm ryng-gol bwysig *uffernol* 'mlaen. Cyfarfod "Mudiad Merched Cymru"? So ddi'n gall!'

Mae Non yn dawel.

'O'dd o'n bwysig iddi.'

'Hm.' Mae Trys yn ddirmygus. 'Ie. Wel. Fel wedes i. So ddi'n gall. O, aros. Ma' nhw'n dod 'nôl. Hei!' mae'n gweiddi, fel mae'r timau'n ailymddangos ar y cae. 'Dafydd ap Iorwerth, well i ti sgori nawr gw'boi, ne fyddi di'n whilo am rywle arall i gysgu heno!'

Mae Dai yn dal llygad Non, ac yn gwenu'n wan, ac mae'r dyfarnwr yn chwythu'r chwiban eto. Mae Non yn ochneidio, ac yn edrych ar Trys, sydd megis ar amrantiad wedi ymgolli yn llwyr unwaith eto yn y gêm.

Ac mae Non yn troi ei chefn ar y gêm am funud, yn meddwl: hwyrach y bydde hi wedi cael mwy o sbort efo Geinor yn ei chyfarfod, wedi'r cyfan.

Damia.

Pennod 4

Tân yn y Bol

'Wrth reswm, mae hi rywfaint yn haws dwyn perswâd ar bobol i ymgyrchu dros heddychiaeth na thros etifeddiaeth, a diwylliant. Yn y bôn, dros yr iaith ...'

Mae'r ddynes ganol oed dal, denau, â gwallt a phryd tywyll a llygaid brown bywiog, chwilfrydig, yn gwenu yn amyneddgar ar ei 'chynulleidfa'. Dyma gyfarfod cyntaf Mudiad Merched Cymru, adain newydd o Undeb Cymru Fydd. Tua deg ar hugain o ferched Aberystwyth, a'u ffrindiau, wedi ymgasglu yn un o ystafelloedd darlithio llai'r Adran Gymraeg yn y Brifysgol – aelodau o'r staff, academyddion, athrawesau ysgol, ambell i wraig i ddarlithiwr, a dwy neu dair o fyfyrwragedd. Yn cynnwys Geinor.

Â Eluned yn ei blaen, gyda'i llais swynol, ond clir.

'... a dyna, felly, y rhesymeg dros bwysleisio'r ddadl economegol ar bob achlysur, yn ogystal â'r egwyddorion gwladgarol a diwylliannol amlwg. Nid Epynt mo Tryweryn. Y gwir ydi, y bydd yn rhaid darbwyllo'r aelodau o'r gymdeithas nad ydym wedi llwyddo i ddenu, hyd yma, i ymuno â'n rhengoedd, i wneud penderfyniad o'n plaid a chefnogi, os nad gweithredu. Yn bennaf, dywedwn, cefnogwyr traddodiadol y Blaid Lafur, a'r etholwyr di-Gymraeg, yn enwedig yng nghymoedd y De ... Ie? Geinor?'

'O'n i'n meddwl bod yr ymgyrch wedi derbyn cefnogaeth gan nifer o'r undebau yn barod.'

Gwena Eluned ar Geinor. A hithau'n ddarlithydd i'r ferch, mae Eluned Jenkins yn fwy nag ymwybodol o feddwl chwim – a daliadau cryfion – yr hogan fywiog o Fethesda. Mae'n ei hateb yn gyfeillgar.

'Do, mae'n debyg: o be welais i, pan es i adre i'r Bala ddwytha. Undebau amlwg hefyd, yn cynnwys UCAC wrth gwrs, a'r Undeb Ffermwyr Cymru newydd, ac Undeb Gweithwyr y Rheilffyrdd. Mae'r cynllun yn golygu cau'r rheilffordd rhwng y Bala a Blaena ac mae hynny wedi dylanwadu arnyn nhw. Undeb Glowyr y De hefyd. Yn anffodus, hyd y gwn i, dydi Undeb y Glowyr yng Ngogledd Cymru ddim wedi cefnogi eto.'

'Pam yn y byd fydda hynny?' Mae Geinor yn anghrediniol, ac mae Eluned hithau yn codi gwar.

'Hwyrach eu bod nhw'n awyddus i beidio â phechu eu cyfeillion ar lannau Merswy. Cofia mai'r Blaid Lafur sy'n rheoli Cyngor Dinas Lerpwl. Ac yn ôl be 'dw i'n ddeall, mae Ysgrifenyddes y Pwyllgor Amddiffyn wedi apelio, fel y bydda'r disgwyl, am gefnogaeth gan swyddfa'r Blaid Lafur yng Nghymru hefyd. Ond mae'n dal i aros am ymateb ganddyn nhwthe.'

'Ishte ar y ffens ma' nhw, ch'wel,' medd y ddynes fach dew a bochgoch wrth ochr Geinor, gwraig i ddarlithydd yn yr adran Hanes. 'Ma'r gwleidyddion 'ma i gyd yr un fath. Aros i ga'l gweld i ba gyfeiriad ma'r gwynt yn hwthu cyn mynegi barn nac ymrwymo i unrhyw beth pendant. Gormod o ddynon sy yn y Senedd 'na, 'da'u golygon nhw ar eu gyrfao'dd eu hunen yn bennaf, ac anghenion eu hetholwyr druan yn dod yn ail. 'Yn ni i gyd yn gwybod pa mor anodd yw hi i ga'l dyn i ymrwymo i unrhyw beth: hyd yn oed beth ma' fe moyn i swper, ac am faint o'r gloch ma' fe moyn ei fwyta fe!'

Mae'r gwragedd hŷn yn chwerthin, yn amlwg yn cytuno yn llwyr. Mae Eluned hefyd yn gwenu.

'Diolch Kitty. A dyna'n union pam y mae dod at ein gilydd fel hyn, fel criw o ferched, i drafod a dadlau a mynegi barn, mor hollbwysig, ac yn arloesol hefyd. Iawn, felly, 'den ni wedi cytuno ar lythyr o gefnogaeth ar ein rhan i fynd i'r Pwyllgor Amddiffyn, a chopi i Gorfforaeth Lerpwl wrth gwrs. Unrhyw awgrymiadau eraill?'

*   *   *   *

Cwyd Lisi May ei llaw i ganu cloch y drws am yr eildro. Mae hi'n eithaf siŵr ei bod wedi gweld siâp rhywun yn symud heibio ffenestr y gegin y tu fewn i'r ffermdy wrth iddi ddynesu rai munudau'n ôl, ond atebodd neb mo'r drws ar ei chais cyntaf, felly dyma drio drachefn. Dydi Lisi May ddim yn un i roi'r gorau i unrhyw orchwyl yn hawdd, ac mae ei neges heddiw yn un bwysig, a sensitif.

Mae hi'n oedi felly, yn yr heulwen, ac yn ochneidio'n ddwfn, cyn edrych ar ei horiawr. Hwyrach y bydd yn rhaid iddi ddod yn ôl heno wedi'r cyfan. Piti hefyd. Mae ganddi beth wmbreth o bethe i'w gwneud. Ond dene fo, dod yn ôl eto fydd yn rhaid, mae'n amlwg: mae Garnedd Lwyd fel y bedd.

Mae hi'n troi ar ei sawdl ar drothwy'r drws, ac yn dechrau gwisgo ei menig am ei dwylo eto. Mae'n brynhawn braf, wedi gaeaf gerwin a chaled, ond mae'r awel yn ffres o hyd, ac mae Elisabeth yn gwybod yn iawn mai llewyrch cyfrwys haul llwynog yw'r pelydrau sy'n tywynnu mor dwyllodrus heddiw dros lethrau'r cwm, a'r hen Fynydd Nodol. Mae hi'n tynnu gwregys ei chôt yn dynnach am ei chanol, pan mae sŵn yn peri iddi droi eto at hen ddrws derw'r ffermdy.

'Helo?'

Clyw'r llais ysgafn cyn iddi weld ei berchennog.

'Rhiannon? 'Dech chi yna?'

Mae llais Elisabeth hefyd yn dawel, ac yn addfwyn.

'Ie?'

Ychydig iawn o wyneb hir a gwelw Rhiannon Ellis sydd i'w weld yng nghil y drws, dim ond ei llygaid llwydwyrdd yn llechu y tu ôl i fysedd hir a gwynion ei llaw, sy'n cydio yn dynn yn ymyl pren y drws, ac mae ei llais bron fel sibrydiad.

'Dydi Gwilym ddim yma.'

'O. Dene fo ...'

'Mae o wedi mynd i'r Bala.' Mae hi'n petruso, ond gan fod Elisabeth yn dawel, mae'n ychwanegu, ''Dwn i'm pryd fydd o yn ei ôl.'

'Ga i ...' Tro Elisabeth ydi hi i fod yn betrusgar 'Ga i ddod i mewn atoch chi Rhiannon?'

Nid yw Rhiannon yn ei hateb.

'Wna i ddim eich cadw chi'n hir. Mae'n siŵr ych bod chi'n brysur ...'

'Nach'dw,' medd Rhiannon, yn llesg. Mae Elisabeth yn ymwybodol o'r tristwch sy'n gyfrifol am y breuder yn ei llais, ac mae ei chalon yn gwaedu drosti.

''Dw i ddim isio tarfu ...'

'Na ... wn i.'

'Ond, wel, mae o'n bwysig, braidd ...'

Mae Rhiannon yn oedi eto, yna, yn ara deg ac yn ddiegni, mae'n agor y drws, ac mae Elisabeth yn camu i mewn.

*   *   *   *

'Coffi, neu de, Geinor?'

'O. Ym. Diolch. Ym, coffi 'ta.'

'Iawn.'

Eistedda Geinor yng nghaffi'r Pengwin, gyferbyn â'i thiwtor, a chadeirydd cyfarfod y prynhawn, Eluned, sy'n parhau:

'Lle o'dden ni dywed?'

'Ym ...'

Ond mae sylw Geinor wedi crwydro am eiliad. Er ei bod wrth ei bodd yng nghwmni'r ddynes garismataidd a galluog yma, mae hi newydd weld Dai a Non, dros ysgwydd Eluned, yn cerdded heibio ffenestr y caffi, fraich ym mraich. Mae'r ddau yn parablu siarad ac yn edrych yn llawen a diofal, gyda Trys yn eu dilyn, fel arfer, braidd fel ci bach. Yn sydyn mae Non yn dechrau morio chwerthin am rywbeth ac mae Dai, ei fag chwaraeon wedi ei daflu'n flêr dros ei ysgwydd, yn gafael yn dynn ynddi wrth iddi daflu ei phen yn ôl mewn chwerthiniad hawddgar.

'Geinor ...?'

Mae Eluned yn ei hastudio.

'O. Ma'n ddrwg gin i ... ia?'

'Trafferth mewn Tafarn? Oeddet ti'n sôn am dy draethawd ...?'

'O. Oeddwn ...'

Ond mae'r ferch wedi dod atynt rŵan gyda'i phwt o lyfr *waitress* a phensil.

'Ladies?'

'Dau goffi, os gweli di'n dda. O, a 'sgynnoch chi fara brith heddiw, digwydd bod?'

Mae Geinor yn gwenu ar Eluned rŵan. Wfft i'r tri arall. Y ffaith ydi, mae hi'n gwirioneddol fwynhau ei phrynhawn.

Y tu allan i'r caffi, ar y stryd, mae Trys wedi dal i fyny efo Dai a Non erbyn hyn, ac mae'r tri'n cydgerdded ochr yn ochr.

'O'n i'n meddwl bod ti 'di gweud bod cyfarfod pwysig 'da hi Geinor heddi, Non.'

'O'dd.'

'Wel 'yn ni newydd 'i phasio ddi nawr, yn y Pengwin, gyda un o'r tiwtoried, o be weles i.'

'Cyfarfod 'di gorffen ma' raid.'

'Hm – neu falle'i bod hi'n seboni i drial ca'l marcie ychwanegol – ti byth yn gwybod.'

Mae Non yn ochneidio'n ddiamynedd. 'Trys – o's rhaid i ti fod mor gas amdani o hyd?'

'Dim ond gweud ...'

'Wel paid. Ma' hi fel obsesiwn gen ti dyddie yma.'

'W'rach 'i fod o'n 'i ffansïo hi. Ar y slei,' medd Dai-iô yn chwareus.

Mae Trys yn chwerthin yn ddirmygus.

'Dim danjer o 'ny gw'boi. Fydde'n well 'da fi fynd mas 'da sarff!'

'Hei!' mae Non yn ei bwnio'n ysgafn ar ei fraich. 'P'run bynnag, i ti ga'l dallt, Geinor ydi un o'r rhai mwya peniog yn y flwyddyn, ac o bell ffordd hefyd. Wedyn 'dw i'm yn meddwl bod ganddi lawer o reswm dros drio "seboni" neb.'

Mae Trys yn dal ei ddwy law i fyny.

'Ocê ocê. Jocan o'n i!'

Maen nhw wedi cyrraedd drysau'r Angel.

'Peint Dai? Ti'n haeddu un ar ôl yr ail hanner 'na, whare teg i ti. *Three – one*. 'Na ddangos i Fangor a'r Gogs!'

Try Dai at Non. Anaml y bydd hi'n mynd i'r dafarn, ond heddiw, mae hi'n gwenu, ac yn cytuno.

'Ocê. Ond dim ond *un* ia?'

'Un. Gaddo,' medd Dai, yn gwenu hefyd.

Ac mae'r tri'n mynd i mewn.

*   *   *   *

Mae'r cloc ar y pentan yn tipian yn nhawelwch y parlwr tywyll. Er gwaetha doniau amlwg Elisabeth i gyfathrebu â phob un mewn modd sensitif a phriodol, herciog ac anodd yw'r sgwrs y prynhawn 'ma. Mae denu mwy na brawddeg neu ddwy o enau Rhiannon fel tynnu dŵr o garreg, ac mae hyd yn oed Elisabeth yn anobeithio, a'i phrudd-der hithau yn dyfnhau fesul eiliad yng nghwmni'r wraig doredig, drist.

''Dech chi'n oer?'

Daeth y cwestiwn o rywle heb ei ddisgwyl, fel y rhan fwyaf o sgwrs Rhiannon heddiw 'ma: fel pe bai ei meddwl yn crwydro heb gyfeiriad na bwriad, ac yn glanio ar y syniad yma neu'r syniad acw megis ar hap, ac mae ei mynegiant yn ddigyffro a phell.

Try Elisabeth ei llygaid i edrych ar y grât oer a'r colsion llwyd, meirwon.

'Nach'dw i, Rhiannon. Peidiwch â phoeni.'

'Heb gael amser i gynne tân heddiw, 'dech chi'n gweld.'

'Popeth yn iawn. Mae amser yn hedfan pan mae rhywun yn brysur yn'dydi? Wn i yn iawn ...' medd Elisabeth, er na welodd hi neb llai 'prysur' na Rhiannon heddiw yn ei byw.

Try Rhiannon i edrych arni yn ymholgar.

'Ydio?'

Mae hi wedi gofyn y cwestiwn yn dawel, yn ddifynegiant bron, sydd yn taflu Elisabeth oddi ar ei hechel rywfaint.

Mae'r cloc yn tipian. Mae'r ci defaid sy'n gorwedd yn hollol lonydd wrth draed Rhiannon yn ochneidio'n ddwfn.

'Amser. Yn hedfan, 'lly? Wyddoch chi ... ma' amser fel tase fo 'di aros yn ei unfan i fi, rywsut. Nid 'mod i ddim yn gwybod pa ddiwrnod ydi hi, na dim byd fel'ne. 'Dw i yn gwybod yn iawn pa ddiwrnod ydi hi: ond, bod o ... ddim bwys gen i. Ydi hynny'n neud unrhyw fath o synnwyr i chi, deudwch, Elisabeth?'

'Wel. Yndi. Ma'ch colled chi'n ddiweddar o hyd. Fydde neb yn disgwyl i chi ddygymod â'r fath alar dros nos, Rhiannon.'

'Dau gant saith deg un.'

Edrycha Elisabeth arni, heb ddeall.

'Dau gant saith deg un – o ddyrnode yn ôl ... ddigwyddodd o. Dyne pa ddiwrnod ydi hi.'

Ac mae Elisabeth yn deall, ond am eiliad dydi hi ddim yn gwybod beth i'w ddweud. Mae'r ci yn ochneidio eto: ochenaid ddofn a blinedig.

'Nel druan. Dydi hi ddim i fod yn y parlwr, ond 'dio'm bwys, nach'di?'

Mae Elisabeth yn gwenu yn garedig. Â Rhiannon yn ei blaen.

'Ma' hi'n dal i chwilio am Huwcyn bob bore, wyddoch chi? Dw i wedi dechrau gadel iddi fynd fyny grisiau, i orwedd ar ei wely o weithie. Pan fydd Gwilym ddim yma, yndê. Fydde Gwilym ddim yn cytuno. "Y gegin neu'r buarth ydi'r lle i gi gweithio."'

Mae hi'n ymestyn ei llaw i anwesu'r anifail, yn dyner.

'Ond dydi'r greadures ddim yn gallu gweithio dyddie yma, a bod yn onest. Gwilym yn cwyno ei bod hi'n dda i ddim yn y caea 'di mynd. Ddim yn gwrando. Ddim yn canolbwyntio. A hi 'di'r ci gore fuo gynno fo erioed, mewn gwirionedd. Cyn i bopeth newid.'

Mae hi'n gostwng ei llais yn is eto.

'Fydda i'n meddwl weithie mai ti 'di'r unig un sy'n dallt sut 'dw i'n teimlo, yndê Nel, 'nghariad bach ...'

Mae hi'n edrych ar Elisabeth eto. Y gwir ydi mai dyma'r mwya y mae Rhiannon wedi siarad ers awr. Ers dyddiau. Ers wythnosau, hwyrach.

'Rhyfedd yndê? Y ci yn 'y nallt i'n well na 'ngŵr.'

Mae Elisabeth yn ddigon craff i synhwyro bod drws wedi agor, ac mae hi'n awyddus i fod o gymorth.

'Mae dynion weithie'n ei chael hi'n ... anodd trafod eu teimlade, wyddoch chi?'

Ond mae Rhiannon wedi dechrau ymbellhau yn barod.

'Dydi Gwilym ddim yn trafod unrhyw beth. 'Dan ni'n dau 'di colli'n lleisie. Ond dene fo. Beth sy 'ne i ddeud, yndê?'

Mae hi'n setlo yn ôl yn ei chadair, ac yn syllu drachefn ar y lle tân segur.

'Ma'r tŷ fel y bedd 'di mynd. Fel y bedd.'

Ac yna, tawelwch eto. Mae meddwl Rhiannon wedi dianc i rywle arall, am yr ugeinfed tro. Mae Elisabeth yn gwrando ar dipiadau'r cloc, ac yn ceisio penderfynu ar y ffordd orau i ddechrau sôn am yr hyn sydd wedi achosi ei hymweliad â'r fferm y prynhawn 'ma. Mae'n amlwg na fydd yn orchwyl hawdd.

*　　*　　*　　*

'Hoffet ti gael un arall?'

'Na. Diolch. Wir rŵan. Fedrwn i ddim!'

'Da 'di'r bara brith 'ma, chwarae teg.'

'Ia.'

Mae Eluned a Geinor wedi bod yn siarad a thrafod ers amser, ac erbyn hyn wedi rhoi Llyfr Du Caerfyrddin, Dafydd ap Gwilym, Morfudd a Dyddgu yn ogystal â Llyfr Coch

Hergest yn eu lle, ac wedi yfed sawl paned o goffi, a chladdu mwy nag un dafell o fara brith wrth wneud hynny. Mae'r ferch ifanc y tu ôl i'r cownter wedi dechrau clirio a glanhau'r byrddau a'r peiriant coffi Eidalaidd sgleiniog – cannwyll llygad y perchennog, Antonio – gyda symudiadau amlwg ac eitha swnllyd, yn y gobaith y bydd y merched yn ei deall, ac yn hel eu pac. Ond mae sgwrs y ddwy wedi dychwelyd at y mater a oedd dan sylw ganddynt yn gynharach y prynhawn hwnnw, a does yna ddim arlliw o fod eisiau canu 'Arrivederci!' ar yr un o'r ddwy.

'Doeddwn i'm 'di dallt pa mor gymhleth o'dd yr holl beth!'

Mae llygaid Geinor yn pefrio. Mae trafod gwleidyddiaeth, hanes, ac egwyddorion protest a democratiaeth fel hyn efo dynes sy'n meddu ar y ddealltwriaeth, a'r profiad, i allu egluro a dadlau mor gall, wedi cyffroi ei meddwl prysur ac awchus.

'O'n i'n dallt wrth gwrs ei fod o'n bwysig – ond doedd gin i'm clem pa mor bwysig!'

Mae Eluned yn ochneidio, ac mae'r rhwystredigaeth yn amlwg yn ei llais.

'Mae'n dod yn amlwg bod llawer iawn o bethe yn dibynnu ar beth ddaw o achos Tryweryn: pethe sydd, rhyngot ti a fi, yn fwy pellgyrhaeddol na chyfri a nodi faint o bobol fydd yn colli eu cartrefi a'u tir, waeth pa mor drist, a sawl galwyn o ddŵr y bydd Lerpwl yn eu hennill drwy'u "boddi" nhw. Mae'r dadlau yn chwerwi'n ofnadwy rhwng y pleidiau yn barod, a dydi'r Gorfforaeth ddim hyd yn oed wedi cyflwyno'i chynllun terfynol i'r Senedd eto.'

O'i hochr hi, mae Eluned hefyd yn mwynhau cwmni Geinor, ac mae'n fywiog ac yn siaradus o'r herwydd. Mae cynnal trafodaeth ddwys â merch ifanc alluog fel Geinor wedi codi ei chalon hithau. Magwyd Eluned Prydderch ar aelwyd hynod Gymreig: bu ei mam a'i thad yn gefnogwyr selog i Blaid Cymru ers iddynt ymuno â Phlaid Genedlaethol Cymru yn yr Ysgol Haf gyntaf erioed, ym Machynlleth ym 1926. O ganlyniad, efallai, mae Eluned yn meddu ar anian wleidyddol reddfol, ac mae ganddi ddiddordeb cenhadol, bron iawn, mewn ysgogi pobl ifanc i feddwl yn fwy difrifol am eu perthynas â Chymru, ei diwylliant, a'i hiaith – a chenedlaetholdeb. Mi fyddai'n dda ganddi pe bydde gan fwy o aelodau ei dosbarthiadau gymaint o ddiddordeb yn eu hetifeddiaeth, a dyfodol eu gwlad, ag sydd yn amlwg gan Geinor.

'Ond hefo'r blaid Lafur, rŵan. *Ma'* nhw yn erbyn y cynllun, yn'dydyn?' mae Geinor yn ceisio deall. 'Hynny ydi, os ydi rhywun fel Megan Lloyd George wedi mynegi cefnogaeth ...'

'Yndi. Ma'r Fonesig Lloyd George yn wahanol iawn i'w brawd, diolch byth: ac ydi, ma' hi'n un o Lywyddion Anrhydeddus y Pwyllgor Amddiffyn, ynghyd â T. W. Jones, Aelod Seneddol Meirion: Plaid Lafur hefyd, wrth gwrs.'

'Wel dyna fo 'ta, yntê?'

'Does yna'm llawer o Gymraeg rhyngddyn nhw a Gwynfor Evans a bod yn onest. Ac mae eu cyfrifoldebau fel "Llywyddion Anrhydeddus" yn niwlog iawn.'

'Ond tasa pawb yn gweithio efo'i gilydd, mi fydda 'na fwy o obaith llwyddo, does bosib? "Mewn undod ma' nerth", yndê?'

'Wrth gwrs. Ond ma' Aelodau Seneddol y Blaid Lafur yng Nghymru wedi digio'n ofnadwy efo Gwynfor ar hyn o bryd, ac felly efo'r Blaid i gyd.'

'Wel, pam?'

'Am sefyll yn etholiad Meirion y llynedd, yn un peth. A'i

fod o, drwy wneud hynny, wedi cefnu ar y ddealltwriaeth a oedd yn bodoli na fydda Plaid Cymru yn sefyll yn erbyn unrhyw ymgeiswyr o bleidiau eraill sydd wedi bod yn gefnogol i'r ymgyrch ddatganoli. Ond mae Gwynfor, ti'n gweld, yn credu'n gryf bod yn rhaid i Blaid Cymru ddatblygu i fod yn blaid genedlaethol gredadwy, etholadwy. Yn blaid efo hygrededd ac aeddfedrwydd gwleidyddol. Ac felly mae'n rhaid iddi gael ei gweld, a'i chlywed, mewn cymaint o lefydd â phosib. Yn cynnwys Etholiadau Cyffredinol. A dyna i ti wedyn broblem arall ...'

Mae Geinor wedi'i chyfareddu. 'Ia?'

'Wel, mae yna rai sydd yn credu y medar Gwynfor ennill sedd Meirionnydd y tro nesa.'

'Wir yr? Disodli'r Blaid Lafur? Mi fydda hynny'n ffantastig!'

Mae Eluned yn gwenu ar frwdfrydedd Geinor.

'Bydda. Ond hwyrach bo' chdi'n deall rŵan pam mae achos Cwm Celyn yn golygu ei bod hi'n gythreulig o bwysig pa lwybr y mae Gwynfor yn dewis ei droedio. Gall y ffordd y mae'n gweithredu rŵan fod yn hynod o dyngedfennol.'

'Ond fedar o fod yn arwr felly, medar? Gwneud safiad, arwain yr ymgyrch dros Gymru. Dydi hynny ddim yn mynd i'w wneud o'n fwy poblogaidd nag erioed?'

'Ddim o reidrwydd. Beth os na fydd pawb yn cytuno â'r safiad hwnnw? Ma'r sosialwyr – a rhai Cymry blaengar yn eu plith, cofia – yn mynnu y bydd y cynllun yma'n dod â gwaith ac arian sylweddol i'r ardal, ac mae hynny'n siŵr o ddylanwadu ar rai. A beth bynnag, mae hynny'n arwain at gwestiwn teg arall: ydi hi'n ddoeth i ddarpar Aelod Seneddol, llywydd ei blaid, sefyll ar flaen y gad mewn brwydr a allai droi'n fudr?'

'Yndi!'

'Yndi, os wyt ti'n chwyldroadwr. Ella ddim, os wyt ti 'di rhoi dy fryd ar feithrin a datblygu plaid wleidyddol barchus.'

'Parchus?'

'Ia. Parchus. Anodd iawn iddo gael ei ethol mewn carchar!'

Mae Geinor yn edrych i waelod ei phaned gwag o goffi. Mae golwg siomedig arni yn sydyn. Mae Eluned yn ei hastudio am funud, cyn ychwanegu, 'Mae cenedligrwydd yn bwysig i ti, yn'dydi?'

Cwyd Geinor ei llygaid, ac maen nhw'n hollol ddidwyll wrth iddi ateb,

'Yndi. Wrth gwrs. A chenedlaetholdeb hefyd.'

'Wrth gwrs. Ond wel'di, mae "Nationalism" yn golygu rhywbeth gwahanol iawn i lawer iawn o bobol, wsti.'

Mae Geinor yn brathu ei gwefus, ac yn gostwng ei llygaid i astudio'r gwaddodion yn ei chwpan unwaith eto. Mae hi'n gallu clywed llais ei mam yn atseinio yn ei chlustiau:

'Do you know darling, I really think those Nashies are Wales's worst enemy at times.'

Mae Eluned yn ochneidio wrth estyn am ei chôt a'i bag ar y sedd wrth ei hochr.

'Un peth sy'n saff i ti. Nid fi 'di'r unig un sy'n credu'n bod ni am gael ein tynnu mewn i frwydr hir, a chymhleth hefyd. Ond dene fo rŵan, ty'd. Ma'r eneth fach druan 'ma bron â marw isio i ni hel ein traed.'

Mae Geinor hefyd yn casglu ei phethau, yn edrych yn feddylgar.

'Doeddwn i'm wedi bwriadu dy ddigalonni di, cofia,' medd Eluned, efo gwên.

'O! Ma'n ddrwg gin i – dydach chi'm wedi 'nigalonni i, wir.

Dim ond ...' mae hi'n hwffio'i hanadl drwy'i gwefusau, 'Ma' 'na lot i feddwl amdano fo, yn'does?'

'Oes,' medd Eluned. 'Oes, Geinor. Lot fawr!'

*   *   *   *

Carthen mewn lliwiau o las golau a hufen sy'n gorwedd ar y gwely yn yr ystafell fechan, ynghyd â thedi bêr, sy'n eistedd yn dawel efo'i gefn yn gorffwys ar y gobennydd, a'i ben wedi troi tuag at y ffenestr gul. Drwy hon gellir gweld y buarth, a heibio iddo, bryniau a llethrau Arennig, yn gorwedd mewn heulwen o hyd: heulwen sydd erbyn hyn yn ymestyn ei phelydrau tenau ar draws llawr pren y llofft hefyd. Ond y smotiau o lwch sydd wedi nofio allan o'r cysgodion wrth i Rhiannon agor y drws, i ddawnsio am eiliad ar y bysedd tenau yna o olau, yw'r unig bethau sy'n symud yn yr ystafell wely fach, wag, yng nghornel bellaf y ffermdy.

Saif y ddwy ddynes yn dawel ar drothwy'r drws. Wŷr Elisabeth ddim yn iawn beth i'w ddweud. Mae'n oedi, er mwyn rhoi'r cyfle i Rhiannon siarad.

Ar ôl eiliad neu ddwy, mae Rhiannon yn gollwng ochenaid fach wan, cyn egluro,

'Dydw i'm 'di gallu clirio dim 'dech chi'n gweld? Ddim ... ddim eto. Dydi o'm yn teimlo'n ... iawn ... rywsut ...'

'Na,' medd Elisabeth yn ofalus. 'Gymerodd o amser hir i 'Nhad a finne ddechrau clirio a threfnu eiddo Mam ar ôl ei cholli hi. Mae'n naturiol, Rhiannon, yn hollol naturiol.'

'Oeddech chi'n ifanc pan fu hi farw 'te?'

'Dwy ar bymtheg ...'

'Dyne galed,' medd Rhiannon yn dawel.

'O'dd, mi roedd o'n galed,' medd Elisabeth, yn petruso am eiliad cyn ychwanegu, 'Fi o'dd yr hynaf o'r saith ohonon ni, wedyn mi roedd o'n galetach o lawer i'r lleill: Donos a Watcyn yn enwedig. Roedd y ddau'n fach iawn, yn ddyflwydd a phedair oed.'

'Bechod. Bechod mawr.'

Mae llais Rhiannon yn dawel, ond yn addfwyn.

'Ie.'

Mae'r ddwy yn distewi eto, ac yn edrych i mewn i'r ystafell fechan am rai eiliadau. Yna mae Rhiannon yn troi at Elisabeth. Mae hi bron yn sibrwd.

'Does ene neb arall wedi bod i fyny yma wyddoch chi, 'blaw fi ... a'r ci. Dydi Gwilym ddim isio gweld. Wedyn ... diolch.'

''Sdim isio i chi ddiolch i mi, Rhiannon.'

'Na. Wn i. Ond diolch, yr un fath.'

Mae Rhiannon yn troi i edrych ar y gwely eto. Yna, heb edrych ar Elisabeth, mae'n gofyn,

'Pryd 'dech chi'n meddwl fydda i'n teimlo'n well?'

Mae Elisabeth yn ei hastudio: y llygaid llwyd, y croen gwelw wedi ei dynnu braidd yn rhy dynn dros y bochgernau uchel esgyrnog, y rhychau main na ddylent fod yno eto yn dechrau ymledu o gwmpas y gwefusau a'r arleisiau tenau, a'r bysedd hirion yna, yn gweithio a gweithio'r defnydd ar ymyl poced y ffedog glas golau sydd am ei chanol. Ac mae Elisabeth yn penderfynu: does dim modd yn y byd iddi fedru gofyn yr hyn mae hi wedi dod i'w ofyn i Rhiannon heddiw. Mi fydd yn rhaid iddi ddod yn ôl yma eto, wedi'r cyfan.

'Amser yw'r meddyg gorau, Rhiannon. Amser, a chariad, a gofal. Ylwch, wna i ddim ych styrbio chi chwaneg heddiw. Mi fydd Gwilym yn ei ôl toc ma'n siŵr, a ma' gen i ddigon i'w wneud cyn amser te hefyd. Wedyn, os 'dech chi'n iawn, 'dw i'n meddwl fydde'n well i mi gychwyn am adre.'

'O. Ym. Ie,' medd Rhiannon, yn troi rŵan i edrych arni. Yna mae'n cofio.

'Ond doeddech chi'm isio rywbeth?'

'Be rŵan?'

'Ddeudoch chi'm ... rhywbeth pwysig ...?'

'O. Na. Mae'n iawn Rhiannon. Ma' hi'n mynd yn hwyr. Gawn ni drafod pethe eto, dw i'n siŵr. Alwa i i'ch gweld chi eto, ia?'

'O. Ie. Fyddwn i'n licio hynny.'

Ac mae Elisabeth yn troi ar ei sawdl i gamu yn ôl i lawr y grisiau, ac allan i'r buarth a'r heulwen: ond mae ei chalon yn drwm.

*   *   *   *

'Y peth gwaetha ar hyn o bryd, i mi, ydi'r anghydfod o fewn y Blaid ei hun.'

Mae Eluned a Geinor erbyn hyn yn cerdded ar hyd y prom, ac er ei bod hi'n hwyrhau, gyda'r heulwen wedi cilio y tu ôl i gymylau isel ac awelon y prynhawn yn oeri, mae Geinor yn parhau i holi a thrafod yn wresog, ac eiddgar. Mae'r sgwrs wedi tanio rhyw egni newydd ynddi, ac mae hi'n awchu am fwy o wybodaeth. Gwrandawa ar Eluned yn astud.

'Y peth ydi, does gan Blaid Cymru mo'r cyllid i ariannu ymgyrch fawr, beth bynnag. Ma' hi dloted â llygoden eglwys. Ond hyd yn oed tase ganddi filoedd, 'dw i'n amau'n fawr a fydde'r Pwyllgor Gwaith yn gallu cytuno yn unfrydol ar sut i weithredu. Mae 'na ddadlau mor anghynnes a checrus wedi bod. Ar y naill law, mae gen ti aelodau sy'n credu y dylid gwrthwynebu cynlluniau Lerpwl drwy ddefnyddio dulliau cyfansoddiadol yn unig, ac ar y llall, y rhai sy'n mynnu mai gweithredu'n anghyfansoddiadol ydi'r unig ateb.'

'Ond mae'n rhaid i'r Blaid neud rhywbeth, does bosib?'

'Oes Tad.'

Mae Eluned yn chwerthin, ond mae ei thôn yn ddifrifol.

'Pan gododd mater Tryweryn gynta – cyn y Nadolig, cofia – ddaethon nhw i ryw benderfyniad eitha simsan ac anesmwyth yn y Pwyllgor Gwaith y dylid brwydro yn erbyn Lerpwl ar seiliau economeg, yn ogystal â rhesymau diwylliannol, a gwneud hynny drwy ddefnyddio dulliau di-drais, cyfansoddiadol.'

'Ia. Dyna o'n i wedi'i gael ar ddeall.'

'Ond mi ro'dd 'na hefyd rai aelodau'n teimlo'n gryf y dylid llunio polisi cyfrinachol rywfaint yn ... "wahanol", hefyd, ar gyfer y dyfodol.'

'Polisi cyfrinachol? Be felly? Tor cyfraith?'

'Wel, defnyddio dulliau *ang*hyfansoddiadol, yn bendant. Waeth befo, mae'n saff dweud bod y pwysau yn cynyddu erbyn hyn ar yr arweinyddiaeth – a'r llywydd – i wneud safiad o *un*rhyw fath. Trafodwyd y peth am oriau maith yng nghyfarfod y Pwyllgor Gwaith ddechrau'r mis. Awgrymiadau fel picedu yn Lerpwl, a chau stryd yng nghanol y ddinas ar bnawn Sadwrn, peintio sloganau ac ati: tor cyfraith di-drais, hynny yw.'

'A?'

'Wel, mae'r un cwestiwn yn union yn codi eto yn'dydi? Fydda hi'n ddoeth i Lywydd y Blaid, y dyn y mae pawb yn hyderu fydd yn cael ei ethol fel ein Haelod Seneddol cyntaf, fynd i'r carchar, o dan yr amgylchiadau presennol? Ac mae'n werth cofio hefyd, a bod yn deg, fod ganddo wraig, a chwech o blant. Wedyn yn anffodus, yr unig beth pendant wnaethon nhw benderfynu oedd y dylid sefydlu is-bwyllgor.'

'Is-bwyllgor?'

'Ia. "Pwyllgor Cwm Tryweryn." "I drafod ymhellach be fyddai'r ffyrdd gorau i brotestio, a'r defnydd gorau o'n hamser a'n hymdrechion."'

Saif Geinor yn stond.

'A 'na fo, ia?'

'Ia. Dyna fo. Yn anffodus. Am rŵan. O, heblaw am nodi a chanmol sefydlu'r gofeb newydd yng Nghilmeri, ym mis Mawrth, i ddynodi safle marwolaeth Llywelyn ein Llyw Olaf a 1282.'

Sylla Geinor ar Eluned efo llygaid mawr.

'Be?' mae Eluned yn gofyn.

'Dim,' medd Geinor, yn ysgwyd ei phen. 'Dim ond ... Be goblyn ddigwyddodd i'r tân yn y bol, dudwch?'

Cwyd Eluned ei 'sgwyddau.

'Cwestiwn da, Geinor. Cwestiwn da iawn.'

*　　*　　*　　*

Digalon iawn oedd taith Elisabeth o ddrws Rhiannon drwy'r wig fach o goed cnau rhwng y ffermdy a'r ffordd, gyda'r haul yn dechrau diflannu, o'r diwedd, y tu ôl i ysgwyddau Arennig a chribau a chopâu llwyd a phorffor Eryri yn y pellteroedd. Saif yn awr i edrych yn feddylgar dros waliau cerrig Hafod Fadog, yn ceisio cael trefn ar ei meddyliau prudd, ac yn pwyso a mesur. Ai doethineb, ynteu llwfrdra, a barodd iddi beidio â gofyn i Rhiannon am fedd ei mab: oherwydd dyna oedd ei gorchwyl 'bwysig' y prynhawn hwnnw, i fod. Penderfynwyd yn y Pwyllgor Amddiffyn diweddaraf y dylid rhoi'r cyfle i bawb a oedd â theulu wedi eu claddu ym mynwent Celyn i gael arwyddo deiseb arbennig ynglŷn â'i phwysigrwydd, a'i dyfodol. Ond rywsut, pan ddaeth hi i'r pen, nid oedd gan Elisabeth syniad yn y byd sut i grybwyll y fath beth wrth fam ifanc mor amddifad a galarus.

Ar adegau fel hyn, mi fydd Elisabeth – ia, Elisabeth ddiflino, ddygn – yn gofyn iddi hi ei hun sut ar wyneb y ddaear y mae hi wedi cael ei thynnu i mewn i'r holl bwyllgora a threfnu yma: a hithau erioed wedi ymddiddori mewn unrhyw ffordd arbennig mewn gwleidyddiaeth yn ei hieuenctid, oni bai am fynychu ambell i Ysgol Haf Plaid Cymru, efo'i chwiorydd a'i ffrindiau. Mae aelodau lleol y Pwyllgor Amddiffyn yn barod iawn i helpu, ond ychydig o wybodaeth, a llai fyth o brofiad, sydd ganddyn nhw i'w helpu wrth fynd i'r afael â chyrff grymus fel Corfforaeth Lerpwl. Mae Dafydd Roberts wedi cadeirio a chadw cofnodion pob cyfarfod yn ymroddgar, yn drylwyr ac yn ddi-gŵyn, ond fel nifer o aelodau eraill, gwan iawn yw ei Saesneg, a gwannach fyth ei hyder i ddefnyddio'r iaith fain. Mae nifer o 'Lywyddion Anrhydeddus' erbyn hyn wedi derbyn gwahoddiad y pwyllgor i 'ddangos eu hochr', ond, heblaw am Gwynfor Evans, sydd eisoes wedi dangos angerdd, brwdfrydedd a digon o fôn braich, mae'n debygol iawn mai llywyddion mewn enw fydd y lleill, yn ychwanegu pwysigrwydd a, gobeithio, dylanwad i'r achos, ond ychydig iawn o waith caib a rhaw. A dyna sut mae'r baich o lythyru, trefnu, creu cysylltiadau ac ysgrifennu adroddiadau wedi glanio mor gyfan gwbl, a thrwm, ar ysgwyddau'r Ysgrifennydd, Elisabeth, a hithau heb gymorth, na hyd yn oed teipiadur.

Ond mae ei sgwrs gyda Rhiannon wedi peri i Elisabeth oedi i bensynnu ar bethau llawer mwy personol na'i chyfrifoldebau dirifedi ar ran y Pwyllgor Amddiffyn. Yn annisgwyl iawn, mae wedi dwyn i'w meddwl atgofion, melys a chwerw, am ei magwraeth a'i phlentyndod yma yn

Llythyrdy Celyn: am ei mam, Annie, ac am y llwybr annisgwyl y parodd ei marwolaeth annhymig iddi hi ei gymryd. Gadael yr ysgol yn ddwy ar bymtheg oed, i ganolbwyntio nid ar ddyfodol disglair, ond ar gadw'r cartre a'r teulu – ei thad a'r chwech o blant bach – yn iach, diogel a chlyd, a hynny mewn tŷ nad oedd ynddo ddŵr na thrydan. Ac wrth feddwl yn ôl rŵan, y peth mwyaf mae hi'n ei gofio am y cyfnod anodd yna ydi'r modd y byddai pawb yn cyd-dynnu, yn reddfol, bron, yn cynnal a chefnogi ei gilydd, y naill yn cynorthwyo'r llall. Cymdeithas wledig, gydweithredol, yn meddu ar gyd-ddealltwriaeth ddiffwdan, ond cadarn. Undod.

Yn sydyn mae Elisabeth yn rhynnu ryw fymryn. Mae'r awel yn dechrau gafael. Dros y wal o'i blaen mae olion hen 'ardd gladdu' Crynwyr yr ardal: gorffwysfannau olaf y brodorion rheiny o'r plwyf a oedd, dros dair canrif yn ôl, yn barod i wynebu dirwyon, carchar ac angau, hyd yn oed dienyddiad, dros eu cred. Dewrder hunanaberthol dros egwyddor. Ac yma mae eu gorweddfannau o hyd.

Ochneidia Elisabeth yn ddwfn. Ymysg y llythyrau mwyaf siomedig iddi eu hagor yr wythnos hon oedd yr un a ddaeth oddi wrth Grynwyr Lerpwl, ac un arall oddi wrth eu cymdeithas yn y Tymbl, yn ymateb i'w chais am gefnogaeth i'r ymgyrch i achub Cwm Tryweryn.

Roedd y ddau wedi gwrthod cefnogi. Hyd yn oed yn wyneb dyfodol ansicr eu gardd gladdu hynafol. Yn ôl cynlluniau Lerpwl, mi fydd yn diflannu am byth o dan wyneb y dŵr, gyda phopeth arall.

Mae Elisabeth yn rhynnu eto, cyn ei throi hi, yn eitha trist, am y ffordd yn ôl i ganol y pentre, ac adre.

*   *   *   *

Mae hi'n tywyllu y tu allan, ond yng ngolau lampau'r stryd mae Geinor yn gallu gweld, wrth edrych allan drwy'i ffenestr, bobol yn mynd a dod, ar eu ffordd yn ôl o'r dre, neu efallai ar eu ffordd allan am y noson. Mae hi'n eistedd wrth y ddesg fach yn ei hystafell, llyfr nodiadau o'i blaen, lamp fechan yn unig ynghyn. Mae hi wrthi'n edrych drwy'r nodiadau a wnaethai, yn ei hysgrifen drefnus, dra chywir, pan mae curiad ysgafn ar y drws yn peri iddi godi ei llygaid o'r tudalennau taclus i wrando.

'Geinor? Geinor, ti yna?'

Mae Geinor yn adnabod y llais yn syth, ond mae hi'n oedi am eiliad, cyn ateb.

'Yndw. Mae o ar agor ...'

Daw Non, yn edrych yn writgoch ac allan o wynt braidd, i mewn i ystafell glyd ei ffrind gorau, gydag awel oer halenaidd y prom yn ei dilyn drwy'r drws.

'Pfff! Am bnawn! Enillon ni. Yn diwadd. Tair gôl i un. Sgoriodd Dai ddwy.'

'Grêt.'

'Ia hefyd!'

Mae Non yn eistedd, yn drwm braidd, ar wely Geinor.

'Wel? Sut a'th y "cwarfod"?'

Ŵyr Non ddim a ydi Geinor wedi maddau iddi eto, ac mae hi felly'n betrusgar braidd. Ond mae ymateb egnïol Geinor yn hel ei hamheuon ymaith yn syth.

'Grêt, cofia.'

'Ia?'

'Ia. Grêt.'

Mae Non yn edrych arni'n chwilfrydig rŵan.

'Be?' medd Geinor, gyda gwên.

Mae Non yn craffu arni. 'Ti'n edrych yn ... 'dwn i'm ...'

Mae Geinor yn chwerthin yn ysgafn. 'Yn be?'

'Yn ... yn wahanol.'

'O?'

'Wyt. Ti'n edrych ... Ti'n edrych yn ofnadwy o ... fodlon, rywsut.'

'Ydw i?'

'Wyt.' Mae Non yn gwenu hefyd. 'Wyt. Ti'n edrych yn *hynod* o "fodlon". '

'Ia. Wel. Ella bod 'na reswm dros hynny.'

Egyr llygaid brown Non yn fawr. Mae hi'n synhwyro clecs. Does bosib bod Geinor wedi cwrdd â rhyw hogyn – neu ddyn hyd yn oed, rhyw gariad, rhyw bishyn rhamantus sy 'di'i swyno hi – o'r diwedd? Mae hi'n gwenu'n gynllwyngar, ac yn setlo ar y gwely yn llawn chwilfrydedd.

'Ia ...? Wel! Deud! Be 'di'r hanes 'lly?!'

Mae Geinor yn chwerthin eto.

'Dim byd o bwys ...'

'Ha! Ty'd o'ne, Geins. Ma' rywbeth 'di digwydd, ydio?'

'Nach'di. Onast. 'Im felly.'

Mae Non yn edrych yn siomedig.

'Hynny 'di ... 'S'na'm byd 'di "digwydd" fel 'dae ... dim ond ...'

'Ia? Wel, deuda, myn brain i!'

'Dim ond ... 'Dw i'n meddwl 'mod i 'di ffeindio allan o'r diwadd be 'dw i isio neud efo gweddill 'y mywyd.'

Pennod 5

Symud Ymlaen

Mai, 1956, Lerpwl.

'Off you go then. And mind yer give 'em what for, Ells!'

Mae Beryl yn gwenu'n gyfeillgar ar Eleanor, sy'n sefyll wrth y drws. Mae hi'n edrych yn ddel ac yn drwsiadus iawn mewn ffrog syml, lliw lemwn efo gwregys gwyn, ond mae hi'n methu cuddio'r ffaith ei bod yn nerfau i gyd.

'Not that we won't miss yer down 'ere when you goes, chuck!' mae Beryl yn ychwanegu, ac mae Eleanor yn gwenu'n swil.

'Haven't got the job yet have I, Bee?'

'No, but it's in the bag I'll bet. Clever girl like you. You'll walk it, won't she girls?'

Mae corws o 'Course she will!' 'Pound to a penny!' 'Nu'tin to worry about' 'Walk in the park, Ells!' ac anogiadau eraill yn pyncio'n hwyliog o enau'r rhes o ferched sy'n eistedd wrth y switsfwrdd yn plethu'r gwifrau o'u blaenau yn esmwyth a didrafferth. Mae Eleanor yn anadlu'n ddwfn.

'Here goes then!'

'Yep! Good luck love ... Good afternoon Madam, Liverpool Corporation switchboard, can I help you?'

A gyda hynny mae Beryl – a'r lleill – wedi ymgolli unwaith eto yn eu gwaith, wrth i Eleanor gamu o'r ystafell breplyd ac allan i'r coridor hir, tawel, a thywyll. Mae'n cymryd anadl ddofn arall i fagu hyder, ac yna'n troi'n eitha penderfynol am y grisiau ym mhen pella'r cyntedd. Er i Eleanor gerdded i fyny ac i lawr y grisiau yma gannoedd o weithiau yn ystod y pedair blynedd diwethaf, heddiw fydd y tro cyntaf iddi fentro yn uwch na'r ail lawr a'i gweithfan gyfeillgar, ac felly mae ei chalon yn curo yn gynt nag arfer wrth iddi ddringo i uchelderau'r swyddfeydd pwysig ar loriau uwch yr adeilad hynafol.

'Come in.'

Mae'r llais benywaidd yn siarp a chywir, ac mae Eleanor yn oedi. Mae hi newydd guro ar y drws mawr trwm o bren caled a thywyll gyda'r geiriau 'Leader's Office' wedi eu naddu mewn llythrennau aur ar ei draws. Mae'n ymwroli am eiliad neu ddwy, ac yna'n troi'r ddolen bres yn ofalus i agor y drws, ac yn camu i mewn i swyddfa lydan. Mae tair desg yr ystafell wedi eu trefnu ar dair ochr i sgwâr, gyda merch y tu ôl i bob un, a'r tair yn canolbwyntio'n ddiysgog ar y teipiaduron a'r dogfennau o'u blaen.

Yna mae'r ddynes hynaf – ynghlwm wrth y ddesg ganol, efo'r enw 'Elaine Murphy' ar arwydd plastig o'i blaen, gydag un arall wrth ei ochr ac arno'r geiriau 'Personal Assistant to Mr J Braddock' – yn codi ei llygaid y tu ôl i'w sbectol *browline* frown ddiaddurn i astudio Eleanor.

'Miss Riley?'

'Yes.'

'Take a seat.'

Mae'r tinc caled yn ei llais yn peri i Eleanor edrych o gwmpas yr ystafell braidd yn swil, cyn gweld gyda rhyddhad fod yna gadair ger y drws y tu ôl iddi. Mae'n mynd i eistedd yno yn dawel, tra mae'r ferch agosaf ati, sy'n dlws, yn ifanc, ac yn amlwg yn feichiog, yn gwenu'n garedig arni, a hynny'n codi ei chalon rywfaint. Yna mae'r ddynes gyda'r sbectol yn ychwanegu, heb edrych arni, am ei bod eisoes wedi troi ei sylw at bethau pwysicach nag Eleanor,

'Councillor Braddock has a meeting. He won't be long.'

'Oh. Thank you,' medd Eleanor, ei hyder simsan yn prysur ddiflannu. Mae'r tair ysgrifenyddes wedi dechrau teipio unwaith eto, ac mae Eleanor yn dechrau anesmwytho. Mae hi wedi gweithio mor galed ers dwy flynedd yn ei dosbarthiadau nos Pitman: 'Speedwriting and Shorthand' ar nos Fawrth, 'Secretarial and Office Administration' ar nos Iau, ac wedi pasio ei harholiadau yn hawdd efo marciau rhagorol. Ond mae awyrgylch oer a sych y swyddfa fawr banelog wedi peri iddi ddechrau amau ai doeth oedd ceisio mentro allan o'i chuddfan fach glyd a hwyliog efo genod y switsfwrdd, i'r byd anhyblyg a difrifol yma.

Mae'n edrych o'i chwmpas eto, ac yn sylwi ar ddrws yn y wal ar ei hochr chwith, sy'n amlwg yn arwain i Ystafelloedd Preifat Arweinydd y Gorfforaeth. Edrycha ar y cloc. Pum munud wedi tri. Mae'n gobeithio na fydd y Cynghorydd Braddock yn ei chadw'n rhy hir, nac yn gofyn cwestiynau rhy anodd. Mae'n ochneidio'n nerfus eto, ac yn gostwng ei llygaid i edrych ar ei hesgidiau. Tybed ddyle hi fod wedi gwisgo'r rhai brown?

* * * *

Esgidiau lledr du, llydan, sgleiniog sydd am draed bach tew (a chwyslyd) yr Henadur Jack Braddock, sydd newydd bwyso yn ôl yn ei gadair, yn hollol anymwybodol o'r gofid mae ei hwyrni yn ei achosi i'r ferch ifanc sy'n eistedd yn aros amdano yr ochr draw i wal ei swyddfa gyfforddus. Mae'r sgidiau, a'r traed bach tew y tu mewn iddynt, yn gorffwys, wedi eu croesi un ar ben y llall, ar y ddesg o'i flaen, a heibio iddynt, yn wynebu ei arweinydd, mae'r Henadur Frank Cain yn eistedd mewn cadair freichiau Chesterfield lledr coch tywyll, yn edrych yr un mor gysurus â'i fos – er bod Frank yn un sy'n hoffi cadw ei ddwy droed ar y ddaear ar bob achlysur.

'It's totally out of the question, of course,' medd Frank rŵan, yn gwenu'n gynnil.

'Totally,' medd Jack. 'I suppose you could offer them a meeting with the Water Committee instead of the full council.'

Mae Frank yn gwgu. 'Yeeees.' Ond mae'n ansicr. 'Although we do have a very, very busy schedule at Water.'

'Of course, of course, but, you know, show willing an' all that? Don't want to play into the hands of Mr Evans and his "nationalist propaganda machine" do we?' Nid yw Jack yn ymdrechu i guddio'r dirmyg yn ei lais.

'No,' medd Frank. Mae'n feddylgar. 'Not that he's really got any political clout. Has he?'

'Not really, not as far as I can gather. He maintains that there's this ... what was it he said again, "great development in national consciousness in Wales", was it?

'Yes. Not forgetting the "determination to maintain the integrity of Welsh territory", Jack.' Mae ei dôn yn ddirmygus.

'Ah! Yes! That was it.' Mae Jack yn gwenu. '"The integrity of Welsh territory." Hm.' Mae'r ddau yn gyfarwydd â nifer o frawddegau Gwynfor Evans yn ei lythyr at Glerc y Cyngor ychydig fisoedd yn ôl am eu bod wedi'i ddarllen yn gysetlyd a hunanfoddhaol sawl gwaith.

'The man's clearly delusional. Let's face it Frank, who on earth wants to hear about nationalism these days, eh? And as for ever winning a Parliamentary seat. Not in a month of Sundays. No. It's a roadside village for God's sake. A little backwater with what? A dozen or so families and a few sheep resident. So, I'd advise just send out a message. Point out that the City Council never receives deputations, but nonetheless wants to keep negotiations open and friendly, so they're *more* than welcome to send this "deputation" of theirs to meet with the Water Committee. Oh and you could say something like ... meeting with the twenty four members of the committee will be *much* more amicable and manageable, and much less daunting for this little deputation, than meeting the full council of 160 members of the great and the good, etc etc. You know the sort of thing.'

'Okey dokey, Jack. No problem. I'll get it sorted.' Mae Frank yn codi ar ei draed.

'Sorry to rush you Frank. Interviews. New secretary ...'

Mae Frank yn gwenu. 'Tough at the top eh, Jack?'

Mae Jack yn chwerthin yn ysgafn. 'Damn girls keep getting themselves pregnant just when you've started to get 'em trained up!'

Mae Frank yn mynd am y drws, ac mae Jack yn ychwanegu,

'Don't worry, Frank. It'll be fine. I have total confidence in our ability to get this thing through without much trouble. After all, we're in the right, aren't we!'

'Absolutely, Jack. Keep you posted.'

Ac mae Frank yn mynd drwy'r drws i'r ystafell nesa, lle mae'n gweld, yn eistedd ger y drws, ferch ifanc ddel a thywyll mewn ffrog lliw lemwn.

'Send Miss Riley in then, Elaine,' medd llais Jack Braddock drwy'r *intercom* ar ddesg y ddynes efo'r sbectol. Mae'r ferch ger y drws yn codi ar ei thraed. Mae Frank yn gwenu ac yn mwmian 'Tough at the top' eto iddo'i hun wrth fynd heibio iddi, ac allan i'r coridor.

Mae Eleanor yn anadlu'n ddwfn, ac yn dilyn 'Elaine' i mewn i swyddfa foethus Arweinydd Cyngor y Ddinas.

*   *   *   *

'Paned arall?'

Dim ateb. Mae Donos yn astudio ei chwaer hyna yn ofalus.

'Lisi? 'Tisio paned?' mae'n gofyn drachefn.

'O ... ym ... Be?' Cwyd Elisabeth ei phen o'i phapurau ar y bwrdd yn y gegin gefn am eiliad.

'Paned arall Lisi?'

'O. Ie. Diolch i ti.'

Daw Donos ati wrth y bwrdd, gan estyn am y cwpan a'r soser sydd o flaen Elisabeth.

'O Elisabeth! Ti'm 'di yfed hon eto. Mae'n oer i gyd!'

'Be? O. Yndi. Ma'n ddrwg gen i ...'

Mae Donos yn rhoi'r te oer i lawr ar y bwrdd eto, efo ochenaid flin. Ond dydi Elisabeth ddim yn sylwi.

'Elisabeth,' medd Donos, yn colli amynedd. 'Wnei di wrando arna i, am funud? Os nad ydio'n ormod o drafferth i ti.'

'Mmmm?'

'Lisi!'

Mae'r rhwystredigaeth yn llais ei chwaer yn peri i Elisabeth godi ei llygaid i edrych arni, o'r diwedd.

'Be rŵan, Donos?'

'Elisabeth, mae'n rhaid i ti gallio.'

'Wfft. Ddim hwnne eto.'

'Ie. "Hwnne" eto.'

''Dw i'n berffaith iawn.'

104

'Ti'n welw.'

'Annwyd bach sy arna i.'

'Twt lol – ti'n edrych wedi ymlâdd.'

'Dw i'n iawn! Ond os 'di dy gynnig di i neud paned yn dal i sefyll, 'swn i'n reit ddiolchgar. Wedyn rho'r tecell i ferwi eto i mi ga'l gorffen hwn yn gall.'

Ac mae ei phen yn ôl yn ei phapurau eto. Mae Donos yn anobeithio, ac yn mynd ati i wneud paned ffres.

A bod yn deg â Donos, mae ganddi ddigon o reswm i ofidio. Dydi iechyd Elisabeth ddim gyda'r gorau, a hithau wedi dioddef o glefyd crydcymalau yn ei harddegau, haint sydd wedi ei gadael gyda nifer o wendidau. Ac yn ôl eu tad, sydd wedi bod yn trefnu a phostio holl ohebiaeth ei ferch ers misoedd bellach, mae hi wedi ysgrifennu cannoedd o lythyrau erbyn hyn ar ran y Pwyllgor Amddiffyn, heb sôn am ddatganiadau i'r wasg ac ati, yn ogystal â threfnu cyfarfodydd ac ymweliadau hwnt ac yma, ar yr un pryd â gweithio oriau llawn fel athrawes yn y Bala. Ac er ei bod yn dadlau yn gryf fod yr holl gefnogaeth sydd wedi dod i law yn ei sbarduno i weithredu rhagor, mae'r siomedigaethau wedi ei bwrw'n galed hefyd. Neithiwr, bu hi'n bresennol, fel arfer, yng nghyfarfod rheolaidd Pwyllgor Amddiffyn Celyn, lle cafwyd sawl siom, yn cynnwys y ddraenen annifyr honno sydd wedi bod yn eu hystlys ers amser, sef safbwynt Cyngor Tref y Bala tuag at eu hymgyrch. Er i'r cyngor gael gwahoddiad i anfon cynrychiolydd i ddod atynt i ymuno â'r pwyllgor, ynghyd â chais am gefnogaeth, maent wedi gadael y ddau fater heb eu trafod ers misoedd bellach, a heb wneud unrhyw ddatganiad yn eu cylch.

'Dim hyd yn oed gair o ddiolch am y gwahoddiad!' oedd cwyn Elisabeth i Donos, yn gynt yn y noswaith honno. 'Alla i ond rhyfeddu at y difaterwch mawr sydd yn bod ar fater mor bwysig.'

'Oes ganddyn nhw resyme?'

'Wrth gwrs – os gelli di eu galw nhw'n "resyme". Mae'n debyg eu bod nhw'n mynnu nad ydi Capel Celyn yn "dyfod i mewn i'r cylch" ac felly dydi o ddim yn fater brys iddyn nhw.'

'A be am y lleill?'

'Wel, dyne i ti Gyngor Corwen,' oedd ateb Elisabeth, yn anarferol o siarp, yn edrych ar ei nodiadau o'r cyfarfod. '"Wedi trafod y mater yn ofalus, ofalus mae'r Cyngor wedi penderfynu gadael y cais am gefnogaeth ar y bwrdd ... am y tro." A Chyngor Meirion, wedyn: wedi penderfynu "Peidio Mynegi Barn" – wel, ddim eto, beth bynnag. Sy'n arbennig o drafferthus i ni achos mae "T.W." wedi penderfynu "peidio mynegi barn" hefyd, tan fydd y Cyngor Sir wedi cytuno ar eu safbwynt.'

Roedd Donos wedi gwrido dipyn ar hyn. T. W. Jones, Llafur, ydi Aelod Seneddol yr ardal, a'r Aelod Seneddol yr ymgyrchodd hi drosto, sydd hefyd, fel mae'n digwydd, wedi cytuno i fod yn un o Lywyddion Anrhydeddus y Pwyllgor Amddiffyn, er nad ydio wedi talu llawer o sylw i'r mater hyd yma.

Mae hi'n troi rŵan o'r sinc i edrych ar ei chwaer eto, yn dal i weithio mor ddyfal wrth y bwrdd.

'Gymi di bach o gacen efo fo?'

Mae Elisabeth yn rhoi ei phin dur i lawr.

'Beth am hwn: "In view of the exceptional nature of the proposal with regard to Cwm Tryweryn, my Committee feels very strongly that rather than suggesting that our delegation meet with the Water Committee only, your Council should consider making a departure from their usual proceedure of not accepting delegations, and listen to our concerns as a whole Council, being the Authority responsible for the City's collective actions."?'

'Elisabeth ...'

'"I am therefore writing to you again, to ask that you receive our delegation to speak to your full Council on our behalf ."'

Mae Donos yn dawel. Edrycha Elisabeth arni.

'Wel?'

Mae Donos yn ochneidio.

'Da iawn,' meddai, ond heb fawr o arddeliad. Dydi Elisabeth ddim yn sylwi.

'Dene ni 'te,' medd Elisabeth, yn rhoi'r llythyr i lawr ac yn rhwbio'i thalcen â'i dwylaw yn ôl ei harfer. 'Wel? Lle ma'r baned 'ma 'te?'

'Elisabeth ...'

'Ie?'

'Nid dim ond fi sy'n poeni amdanat ti, wyddost. Mae 'Nhad yn poeni, a Nin hefyd. Ac o'n i ar y ffôn efo Watcyn yr wythnos yma, ac o'dd o'n flin iawn mai chdi sy'n neud pob dim ...'

Mae Watcyn, eu brawd 'fengaf, yn byw yn Lloegr erbyn hyn.

'Donos fach, nid y fi sy'n "neud pob dim". A sawl gwaith sy isio i mi ddeud? 'Dw i'n iawn. Rŵan, 'dw i'n erfyn arnat ti – rho'r gorc i 'mhlagio i 'nei di? Mae gen i ddigon i neud heb 'mod i'n gorfod trafod 'n hunan efo chdi bob gafael.'

'Os ti'n mynnu.'

''Dw i'n mynnu.'

Daw Donos â'r baned iddi, braidd yn bwdlyd. 'P'run bynnag. Ma' Watcyn yn deud 'i fod o am ga'l gafael ar deipiadur i ti.'

Mae Elisabeth yn cael pwl o chwerthin.

'Teipiadur?! I fi?!' Mae hi'n codi ei llaw gyda'i hail fys yn yr awyr. 'Efo'r un bys bach yma ie? Ha! Mi fydd hynne'n neud pethe lawer yn gynt yn bydd! Rŵan, 'sgen ti'm cartre' i fynd iddo fo, dywed, i mi ga'l dechre ar y llythyr 'ma i'r *Daily Post*? Wyddost ti be Donos? Ma'n debyg eu bod nhw 'di bod yn cadw'r adroddiade sy'n ymwneud â Chwm Tryweryn yn argraffiad Gogledd Cymru yn unig. 'S'na'm sôn amdanyn nhw 'di bod yn argraffiad Lerpwl. Pa sens sy yn hynny? Ma' isio i bobol Lerpwl ga'l gwybod a dallt sut 'den ni'n teimlo 'ma, 'n'does?'

Mae Donos yn gwenu arni rŵan. Mae ei dyfalbarhad yn heintus.

'Llythyr at y Golygydd felly, ie?'

'Ie. Un go lym hefyd.'

Ac mae trwyn Elisabeth yn ôl yn ei phapurau unwaith eto. Mae Donos yn ei gwylio am eiliad.

''Na ti 'de. 'S'na'm byd arall fedra i neud i ti, nac oes?'

Dydi Elisabeth ddim yn ateb – ond efo 'Mmmmm?' synfyfyriol arall.

Aiff Donos i nôl ei chôt, gydag ochenaid. Yn amlwg, does yne ddim byd y medar hi ei ddweud, na'i wneud, i ffrwyno brwdfrydedd a dycnwch ei chwaer fawr.

*   *   *   *

Ac felly, fel y mae'r gwanwyn yn troi'n haf, mae'r ffrwd o ohebiaeth sydd wedi bod yn llifo yn ôl a 'mlaen o gartre Elisabeth yn dal i ddylifo'n iachus. Mae hi'n parhau i ysgrifennu at undebau, cymdeithasau, mudiadau, Aelodau Seneddol, cynghorau sir, tre a phlwy, eglwysi, capeli, aelodau pwysig a blaengar y gymdeithas, ac yn ysgrifennu yn ôl yn brydlon pan gaiff ymateb. Mae'r Arglwydd Ogwr wedi derbyn gwahoddiad y Pwyllgor Amddiffyn i fod yn un o'r Llywyddion Anrhydeddus, ac wedi rhoi rhestr iddi o enwau trigain o Arglwyddi y mae'n ystyried y byddai'n fuddiol iddi hi gysylltu â nhw, ac mae Elisabeth yn ysgrifennu at bob un, â llaw: dydi'r teipiadur arfaethedig ddim wedi ymddangos yn ei chegin gefn eto. Mae hi hefyd yn ateb, yn bersonol, y nifer sylweddol o lythyrau o gefnogaeth sy'n dod i law gan unigolion o bob man – yng Nghymru, Lloegr a thu hwnt, gan annog y gohebyddion i anfon copïau hefyd yn uniongyrchol at Gorfforaeth Lerpwl.

Ganol mis Mehefin, o'r diwedd, fisoedd lawer ers i gynllun Lerpwl daro penawdau newyddion *Y Cymro* am y tro cynta, mae Cyngor Meirion yn penderfynu gwrthwynebu, yn ffurfiol, gynllun y Gorfforaeth: ond dim ond yn yr ail bleidlais, ac wedi sawl cyfarfod blin a checrus, mae hynny, ac wedi brwydr go frwnt ac agos. Yn sgil eu penderfyniad hwyrfrydig, mae Aelod Seneddol Meirion, T. W. Jones, Llafur, sydd eisoes wedi derbyn gwahoddiad i fod yn Llywydd Anrhydeddus y Pwyllgor Amddiffyn, yn barotach o lawer i ddangos ei gefnogaeth yntau drwy fynychu cyfarfod y pwyllgor. Fodd bynnag, erbyn diwedd y mis, mae'n anfon ei ymddiheuriadau i'r Cadeirydd gogyfer y cyfarfod nesa. Mae'r AS yn arwain Noson Lawen yn y Rhyl ar y noson honno, yn anffodus, ac felly'n methu dod. Ac er i'r blaenoriaethau ymddangosiadol yma ddigalonni Elisabeth rywfaint, tua'r un pryd, ymysg yr holl lythyrau sy'n cyrraedd ei llaw, daw llythyr arall oddi wrth Mr Thomas Alker, Clerc y Gorfforaeth, parthed derbyn ymweliad gan ddirprwyaeth yn cynrychioli'r Pwyllgor: llythyr sy'n codi ei gwrychyn hi, a'r Pwyllgor Amddiffyn, gryn dipyn, ac yn rheoli'r drafodaeth yn eu cyfarfod ddiwedd Mehefin.

'Mae'n amlwg o'r llythyr yma bod y Clerc wedi pasio eich llythyr chithau ymlaen i'r Pwyllgor Dŵr, ac nid i'r cyngor, yn'dydi Elisabeth?'

Mae Dafydd Roberts yn crafu ei ben. Mae'r pwyllgor heno yn cael ei gynnal yn festri Capel Tegid, y Bala, ac nid y fangre reolaidd yng Nghapel Celyn, gan y bydd cyfarfod cyhoeddus yn cael ei gynnal yno yn hwyrach heno, gyda Gwynfor Evans ei hun ymhlith y siaradwyr, ac mae o felly hefyd yn bresennol yn y cyfarfod.

'Ydi,' medd Elisabeth. 'O leia, mae wedi ein hateb ar ran y Pwyllgor Dŵr.'

'A beth yw'r ateb?' mae Gwynfor Evans yn gofyn, yn gwgu.

'Mae'r Pwyllgor Dŵr yn dal i deimlo mai "da o beth" fyddai i'n dirprwyaeth gyfarfod â nhw, gan nad yw'r cyngor llawn wedi derbyn dirprwyaeth ers rhai blynyddoedd, ac mae aelodau'r Pwyllgor Dŵr yn cynrychioli'r ddwy brif blaid ar y cyngor. Maen nhw felly wedi gwneud trefniadau ...' mae hi'n edrych yn ei llyfr nodiadau, 'dyma ni, ie ... i'r Pwyllgor Dŵr gyfarfod y ddirprwyaeth yn y Passenger Transport Offices, Hatton Garden, am ddau o'r gloch, dydd Mawrth y 24ain o Orffennaf.'

'A beth yw hwnnw? "Committee Room on the Third Floor" neu rywle tebyg yfe?' medd Gwynfor, yn ysgwyd ei ben yn anghrediniol.

'Mae'n siŵr,' medd Elisabeth.

'Wel, dydw i ddim yn meddwl y dylen ni dderbyn, o gwbwl,' medd John Abel, y Trysorydd. 'Dyden ni'm 'di sgwennu atyn nhw ddwywaith rŵan i ddeud ein bod ni isio cwrdd â'r cyngor i gyd? Be sy'n bod arnyn nhw deudwch?'

"Dw i'n cytuno,' medd Dafydd. 'Mae'n sarhad arnom ni, be bynnag, i drefnu cyfarfod mewn rhyw stafell o'r neilltu fel yne.'

'Odi, wrth gwrs,' medd Gwynfor. 'P'run bynnag, sa i'n credu bod unrhyw fudd o ddod o flaen y Pwyllgor Dŵr yn unig. Eu cynllun nhw yw hyn wedi'r cwbwl.'

'Ac ar ben hynny, 'den ni 'di gweithio mor galed. 'Den ni 'di gorfod mynd i gymaint o drafferth, a chostau, yn barod. Ma' hi'n ddyletswydd arnyn nhw i roi amser y cyngor llawn i ni, does bosib?' medd Mrs Martha Roberts. Mae hi'n aelod pwysig o'r cyfarfodydd yma, yn enwedig wrth gyfrannu sylwadau o safbwynt dyfodol yr ysgol, ac mae hithau wedi'i thramgwyddo'n fawr heno gan agwedd y Gorfforaeth estron, ac yn barod i fynegi hynny'n blwmp ac yn blaen.

'Awgrymu maen nhw, 'dw i'n meddwl, bod y Cyngor yn rhy brysur gyda materion lleol i gyfarfod â ni,' medd Elisabeth.

'Yn gwmws,' medd Gwynfor. 'Ac mae gwrthod ein cais yr eildro fel hyn yn awgrymu'n gry nad yw'r cynllun boddi cyn bwysiced iddyn nhw yn Lerpwl ag ydyw e yma, yn Sir Feirionnydd, os nad 'yn nhw'n fodlon rhoi amser i drafod y mater yn iawn, mewn cyfarfod llawn.'

'Gwrthod felly, ie?' medd Dafydd. 'Pawb yn gytûn?' Mae'n edrych o'i gwmpas, a does dim angen cyfri.

'Unfrydol. Diolch, gyfeillion.'

*   *   *   *

'Dear Sir ...'

Mae Elisabeth unwaith eto yn y gegin gefn. Mae hi'n hwyr, wedi un ar ddeg o'r gloch. Mae ei thad yn y gwely ers amser, a'r tŷ yn dawel. Mae hi'n syllu ar y llythyr y mae hi hanner ffordd drwy'i sgrifennu, ac ar y papur ysgrifennu, gyda'r pennawd 'PWYLLGOR AMDDIFFYN CAPEL CELYN' mewn llythrennau bras ar ben y ddalen, ac oddi tano enwau'r Llywydd, Is Lywydd, Trysorydd, ac wrth gwrs ei henw hi ei hun. Ysgrifennydd: Miss E. M. Watkin Jones.

Mae'n ochneidio'n dawel, ac yna'n rhedeg ei bys yn ara deg ar draws y llythrennau, cyn codi'r papur at ei hwyneb. Mae arogl newydd, glân, hyfryd arno, fel golch sydd wedi bod yn sychu ar lein ddillad yn yr awyr agored. Mae'n ei roi i lawr eto. Peth rhyfedd, a hithau wedi defnyddio bocsys dirifedi o'r un papur erbyn hyn, dydi hi erioed wedi edrych arno, ddim fel hyn, ddim go iawn. Rhy brysur, mae'n siŵr, i sylwi arno. Rhy brysur yn sgwennu a meddwl a sgwennu a chroesi allan ac ailddechrau a sgwennu ac ystyried a synfyfyrio a sgwennu a sgwennu a sgwennu a sgwennu ...

Mae hi'n rhedeg ei bys ar hyd llythrennau ei henw eto. 'Ysgrifennydd: Miss E. M. Watkin Jones.' Ac yn sydyn, yn gwbl ddirybudd, mae beichiad aruthrol yn codi yn ei brest ac yn tagu'i hanadl am eiliad, ac mae'n rhaid iddi rwbio'r dagrau sydd wedi dechrau cronni yn ei llygaid oddi ar ei bochau yn frysiog, rhag iddi ildio i'r emosiwn hollol annisgwyl ond angerddol sydd newydd ei meddiannu mor ddisymwth, ac mor gyfan gwbwl.

O fewn eiliadau, mae hi wedi ymwroli. Mae'n cymryd anadl ddofn, ac yn cydio yn ei phin dur, ac yn parhau â'r sgwennu.

'We feel that your Council, having put us to great trouble and expense to defend this part of our country, its culture and resources, should have the good grace to receive a deputation, however important deliberations on local matters may be, and even if, as you state, it has not received a deputation for some time. This second refusal suggests to us that your Council does not view the effects of its proposed ...' Mae hi'n oedi, ac yn croesi allan 'proposed' gan roi 'project' yn ei le, 'in Meirioneth as seriously as the people of Wales do. We are sure that no English municipality would have dared to ride roughshod in this way over Irish interests and sentiment. Yours faithfully ...'

Mae hi'n edrych ar y cloc. Hanner nos.

A'r amser nid erys neb.

* * * *

Ychydig fisoedd sydd i fynd cyn y bydd Corfforaeth Lerpwl yn ceisio cymeradwyo'r cynllun i foddi Cwm Tryweryn a'i gyflwyno i'r Senedd yn Llundain. Mae Mehefin llaith yn llithro'n dawel i Orffennaf dilewyrch, ac er gwaethaf ymdrechion Ysgrifennydd y Pwyllgor Amddiffyn, ychydig iawn sydd yn cael ei 'wneud'. Gyda diwedd Gorffennaf, daw llythyr arall – eto – gan Mr Thomas Alker, Clerc Corfforaeth Lerpwl, yn gwahodd dirprwyaeth o'r Pwyllgor Amddiffyn i gwrdd â'r Pwyllgor Dŵr, a'r Pwyllgor Dŵr yn unig. Mae Elisabeth yn ysgrifennu yn ôl – eto – yn hysbysu Mr Alker nad yw'r pwyllgor yn gweld unrhyw fudd o ddod o flaen eu Pwyllgor Dŵr, ac os na chân nhw ddod o flaen y Gorfforaeth yn llawn, nad ydynt yn bwriadu dod o gwbl.

Gormod o bregethu a dim digon o weithredu, dyna'r feirniadaeth ar ymdrechion Plaid Cymru mewn rhai cylchoedd, ac wrth i haf gwlyb (y gwlypaf ers degawdau) ysgubo'n lleithiog ac annifyr dros Gymru (a Lloegr) mae tarth difaterwch yn gymysg â rhyw segurdod swrth yn gorwedd yn drwm dros gnydau Cymru. Gwêl mis Awst genllysg a llifogydd yng Nghaint, gwyntoedd cryfion yng Nghernyw a De Cymru, llongau mewn trybini ar arfordiroedd y De, difrod i goed ac adeiladau ar y canoldir, a'r Ŵyl Banc oeraf yn Llundain ers 1880. Ac yng Nghwm Celyn? Glaw, glaw, glaw a mwy o law, yn llenwi'r afonydd – Hesgin a Llafar a Thryweryn, tra bod achubiaeth i'r cwm erbyn hyn yn dechrau ymdebygu i rith yn anweddu yn ara deg yn y caddug prudd.

Nid bod pawb wedi golchi eu dwylo o'r mater. Mae cangen Lerpwl Plaid Cymru yn ceisio perswadio pum cant o aelodau i orymdeithio ar strydoedd y ddinas, gyda neb llai na brawd yng nghyfraith Gwynfor Evans ei hun, y pensaer Dewi Prys Thomas, yn trefnu gyda brwdfrydedd: ond yn ofer. Mae pawb yn rhy brysur, mae'n debyg, yn paratoi ar gyfer y Steddfod neu'r cynhaea gwair, neu'n mynd i Ffrainc ar eu gwyliau. Mae un hyd yn oed lan at ei chlustiau 'yn trefnu garddwest':

'Unrhyw bryd arall ac mi fyddwn i ar flaen y gad!'

Byddet. Mwn. Gwybedyn arall yn yr ennaint yw'r ffaith bod aelodau 'Cangen Lerpwl' yn methu penderfynu na chytuno ym mha le y mae'r gangen, yn y Brifysgol neu yn y ddinas ... 'Mewn Undod y mae Nerth,' onid e?

Ac felly erbyn dechrau mis Medi, ychydig iawn sydd wedi newid, yn enwedig yng Nghapel Celyn. Mae tymor newydd yn yr ysgol wedi dechrau fel arfer, a'i chriw bach o ddeg o ddisgyblion wedi cyrraedd, fel arfer. Mae Mrs Martha Roberts wedi cynnal gwasanaeth agoriadol y flwyddyn, ac mae'r plant wedi canu emynau, ac wedi dewis eu desgiau: Siân a Morfudd a Hari erbyn hyn yn y desgiau mwyaf, ac yn teimlo'n eitha pwysig o'r herwydd. Mae Rhys Brynhyfryd wedi mynd cam ymhellach ac erbyn hyn yn teithio i'r Bala bob dydd – i'r 'ysgol fawr'.

Ond mae cysgod tywyll yn gorwedd drostynt wrth iddyn

nhw barhau efo'u gweithgareddau bob dydd: tynnu llun, darllen, chwarae siop, adrodd salmau a thablau, deud stori, peintio, chwarae tŷ, aildrefnu'r trugareddau ar y Bwrdd Natur – hen nyth gwag, mes, cnau, castanau, casgliad o blu ffesant, barcud, cudyll a phioden, cerrig o'r afon, ambell i frigyn siâp diddorol ... A'r cysgod hwnnw ydi'r ymwybyddiaeth sydd gan bob un ohonynt, hyd yn oed y rhai lleiaf, o'u dyfodol ansicr. Ac er nad ydynt yn ei ddeall yn iawn, mae'r plant i gyd, o'r ieuengaf i'r hynaf, yn ymwybodol bod rhywbeth mawr ar droed.

Un bore Gwener gwlyb ychydig ar ôl dechrau'r tymor, yn ystod amser chwarae, eistedda Siân a Morfudd a'u pwys ar wal gefn yr ysgol, yn cysgodi rhag y gwynt, i yfed eu poteli llefrith. Mae'r plant llai yn chwarae 'hop-sgotsh' ar yr iard, a'r bechgyn yn cicio hen bêl droed ledr o'u cwmpas.

Mae Siân yn chwythu swigod yn ei llefrith gyda'i gwelltyn, tra mae Morfudd yn sugno yn dawel ac yn feddylgar.

'Morfudd?' medd Siân yn sydyn.

'Ie?'

Mae Siân yn llowcio'i llefrith cyn parhau, yn gwneud synau sugno swnllyd wrth wagio'r botel. Yna,

''Dw 'di bod yn meddwl. Glywish i Mam yn siarad efo Dad noson o'r blaen. Am y llyn 'ma 'lly. Deud 'i fod o am fod yn anferthol. Wedyn, o'n i'n meddwl: pam, ddeudet ti, bo' pobol Lerpwl isio gymaint o ddŵr?'

Mae Morfudd yn codi'i gwar, ac yn sugno'i llefrith drwy'i gwelltyn yn dwt, cyn ei dynnu o'i cheg i ateb.

''Dwn i'm.'

Mae hi'n troi'r llefrith yng ngwaelod y botel gyda'r gwelltyn, yna, ar ôl meddwl, yn ychwanegu, 'Ma' 'ne lot ohonyn nhw, yn'does?'

'Oes, debyg, ond, ti'm yn meddwl, wel, ma'n rhaid bo' nhw'n ofnadwy o fudur, ydyn nhw?'

'Pwy?'

'Wel, pobol Lerpwl, yndê. Neu hw'rach, hw'rach 'u bod nhw'n ca'l mwy nag un bàth yr w'thnos. Ti'n meddwl?'

Gwena Morfudd iddi'i hun. ''Dwn i'm, wir i chdi. 'Anda. 'Tisio hwn?'

Mae hi'n cynnig yr hyn sydd ar ôl o'i llefrith i Siân, sydd yn ei dderbyn yn syth.

'Diolch.'

Mae Siân wedi ei sugno i lawr mewn eiliad, ac yna mae'n rhwbio'i cheg efo'i llaw. Mae'r ddwy yn clywed Mrs Roberts ar y buarth yn canu cloch yr ysgol, ac yn codi ar eu traed. Mae Siân yn rhoi'r botel wag yn ôl i Morfudd, ac yn cydio yn ei photel ei hun.

'Ti 'di bod 'na 'rioed, Mor?'

'Lle? Lerpwl? Naddo.'

''Dio'n bell?'

'Yndi. Nac ydi. 'Wn i'm. Ddigon agos i ddwyn dŵr o fama be bynnag, 'n'tydi?'

'Be ti'n feddwl – *dwyn* dŵr?'

Mae Morfudd yn crychu'i thrwyn. ''Dwn i'm yn iawn. Ond dyne ddeudodd Mam fydden nhw'n 'i wneud.'

'Be?' medd Siân, ei chwilfrydedd yn chwyddo. 'Sleifio yma a helpu'u hunen pan fydd pawb yn cysgu?'

'Naci, siŵr.'

Mae Morfudd yn crynu.

''Dwi'm yn dallt.' Mae Siân yn ochneidio'n drist, cyn cyfaddef, ''Dwi'n dallt dim byd amdano fo, 'li.'

Try Morfudd ati.

'Na finne chwaith.'

Mae cloch yr ysgol yn canu'r eildro.

'Ty'd,' medd Morfudd, ac mewn amrantiad mae'r ddwy wedi diflannu rownd y gornel ac i mewn drwy'r drws agored efo'r lleill i'r ystafell ddosbarth gynnes, ac mae'r buarth yn dawel ac yn wag unwaith eto.

Pennod 6

Safiad

Medi 29ain 1956.

Mae Rosemary yn brysur yn stwna yn y gegin yn y bwthyn yn Nhal-y-bont ac yn gwrando ar y weiarles fel daw Geinor i lawr y grisiau o'i llofft, efo'i siwtces yn ei llaw. Mae'n gosod y siwtces i lawr wrth ymyl y drws ffrynt, ac yn troi i edrych ar ei hadlewyrchiad yn y drych crwn ar y wal uwch ben y bwrdd bach derw, sy'n gartre i'r ffôn a llun du a gwyn ohoni hi a'i thad ar lan y môr yn Ninas Dinlle, efo Smwt y ci. Ei dau ffrind gorau: y ddau wedi ei gadael erbyn hyn. Mae Lonnie Donegan a 'Putting on the Style' yn dod i ben gyda chytgord tunllyd yn y gegin, ac fel mae Geinor yn rhedeg ei dwylo drwy ei gwallt cyrliog, daw Rosemary o'r gegin yn sychu ei dwylo ar liain sychu llestri gyda lluniau wedi pylu o Blackpool arno.

'Oh, there you are darling. Sure you've got everything now?'

Mae Geinor yn amneidio.

'Ydw, dwi'n meddwl.'

'What time did you say this boy was coming?'

'Fydd o yma toc.'

Mae Rosemary yn astudio ei merch am eiliad, wrth iddi daenu'r mymryn lleia o finlliw coch ar ei gwefusau.

'You smell very nice, darling.'

Dydi Geinor ddim yn ateb. Mae Rosemary yn gwenu.

118

'Anybody'd think you were trying to impress him. He's a bit ... "special", this young man, is he?'

Try Geinor ar ei mam yn siarp.

'Mam, am y tro ola, nac ydi. A dydw i'm yn un sydd isio "impreshio" neb, fel 'dach chi'n gwybod yn iawn. Mae Dafydd yn ffrind i Non, mae o wedi cynnig lifft i mi, a dyna fo. Ac os nad ydio'n ormod o draffarth, mi fydda'n dda gin i 'sach chi'n trio siarad dipyn bach o Gymraeg efo fo pan ddaw o, plis'.

'Oh. And I thought you just said you weren't trying to impress anybody dear?'

Mae Geinor yn ochneidio. 'Dydw i ddim.'

Edrycha Rosemary arni gydag amheuaeth yn ei llygaid.

'Ylwch Mam, 'dw i 'di deud. Ma' tad Dafydd yn dod efo fo bora 'ma, ac i'r rali, a mae o'n ddyn clyfar ac yn Gymro Cymraeg i'r carn, wedyn mi fyddwn i'n meddwl ei bod hi'n fater o gwrteisi cyffredin tasach chi'n gallu ei groesawu o yn y Gymraeg, os daw o i mewn. Ac mi fyddwn inna'n gwerthfawrogi hynny hefyd.'

'Alright alright, don't go on,' medd Rosemary, braidd yn biwis. 'Be sy mor "glyfar" amdano fo 'lly?'

'Mae o'n ŵr mawr yn yr adran Addysg yn Sir Fflint. O'dd gynno fo lot i neud efo sefydlu'r ysgol uwchradd Gymraeg newydd 'na yn y Rhyl.'

'Oh. *That* school,' medd Rosemary, gydag ochenaid flinderog. 'Teaching everything in Welsh.'

'Ia, mam.'

'Ah.' Mae Rosemary yn oedi, ac yna gyda thinc o ddiflastod yn ei llais, yn ychwanegu yn hollwybodus. 'Nashie then, is he?

'Mam! 'Newch chi plis roi'r gora iddi?'

'Alright, keep your hair on darling. It's just, well, don't you think it's all a bit ... silly, dear? A secondary school, *all* in Welsh? I mean, how on earth will those poor children ever "get on" in the Real World, darling?'

Penderfyna Geinor beidio ateb y cwestiwn yma. Mae hi'n syllu ar ei hadlewyrchiad yn y drych ac yn ochneidio eto. Mae'n gwybod bod bwriad ei mam yn ddigon caredig, ond nefi, mae hi'n gallu bod yn dân ar y croen ar adegau!

'Anyway, let's not fall out about it just now. I've just made you some salmon sandwiches for the journey. I had a little tin left over from the last WI bun fight, and I thought you'd enjoy them. I'll fetch them now so you can put them in your bag.'

Ond mae sŵn car yn parcio ar y stryd tu allan yn tynnu ei sylw, ac mae'n troi i edrych drwy'r ffenestr. Gwêl ddyn ifanc, tal, golygus, gyda llond pen o wallt cyrliog tywyll, yn dod allan o'r Morris Oxford llwyd golau sydd newydd barcio, ac yn dechrau cerdded tuag at y drws.

'Oh ...' medd Rosemary, yn gynnil gymeradwyol. 'He is rather good looking. Though he could do with a good haircut ... Nice car too!'

'Mam! A car ei dad o ydi o, os o's rhaid 'chi ga'l gwybod!'

Egyr Geinor y drws fel mae Dai-iô yn cyrraedd, ac yn gwenu'n hawddgar.

'Haia. Sorri. 'Dan ni braidd yn gynnar. Dad oedd yn mynnu'n bod ni'n gadael mewn da bryd.'

'Paid â phoeni. 'Dw i'n barod ers meitin, digwydd bod. Gad 'mi nôl 'y nghôt.'

Mae Geinor yn amlwg yn awyddus i gael mynd, sydd yn brifo Rosemary dipyn, er iddi guddio hynny gyda'i hyfedredd arferol wrth i Geinor estyn yn eitha brysiog am ei chôt oddi ar fachyn ger y drws.

'Gaynor, darling,' medd Rosemary rŵan, cyn cywiro ei hun, '... cariad. Lle ma' dy fanyrs di dywed! Dwyt ti ddim am introdiwshio fi?'

'O. Ia . Ym, Mam, Dafydd. Dafydd, Mam.'

'Neis cwarfod chi, Dafydd,' medd Rosemary, yn gwenu'n ddel. 'Sach chi'm yn licio panad cyn gadael deudwch?'

'Na, ddim diolch, Mrs Thomas. Ma' Dad yn y car a ...'

'Well he can come in too, can't he? As you're so early. You've got plenty of time, and it wouldn't take a *chwinciad* to boil the kettle.'

Gwena Dafydd yn foesgar.

'Na, diolch yn fawr i chi yndê, ond 'dw i'n meddwl 'se'n well i ni hel ein traed, i neud yn siŵr gawn ni le i barcio yn y Bala. Ma' nhw'n disgwyl lot o bobol.'

'Ydyn nhw?' medd Rosemary, gyda chwarddiad bach ysgafn. 'You do surprise me. I'm sure you'll find there'll be plenty of room!'

'Maaaam.' Mae llais ymbilgar Geinor yn dawel, ond yn llawn embaras.

'Hwn 'di dy ges di, ia?' medd Dafydd, yn achub y sefyllfa.

'Ia. Diolch i ti.'

'Oh, hang on darling, i mi ga'l nôl y *sandwiches* 'na i ti o'r *kitchen*,' medd Rosemary, yn troi am y gegin.

Mae Geinor yn codi ei haeliau ar Dai, sydd yn gwenu arni. Ac mae Geinor yn gorfod gwenu yn ôl. Mae Rosemary yn llygad ei lle am un peth o leiaf. Mae Dai-iô yn hynod o 'good looking'.

*   *   *   *

Mae hi wedi bod yn fore digon bywiog yn y Bala. Yn ogystal â phrysurdeb arferol bore Sadwrn mae ceir a phobol, a bysus hyd yn oed, wedi dechrau cyrraedd ers yn gynnar y bore o bob cyfeiriad, a phobol wedi bod yn ymgasglu yn y strydoedd, ar y corneli, yn trafod, yn siarad, i gyd yn anelu yn y pendraw am y babell fawr sydd wedi ei gosod mewn cae islaw'r Coleg Diwinyddol, ar lannau afon Tryweryn.

'O'n nhw 'di deud rhywbeth am filoedd, Ken, ond do'n i'm 'di disgwyl gweld cyn gymint â hyn chwaith. Oeddet ti?'

Saif PC Wil Jones, dyn ifanc, cydnerth, bochgoch sy'n gwisgo'i wallt du mewn cwiff Brylcrimedig o dan ei helmet ddu, wrth ochr PC Ken Williams ar gornel y Stryd Fawr, yn gwylio'r mynd a dod efo cryn ddiddordeb.

'Duw annwyl Dad. O le ma' nhw i gyd 'di dŵad dywed? Ma' 'na stiwdents a phlant ysgol a ffarmwrs a phobol capel – bob math. Mae hi cystal â Steddfod 'ma, Ken!'

'Yndi hefyd,' medd Ken, yn methu, er gwaetha cyfrifol-debau diduedd ei swydd, â chuddio'r wên dawel sydd ar ei wefusau. Oedd, mi roedd yna sôn wedi bod y byddai nifer fawr o bobol yn dod i'r Bala heddiw i gefnogi rali'r Blaid, 'Cadw Cwm Tryweryn i Gymru,' ond fel plismon profiadol, mae Ken wedi dysgu peidio dibynnu ar glecs a straella. Mae felly, yn ei ffordd hollol ddiduedd wrth gwrs, wedi ei siomi ar yr ochr ora o weld y dyrfa sydd wedi ymddangos yn y dre'r bore 'ma, i ddangos eu gwrthwynebiad i gynlluniau Lerpwl.

Yn sydyn mae wyneb Wil yn difrifoli wrth i syniad newydd ei daro, ac mae'n gostwng ei lais.

'Hei. Ti'm yn meddwl cawn ni helynt wyt ti? Ma' 'ne gythrel o lot o'nyn nhw. Ti'n meddwl dylen ni fod 'di gofyn am *reinforcements*?'

Gwena Ken ar ei bartner ifanc.

'Duw mawr, Wil bach! Ddeudest di dy hun. Stiwdents a phlant a phobol capel 'dyn nhw yndê, nacie ffwtbol hwligans.

A ma' nhw i gyd yn Gymry Cymraeg glân gloyw hefyd yn'dyden nhw! Ti'm wir yn disgwyl i tedi bois Everton a Lerpwl ddangos eu gwynebe 'ma, nac wyt?' medd Ken, efo chwarddiad bach hunanfoddhaus. 'Synnwn i 'se rheiny'n gwybod sut i ddeud "Tryweryn", heb sôn am ffeindio'u ffordd yma.'

'Nefi. 'Drycha Ken,' medd Wil eto, yn amneidio tuag at grŵp o bobol ifanc ar draws y stryd. 'Ma' gen rheine faneri a phopeth!' Mae'r criw ifanc dan sylw i gyd yn gwisgo crysau gwynion a theis ac yn edrych yn drwsiadus iawn, dim byd tebyg i dedi bois, a dau o'r bechgyn yn gafael ar faner rhyngddynt gyda'r geiriau 'MUST LIVERPOOL DESTROY WELSH COMMUNITY' wedi eu hysgrifennu arni mewn llythrennau bras.

'Wel wel wel!' medd Wil, wrth ddarllen y geiriau, yn wirioneddol syfrdan, gan gadw'n gwbwl diduedd fel Ken, wrth gwrs – er bod yr edmygedd yn ei lais yn hollol amlwg. 'Wel, chware teg yndê?'

'Welsoch chi 'rioed 'siwn nonsens yn eich byw?' medd llais wrth ei ochr rŵan.

Try Wil i weld Alwyn Lewis yn sefyll ger ei ysgwydd, cap fflat am ei ben, pwt o Woodbine yn sownd ar ei wefus isaf, a *Daily Mirror* o dan ei gesail. Mae'n tynnu'r sigarét o'i enau i ychwanegu, gyda dirmyg,

''Di'r rhan fwyaf o'r rheine 'rioed 'di bod ar gyfyl y lle 'ma o'r blaen. Sut ddiawl wydden nhw be sy ore i bobol y lle?' A gyda hynny, mae'n poeri ar y pafin ac yn sychu'i drwyn â chefn ei law.

Mae Ken yn ei astudio: y genau heb ei eillio, y bysedd melyn, y bochau suddedig, arwyddion oll o nosweithiau lawer yn y Bulls Head yn chwarae dominos efo'i gyfaill, Jim

Sgrap, neu'n segura, yn yfed ac yn smocio ac, wrth gwrs, yn 'deud ei ddeud', heb ronyn o wybodaeth na doethineb yn gynsail i'w ddaliadau (fel rheol). Ydi, mae Ken yn gyfarwydd iawn ag Al Lewis.

'Rhydd i bawb ei farn yndê, Alwyn,' meddai yn dawel.

'Ie, ie,' medd Alwyn, gan boeri eto ar y stryd cyn troi ymaith. Mae Alwyn yn gyfarwydd â Ken Williams hefyd, a does yna ddim llawer o Gymraeg rhwng y ddau.

'Dene i ti adyn da-i-ddim os buodd un erioed,' medd Ken dan ei wynt wrth Wil rŵan, wrth wylio Al yn cerdded i lawr y stryd am ei dŷ.

'A fynte 'fo gwraig mor weithgar a charedig 'fyd,' medd Wil.

'Ie 'fyd. Chei di fawr gwell na Magi Lewis, Wil bach. Halen y ddaear. Gr'adures.'

*　　*　　*　　*

'Be ddiawl 'di hwnne s'gen ti fanne rŵan, hogan?'

Mae oglau chwerw ffags a chwrw yn dilyn Alwyn drwy'r drws i mewn i gegin gefn y tŷ teras, lle mae Non yn eistedd wrth y bwrdd yn darllen.

'Dim byd,' medd Non yn dawel. Mae hi'n fore Sadwrn, ac mae Non yn gwybod yn well na thynnu'n groes i'w thad ar fore Sadwrn, a fynta'n dioddef o effaith gormodeddau arferol ei nosweithiau Gwener ar ei hwyliau boreol. Mae hi'n cau'r pamffled y mae wedi bod yn ei astudio ers hanner awr yn ddi-hid, ond mae ei thad wedi eistedd yn drwm ar y gadair wrth ei hochr cyn iddi allu cuddio'r ddogfen yn ei bag, ac wedi cydio yn y pamffled yn ddiseremoni, gan edrych ar y clawr.

'"Save Cwm Tryweryn for Wales, by Gwynfor Evans." Hwnne eto. Sowthyn yn mela yn ein busnes ni.'

Ceisia Non fynd â'r pamffled o'i ddwylo, ond mae Alwyn mewn hwyliau i bryfocio bore 'ma.

'Aros di 'wan, 'ngeneth i. Dewch i ni ga'l gweld be s'gen y Gŵr Mawr i ddeud, ie?'

Dechreua ddarllen ar hap o'r dudalen gynta un. 'Ym ... "It is probably true to say that in no part of Wales is the art of singing penillion to the harp, and the knowledge of literature that is associated with it, as highly developed as it is in Penllyn ..." Wel blydi hel, i'r gad 'te, ie fechgyn? 'Cofn iddyn nhw'n stopio ni rhag canu penillion!'

'Dad ...'

'Na, na.' Mae Alwyn yn tynnu'r pamffled allan o'i chyrraedd eto, ac yn dechrau mynd i hwyl wrth droi tudalennau. 'O. Dyma ni. "Water and the Future of Wales" ... aros di rŵan ... "The time is coming when Wales will have her own government, which will put her in a position to develop fully her rich resources" ... Ha!' Dechreua biffian chwerthin yn anghrediniol, wrth i Magi, ei wraig, ddod i mewn o'r iard gefn efo pentwr o olch newydd ei dynnu oddi ar y lein mewn basged ddillad o'i blaen. 'Oeddet ti'n gwybod hynne Mags? 'N bod ni am ga'l llywodreth sbesial, dim ond i ni'n hunen? Y?'

Dydi Magi ddim yn ei ateb. Mae'r dirmyg yn llais ei gŵr yn ddigon i'w rhybuddio rhag gwneud hynny. Teifl Alwyn y pamffled yn ôl i gyfeiriad Non.

'Lol botes maip. Ma' rhaid bo' gen y dyn "water on the brain"!' ac mae'n chwerthin ar ei jôc ei hun, cyn agor y *Daily Mirror* yn hunanfoddhaus.

Try Magi at Non, wrthi'n cadw'r pamffled yn ei bag.

'Faint o'r gloch fydd dy ffrindie di yma, dywed?'

'O. 'Dwn i'm yn iawn. Cyn yr orymdaith a'r cyfarfod.'

'Gorymdaith,' medd Alwyn o'r tu ôl i'r *Mirror*. 'Gorymdaith! Gwranda di yma 'mechen i ...' ac mae'n rhoi'r papur i lawr eto. ''Dw i'n dechre meddwl 'n bod ni 'di neud mistêc yn gadel i chdi fynd i'r coleg 'ne a chwrdd â'r holl bobol anghyfrifol 'ma ...'

'Alwyn.'

Ond mae Alwyn yn anwybyddu ei wraig. 'Gei di ddeud wrth dy ffrindie, pan fyddan nhw'n cyrredd, ma' be 'den ni isio yn dre 'ma 'di gwaith, dallta, a phres. Fedrwn ni'm byw ar siarad Cymraeg a Steddfod – a chanu penillion na fedrwn? Ers pryd roddodd canu penillion fwyd ar y bwrdd, y? Gofyn di hynny i dy Mr Gwynfor Evans bwysig, gweld be ddeudith o.'

A gyda hynny mae ei ben yn y papur unwaith eto, yn astudio doethineb 'The Whip' yn y *Racing Mirror*.

* * * *

'Dyne ti, cariad bach, dyne welliant.'

Mae Rhiannon yn eistedd yn ôl ar ei sodlau i asesu ffrwyth ei llafur. Yn ogystal â'r tusw wythnosol o flodau (blodau'r gwynt, blodau Mihangel a llygad y dydd sydd ynddo heddiw, wedi eu hel o'r unig gornel heulog yng ngardd Garnedd Lwyd) daeth hi â siswrn, llwyarn a brwsh llaw hefo hi i'r fynwent, er mwyn twtio dipyn ar feddrod Huw. A dyna mae hi wedi bod yn ei wneud ers hanner awr bellach, ar ei phen-gliniau wrth ochr y bedd, yn mwmian canu yn dawel iddi hi ei hun, a Nel y ci yn gorwedd yn dawel wrth ei hochr hithau.

'Lot, lot, lot yn well, cariad,' meddai eto rŵan, gydag ochenaid dawel. Mae hi'n setlo 'nôl, yn fodlon ar ei gwaith, ei llaw chwith yn mwytho pen Nel yn ysgafn a'i llaw dde yn gwthio cudyn o wallt yn ôl o'i thalcen a'i glymu yn y crib trilliw tu chefn i'w chlust.

'Ma'r tywydd 'di para wsti Huw? Well na llynedd. Wn i'm sut geuson ni ddigon o wair at ei gilydd flwyddyn diwetha, hefo'r holl law yne wir! Ond dyne fo, maen nhw'n addo hi'n braf am dipyn hydre yma, wedyn ma' dy dad yn hapusach. Oedd yn rhaid 'ddo fo gael teiar newydd ar y trelar wythnos diwetha cofia. Wel, rhyngo fo a Dwalad Gelli yndê. Wnaeth hynny'm ei blesio fo lawer!'

Mae hi'n oedi, ac yn anwesu'r ci yn feddylgar.

'Ti'n iawn Nel fach? Wsti be Huw, mae dy dad yn meddwl hwyrach bydd yn rhaid 'ddo fo ga'l ci newydd at y gaea. Ma' Nel yn cloffi dipyn erbyn rŵan. Yr hen gricmala yne, fel o'dd ar Nain Traws, ti'n cofio? Be bynnag i ti, gafodd dy dad air efo rhyw rei yn y mart wythnos yma, a ma'n debyg bydd gen Jeffris Hirnant gŵn bach yn barod mewn tua phythefnos. Drud cofia! Yn enwedig a ninne'm yn gwybod fyddwn ni yma, na *lle* byddwn ni, hyd yn oed fydd gennon ni ddefed cyn bo hir, rhwng ...'

Mae hi'n stopio'i hun rhag ymhelaethu.

'Ond dyne fo, dydi hynne'm byd i ti boeni yn ei gylch, nach'di Huwcyn bach? Ac mae'r hen Nel yn haeddu ymddeol erbyn rŵan be bynnag, ti'm yn meddwl? Wedyn mi fydd yn werth y pres i weld yr hen gyfaill annwyl 'ma'n ca'l dipyn o heddwch yn ei henaint, 'n'bydd Nel?'

Mae Nel erbyn hyn yn pendwmpian yn llonydd a diolchgar wrth ei hochr, yn mwynhau'r cwmni, a'r tawelwch.

'O!' Yn sydyn mae Rhiannon yn estyn i'w phoced. 'Fu bron i mi anghofio rŵan eto! 'Mhen i fel rhidyll 'di mynd! Yli be ges i i ti: i fynd efo'r lleill.'

Ac mae hi'n tynnu o'i phoced dractor bach coch, yn y gyfres

teganau 'Matchbox', ac yn ei roi yn ofalus yn ei le ar y bedd, y nesa mewn cyfres o bump sydd eisoes wedi eu gosod yno ganddi.

'Massey Ferguson 35 yli. O'n i mor falch o'i ffeindio fo ... doedd o'm yn hawdd. Dyne ti.'

Mae hi'n syllu rŵan ar y rhes o deganau bychain, y metal a'r paent enamel gloyw arnynt yn dal yr haul yma ac acw ac yn peri iddynt sgleinio'n ddel.

'O'n i'n meddwl yn 'y ngwely, neithiwr, ar ôl i dy dad sôn am gi 'lly, gymaint faset ti 'di licio ca'l y cyfle i fagu a meithrin ci bach newydd dy hunan. Tybed be 'set ti 'di licio'i alw fo? Mot? Pero ella? Neu Glas, hwyrach, fel hen gi defaid Taid, ie? O'dde' chdi a Glas rêl ffrindie, 'n'doeddech, 'ngwas i?'

Ac yn sydyn, o rywle yn ddwfn yng ngwaelod ei mynwes, mae cwlwm o feichiad poenus yn codi i'w gwddw a bron â'i thagu wrth i'r dagrau cyfarwydd a diddiwedd ddechrau cronni eto yn ei llygaid, ac mewn llais bach, mae hi'n llwyddo i sibrwd,

'O 'mabi bach gwyn i. I le aethost ti, dywed? Efo dy gwrls, a dy wên.'

Mae hi'n tawelu, ac yn aros i'r pwl ostegu gan anadlu'r awyr iach i mewn i'w hysgyfaint, er ei bod yn gwybod na fydd yn dod ag unrhyw wellhad i'w chalon drom.

'Rhiannon?'

Neidia Rhiannon fymryn, er ei bod yn gyfarwydd â'r llais. Doedd hi ddim yn disgwyl cwmni, yn enwedig heddiw, a phawb wedi mynd i'r Bala am y dydd, ac mae'n rhaid bod clyw'r hen Nel yn waeth nag oedd hi na Gwilym wedi tybio. Mae'n rhwbio deigryn yn frysiog o'i boch, cyn troi i weld Marian Harris, Bryn Hyfryd yn sefyll gerllaw, yn gwisgo hen fenig garddio, tusw o flodau yn un llaw a chan dŵr tolciog yn y llall.

'Marian,' medd Rhiannon, yn ei chydnabod gyda gwên swil.

Dynesa Marian.

'Braf eto, yn'dydi hi ...? Ha bach Mihangel i ni hwyrach.'

Cwyd Rhiannon i sefyll, tra mae Nel hefyd yn codi'n herciog ar ei thraed.

'Yndi,' cytuna Rhiannon, yn rhwbio'r pridd a'r darnau o laswellt o'i sgert. 'Braf iawn.' Mae'n edrych ar Marian cyn ychwanegu, gyda gwên dawel arall, 'Rhyfedd. A ninne i gyd mor brudd.'

'Sut ma' Gwilym?' mae Marian yn gofyn yn garedig, i droi'r sgwrs damaid.

Cwyd Rhiannon ei hysgwyddau, gydag ochenaid lesg.

'Brysur. Y ffarm ...' Mae'n ysgwyd ei phen dipyn. 'Parhau efo'i waith. Ond byw o ddydd i ddydd mae o. Fel finne. Does yne'm llawer o ddewis. Tlws.'

Mae'n cyfeirio at y blodau yn nwylo Marian.

'O. Ym. Ynden. Wedi dod i dwtio dipyn i Mam a 'Nhad o'n i.' Mae'n amneidio i gyfeiriad bedd ei rhieni. 'Hen bryd hefyd. Dydw i'm yma cyn amled â chi Rhiannon.'

''Dech chi'n brysur, rhwng popeth, 'dw i'n siŵr,' yw ymateb syml Rhiannon. 'A ma'n wahanol i mi, be bynnag. *Rhaid* i mi ddŵad yma.'

Mae'r oslef dyner, llawn dioddefaint, yn ei llais yn gorfodi Marian i ymateb. Mae ei llais hithau yn dawel a thyner.

'Fedra i'm dychmygu fel 'dech chi'n teimlo, Rhiannon. Mae Rhys yn dal i gael hunllefe am ... am be ddigwyddodd.'

'Ydio? Bechod. Ddrwg gen i glywed.' Mae cydymdeimlad Rhiannon yn ddidwyll.

'Diolch. Ond i gymharu â'ch galar chi ... chi, a Gwilym ... Wel ...' Mae Marian yn edrych i gyfeiriad bedd ei rhieni eto. 'Ma' colli rhiant yn un peth ond ... wel ...'

'Dydi mam ddim yn disgwyl claddu'i phlentyn, nach'di,' medd Rhiannon, i'w helpu.

'Nach'di. Dydi o'm ... o fewn y drefn arferol.'

Try Rhiannon i edrych arni eto rŵan, gyda chwilfrydedd ar ei hwyneb yn sydyn.

'Y drefn arferol?' mae'n gofyn, yn dawel, sy'n gadael Marian dipyn yn syfrdan. Ceisia egluro:

'Hynny ydi ... mae'n groes i natur rywsut, a ...'

Mae hi'n stopio. Dydi hi ddim eisiau gwneud pethau'n waeth drwy ddweud rhywbeth anaddas. Ond mae llais Rhiannon yn ddigyffro o hyd.

'Marian fach. Mae'n groes i bopeth.'

Mae'r ddwy yn distewi am rai eiliadau, ac yn gwrando ar y tawelwch o'u cwmpas, ambell i aderyn yn trydar, a'r afon yn sisial a sibrwd yn barhaus yn y pellter.

'Gwilym yn y Bala heddiw, yndi?'

'Yndi. Wedi mynd i "brotestio", medde fo. Ond 'dwn i'm pa wahanieth wneith o.'

'Maen nhw'n disgwyl dipyn o bobol cofiwch. Mae Rhys 'di mynd yno efo'i dad hefyd.'

Mae'r ddwy yn dawel unwaith eto. Yna yn hollol ddirybudd, mae Rhiannon yn cydio ym mraich Marian ac yn ei harwain i ffwrdd o fedd Huw, gan ostwng ei llais: yn union fel pe bai hi'n ofni y bydd ei mab yn ei chlywed.

'Marian ...?'

'Beth?'

'Y peth ydi ... 'dw i'n falch o'ch gweld chi, achos hwyrach byddwch chi'n dallt.'

'Ie?'

''Dw i 'di bod isio … gwybod. Fedra i'm rhoi'r gore i feddwl a meddwl 'dech chi'n gweld … Ond 'dwn i'm sut i ofyn … nac i bwy i ofyn … A fedra i'm sôn wrth Gwilym …'

'Rhiannon fach, beth sy?'

''Dw i bron â thorri 'nghalon efo'r syniade 'ma'n troi a throi yn 'y mhen i … a … Soniodd Gwilym am ryw ddeiseb ne rywbeth, yn gofyn am ddyfodol y fynwent a'r … a'r beddau.'

'Ie?'

'A Marian, os ceith y bobl Lerpwl 'ne'r hawl i ddod yma a …'

Marian yn torri ar ei thraws. 'Gobeithio chân nhw ddim!'

'Ond *os* cân nhw hawl … Be wnân nhw efo … fan hyn?' Mae'n gostwng ei llais hyd yn oed yn fwy. 'Be 'dech chi'n feddwl wnân nhw hefo'r fynwent?' Ac yna, yn dawel iawn, iawn, 'Hefo Huw?'

Edrycha Marian arni. Mae golwg dipyn yn wyllt yn llygaid Rhiannon – nid yn lloerig fel gwallgofddyn, ond yn llygadrwth, fel pathew sydd newydd weld hebog yn hofran ar y gwynt uwch ei ben.

'Rhiannon …'

'*Fedra* i mo'i gladdu fo *eto*, Marian. Fedra i ddim. 'Swn i'n mynd o 'ngho'. Ond wedyn, os na wna i, sut fedra i 'i adel o yma, i foddi eilweth? Ydi hynny "o fewn y drefn arferol" Marian? Ydio?'

Ŵyr Marian ddim beth i'w ddweud – ac felly yn lle siarad, mae'n gafael yn dyner ym mraich Rhiannon, fel mae ei dagrau'n dechrau llifo'n dawel unwaith eto.

*　　*　　*　　*

'"When, against terrific odds, a small nation is seeking to preserve its personality and culture, the destruction of any area where the language and national characteristics have been traditionally preserved would be a misfortune which every effort should be made to avoid."'

Mae'r dyn ar y llwyfan yn oedi, ac yn codi ei lygaid o'r papur yn ei law i edrych ar y gynulleidfa gymysg o'i flaen. Mae'n nodi gyda phleser eu bod i gyd yn gwrando'n astud. Mae'r babell dan ei sang, a mwy o dorf wedi ymgasglu y tu allan iddi hefyd. Mae'r Cadeirydd yn parhau i ddarllen.

'"Material economic advantages are far too dearly bought when secured at the loss of an inspiring spiritual inheritance, and some modern efficiency enthusiasts need to have this fact forcibly impressed upon them."'

'"Forcibly"?' medd Trys dan ei wynt, yn penelinio Dai-iô, sy'n eistedd wrth ei ochr yn agos at gefn y babell. '"Forcibly"? Surely not!'

'Isht!' medd Geinor, yn flin, yn eistedd yr ochr arall i Dai-iô. Mae cywair coeglyd Trys yn codi gwrychyn yn fwy nag arfer heddiw.

Mae'r Cadeirydd, ar y llwyfan, yn parhau.

'"When alternatives, which do not involve such a loss, are available, all who believe that man has needs other than those of the body, will sympathise with the people of the Welsh nation in their efforts to see that alternatives to the Tryweryn scheme be found, and adopted. Eamonn de Valera, Dail Eireann, Dublin."'

Ac mae'r gymeradwyaeth frwd ac edmygus i lythyr Arweinydd Fianna Fáil yn llenwi'r babell, a'r cae o'i chwmpas.

Mi roedd Geinor wedi synnu o weld Trys yno o gwbwl. Ar ôl llwyddo (o'r diwedd) i gael lle i barcio, mi roedd Iorwerth, tad Dai (a oedd wedi gwneud cryn argraff ar Geinor yn ystod y daith i'r Bala yn y car efo'i ddealltwriaeth drwyadl o wleidyddiaeth Cymru a'r achos dan sylw), wedi mynd i gwrdd â chyfeillion, gan adael Dai-iô a Geinor i alw am Non yn ei chartre. Mi roedd y tri wrthi yn gwau eu ffordd drwy'r dorf tuag at faes y gynhadledd wedyn, pan glywon nhw lais yn galw 'Aha! Y Tri Mysgetïar' mewn acen ogleddol ffug y tu ôl iddynt. Gwyddai'r tri yn iawn pwy o'dd yno hyd yn oed cyn troi.

'Trys!' meddai Dai-iô, yn gwenu. 'Be goblyn wyt ti'n neud 'ma?'

'A minne'n credu bod croeso i bawb,' meddai Trys yn gellweirus, 'o ba blaid bynnag!'

Chwerthin wnaeth Dai-iô, ond mi roedd Geinor yn bigog.

'Wel oes, wrth gwrs. Cynhadledd gyhoeddus i Gymru gyfan ydi hi. Mae be bynnag fydd yn digwydd yn achos Tryweryn yn mynd i effeithio ar ein bywydau ni i gyd Trystan, yn y pen draw.'

'Odi, odi,' meddai Trys, gan daflu ei fraich yn ffug ddifrifol o amgylch ysgwyddau Geinor mewn symudiad (gwag) o frawdoliaeth. 'Ac mae'r ysgrifen ar y mur on'd yw e *Comrade*?' ychwanegodd, ei dafod yn amlwg yn hollol sownd yn ei foch.

'Sut ddoist ti 'ma 'te?' gofynnodd Non iddo, i droi'r sgwrs, wrth i Geinor ryddhau ei hun o'i afael braidd yn biwis.

'Bws. Fel sosialydd da. Gymrodd e ache. Shwt ddiawl ma' trefnu chwyldro a thrafili ar drafnidiaeth gyhoeddus, Duw a ŵyr.'

'Ha!' ebychodd Geinor. Ond mi roedd gwên gefnogol Dai-iô i'w chyfeiriad wedi peri iddi sylweddoli mai gwell fyddai anwybyddu gwawdiau Trys, a sadio. Efallai ei bod hefyd wedi sylweddoli bod ei hymateb difrifol iddo eiliadau yn gynt wedi bod damaid dros ben llestri: ond mi roedd Trys yn gwybod yn iawn sut i'w phryfocio, ac yn benderfynol o wneud hynny.

'O'n i wedi gobitho cael lifft yn ôl i Aber 'da chi'ch tri, os bydd digon o le?' gofynnodd wedyn. 'Dim ond un bag bach sy 'da fi. Be ti'n weud Dai? Bydden i'n dal bws arall ond liciwn i gyrredd 'na cyn 'Dolig t'wel.'

'Iawn,' meddai Dai-iô, yn chwerthin. 'Ma' Dad 'di rhoi benthyg y car i mi i fynd â ni lawr heno. Mae o am gael pàs adre 'fo'r Parchedig Jenkins. Mi fydd yn dipyn o sgwash, cofia.'

'*Champion,*' meddai Trystan, a'i ddynwarediad Gog gwael unwaith eto wedi brifo clustiau Geinor. Ond mi roedd seindorf y Bala wedi dechrau ar 'Gwŷr Harlech' erbyn hynny, a'r orymdaith i'r babell wedi cychwyn, wedyn trodd Geinor a Non eu camre i gyfeiriad y gynhadledd gan adael Dai-iô yn ysgwyd ei ben dipyn ar ei gyfaill am geisio herio Geinor mor ofnadwy bob cyfle.

'Pe bai i bentref Seisnig fynd o dan y dŵr, parhâi'r iaith Saesneg, iaith y byd, yr un mor gryf. Pan ddigwydd y fath beth yng Nghymru, golyga dranc yr iaith, y diwylliant Cymreig a'r ffordd o fyw ...'

Erbyn hyn, mae'r ail siaradwr o'r llwyfan, Dr Peate, wedi mynd i hwyl gyda'i anerchiad.

'Nid digon yw protestio. Rhaid rhwystro Corfforaeth Lerpwl rhag lladd enaid y genedl trwy foddi Tryweryn!'

Mae'r babell yn llenwi â chymeradwyaeth frwd unwaith eto wrth i Dr Peate eistedd a dyn ifanc, myfyriwr o Gaergrawnt, gymryd ei le ar y llwyfan. Mae Geinor yn sibrwd wrth Dai-iô wrth ei hochr.

'Tydi hyn yn grêt! Ma' nhw'n siarad mor dda! 'Dw i *mor* falch ein bod ni yma.'

Mae gwrid cyffro ar ei hwyneb, ac mae ei llygaid yn pefrio. Ac mae Dai-iô yn sydyn yn sylwi mor dlws ydi hi pan mae'n fywiog ac yn llawn cynnwrf fel hyn.

'This action is being imposed on the people of Wales by a foreign authority which is not subject to any local scrutiny or control. The decision has not been made by local people, or their representatives. That is oppression – not democracy!'

Cymeradwyaeth eto yn y babell. Mae Non yn edrych ar Dai-iô, ond mae o yn dal i edrych ar Geinor, sy'n curo'i dwylo yn frwdfrydig, ei sylw hi wedi'i hoelio ar y llwyfan.

*   *   *   *

Saif Marian ar y bont garreg rhwng y capel a'r ysgol, yn edrych ar ddŵr afon Celyn yn llifo'n ddiniwed ac yn ddi-hid drwy'r un bwa o dan ei thraed ar ei thaith i ymuno ag afon Tryweryn tua hanner milltir i lawr y cwm. Mae'r pentre yn anhygoel o dawel heddiw. Gall Marian glywed brefau'r gwartheg a'r defaid yn atseinio o amgylch y clegyrau yn y pellter, a dim ond hynny, a thrydar corhedydd y waun, chwibaniad chwyrlïog yr ehedydd, a chlochderan y grugiar sy'n torri ar draws tawelwch y prynhawn.

Mae hi'n troi i edrych ar Glan Celyn a'r Llythyrdy, ar gau heddiw, a draw tuag at yr ysgol wedyn, lle mae Mrs Roberts wedi bod wrthi yn gludo posteri yn y ffenestri wedi eu lliwio â chreon gan y plant, gyda negeseuon megis 'Dyma ein Cartre,' 'Please do not Drown Us,' 'Be Kind to Us,' a 'Hear our Prayer' arnynt. Mae buarth yr ysgol yn dawel iawn hefyd, sy'n naturiol a hithau'n ddydd Sadwrn, ond mae'n arbennig felly heddiw gan fod pob un o blant Celyn wedi mynd i'r Bala, i'r Rali Fawr, efo'u teuluoedd.

Ac mae Marian yn meddwl, mae yna lawer o bobol mewn

dinasoedd a threfi swnllyd sydd yn dyheu, mae'n siŵr, am gael byw yn y fath heddwch a thangnefedd. Rhywbeth i'w fwynhau yw'r fath ddistawrwydd a llonyddwch, fel arfer, yndê? Hedd, perffaith hedd.

Ond yn sydyn heddiw, iddi hi, yn sefyll ar y bont, y sgwrs efo Rhiannon yn y fynwent yn dal i droi yn ei phen, mae'r tawelwch wedi troi'n annaearol, ac yn iasol. Mae'r pentre yn hollol, hollol wag, oni bai amdani hi a Rhiannon, ac mae calon Marian yn suddo wrth iddi synhwyro rhagdeimlad arswydus o'r hyn sydd, efallai, i ddod. Nid oes na heddwch, na thangnefedd, yn y distawrwydd argoelus yma heddiw bellach, dim ond arwydd o'r diffeithwch a'r anghyfannedd unig y mae Henaduriaid Lerpwl yn bwriadu ei wneud o'i milltir sgwâr.

Mae Marian yn rhynnu, ac yn prysuro adref. Nid dim ond ei mab Rhys fydd yn dioddef o hunllefau heno.

* * * *

'Rwy'n caru ei gwerin ddirodres o'r bron,
hen fonedd y bwthyn to cawn;
nid cyfoeth y ddaear a rannwyd i hon,
ond golud o ddysg ac o ddawn.'

Erbyn hyn mae'r babell fawr wedi llenwi â sŵn Côr Penillion Cymru yn canu 'Caru Cymru' i gyfeiliant Telynores Uwchllyn, a banerwyr o bob un o'r tair sir ar ddeg yng Nghymru wedi gorymdeithio i'r llwyfan, gan osod eu baneri arni fel cefnlen i'r cyfan. Rhwng anerchiad pob siaradwr mae dau blentyn o bob sir wedi codi ac wedi gosod amlinelliad o'u siroedd, wedi eu peintio'n goch, ar fap gwyn mawr o Gymru ar fwrdd ar y llwyfan, i gynrychioli eu cefnogaeth. Sir Feirionnydd fydd y darn olaf i gael ei osod yn ei le.

Yn agos at y llwyfan, eistedda Lisi May a Dafydd Roberts ac aelodau eraill o'r Pwyllgor Amddiffyn, eu calonnau erbyn hyn yn llenwi â gobaith wrth dystio i'r fath ddatganiadau, ac yn enwedig felly ar ôl deall bod bron i bedair mil o bobol wedi dod i'r Bala heddiw, i gymryd rhan yn y brotest.

> 'Ei Bethel a'i bwthyn, ei thalent a'i thelyn
> yw harddwch y frodir anwylaf a gaed;
> nid Cymru fydd Cymru a'i choron dan draed.'

Yn ystod y gymeradwyaeth i'r côr, daw dynes denau, dywyll, osgeiddig i'r llwyfan, ac yng nghefn y neuadd, mae Geinor yn sibrwd yng nghlust Dai-iô, yn llawn edmygedd a brwdfrydedd,

'Dr Jenkins. Ma' hi'n darlithio i ni!'

'Rydyn ni wedi clywed heddiw,' medd Eluned, wrth i'r gynulleidfa dawelu, 'am rai o'r rhesymau gwleidyddol, moesol, a hanesyddol sy'n golygu bod cynlluniau Dinas Lerpwl yn fygythiad peryglus, nid yn unig i drigolion Cwm Tryweryn, ond i Gymru gyfan, a hwnnw'n fygythiad y mae'n rhaid i ni ei wynebu a'i orchfygu. Y mae un o ddinasoedd mwyaf Lloegr yn dwyn trais ar ddarn pwysig o Gymru, a thrwy'r darn hwnnw, ar Gymru gyfan. Dyma ddinas sydd wedi penderfynu rheibio darn o dir ein gwlad mewn ffordd ddichellgar a llechwraidd heb ymgynghori â neb. Dinas sydd wedyn wedi ymddwyn yn ffroenuchel hefyd, drwy wrthod derbyn dirprwyaeth ar ran trigolion y lle. Ni fu dim erioed yn fwy croes i ddemocratiaeth.'

Mae Dafydd Roberts yn gwenu'n gynnil ar Lisi May. Try Geinor i edrych heibio Dai-iô a Trys, gan geisio dal llygaid Non. Ond mae Non yn canolbwyntio ar y llwyfan.

'Da 'di hi 'n'de?' mae Geinor yn sibrwd wrth Dai-iô, sy'n amneidio'n frwdfrydig.

'Mae cymryd tir unrhyw wlad fel cymryd plentyn oddi wrth ei rieni. Mae'n rhaid i ni brotestio, gyfeillion, yn erbyn y weithred a'i chanlyniade, yn erbyn drysu bywyd ardal Gymreig, ddiwylliedig, ardal a roddodd inni rai o ddynion gore ein cenedl. Ac yn enw'r gwŷr hynny, yn enw pob Cymro a Chymraes sy'n prisio ein treftadaeth, yn enw pethau gwerthfawrocaf gwareiddiad yr ynysoedd hyn, yr ydym yn galw yn daer ac yn groyw ar Gorfforaeth Dinas Lerpwl i gadw draw!'

Unwaith eto llenwir y babell â chymeradwyaeth a bonllefau.

'Byddwch yn cofio 'dw i'n siŵr, sbloet a stŵr yn y wasg y llynedd pan benderfynodd y Frenhines ehangu terfynau ei hymerodraeth drwy osod Jac yr Undeb ar Ynys Rockall, yng ngogledd yr Iwerydd – ynys sydd yn ddim ond craig foel a llwm yng nghanol y môr – a thrwy hynny hawlio meddiant arni i ryw bwrpas dirgel, yn ymwneud â'r cystadlu cynyddol a rhyfelgar hefo Rwsia. Wel, gadewch i ninnau osod ein baner felly, yng Nghwm Tryweryn, a mynd o'i chwmpas i'w hamddiffyn!'

*   *   *   *

Mae'r dŵr yn y bàth yn gynnes, ac mae Rhiannon yn gallu teimlo'r cyffni yn ei hysgwyddau a'r tyndra yn ei chefn a'i gwddw yn llacio yn ara deg, wrth iddi orwedd yn ôl yn y dŵr, a'r tawelwch.

Mae'n cau ei llygaid, ac yn ceisio ymollwng i'r teimlad o ryddhad sy'n dechrau ymestyn drwy ei gwythiennau a'i chyhyrau. Mae'n deimlad pleserus ac mae hi'n gorwedd yn ôl ymhellach, nes bod ei gwallt yn nofio o gwmpas ei phen yn y dŵr, sydd yn awr yn anwesu croen ei phen ac yn ei hudo, yn ei chofleidio, yn erfyn arni i ildio.

Mae'n pwyso yn ôl ... yn ôl ... ac yn suddo. Mae'r dŵr yn llifo dros ei bochau, a hyd at ei gên, ac yna, wrth iddi ymlacio yn llwyr, ar draws ei cheg, ei llygaid, a'i thrwyn.

Tawelwch llethol. Llonyddwch. Hedd. Perffaith hedd.

Pennod 7

Teithiau

'Dyna drueni 'n bod ni 'di goffod gadael cyn y Noson Lawen on'd yfe? Bydde hynny wedi bod yn shwt gymint o sbort!'

Mae'r dirmyg yn amlwg yn llais Trys. Mae'n eistedd yn sedd gefn y Morris Oxford y tu ôl i Dai-iô, sydd yn gyrru, gyda Non wrth ei ochr a'i fag teithio wedi ei wthio rhyngddynt. Mae Geinor yn y sedd flaen wrth ochr Dai-iô. Dydi Non ddim yn siŵr sut yn union ddigwyddodd hyn. Y peth naturiol fydde iddi hi eistedd yn y blaen efo Dai ond mi roedd Geinor a Dai wedi treulio cymaint o amser yn trefnu ac aildrefnu pacio'r bagiau yn y gist, nes mynnodd Trys ei bod hi'n eistedd efo fo yn y cefn, a doedd hi ddim eisiau cael ei gweld yn gwneud ffýs am rywbeth mor bitw.

'Chi ddim wir yn credu bod peder mil wedi bod yno 'ych chi ?' mae Trys yn parhau, yn haerllug o ddilornus. Mae'n mwynhau dibrisio'r rali, yn y gobaith, efallai, o greu sgwrs ddiddorol ar y daith hir yn ôl i Aber, neu efallai am ei fod wedi gweld cyfle euraidd i godi gwrychyn Geinor eto, neu gyfuniad o'r ddau. Fodd bynnag, mae'n amlwg nad ydio erioed wedi bod yn ffan o chwarae 'I Spy' i lenwi amser.

'Pedair mil neu beidio, synnwn i ddim mai dyna'r

rali fwya i Blaid Cymru ei threfnu erioed,' medd Geinor yn hapus.

'Bendant,' medd Dai-iô. 'Siaradwyr gwych hefyd. Digon i gnoi cil arno.'

'Oedd, mwn. Ac o 'styried mai'r bwriad o'dd cynnal rali fyddai'n uno'r gwrthwynebwyr heb uniaethu ag unrhyw blaid yn benodol, ma' heddiw 'di bod yn arbennig. Ma' 'di codi 'nghalon i be bynnag!'

Mae'n amlwg bod deiliaid seddi blaen y car yn eitha dedwydd eu byd, ond nid felly'r ddau yn y cefn. Mae Non yn eistedd yn edrych allan drwy'i ffenest yn anarferol o dawel, ac wrth ei hochr mae Trystan mewn hwyliau arbennig o bigog, a hyd yn oed yn fwy dadleugar nag arfer.

'Ro'dd Gwynfor Evans mor ddiddorol hefyd yn'doedd?' medd Geinor rŵan, a'i llygaid yn llawn cymysgedd o edmygedd a brwdfrydedd.

'O'n i'n synnu 'i fod e wedi dewis siarad yn Saesneg, cofia.' Mae sylw Trystan yn bryfoclyd. 'Gan taw holl bwynt y rali o'dd gwarchod Cymreictod.'

Ond mae ateb Geinor yn barod, a thamaid yn bigog. 'Ma' isio i'r neges fynd dros y ffin hefyd wsti. Gobeithio bod 'na newyddiadurwyr o Loegr 'di bod 'na heddiw, yn enwedig o Lerpwl, iddyn nhw ga'l clywed ein hochr ni, am unwaith. Glywaist ti be ddeudodd Gwynfor Evans 'n'do? Nad oes gin bobol Lerpwl ddim clem am ein hagwedd ni yng Nghymru tuag at y cynllun. Dydyn nhw'm yn dallt bod yna broblem.'

'Ocê. Jyst – o'n i'n meddwl bo' popeth i fod yn Gymra'g 'da ti dyddie hyn,' medd Trys, yn slei.

'Trys, paid dechre rŵan.' Mae Dafydd yn edrych ar ei gyfaill yn nrych y gyrrwr ac yn gwgu arno. 'Plis. 'Dan ni'm hyd yn oed 'di cyrraedd Dolgellau eto.'

'A beth bynnag,' mae Geinor yn ychwanegu, 'nid dim ond gwarchod Cymreictod oedd pwynt y rali, naci?'

'Ocê ocê! 'S'im isie gwyllti oes e? Jyst gweud odw i.' Mae Trys yn ochneidio'n ddramatig o ddiamynedd, cyn ychwanegu, 'Wy'n ffili help credu bod 'da chi gythrel o lot o brobleme 'da'r ymgyrch hyn ta beth.'

'Fel be?' medd Geinor, byth yn un i anwybyddu her.

'Penderfynu beth yn gwmws yw sail eich protest, yn un peth.'

Try Geinor i edrych arno dros ei hysgwydd am eiliad, mewn anghrediniaeth.

'O't ti'm yn gwrando, dywed, Trystan? Gwnaeth y siaradwyr hynny'n berffaith glir, yn'do? Mae tair sail hollol gadarn i'r gwrthwynebiad: economaidd, gwleidyddol, a diwylliannol-cymdeithasol.'

'Ie, ie ond ...'

Ond dydi Geinor ddim wedi gorffen. Mae'n parhau, ar ei draws, yn amlwg wedi amsugno trafodaethau'r rali fel sbwnj.

'Y rhesymau economaidd i ddechra. Bydda boddi'r cwm yn rhoi'r farwol i'r economi sy'n bodoli yn yr ardal, ac wedi gwneud ers cenedlaethau, drwy ddinistrio ffermydd a bywoliaeth y degau o bobol sy'n gweithio yna, a'r bobol sy'n dibynnu arnyn nhw hefyd. Ma' gin ti swyddi gweithwyr y rheilffordd, gwerthwyr llefrith, gwerthwyr gwartheg, i gyd ynghlwm efo'r economi lleol.'

'Ie, ond ti newydd weud, ti'n sôn am ddegau o bobol. Dyw e ddim yn effeithio ar fwy na degau o bobol, Geinor!'

'A, 'blaw am hynny, pam ar wyneb y ddaear dylen ni dderbyn bod Lloegr yn gallu dod yma ac ecsploetio'n hadnoddau naturiol ni er eu budd a'u mantais nhw, a dim ond y nhw, Trys? Ma'n amlwg i bawb eu bod nhw am

142

ddefnyddio'r dŵr i ddatblygu diwydiant a gwaith yn Lerpwl, a ma' nhw'n bwriadu gwerthu peth o'r dŵr hefyd, ac yn siŵr o neud elw da ohono. 'Dio'm yn gneud unrhyw fath o sens nad ydan ni'm yn cael defnyddio'r dŵr yma yng Nghymru i wella'n diwydiannau ni'n hunain, nach'di Trys?'

'Cym on! Pa ddiwydiannau Geinor? Ni'n sôn am Gwm Tryweryn nawr cofia!'

Ond mae Geinor wedi dechrau mynd i hwyl.

'A dyna i ti sail y gwrthwynebiad gwleidyddol, yndê? Mae meddiannu tir ac eiddo ac adnoddau Cymru mewn gweithred mor hollol hunanol gan Gorfforaeth Seisnig – estron – yn hollol anghyfiawn. Paid â deud bo' chdi am amddiffyn y fath imperialaeth, Trys.'

'Anghyfiawn, falle, ond dyw e ddim yn an*ghyfreithlon* nac yw Geinor? Ma' perffeth hawl 'da nhw i'w wneud e.'

'Trys, oeddach chdi yn yr un babell â ni, d'wad? Dyna holl bwynt be o'dd Gwynfor Evans yn ei ddeud!' Mae rhwystredigaeth Geinor yn cynyddu. 'Dyna'n union be 'di'r wers. A'r rhybudd! Dyna ma' achos Tryweryn yn ei brofi'n blaen. Mae'n dangos i bawb bod unrhyw lywodraeth leol yn Lloegr, fel mae pethau'n sefyll, yn gallu datblygu tir yng Nghymru, lle bynnag a sut bynnag ma' nhw'n ffansïo, cofia, heb orfod 'morol am farn na chaniatâd pobol yng Nghymru o gwbwl! Ysbeilio go iawn 'di peth felly – be ddeudodd Gwynfor Evans eto, ia, 'na chdi – 'anrhaith'! A ma'n rhaid i ni gydnabod yr her, a rhoi stop arno fo.'

Gwêl Dai-iô y cyfle i roi ei big yntau i mewn.

'Yr egwyddor sy'n bwysig yn y pendraw yndê, Trys? Yndi, mae'n gyfreithlon o fewn y cyfansoddiad presennol, a ma' hynny am nad oes gennom ni fel Cymry ddim bodolaeth na gweinyddiaeth ein hunain. Sydd wedyn yn codi'r cwestiwn, tase gennom ni Swyddfa Gymreig go iawn, fydde'r sefyllfa'n wahanol?'

'O 'co ni. Galw am "Lywodraeth i Gymru" 'yn ni nawr yfe?' Mae goslef Trys yn hynod o sinigaidd.

'Ia. A pham lai?' yw ymateb chwim Geinor. 'Sy'n ein harwain at y drydedd sail i'r brotest. Diwylliant a chymdeithas. Er 'dwn i'm pam 'dw i'n trafferthu. Mae'n amlwg nad oes gin ti'm lot o barch at ein hetifeddiaeth a'n traddodiadau.'

'Hei – wow nawr! Wedes i 'rioed mo hynny, Geinor.'

'Ond mi fydd planiau Lerpwl yn boddi un o gadarnleoedd y bywyd Cymreig am byth. Yn lladd iaith, diwylliant, celf, ffordd o fyw ...'

''Set ti'n licio byw 'na? Fyddwn i ddim!'

''Dio'm jyst am Dryweryn, Trys. Mae o am Gymru gyfan! Mwy na hynny hyd yn oed, be am yr egwyddor o hawliau lleiafrifoedd, yn gyffredinol? Does bosib nad wyt ti'm yn gallu gweld dilysrwydd y cwestiwn yna.'

'Geinor, wy'n dyall y dadleuon yn iawn, diolch i ti.'

'W't ti Trys? Wedyn pam w't ti'n gorfod tynnu mor groes i bopeth drw'r amser dywed?'

'Falle 'mod i ddim mor barod â thi i dderbyn dadleuon hollol ddu a gwyn. Falle 'mod i ddim yn cytuno.'

'Ocê. Ond hefo be dwyt ti'm yn cytuno? Sut allat ti beidio â chytuno, a chditha'n galw dy hun yn Gymro?'

Tro Geinor yw hi i swnio'n ddirmygus, ac mae Trys yn chwim ei ymateb.

'Y gwir yw ti jyst ddim yn licio i neb anghytuno 'da dy safbwynt di 'yt ti, Geinor? 'Na'r gwir.'

'Olreit, 'na ddigon ia, chi'ch dau? Am rŵan.'

O'r diwedd mae Non wedi agor ei cheg. Mae'r ddau arall

yn edrych arni damaid yn syn, bron fel petasent wedi anghofio ei bod hi yn y car o gwbwl.

'Ylwch. 'Dw i, yn un, 'di ca'l digon o wleidydda am un diwrnod, iawn? A ma' gin i goblyn o gur pen hefyd. Wedyn Dai, ti'n meddwl fedrwn ni stopio am banad yn Nolgellau neu rwle? Ella 'se'n neud lles i ni i gyd ga'l dipyn bach o awyr iach!'

Mae Geinor a Trys yn distewi tra mae Dai-iô yn gwenu efo cydymdeimlad ar Non yn nrych y gyrrwr.

'Milk Bar Machynlleth?' mae'n cynnig, ac mae Non yn ochneidio'i rhyddhad.

'Iawn. Diolch.'

Mae distawrwydd am rai eiliadau, a thro Trys ydyw i droi i edrych drwy'i ffenestr yn bwdlyd, ac annifyr braidd yw'r awyrgylch sydd yn llenwi'r car yn awr fel mae Dai yn rhoi'r weipars i fynd.

Ydi. Mae hi wedi dechrau glawio. Eto.

*   *   *   *

'Ti 'di rhoi'r jam ar y bwrdd, 'raur?'

'Yndw Nain. Ym – dau bot ia? Un cyraints duon, ac un mafon?'

Saif Morfudd wrth y bwrdd yn ffermdy Gwerndelwau lle mae hi wedi dod i ga'l te pnawn Sadwrn hefo'i nain a'i thaid, fel y bydd yn gwneud bob prynhawn Sadwrn. Mae hi wedi bod wrthi'n gosod y bwrdd te hefo'r lliain les lliw hufen arferol, y tsieina gora, a'r cyllyll arian a'r ffyrc cacen bychain o'r bocs pren hirsgwar efo leinin melfed lliw saffir sy'n cael ei gadw yn y dresel fawr dderw yn y parlwr. Mae hi newydd osod y jwg llaeth a'r fowlen siwgr (orau), sy'n cynnwys ei hoff declyn, llwy siwgr arian fach gron efo'r llythrennau RWE wedi eu hengrafio ar y carn tenau, yn eu lle pan mae Nain yn ymddangos o'r gegin gefn, cacen sbynj ar y stand cacenni tsieina mewn un llaw, a phlatied o fara brith o dan liain sychu llestri glân cyn wynned â'r eira yn y llall.

'Ie. Dene ni. Ma'r un cyraints duon bron â darfod. Diolch i ti, pwt. Gobeithio na fydd dy daid ddim llawer hwyrach, Morfudd fach, ne fydd hi'n amser i ti fynd adre cyn i ni gychwyn ar y bwyd!'

'Faint o'r gloch o'dd y rali i fod i orffen 'te Nain?'

"Dwn i'm wir. Ond ddeudodd o bydde fo adre cyn chwech yn ddi-ffael. A dydi dy daid ddim yn un i sefyllian o gwmpas yn malu awyr hefo pobol, mi ddeuda i hynne amdano fo, felly fydd o yma toc siŵr gen i. Ac wedyn ga i dorri'r bara menyn.'

Mae bara menyn Nain Gwerndelwau yn arbennig. Mi fydd Morfudd yn ei gwylio gyda rhyfeddod bob dydd Sadwrn, yn gafael yn y dorth, bron o dan ei chesail, efo'i braich chwith, yna'n taenu haen ysgafn o fenyn hallt y ffarm drosti, cyn gweithio'r gyllell fara finiog yn ei llaw dde yn gyflym a chelfydd drwyddi, ac yn sleisio tafell ar ôl tafell felly – pob un mor denau â phapur, pob un yr union un trwch – a'u gosod yn daclus un ar ben y llall mewn rhesi unfaint ar y plât hirsgwar sydd wedi'i addurno efo rhosod bach lliw ceirios yn crwydro'n ddelicet ar hyd ei ymylon euraidd.

Yn sydyn daw sŵn y cŵn yn cyfarth ar y buarth drwy'r ffenestr agored.

'Dene fo rŵan!' medd Nain, efo gwên lydan a'i llygaid yn pefrio. Mae hi a Robat Gwerndelwau yn briod ers dros ddeg ar hugain o flynyddoedd ond mae hi'n dal i wenu pan wêl ei gŵr bychan, ond cryf a thawel, gyda dwylo fel rhawiau ond medrus, yn dod dros drothwy'r drws. 'O'n i'n gwybod fydde fo ddim yn hir. Rown ni'r tecell i ferwi ia, fel bo' gobaith byta cyn daw dy fam i dy nôl di, 'raur?'

*   *   *   *

Sylla Non ar y glaw sy'n parhau i daro'r sgrin wynt, ac ar y weipars yn pendilio yn gysgadurus yn ôl ac ymlaen ar y gwydr. O leia mae hi 'di llwyddo i eistedd yn ffrynt y car ar gyfer ail ran y daith yn ôl i Aber, wrth ochr Dai-iô, ond dydi ei chur pen ronyn yn well er gwaetha'r stop am baned a rôl gaws ym Machynlleth. Mae'n cau ei llygaid yn ara bach, ac yn gadael i rythm y weipars ei swyno i ryw hanner-cwsg, tra mae'r Morris Oxford yn ymlwybro drwy'r glaw a'r gwyll ar hyd Comins-coch ar y ffordd i'r arfordir, a'r coleg. Mae hyd yn oed lleisiau'r ddau yn y cefn yn dechrau ymdoddi i sŵn yr injan, ac o fewn munudau mae Non yn pendwmpian yn dawel.

Ni wnaeth torri'r daith ym Milk Bar Machynlleth lawer i dawelu cecru Trystan a Geinor chwaith. Dros eu diodydd – coffi du i Geinor, ysgytlaeth siocled llawn siwgr i Trys – roedd y ddau wedi parhau i drafod a dadlau nes oedd pen Non yn troi: Trystan yn taeru nad oedd gan Blaid Cymru arweinwyr cymwys na digon profiadol i gael unrhyw ddylanwad pwysig ar wleidyddiaeth Prydain a'r gyfundrefn, a Geinor yn amddiffyn doethineb ac ymroddiad Gwynfor Evans i'r carn.

'Maen nhw'n sôn,' meddai, 'os bydd 'na Etholiad Cyffredinol eleni oherwydd Suez, sy'n ddigon posib, Trys, y bydd o'n ennill Meirion tro 'ma oddi wrth y T. W. Jones 'na: Aelod Seneddol yr ardal doedd, gyda llaw, ddim hyd yn oed *yn* y rali heddiw ma'n debyg!'

'Pam ddyle fe fod? Fel wedes i, dyw e ddim yn fater "du a gwyn", Geinor, sach pa mor glir 'yt ti'n gweld pethach. Ma' hyd yn oed Cyngor Bala wedi gwrthod cefnogi'r ymgyrch hyd yma, nac 'yn nhw? A 'co chi rywbeth arall wy wir ddim yn ddeall – pam, felly, cynnal y rali yn y Bala yn y lle cynta?'

'Yn lle arall fyddet ti'n ei chynnal hi Trys?' gofynnodd Dai.

'Lerpwl!' oedd ateb slei Trystan. 'Byddwch yn onest, 'na i gyd gaethon ni heddi o'dd lot o siarad a chrensian dannedd: pregethu i'r cadwedig. Dim sôn am wneud unrhyw beth ymarferol, na gweithredu. Man a man i chi dderbyn bod Plaid Cymru'n rhy barchus a dosbarth canol i wneud unrhyw beth o bwys, a 'na'r gwir amdani.'

'Ti 'di anghofio am Benyberth, Trys?' meddai Geinor, wedi ei chlwyfo dipyn gan yr ymosodiad yma.

'Nac w i. Ond wy'n credu bod rhai o aelodau'r Blaid, Gein.'

A gyda hynny roedd Trystan wedi sugno gweddillion ei ysgytlaeth yn swnllyd drwy'i welltyn yn ddiedifar ac yn hollol ymwybodol o'r chwithigrwydd yr oedd yn ei achosi yn noswaith y tri arall.

*   *   *   *

Yn sydyn a dirybudd mae Dai yn gwasgu'r brêc. Mae'r ysgegfa a'r sgid fer annisgwyl sy'n ei dilyn yn ysgwyd Non yn ddisymwth o'i chyntun.

'Sori!' medd Dai-iô, wedi ailfeddiannu rheolaeth dros y cerbyd o fewn eiliadau. 'Cwningen. Ti'n iawn?'

'Yndw,' medd Non, yn gysglyd. Yna, "Nest ti mo'i tharo hi naddo?'

'Naddo,' medd Dai-iô, gyda gwên.

'Diolch byth,' medd Non, cyn dylyfu gên yn gysglyd a setlo 'nôl i lawr yn ei sedd gan gau ei llygaid eto.

Mae Dai yn taflu edrychiad i'w chyfeiriad, ac am eiliad mae'n llenwi â chynhesrwydd tuag ati. Hen hogan iawn 'di hi. Halen y ddaear: caredig, annwyl, gonest, di-lol a chartrefol. Galle dyn wneud lot yn waeth ...

'Lle 'dan ni?'

Mae llais ysgafn Geinor, yng nghefn y car, yn tynnu ei sylw. Edrycha arni drwy ddrych y gyrrwr.

''Im yn bell rŵan. Newydd basio Comins-coch.'

'O.'

Mae Geinor yn edrych drwy'i ffenestr i dywyllwch y nos. Gwêl Dai fod Trys hefyd yn pendwmpian. Mae'n sylwi bod golwg eitha trist ar wyneb Geinor, sy'n ei synnu, a hithau wedi bod mor llawn egni a brwdfrydedd 'chydig oriau'n gynt.

'Ti'n iawn wyt Gein?' mae'n gofyn yn dawel.

'Be? O. Yndw. Jyst 'di blino, 'na i gyd.'

'Iawn,' medd Dai, yn troi ei sylw at y ffordd o'i flaen unwaith eto. Mae'r car yn dawel am funud neu ddau. Yna clyw lais Geinor yn gofyn yn dawel:

'Ti'n meddwl enillwn ni, Dai?'

'Be? Tryweryn?'

'Tryweryn. A phopeth arall. Ti'n gwybod. Hawliau, cydnabyddiaeth, hunanlywodraeth hyd yn oed?'

Mae Dai-iô yn edrych arni eto yn y drych ac yn sylwi ar ei hwyneb siriol a thlws, ac ar y diffuantrwydd a'r gobaith sydd yn ei llygaid, yn treiddio drwy'r cysgodion wrth iddi gwrdd â'i edrychiad yntau, bron yn ymbiliol.

'Allwn ni ond neud ein gore, Geinor. A byw mewn gobaith. A dal ein tir. Mae newid ar droed, 'dw i'n eitha siŵr. 'Drycha faint o'dd yna'n protestio heddiw.'

Mae Geinor yn gwenu arno, ond yn eitha gwan. Mae'n amlwg bod Trys wedi llwyddo i ysgwyd ei brwdfrydedd ac mae Dai-iô yn teimlo trueni drosti. Pam ddiawl ma' Trys yn gorfod bod mor hynod o ansensitif ac anystyriol weithia?

149

Gwêl Geinor yn cau ei llygaid nawr, a thra mae'r tri arall yn y car erbyn hyn yn hepian, mae Dai-iô hefyd yn dylyfu gên ac yn gwgu damaid wrth yrru drwy'r nos, gan bwyso a mesur dadleuon y dydd.

*   *   *   *

Efallai bod Dai yn llygad ei le, a bod sŵn ym mrig y morwydd, a newid ar droed. Ond efallai bod Trystan hefyd yn gywir yn ei asesiad o sefyllfa Cymru fach a'i statws ar fap gwleidyddol Prydain. Roedd dadleuon Gwynfor Evans y prynhawn hwnnw wedi tanlinellu fel yr adlewyrchai sefyllfa Tryweryn bwysigrwydd sefydlu gweinyddiaeth, a bodolaeth wleidyddol, i Gymru, i'w galluogi i amddiffyn ei hun rhag anturiaethau haerllug a chamddefnydd grym yn dyfod o dros y ffin.

Ynddi'i hun nid dadl newydd mo hon o gwbwl. Ddeunaw mis ynghynt, ym mis Mawrth 1955, yr oedd yr Aelod Seneddol Llafur dros Ferthyr Tudful, S. O. Davies, ymgyrchwr brwdfrydig ers blynyddoedd dros ddatganoli, wedi cyflwyno Mesur Preifat gerbron Tŷ'r Cyffredin yn gofyn am ryw radd o hunanlywodraeth i Gymru, yn efelychu'r sefyllfa yng Ngogledd Iwerddon. A hyd yn oed cyn hynny, rhwng 1945 a 1950, roedd y Llywodraeth Lafur wedi cael (ac wedi gwrthod) sawl cais i sefydlu Ysgrifennydd Gwladol dros Gymru, a hynny er bod gan yr Alban ei Hysgrifennydd ei hun ers 1885. Ym 1948 penderfynwyd creu, yn lle hynny, y 'Council for Wales and Monmouthshire', erbyn hyn o dan gadeiryddiaeth Huw T. Edwards, ond swyddogaeth ymgynghorol yn unig oedd gan y Cyngor yma. Wedyn, ym 1951, rhoddwyd cyfrifoldeb am faterion Cymru yn nwylo Gweinidog y Swyddfa Gartref, sef Albanwr o'r enw David Maxwell Fyfe (neu 'Dai Bananas' fel y'i gelwid yng Nghymru am resymau amlwg). Fe'i dilynwyd gan Gwilym Lloyd George, ym 1954.

Ond er ei bod felly yn amlwg bod mater hunanlywodraeth yn ffrwtian yn gynyddol o dan yr wyneb yng Nghymru, ac er i S. O. Davies ddadlau yn 1955 fod ganddo gefnogaeth ledled Cymru i'w Fesur arfaethedig, dim ond ychydig dros drigain o'r chwe chant a phump ar hugain o Aelodau Seneddol oedd yn bresennol i wrando ar ei ddadleuon. A'r canlyniad? 48 yn pleidleisio yn erbyn, a dim ond 16 o blaid. Er gwaetha hynny, sylw rhybuddiol S. O. Davies i'r rhai a oedd wedi gweld yn dda i fod yn bresennol yn y Tŷ y diwrnod hwnnw oedd:

'There is a movement in Wales, an uprising, as it were, that will not only support the Bill, but will continue to insist upon it, until Wales is represented in the United Kingdom as something more than a mere region.'

Ac yn wir yn yr Etholiad Cyffredinol ddeufis yn ddiweddarach, llwyddodd Plaid Cymru i sefyll mewn pum etholaeth, a Gwynfor Evans i ennill bron i bum mil o bleidleisiau ym Meirion, a thorri mwyafrif T. W. Jones i lai na phedair mil.

A hyn oll cyn i neb ddechrau trafod Tryweryn, Lerpwl, diwylliant, diwydiant, bathrwms – na dŵr.

*   *   *   *

'Y peth yw, wy wir ddim yn credu gelli di gymysgu economeg gyda gwladgarwch a gwleidyddiaeth, a disgwyl llwyddo.'

Mae Dai-iô a Trys yn eistedd yn trafod dros beint yn yr Angel. Wedi gollwng y ddwy ferch a'u bagiau y tu allan i Neuadd Alexandra a dadlwytho a pharcio'r car tu allan i Bantycelyn, roedd Trys wedi edrych ar ei oriawr.

"Yn ni'n haeddu peint o leia am ein hymdrechion dros y genedl heddi, so ti'n credu, Dai?' meddai, gyda gwên ddireidus. 'Mae achub dyfodol y famwlad yn waith sychedig, heb sôn am orfod dal pen rheswm 'da Geinor Thomas wedyn am deirawr solet.'

'Ie, wel, doedd dim rhaid i ti neud hynny nac oedd, Trys?' meddai Dai-iô, damaid yn feirniadol. Ond roedd Trys yn anedifeiriol, fel arfer.

'Cym on Dai. Ma' ddi fel *terrier* ag asgwrn. O'dd hi wrth ei bodd. Dere, ne byddwn ni'n colli stop tap.'

Erbyn hyn mae'r ddau yn eistedd yn gysurus mewn cornel yn y dafarn ac er bod Dai wedi dechrau diflasu â'r holl drafod a dadlau yn y car, mae'n methu peidio â mwynhau gwyntyllu rhai o'r syniadau yng nghwmni ei gyfaill pigog, ond peniog.

'Heblaw am y ffaith bod y rhan fwyaf o boblogaeth y cymoedd yn ddi-Gymraeg ac yn ofni penboethni'r cenedlaetholwyr, mae cenedlaetholdeb a sosialaeth yn syniadau cwbwl groes i'w gilydd,' mae Trys yn datgan rŵan. 'Bydde rhai hyd yn oed yn dadle bod cymysgu'r ddou yn arwain at ffasgaeth. Wy jyst wir yn credu, os yw'r ymgyrchu 'ma dros Gymru am ennill unrhyw dir o gwbwl, mi fydd yn rhaid i'r arweinwyr benderfynu ydyn nhw am ddadle am economeg, neu am yr iaith. Ti'n ffili cyplysu'r ddou. Dyw materoliaeth a threftadaeth ddim yn cydweddu.'

Mae Dai yn astudio ei ffrind. Yndi, mae o'n ddadleugar, yn hoffi sŵn ei lais ei hun, yn nawddoglyd ar brydiau, ac yn sinigaidd: yn y bôn, yn dipyn o fwrn. Ond mae o'n ddeallus, ac yn gwmni arbennig ar adegau fel hyn.

'Ti'n cytuno taw'r dosbarth canol sy'n pryderu, yn y bôn, am warchod a hybu diwylliant a iaith, on'd wyt ti?' mae'n gofyn i Dai yn awr.

'Weeel ... yndw, mewn ffordd,' mae Dai yn ateb yn feddylgar. 'Er fyddwn i ddim yn galw trigolion Cwm Tryweryn yn ddosbarth canol, o bell ffordd.'

'Na, na. A 'co ti ran o'r broblem. Siarad am yr arweinwyr 'yf i. Y "movers and shakers". Y "chwyldroadwyr" honedig. Y peryg yw y byddan nhw'n glastwreiddio'r holl ymgyrch am ddyfodol annibynnol o unrhyw fath i Gymru, drwy ganolbwyntio ar iaith.'

'Ond dyna sy'n bwysig, yndê? Dyna'n hunaniaeth. Dyna sy'n ein gwneud ni fel Cymry yn unigryw.'

'Falle. Ond mae rhoi'r pwyslais ar broblem yr iaith yn tynnu'r sylw oddi ar y dadleuon economaidd a gwleidyddol. Mae'n awgrymu taw'r *unig* broblem yng Nghymru yw problem yr iaith. Sy'n golygu y gall y gyfundrefn gyfaddawdu yma ac acw drwy wneud ambell i dro da i'r 'Iaith', cadw'r dosbarth canol yn dawel drwy wneud hynny, a llwyddo felly i osgoi unrhyw drafodaeth am wir broblemau cymdeithasol, economaidd, diwydiannol a gwleidyddol Cymru. Peint arall?'

Mae pen Dai-iô yn troi.

'Ie. Diolch. Ond ... pan ddoi di 'nôl o'r bar ...'

'Ie?'

'Gawn ni drafod ffwtbol plis, Karl Marx?'

Mae Trys yn chwerthin, ac yn codi i fynd am y bar.

* * * *

Ac felly, mae'r haf gwlypaf ers degawdau yn dirwyn i ben, a dail crin y tymor yn dechrau siffrwd a chyhwfan a nofio'n ddirwgnach i'r ddaear ar awelon yr hydref, yn ymostwng yn dawel a digyffro i'w tynged.

Nid felly Lisi May. Mae Ysgrifennydd y Pwyllgor Amddiffyn yn parhau i frwydro'n ddiflino, er gwaetha siomedigaethau niferus megis erthygl ym mhapur newydd y *Times* ddechrau Hydref, lle mae'r gohebydd yn datgan taerineb Corfforaeth Lerpwl eu bod wedi ceisio dod i delerau cyfeillgar ac agored efo'r Pwyllgor Amddiffyn – 'Liverpool still hopes for friendly talks' – ond bod y Cymry wedi gwrthod cwrdd â nhw 'droeon'. Yn yr un erthygl mae Mr Harvey, dirprwy Glerc y Dre, yn ychwanegu, 'Whose water is it? After all, God provided it.' Yr wythnos wedyn, yng Nghymru, mae'r *Seren* yn nodi bod Cyngor y Bala, o'r diwedd, wedi gwrthod pasio penderfyniad i wrthwynebu cynllun Cwm Tryweryn, fel y mae Cyngor Tal-y-llyn wedi gwneud wythnos yn gynt, gan ddadlau i'r gwrthwyneb, y dylid croesawu unrhyw ddatblygiad rhesymol yn yr ardal. Ar ben hynny mae Lisi May wedi clywed sibrydion yn awgrymu bod nifer o Aelodau Seneddol y Blaid Lafur yng Nghymru am newid eu meddyliau ac ochri gyda Lerpwl, a bod dadleuon cyson Lerpwl parthed llond llaw o bobol mewn ardal dlawd a di-nod yn mynnu gwrthod datblygiad fyddai o fudd i filoedd o bobol, a hynny er gwaetha'r ffaith eu bod am dderbyn iawndal haelfrydig am eu colledion dadleuol, yn lledaenu ac yn dechrau ennill tir.

Mae Gwynfor Evans hefyd yn digalonni, yn breifat, nid yn unig am ei fod wedi cael ei feirniadu am wallau niferus yn y llyfryn a gyhoeddwyd ar gyfer y rali yn y Bala ym mis Medi, 'Save Cwm Tryweryn for Wales,' ond hefyd am ei fod yn ymwybodol bod y pwysau arno i wneud safiad personol a chlir yn dwysáu. Ond nid yw'r llwybr o'i flaen yn amlwg o bell ffordd, gyda'r rhaniadau ym Mhlaid Cymru yn gwaethygu, rhwng y rhai sy'n awgrymu protestio drwy weithredu yn erbyn eiddo – er enghraifft ymyrryd â gwaith yr adeiladwyr wrth iddynt ddechrau ar y cynllun – ac eraill sydd yn argyhoeddedig mai llethr llithrig yw tor cyfraith ac anufudd-dod sifil, fydd yn siŵr o arwain, yn y pendraw, at drais. O'r herwydd, pan mae Is-bwyllgor Tryweryn, Plaid Cymru, yn cwrdd ganol mis Hydref maent yn methu â chytuno ar unrhyw gynnig yn unfrydol.

A beth am Gymru yn gyffredinol? Beth am y ddeiseb hollbleidiol o 240,652 o enwau a gymerodd bron i bum mlynedd i'w casglu, ac a gyflwynwyd gyda chymaint o seremoni yn Neuadd Idris, Dolgellau, ym mis Ebrill? Casglu llwch mewn bocsys cardfwrdd, yn pydru yn llwydni storfeydd llychlyd San Steffan, debyg.

Ar Hydref yr 17eg mae'r *Times* yn datgan mai dim ond pump y cant o Gymry sy'n gwrthwynebu'r cynllun i foddi Cwm Celyn – ystadegyn dadleuol, ond niweidiol.

Ond ŵyr gohebwyr y *Times* ddim fod y frwydr ar fin poethi.

*   *   *   *

Tachwedd y 7fed, 1956, Neuadd San Siôr, Lerpwl.

'Silence! Please can we preserve some form of order, ladies and gents!'

Mae'r Cadeirydd yn bwrw'r ddesg o'i flaen â'i forthwyl – ond ychydig o effaith mae ei gyfraniad yn ei gael ar y sŵn a'r annibendod o'i gwmpas.

Mae cyfarfod hynod o biwis a checrus y cyngor ar ei anterth, ond nid dadleuon am ddŵr Tryweryn, er bod y mater hwnnw ar agenda'r dydd, yw asgwrn y gynnen ar hyn o bryd, ond dyfroedd cynhesach, a phrysurach, yr Aifft – a Chamlas Suez yn benodol.

Ers mis Gorffennaf pan ddatganodd yr Arlywydd Nasser ei fod am genedlaetholi'r gamlas, mae tensiwn rhyngwladol wedi ymledu'n gynyddol, gydag Israel, o'r diwedd, yn ymosod ar yr Aifft ddiwedd mis Hydref, ac yna Prydain a Ffrainc yn ymuno â nhw yn y frwydr ar Dachwedd y 5ed, yn bomio a glanio milwyr ym Mhort Said, gwta ddeuddydd yn ôl. Yn y cyfamser ar y diwrnod cynt, roedd tanciau Sofietaidd wedi gyrru drwy strydoedd Budapest, Hwngari. Ac felly erbyn heddiw, mae'r tyndra rhyngwladol yn ferw gwyllt, gyda Chyngor y Cenhedloedd Unedig yn ceisio collfarnu, cynghori, a cheryddu, tra mae'r Undeb Sofietaidd a'r Unol Daleithiau yn estyn eu cyhyrau ac yn chwythu bygythion o'u pegynau croes.

'Silence! Unless we maintain some kind of order ...'

Yn y siambr lawn yn Lerpwl mae'r Cadeirydd yn dal i frwydro i gadw rheolaeth dros begynau croes y Gorfforaeth. Ar un llaw aelodau'r Blaid Lafur, sydd wedi ceisio ennill cymeradwyaeth i gynnig o gerydd yn erbyn y Prif Weinidog, Anthony Eden, a'i lywodraeth am eu hymyrraeth filwrol yn yr Aifft, ac ar y llaw arall y Ceidwadwyr, sydd yn galw'r cynnig yn 'Outrageous!' 'Wicked!' a 'Shameful!' o ystyried bod 'our boys' yn 'risking life and limb for King and Country' y funud hon, 'far, far from home!'

'Wel, dyma 'dw i yn ei alw'n syrcas,' medd dyn tal, tenau, esgyrnog, yn eistedd yn rhes flaen y seddi cyhoeddus sydd wedi eu gosod y tu ôl i res gefn seddi'r cynghorwyr. 'Am haw-di-dw, wir!'

'Why should the Soviets obey the UN in Hungary?' yw banllef y ddynes fawr dew flonegog sydd yn eistedd o'i flaen, 'when we ourselves are bombing and invading Egypt? Ha!'

Mwy o weiddi a bloeddio.

'Hi 'di'r ddynes Braddock 'ne ie?' mae'r dyn yn gofyn yn dawel yn awr i'r gŵr iau, trwsiadus wrth ei ochr.

'Ie, Dafydd,' medd hwnnw, dan ei wynt. 'Battling Bessie, os fuodd un erio'd!'

Mae Dafydd Roberts yn ochneidio braidd yn nerfus. Y gwir ydi na welodd o erioed ddynes mor ddychrynllyd yn ei fyw. Mae'n troi eto at Gwynfor Evans wrth ei ochr: 'Beryg bydde honne'n codi ofn ar Tarw Gwerndelwau!'

Mae'r Doctor Tudur Jones, sy'n eistedd yr ochr arall i Gwynfor, yn gwenu'n dawel iddo'i hun.

'Shame on you!' 'Shame!' 'Go live in Russia if you think they're so clever!' yw'r côr o argymhellion sy'n atseinio ar draws y siambr erbyn hyn, a 'Reds under the Bed!'

Mae Dafydd, Gwynfor a Tudur Jones yn gwylio mewn tipyn o ryfeddod. Gan fod amser yn mynd yn brin, ac yn sgil gwrthodiadau cyson y Gorfforaeth i dderbyn dirprwyaeth ar ran y Pwyllgor Amddiffyn, penderfynwyd i'r ddirprwyaeth yma o dri fynychu cyfarfod o'r cyngor llawn beth bynnag, a cheisio annerch yr aelodau, er eu bod heb gael gwahoddiad, er mwyn esbonio gwir natur eu protest yn erbyn y cynllun. Diolch i aelodau o'r Blaid yn Lerpwl, a Gwyddel o gynghorydd, Lawrence Murphy, cafwyd cip ar agendâu cyfarfodydd y Gorfforaeth a thrwy hynny dewiswyd cyfarfod pan fyddai cwestiwn Tryweryn yn cael ei drafod. Dyna felly ddewis y dwthwn hwn, heb sylweddoli y byddai eitem dau ar agenda'r dydd yn achosi'r fath sioe cyn iddynt hyd yn oed gyrraedd penderfyniad am Gapel Celyn.

Rywsut, rywfodd, mae'r Cadeirydd o'r diwedd yn llwyddo i roi mater Camlas Suez i bleidlais, ac yn hollol ddisgwyliedig, y Blaid Lafur gyda'i mwyafrif sylweddol ar y cyngor sy'n ennill y dydd. Rhywfaint yn llai disgwyliedig, fodd bynnag, ydi ymateb y Ceidwadwyr i'r canlyniad. Yn gynddeiriog, maent i gyd yn codi o'u seddi yn swnllyd ac yn pentyrru allan mewn diflastod dan ganu 'Land of Hope and Glory' nerth eu pennau.

Mwy o anhrefn. 'Mae plant lleiaf Ysgol Celyn yn bihafio'n well, ar f'ened i,' medd Dafydd, ei lygaid glas yn llawn syfrdandod.

Ni ŵyr Gwynfor Evans na Dr Jones sut y bydd y dymestl yma yn effeithio ar eu bwriad i siarad, ond mae'r ddau yn cytuno yn dawel mai siarad sydd raid. Ac yna, yn sydyn, mae'r Henadur Braddock ar ei draed yn gofyn am sylw yr Arglwydd Faer, John Sheehan.

'Lord Mayor, if I may, I would like to draw your attention to the fact that we have been invited to receive a deputation ...'

Mae Dafydd Roberts yn tynnu'i anadl i mewn dros ei ddannedd mewn ochenaid nerfus. Ond mae Jack yn parhau:

'... of Trade Unionists wishing to meet with us to discuss this very issue of Suez ...'

(Ie, dyma'r Gorfforaeth sydd ddim yn derbyn dirprwy-aethau.)

'Could I therefore suggest that we temporarily suspend proceedings while officers meet with this deputation, to hear their views?'

Heb lawer o bendroni mae'r Arglwydd Faer yn cytuno, ac felly mae Jack a Bessie Braddock a nifer o gynghorwyr eraill yn absenoli eu hunain o'r siambr swnllyd i fynd i gwrdd â'r 'ddirprwyaeth'.

'Ond o'n i'n meddwl ...' medd Dafydd, yn crychu'i dalcen.

'Yn gwmws,' yw ateb Gwynfor Evans. 'Yn gwmws.'

'Sawl gwaith maen nhw wedi gwrthod cwrdd â

dirprwyaeth o Gapel Celyn?' mae Dr Tudur Jones yn awr yn gofyn iddo.

'Tair,' medd Gwynfor. 'Tair.'

*   *   *   *

Erbyn i John a Bessie Braddock a'r lleill ddod yn ôl i'r siambr, ryw chwarter awr yn ddiweddarach, mae swyddogion y cyngor wedi cael ar ddeall nad yw'r Ceidwadwyr a gerddodd allan yn ystod y drafodaeth am ddychwelyd i'r siambr o gwbwl y prynhawn 'ma, ac felly mae'r aelodau eraill i gyd yn setlo ac yn manteisio ar y cyfle i'w pardduo, ac yn amlwg yn mwynhau treulio hyd yn oed mwy o amser yn eu llachio am sarhau'r broses ddemocrataidd, yn ogystal â hawliau Arabiaid Suez.

Ac yna ymhen hir a hwyr, gyda nerfusrwydd Dafydd yn peri iddo ddechrau gwingo braidd yn anghysurus yn ei sedd, mae'r Cadeirydd o'r diwedd yn cyrraedd yr eitem ddisgwyliedig.

'Proceeding to the next matter on the agenda,' medd y Cadeirydd blinderog. 'Tree-wee-ring. Alderman Frank Cain, proposals of the Water Committee.'

Saif Frank ar ei draed.

'Thank you. On behalf of the Water Committee, I am pleased to propose our recommendation to approve the spending of a sum of 30,000 pounds on preparatory work at the selected site in Meirionethshire ...'

'My Lord Mayor ...'

Mae Gwynfor Evans hefyd ar ei draed. Try nifer o gynghorwyr eu pennau i edrych ar y dyn dieithr yma, y rhan fwyaf ohonynt heb syniad yn y byd pwy ar wyneb y ddaear ydyw, ond yn ei lygadu yn guchiog a chilwgus er hynny. Mae

Frank yn taflu cipolwg i gyfeiriad yr Henadur Braddock. Mae'r ddau yn adnabod Gwynfor o'r lluniau yn y wasg, ac mae Jack yn amneidio yn gynnil ar Frank, sy'n parhau:

'... as I was saying, regarding the further expenditure of ...'

'My Lord Mayor,' medd Gwynfor Evans eto, yn gwrtais, heb godi ei lais, 'would you accept a deputation from Wales?'

Am eiliad mae distawrwydd syfrdan yn y siambr. Mae Gwynfor Evans yn parhau:

'My Lord Mayor, despite all attempts to address your good selves ...'

Mae llais uchel yr arthes Bessie Braddock yn torri ar ei draws: 'Mr Chairman. Could we have some order?' Ac wrth i'r 'dieithryn' yn y seddi cyhoeddus barhau, 'We are here to represent the people of Cwm Celyn ...' mae'r Arglwydd Faer yn deffro o'i lewyg gan ebychu 'Order! Order!' a churo'i ddesg yn biwis droeon. Ceisia Frank ailgydio yn yr awenau:

'As I was saying. This expenditure is essential for the purposes of Preparatory ...'

Ond dal ei dir mae Llywydd Plaid Cymru. 'We feel that you should be made aware of the deep opposition felt in Wales.' Mae ei lais yn wastad a phwyllog.

'Lord Mayor, this is totally unacceptable!' Tro Jack Braddock yw hi i ymuno yn y drafodaeth fel mae ei wraig yn troi (gydag anhawster) yn ei sedd i wynebu'r tri yn y seddi tu ôl iddi, i ychwanegu yn uchel ac yn wynebgaled, 'You've been told! We do not accept deputations!'

Dechreua lleisiau eraill atseinio drwy'r ystafell am yr eildro'r prynhawn 'ma.

'Good God, who *is* this man?'

'Go back to Wales!'

'This is an outrage! Sir! We have important work to do!'

'Extremists! Get out!'

Ac er gwaetha'r dymer ddrwg a'r anniddigrwydd, dal i siarad mae Gwynfor:

'National feeling and sentiment *is* on the increase ...'

'*National feeling*?!' yw bloedd sarhaus Battling Bessie, ynghyd â chri 'Order! ORDER!' y Cadeirydd, tra mae swyddogion y cyngor yn prysuro allan drwy'r drysau ar orchymyn Frank, 'Call security! Better still, call the police!'

Mae Bessie nawr wedi hoelio ei sylw ar Gwynfor, ei hwyneb crwn yn cochi efo cynddaredd a'i llais yn codi.

'Don't you realise where you are? This is a democratic country! *We* are elected representatives!'

'And we have a right to protest and ask to be heard,' medd Gwynfor.

Mae hyn yn ormod i Bessie. 'This is a democratic assembly!' mae'n gweiddi. 'You can't just walk in here and say what you like!'

'But you've just condemned the Tories for not putting their case. Why should Wales not put her case? If aggression is wrong in Egypt, how can it be right in Wales?'

Am eiliad mae Bessie Braddock yn syllu i lygaid Gwynfor gyda chasineb pur, cyn troi i ddechrau curo caead ei desg i fyny ac i lawr, gan floeddio:

'Out! Out! OUT!'

Mae lleisiau eraill, a desgiau eraill, yn ymuno yn groch, 'Get out!!! Out!' nes bod cythrwfl aflafar a byddarol yn llenwi'r siambr:

'Out! Out! Out! Out! Out! OUT!!!!'

*   *   *   *

Eistedda Eleanor yn dawel wrth ei desg wrth ochr Elaine Murphy lem yn swyddfa banelog Jack Braddock, yn teipio llythyrau a arddywedwyd wrthi'r bore 'ma gan ei meistr boliog pan mae'r drws mawr trwm yn cael ei agor led y pen ac mae Jack yn prysuro i mewn, yn flin a chwyslyd, ac yn taranu:

'Miss Riley! My office! Now!'

Diflanna i'w swyddfa yn llacio'i goler a'i dei wrth fynd. Saif Eleanor ar ei thraed ar unwaith efo'i llyfr nodiadau, yn llawn braw, gan gydio yn ei phensil. Mae Elaine yn edrych arni drwy'i sbectol frown yn amneidio caniatâd tawel ac mae Eleanor yn brysio ar ôl y 'bòs', yn betrus ond yn ufudd.

'Take a letter!' yw ei orchymyn swta wrth iddi eistedd. '"For attention: Rt Hon Gwilym Lloyd George, Home Office etc. It is incumbent upon me to inform you, as Home Secretary with responsibilty for 'Welsh Affairs', that my Council has today endured an outrageous and unprecedented interruption of the democratic process at the hands of a rabble of nationalistic hell-raisers."' Mae bron â phoeri â dicter. '"Order was only restored to our most respected Council Chamber when the police arrived to forcibly eject these extremists from the public seating area!"'

Mae'n seibio am eiliad, i gael ei wynt ato (er mawr ryddhad i Eleanor. Mae hyd yn oed ei Pitman's ardderchog hi yn straffaglu i'w ddilyn yn ddigon cyflym).

'"I am therefore required by my fellow elected representatives to seek your confirmation that further threats to the democracy which we all hold so dear will not be tolerated and will be fully investigated ... Yours etc etc."'

Mae Jack yn gwylio'r ysgrifenyddes ifanc wrth iddi orffen sgriblo. Mae hi'n codi ei llygaid i edrych arno yn ddisgwylgar ond mae Jack yn arwyddo iddi fynd, gyda chwifiad blin o'i fraich fach fyrdew.

Wedi i Eleanor gau'r drws ar ei hôl mae Jack yn suddo i'w gadair. Yna'n sydyn, mae'n pwnio'i ddesg, gydag ebychiad mileinig:

'*Bloody* Welsh!'

Pennod 8

Ennill, a cholli drachefn

Dydd Mercher, Tachwedd 21ain, 1956, Capel Celyn.

'Aaaawwwwww!'

Mae Hari Tomos yn gwingo a ch'noni wrth i Carys ei fam ymosod ar ei glustiau dros y sinc yn y gegin gefn efo clwt ymolchi cynnes.

'Paid â bod mor aflonydd!'

'Ma'n brifo!'

''Set ti 'di'u golchi nhw'n iawn dy hun fel gofynnes i ti fydde dim rhaid imi dy frifo di na fydde, y c'nonyn!' medd Carys, yn ffureta a phrocio yng nghlustiau'r hogyn bach yn ddi-lol.

Dyma 'Aw!' arall eto, ond mae Carys yn ddidrugaredd: ''Tisio i'r bobol Lerpwl 'na feddwl nad ydan ni ddim yn molchi 'ma, w't ti?' mae'n gofyn, yn dal i rwbio. Ond gyda'r 'AWWWWW!' uchel nesa daw 'BAAAAAAAA!' hyd yn oed yn uwch o gyfeiriad y gegin.

'O Duw annwyl Dad. Ti 'di deffro'r babi rŵan! Weles i 'rioed y fath helynt efo hogyn yn 'y myw! Hywel! Hywel! Dos at y babi, 'nei di! A Hari! Rho'r gore i wingo, myn brain i!'

Mae hi wedi bod yn fore prysur – a phlygeiniol, yn gynharach hyd yn oed nag arfer – yng nghartrefi Capel Celyn a'r cyffiniau heddiw. Mae'r godro wedi'i gwblhau yn barod, yr ieir a'r da a'r cathod a'r cŵn wedi eu bwydo, mae pacedi o frechdanau yn cael eu pacio, a fflasgiau Thermos yn cael eu llenwi hefo te poeth ym Mrynifan, Penbryn Mawr, Gelli Uchaf, Hafod Wen, a Phenbryn Isa. Mae'r dillad dydd Sul wedi cael eu tynnu o'r wardrobs, y crysau gwynion yn hongian wedi eu smwddio'n barod ers neithiwr, a phob copa walltog yn brysur efo cribau neu rubanau neu'r smotyn lleiaf o Frylcrim. Wedi'r cyfan mae heddiw'n ddiwrnod pwysig – tyngedfennol, hyd yn oed – ac mae pawb yn paratoi yn drylwyr.

Yn Hafod Fadog, mae Lisi May ar ei thraed ers pump o'r gloch, ac erbyn hyn yn astudio rhestr trefniadau'r diwrnod am yr ugeinfed tro, ac yn gobeithio ei bod wedi cofio popeth, ac y bydd pawb yn cyrraedd Tŷ Isa mewn da bryd i ddal y bysiau sydd am eu cludo i Lerpwl. Mae'n tsiecio'r bocs cardfwrdd sy'n dal cyflenwad o bosteri wedi eu gwneud gan Ifor Owen yn y pentre eto, yn dwyn negeseuon megis 'Please Liverpool, be a great city, not a big bully,' 'Capel Celyn must Live,' 'Your homes are safe, why destroy ours?' 'Liverpool's Water Plan is Aggression in Wales' a 'Windermere or Ribble, not Tryweryn'. Mae rhyw nerfusrwydd anarferol yn ei hosgo heddiw, efallai am ei bod yn synhwyro bod y cyfleon i achub ei bro yn prysur ddiflannu, a hefyd am ei bod yn ymwybodol nad oedd pawb ar y Pwyllgor Amddiffyn yn hollol argyhoeddedig parthed y fenter heddiw, ac wedi amau yn dawel beth fyddai gwerth ymweliad gwragedd a phlant bach cefn gwlad â gwâl y gelyn.

Pwyllgor Gwaith Plaid Cymru, a Gwynfor Evans, oedd wedi awgrymu'r daith, yn sgil y digwyddiadau yn Neuadd San Siôr bythefnos yn gynt pan orfodwyd iddynt adael siambr y cyngor yng nghwmni pedwar o heddweision y ddinas. Penderfynwyd y dylid cynnal gorymdaith yn Lerpwl, i dynnu sylw trigolion y ddinas at yr achos: gorymdaith a fyddai'n cynnwys holl drigolion Capel Celyn yn ogystal â Chymry Lerpwl, myfyrwyr, a chefnogwyr o ardaloedd eraill yng Ngogledd Cymru. Y dyddiad penodedig oedd heddiw, yr unfed ar hugain o Dachwedd, y diwrnod pan fydd y Pwyllgor Dŵr yn rhoddi'r cais i fwrw 'mlaen â'r cynllun i foddi Cwm Tryweryn i bleidlais y cyngor cyfan.

Edrycha Lisi May unwaith eto ar ei rhestr. Ydi hi wedi cofio popeth? Mae'n edrych ar y cloc. Wyth o'r gloch. Nefi! Mi fydd yn rhaid iddi frysio.

*   *   *   *

'O'n i isio dod â'r goits ond ddaru Mam 'im gadael imi.'

Saif Siân Coedmynach wrth ochr ei ffrind gorau, y ddwy yn eu cotiau capel, y beret bach glas tywyll am wallt di-liw Siân unwaith eto a boned fach glas golau yr un lliw â'i chôt yn coroni cudynnau modrwyog Morfudd.

'Piti hefyd. Achos 'dwi'n siŵr y bydde Ceridwen, Lleucs a Tomos Tedi Drwg 'di leicio ca'l mynd am dro i Lerpwl, ti'm yn meddwl?'

'Yndw,' medd Morfudd, 'Ond 'dwn i'm fyse 'ne ddigon o le 'di bod ar y bws i'r goits, cofia.'

'Na,' medd Siân. 'Dene ddeudodd Mam. Ond ...' mae hi'n gostwng ei llais. ''Drycha ...' Ac mae'n agor y botwm ysgwydd ar ei chôt gaberdîn yn gyfrinachol i ddatgelu Tomos y Tedi Drwg yn llechu yn gysurus a thawel o dan y llabed nefi blw. ''Im gair, cofia,' mae'n ychwanegu, ac mae Morfudd yn gwenu'n hapus yn ôl. Fuodd 'na unrhyw un erioed mor annwyl a chariadus â Siân Coedmynach yn y byd i gyd?

Mae hi bron yn chwarter wedi wyth y bore ac erbyn hyn mae'r rhan fwyaf o drigolion Capel Celyn wedi ymgasglu, fel y trefnwyd, y tu allan i Dŷ Isaf. Am hanner awr wedi wyth mi fydd tair bws Williams Coaches yn cyrraedd i'w cludo dros y ffin i strydoedd prysur y Ddinas Lwyd.

'A! Dyma chi, blantos!' Mae Mrs Martha Roberts yn awr yn ymuno (mae hi wedi bod draw yn yr ysgol yn barod bore 'ma yn sicrhau bod popeth yn drefnus yno, a hwythau'n mynd i ffwrdd am ddiwrnod). 'Yn'dydach chi i gyd yn edrych yn ddigon o ryfeddod!'

A gyda hynny mae'n dechrau cyfri'r plant. Cafodd sêl bendith ei llywodraethwyr i gau'r ysgol am y diwrnod er mwyn i'r disgyblion gael mynd ar yr orymdaith, a'u hawgrymiad nhw oedd ei bod hithau'n mynd yn gwmni iddynt i wneud y daith yn un addysgiadol.

'O! ma' rhywun ar goll ... Lle ma' Hari Tomos, deudwch?'

'Dyma fo, rŵan,' medd Morfudd, yn gweld Hari yn dynesu efo'i dad. Mae Carys am aros adre gyda'r babi am ei fod o mor ifanc, ond mae tad Hari, Hywel, yn edrych ymlaen at yr achlysur. Mae'n croesi i ymuno â'r dynion eraill, i gyd yn eu teis a'u hetiau a'u cotiau gore, yn ymgomio mewn grwpiau, rhai wedi dod o Fron-goch a Chiltalgarth ychydig yn is yn y cwm, tra mae Hari'n dod at ochr Mrs Roberts a'r plant eraill. Mae'r rhan fwyaf o'r gwragedd wedi ymgasglu o amgylch Lisi May, sydd hefyd newydd gyrraedd. Mae hi'n falch o weld bod Rhiannon yn eu plith, yn edrych yn denau ac yn welw, ond yn drwsiadus, fel y lleill. Mae Lisi May yn gwenu yn garedig arni ac mae hi'n gwenu yn ôl, er braidd yn nerfus.

'Lle ti 'di bod, Hari?' mae Siân Coedmynach yn gofyn.

'Geuson ni'n stopio gan ddau foi mewn car, isio gwybod lle o'n ni'n mynd,' yw ei ateb.

'Naddo! Pwy o'dden nhw? Be ddeudist di?' Mae Siân yn llawn cyffro, a chwestiynau, heddiw.

'"Liverpool. To save my valley," medd Hari yn bwysig, ac yn ei Saesneg gorau.

'A be ddeudon nhw?' mae Morfudd yn gofyn rŵan.

'Ddim llawer,' medd Hari. 'Ddaru nhw sgwennu fo lawr. A tynnu llun. O'n nhw o'r *Daily Post.*'

'Wwwww!' medd Siân, yn llawn edmygedd ac ychydig o eiddigedd, ond mae ei sylw yn cael ei dynnu rŵan gan Rhys Bryn Hyfryd yn cerdded tuag atynt yn ei wisg ysgol. 'O'n i'n meddwl bo' chdi i fod yn 'rysgol heddiw, Rhys?'

Mae Rhys, sy'n ddisgybl yn 'ysgol fawr' y Bala erbyn hyn, yn ysgwyd ei ben.

'Be? Fi? Yr unig un sy ddim yn mynd? Paid â malu!' medd rŵan, ei lygaid yn pefrio. 'Bagsio fi ista'n cefn!'

Mae'r plant i gyd wedi cynhyrfu rhywfaint, ac yn llenwi rŵan efo mwy o gyffro tawel wrth wylio'r oedolion yn ymgasglu o'u cwmpas yn eu dillad parchus gyda'u 'hwynebau capel'. Mae fel pe baent yn dechrau synhwyro yn reddfol, er mor ifanc ydynt, fod heddiw'n ddiwrnod eithriadol: bron fel diwrnod Trip Ysgol Sul, ond bod yr awyrgylch heddiw yn llawn hyd yn oed mwy o obeithion disgwylgar na'r ymweliad blynyddol â'r Marine Lake, Rhyl, neu Fytlins Pwllheli.

'Gyfeillion annwyl.'

Fel mae Lisi May yn codi ei llais try'r oedolion a'r plant i wrando arni, yn llawn parch a brwdfrydedd tawel.

'Rŵan, cyn i'r bysus gyrraedd, mae yna ychydig o bethau i ni gofio. Mi fyddan ni'n gobeithio cyrraedd Lerpwl tua un ar ddeg o'r gloch, ac yn ymgynnull yn y maes parcio penodedig lle byddwn ni'n dosbarthu'r posteri i chi. Cydgerdded wedyn i Neuadd y Dref, sydd ar Dale Street; ac yn y fan honno mi fyddwn yn ymuno â chefnogwyr eraill, ac aelodau o gangen Lerpwl Plaid Cymru.'

'Ddeudodd Mam bod stiwdants Cymraeg Lerpwl yn mynd i ddod i helpu,' medd Siân dan ei gwynt wrth Morfudd.

'Sh ...' medd Morfudd, yn dawel.

'Y bwriad ydi i ni symud yn ôl ac ymlaen o flaen Neuadd y Dref gymaint â phosib, a 'den ni isie i bobol Celyn geisio cadw mor agos ag y gallwch chi at ddrysau'r neuadd. Dylech chi, a chithau'r plant, gymryd y lle mwyaf amlwg os medrwch chi, ac os bydd pobol o'r wasg isie siarad hefo chi yna gwnewch hynny. Hefyd, os daw'r cyfle i siarad hefo aelodau o'r cyngor wrth iddyn nhw gyrraedd am y cyfarfod, fydd yn dechrau am hanner dydd, ceisiwch siarad hefo nhwthe hefyd. Ond y peth pwysig ydi bod yn gwbl ddifrifol drwy'r cyfan. Dim ysmaldod. Ac os cewch chi'ch symud gan heddgeidwad, ewch yn dawel, ac wedyn gwau eich ffordd yn ôl mor fuan â phosib i'r palmant o flaen y neuadd. Rŵan, mi fydd y bysus yma toc felly cyn i ni ymadael mi fyddai'n syniad i ni gael tynnu llun o bawb, i'r *Cymro*. Diolch Dafydd.'

A gyda hyn dechreua Dafydd Roberts a rhai o'r dynion eraill drefnu pawb yn daclus ar gyfer y llun, tu allan i lidiart Tŷ Isa. Mae Rhiannon, sydd wedi bod yn sefyll tan rŵan wrth ochr Marian Harris yn gwrando ar Lisi May, yn troi at ei chymdoges yn betrusgar.

'Heddgeidwaid, Marian? 'Dech chi'n meddwl fydd ene lot o blismyn yno?'

'Twt. Mi fydd popeth yn iawn, Rhiannon, gewch chi weld. Arhoswch chi efo fi os liciwch chi. Chewn ni'm helynt.'

'Ond 'dech chi'n meddwl bydd pobol Lerpwl yn gwrando arnon ni? Dydi'r rhan fwya o'non ni'm yn siarad Saesneg yn rhy dda. Cymry yden ni, yndê?'

'Yn union,' medd Marian. 'A thir Cymru, nid Lloegr, sydd o dan ein traed yndê?'

'Ie. Ond llond llaw o bobol pentre. Pwy fydd yn gwrando arnon ni, deudwch?'

Mae Marian yn cydio yn ei braich wrth iddynt gymryd eu llefydd yng nghanol y grŵp, y tu ôl i'r plant, ar gyfer y llun, ac yn ei chysuro'n dawel.

'Rhiannon, mi fyddwn ni'n *iawn*. Rŵan dewch, fydd 'ne ddigon ohonon ni yno. Peidiwch â phoeni.'

Yn ofnus a gwelw mae Rhiannon ufudd yn distewi, ac yn sefyll yn llonydd, llonydd wrth ochr Marian fel mae'r ffotograffydd yn tynnu'r llun. Ac yna o fewn eiliadau clywir sŵn moduron yn dynesu. Mae'r dyrnaid o bobol yn gwasgaru er mwyn i'r bysus barcio, a'u casglu.

'Iawn, gofalus rŵan blant. Digon o le i bawb,' medd Mrs Martha Roberts fel mae'i disgyblion yn dringo'r grisiau ac yn diflannu yn hapus i gynhesrwydd y coetsys, a Rhys yn anelu'n syth am y sedd gefn efo Hari yn dynn wrth ei sodlau. Dewis sedd yn y ffrynt mae Siân a Morfudd. ''Cofn i mi daflyd fyny fel ddaru mi trip dwytha,' medd Siân, fymryn yn ofidus.

Ac ar lethr ger ffermdy Garnedd Lwyd, yn edrych i lawr dros y pentre, saif Gwilym yn gwylio'i gymdogion, cyfeillion a chyfoedion yn ymgasglu fel morgrug o gwmpas y tair bws hirsgwar ar ochr y lôn. Erys am eiliad, cyn troi ar ei sawdl.

'Ty'd, Cymro.'

Ac mae'r ci defaid ifanc, ufudd a thriw wrth ei draed yn troi efo'i feistr ac yn cerdded wrth ei sodlau dros gopa'r bryn, ac allan o'r golwg, i'r mynyddoedd. O holl drigolion Celyn, dim ond y fo, Carys, a'i babi sydd ddim yn mynd i Lerpwl heddiw.

*　　*　　*　　*

'Sugar, Frank?'

'No. Thank you Jack. Trying to watch the old waistline, to be honest.'

'Really?' medd Jack, yn rhoi wadan ysgafn i'w fol helaeth cyn eistedd efo'i gwpaned o goffi wrth ei ddesg yn ei swyddfa. 'Army marches on its stomach, don't you know Frank?' Mae'n ychwanegu tri siwgr lwmp i'w gwpan. 'Superintendent Smithson got back to you, I take it?'

'Yes. We spoke this morning. He's aware that, although there may not be many protestors, they are extremists and unpredictable, more than capable of causing ugly scenes.'

'Good. He's organised a suitable police presence then?'

'He assures me so, yes. Officers will accompany the "protestors" every step of the way, and stay with them throughout their visit.'

'Excellent. We certainly don't want any further hiccups.'

Mae'r ddau yn sipian eu coffi yn hunanfoddhaus, ond y gwir yw bod Jack ryw fymryn yn bryderus. Roedd y ffradach yn y siambr bythefnos yn gynt wedi ennyn ychydig o feirniadaeth go lem yn y wasg parthed ymddygiad rhai o'r cynghorwyr, a'r peth olaf mae Jack eisiau ydi unrhyw ronyn o gydymdeimlad gyda'r 'Welsh nationalists', o unrhyw du. Ac ar ben hynny, mae'r cyfarfod heddiw yn un hynod o bwysig. Mi fydd bendith y cyngor y prynhawn 'ma yn golygu y gall cynnig Tryweryn fynd yn ei flaen a chael ei drafod gerbron cyfarfod cyhoeddus o drethdalwyr y ddinas. Gyda'u cefnogaeth hwy, yn eu tro, i wario arian y ddinas ar y cynllun, mi fydd gan y cyngor yr hawl i yrru eu Mesur Preifat ar ei hynt drwy ddarlleniadau San Steffan, er mwyn ennill cydsyniad brenhinol, a throi boddi Capel Celyn yn gyfraith gwlad.

'No further hiccups,' medd Jack eto.

'No, Jack,' medd Frank, 'it's all in hand'.

*   *   *   *

'Welist di 'rioed gymint o blismyn yn dy fyw, Dai?' mae Geinor yn gofyn mewn rhyfeddod, wrth iddi hi a Dai-iô gydgerdded o'r stesion yn Lime Street tuag at Dale Street a Neuadd y Dre.

''Mond ar ddiwrnod ffwtbol,' mae Dai yn ateb. A fynta'n 'ffan' o glwb pêl-droed Everton, mae wedi ymweld â Lerpwl droeon efo'i dad, yn enwedig pan oedd yn fachgen.

'Beth ddiawl ma' nhw'n ddisgwyl? Reiat?' medd Geinor eto, braidd yn flin.

Mae'r ddau wedi teithio ar y trên o Aberystwyth yn gynnar y bore 'ma. Doedd gan Trys, wrth gwrs, ddim taten o ddiddordeb mewn dod hefo nhw, ac mi roedd gan Non druan draethawd pwysig i'w orffen, ac er ei bod hi a Dai wedi'u siomi braidd ei bod hi'n methu ymuno hefo nhw, mae Dai a Geinor wedi cael trafodaeth ddiddorol iawn ar y daith am y coleg, gwleidyddiaeth, eu dyfodol, ac wedi mwynhau cwmni ei gilydd gymaint, mi roedd yn dipyn o sioc pan sylweddolodd y ddau fod y trên yn tynnu i mewn i'r stesion yn Lerpwl yn barod.

'Lawr ffor'ma, 'dw i'n meddwl,' medd Geinor rŵan, wrth iddynt gyrraedd St John's Gardens. 'Eith hon â ni lawr i Castle Street.'

'Peth da bo' chdi'n gwybod y ffordd,' medd Dai-ô, dan wenu.

'Rosemary,' medd Geinor. 'Llusgo fi yma i neud siopa 'Dolig

172

bob blwyddyn. Ma' hi wrth ei bodd efo'r lle. 'Dwi'n meddwl ei fod o'n dwll 'n hunan. Ty'd. 'Dan ni'n hwyr.'

*   *   *   *

Roedd nifer yr heddweision a oedd yn aros amdanynt wedi codi tipyn o ofn ar rai o drigolion Celyn hefyd, wrth iddynt gyrraedd y maes parcio yn Paradise Street, dan gyfarwyddyd Superintendent Smithson a'u harweiniodd nhw yno mewn car heddlu. Er, pan welodd hwnnw natur y 'protestwyr' wrth iddynt ddisgyn o'r bysus yn dawel a threfnus – yn swil hyd yn oed, yn wragedd a phlant a dynion cefn gwlad gwerinol – mi sylweddolodd yn syth mai criw heddychlon iawn oedd yr ymwelwyr yma, ac y dylai geisio bod o gymorth iddynt.

'When you are ready we will accompany you to Castle Street and the Town Hall,' mae'n dweud rŵan wrth y dyn eitha tal, trwsiadus, gyda llond pen o wallt tonnog tywodliw, sydd yn amlwg yn un o'r arweinwyr, ac sydd nawr yn estyn ei law ato.

'Good morning. Gwynfor Evans, President of Plaid Cymru. Pleased to meet you.'

'Superintendent Smithson,' medd hwnnw, yn derbyn ei law. 'Welcome to Liverpool.'

'Thank you,' medd Gwynfor, yn foesgar. 'We were just wondering whether it would be at all possible perhaps to use a loudspeaker car? Apparently I've just been told that one of the students has arranged one for our benefit.'

'Ah. Unfortunately they are not permitted in the city centre, sir. However, if you would like to use one later on today, nearer the tunnel ...?'

'I see. Of course,' medd Gwynfor, ac yna mae'n gwenu ac yn gostwng ei lais. 'In fact, Superintendent, it appears the young man in question hasn't actually been able to get the loudspeaker to work yet, so I wouldn't worry too much.'

'Oh! Never mind that,' medd Smithson. 'I'm sure one of my men will be able to get it working for you. Leave it with me.'

Gwena Gwynfor yn ddiolchgar. Erbyn hyn mae'r fintai wledig wedi ymgynnull y tu ôl iddo yn gwisgo ac yn cario eu posteri, yn enwedig un fawr yn dwyn y geiriau, 'Your Homes are Safe, Save Ours, Do not drown our homes' yn nwylo John Abel Jones, Hafodwen a Robat Wyn Edwards, Gwerndelwau, taid Morfudd.

'I think we're ready,' medd Gwynfor, wrth i'r ddau ddyn gymryd eu llefydd y tu ôl iddo.

'Good. Let's go then, shall we? We will be stopping the traffic for you, of course,' medd Smithson.

'Thank you,' medd Gwynfor eto. Ac i ffwrdd â nhw, i fyny Paradise Street, i'r chwith ar draws Lord Street cyn troi i'r dde am Castle Street a Neuadd y Dre, yn eistedd yn sgwâr ac yn awdurdodus ar ei gwaelod.

*   *   *   *

Mae'r grŵp o gefnogwyr ar y palmant y tu allan i Neuadd y Dre – Cymry Lerpwl, myfyrwyr o'r ddinas, rhai hefyd o Fangor, a chefnogwyr eraill o'r Gogledd – wedi llwyddo i gyflwyno deiseb o dros ddau gant o enwau, y rhan fwyaf ohonynt yn Saeson, ar y drws erbyn i Dai-iô a Geinor gyrraedd i ychwanegu at eu nifer.

''Drycha,' medd Geinor wrth Dai wrth iddynt ddynesu, yn edrych i fyny, a gwêl Dai ambell i wyneb gwelw, a thamaid yn bryderus, yn sbecian drwy ffenestri llawr cyntaf yr adeilad ac i lawr i'r stryd. Mae Geinor yn codi llaw ar un ohonynt dipyn yn bowld, ac mae'r wyneb yn cilio'n sydyn. Mae Dai yn gwenu ar ei direidi naturiol, ond cyn iddo allu dweud unrhyw beth mae sylw pawb yn cael ei dynnu at waelod Castle Street, lle mae Gwynfor Evans newydd ymddangos yn arwain yr orymdaith, Arolygydd yr heddlu wrth ei ochr â phastwn (yn edrych yn hollol anaddas) yn ei law, rownd y gornel ac i lawr y stryd tuag atynt.

Mae nifer o'r bobol o gwmpas Geinor a Dai-iô yn dechrau curo'u dwylo mewn cymeradwyaeth barchus wrth i'r orymdaith agosáu. Mae'n amlwg bod pawb wedi derbyn, a deall, cais y Pwyllgor Amddiffyn yn gofyn am ddifrifoldeb ac ymarweddiad ystyrlon.

Ond mae lwmp yn codi yng ngwddw Geinor wrth i'r criw ddod i'r golwg bob yn dipyn. Gwynfor Evans yn camu efo hyder ac urddas tawel ar y blaen, a thu ôl iddo? Tua pedwar ugain o werin bobol syml a thawedog yn cerdded yn drefnus, ond yn freuddwydiol rywsut, ar hyd stryd ddinesig, swnllyd, galed – gwragedd gweithgar yn gwisgo'u hetiau a'u cotiau capel, yn barchus ac yn daclus ac yn edrych fel petaent yn barod am gyfarfod y WI, ac yna'r dynion. Ffarmwrs, y rhan fwyaf ohonynt, dynion y wlad, yn edrych braidd yn anghysurus yn eu siwtiau a'u teis, eu hwynebau esgyrnog o dan eu hetiau ffelt neu gapiau fflat ag ôl tywydd a llafur arnynt, a bechgyn bach wedyn yn eu capiau a sgarffiau ysgol, sglein ar eu sgidiau careiau gorau, ynghyd â merched – rhai yn fach ac yn ifanc iawn, un yn cario tedi bêr o dan ei chesail – yn edrych yn obeithiol, yn ofidus, a braidd yn syfrdan, i gyd ar yr un pryd.

'Selfish Welsh bastards,' medd llais wrth ochr Geinor rŵan, yn peri iddi neidio. Mae'n troi i weld gŵr a gwraig yn cerdded heibio gyda bagiau siopa. Mae'r gŵr yn gweiddi, wrth iddynt basio, yn acen groch y ddinas:

'Why don't yer go home? Yer not welcome 'ere. Welsh bastards.'

Try Geinor, ar fin gweiddi 'nôl ar y ddau, ond mae'n teimlo llaw ar ei braich yn ei hatal. Mae'n edrych i fyny ac yn gweld Dai yn ysgwyd ei ben yn dawel arni. Mae ffotograffwyr a gohebwyr wedi cyrraedd erbyn hyn hefyd, ac mae'n rhaid iddi felly fodloni ar ddiawlio'r ddau, yn ffyrnig, o dan ei gwynt.

*   *   *   *

Yn siambr y cyngor, siambr banelog a moethus o ledr coch a phren a phres, mae'r Henadur Braddock yn cyflwyno'r cynigiad gerbron yr aelodau.

'As my fellow councillors will know, the Parliamentary Committee has already recommended that we proceed with this Bill ...'

Ond mae sŵn anarferol wedi dechrau treiddio drwy'r waliau trwchus:

> 'Cofia'n gwlad, benllywydd tirion,
> Dy gyfiawnder fyddo'i grym ...'

Canu.

Mae trigolion Capel Celyn wedi dechrau canu ar y stryd y tu allan.

'And in as much as it has therefore already received close scrutiny, and much detailed discussion ...'

> 'Cadw ni rhag llid gelynion,
> Rhag ein beiau'n fwy na dim.'

'... its passing in this Chamber today should be little more than a formality.'

> 'Rhag pob brad
> Nefol Dad
> Taena'th adain dros ein gwlad.'

Er gwaetha dyfalbarhad Jack Braddock, mae rhai o'r cynghorwyr yn y siambr wedi dechrau gwrando, a thrafod, ac anesmwytho. Ac mae'r canu ar y stryd islaw yn parhau, yn swynol, a chelfydd.

> 'Mae hen wlad fy nhadau yn annwyl i mi ...'

Yn sydyn mae'r Cynghorydd D. J. Lewis ar ei draed, ac yn gofyn am sylw'r Arglwydd Faer.

'Under the circumstances, would it not be possible, prudent even, to invite "a stranger" to speak from your dais, on this important and clearly controversial matter?'

Llawer o drafod a syndod yn y siambr, tra mae'r canu yn parhau. Mae Jack yn dal llygad Frank ac yn ysgwyd ei ben. Oes ganddo ddewis?

> 'Gwlad, gwlad, pleidiol wyf i'm gwlad,
> Tra môr yn fur i'r bur hoff bau
> O bydded i'r heniaith barhau.'

Y tu allan i'r siambr, ar y stryd, mae'r canu'n dod i ben, ond mae si wedi dechrau mynd drwy'r dorf. Try Marian at Rhiannon, gyda gwên.

''Dech chi'n gweld Rhiannon? Maen nhw am wrando arnon ni wedi'r cyfan! Ma' nhw am wrando, Rhiannon!'

*   *   *   *

Am chwarter awr mae Gwynfor Evans yn annerch y cyngor llawn. Mae'n dadlau bod y ddinas yn cael digonedd o ddŵr yn barod o Lanwddyn, ac mae'r ffaith ei bod wedi bod yn gwerthu peth o'r dŵr yma i awdurdodau a dinasoedd eraill ers blynyddoedd, am elw, yn profi bod ganddi ormodedd. Ai gwir angen ei dinasyddion am ragor o ddŵr sydd felly y tu ôl i'r Mesur, neu ymgais i wneud rhagor o elw? Sonia hefyd fod y ddinas wedi bwrw ymlaen gyda'r cynlluniau heb ymgynghori, a bod y cyngor wedi gwrthod clywed na thrafod barn y Cymry am y cynnig, dro ar ôl tro.

'Surely we can agree there is no state or country in the civilised world that would dream of attacking its neighbour, destroying its society, and drowning it, for the sake of acquiring its water. Wales is a small country whose unique language and way of life are under threat. Your country is ten times the size, and your language and life are not in any danger.'

Mae ei apêl angerddol ac emosiynol am warchod bywyd diwylliannol ac economaidd y cwm yn gyffrous, ac yn ennyn cymeradwyaeth frwd, ond serch hynny mae'r Henadur Braddock yn edrych yn hyderus ac yn anarferol o ddigyffro pan ddaw pymtheng munud penodedig Arweinydd Plaid Cymru i ben ac mae yntau'n cael ei dro i siarad. Taera Jack fod ganddo bob cydymdeimlad ond bod yn rhaid i'r cynllun fynd yn ei flaen am fod dyfodol miloedd o bobol yn dibynnu arno. Onid yw dŵr yn un o hanfodion bywyd? A nonsens, mae'n datgan, yw'r honiad parthed diffyg trafodaeth. Mae'r Gorfforaeth wedi ymgynghori ar y pwnc gyda deugain o gynghorau o Gymru. Mwy na hynny, mae'n dadlau mai'r unig bobol sydd yn ceisio 'elwa' o'r cynllun ydi Plaid Cymru, a'i bod yn ei wrthwynebu ar draul pobol 'Tree-wee-ring', er mwyn ennill tir gwleidyddol, a sedd yn San Steffan efallai, yn hwyr neu'n hwyrach. 'Opposition to Tree-wee-ring and other large schemes in Wales have been inspired and fanned by the Welsh party for political and propaganda purposes,' mae'n gorffen.

A gyda hynny mae'r Arglwydd Faer yn cynnig cloi'r ddadl gyda phleidlais.

*   *   *   *

Tawel iawn yw'r teithwyr ar fws Cri Ellis wrth iddo eu gyrru yn ôl heibio Corwen am adre. Yn eu doethineb, pleidleisiodd 94 o gynghorwyr Lerpwl o blaid y cynllun, a dim ond un – y Cynghorydd Lawrence Murphy, a ddywedodd gan ei fod yn Wyddel ei fod yn deall yn union sut oedd y protestwyr yn teimlo – yn erbyn, gyda thri arall yn ymatal, yn cynnwys yr Henadur Lewis. Mae hyn yn golygu y bydd y Mesur yn awr yn gallu mynd gerbron cyfarfod cyhoeddus o drethdalwyr Lerpwl, ac mae'n rhaid i'r cyngor gael eu cymeradwyaeth nhw cyn ei gyflwyno i San Steffan.

Try Marian i edrych ar Rhiannon, sydd yn syllu drwy ffenestr y bws yn drist.

'Peidiwch â digalonni, Rhiannon,' meddai, o'r diwedd. 'Glywsoch chi beth ddeudodd Gwynfor Evans, yn'do? Dydi'r frwydr ddim ar ben eto, cofiwch. A hwyrach y bydd pobol Lerpwl yn gallach na'r cynghorwyr, ac yn gweld tegwch y mater ac yn pleidleisio o'n plaid.'

Mae Rhiannon yn ochneidio'n flinedig. 'Pobl Lerpwl? 'Sgennon ni unrhyw obeth o hynny deudwch?'

Mae Marian yn cyffwrdd yn ei braich eto, a'i gwasgu.

'Rhiannon. Ma' 'ne ddigon o Gymry yn byw a gweithio yno

i bleidleisio, ac i genhadu. Peidiwch â bod mor brudd rŵan. Dene fo.'

Ond er gwaetha ei hysbryd siriol, mewn gwirionedd mae calon Marian a'r rhan fwyaf o drigolion eraill Celyn wedi suddo i'r gwaelodion wrth i'r bysus bach tawel ymlwybro drwy erwau gwelltog Meirion am eu cartrefi clyd.

*   *   *   *

Mae Geinor yn dawel hefyd wrth i Dai-iô agor y drws a chamu oddi ar y trên i'r platfform yn Aberystwyth. Mae'n ei ddilyn, yn llesg. Mae hi wedi bod yn dawel yr holl ffordd yn ôl: ei brwdfrydedd a'i direidi a'i ffraethineb wedi diflannu.

Dechreuant gerdded i lawr y platfform yn y tywyllwch. Mae'r gwynt yn fain ac mae Geinor yn tynnu ei chôt yn dynnach amdani.

'Ti'n iawn?' mae Dai-iô yn gofyn o'r diwedd.

Mae Geinor yn ochneidio. 'Mae o i gyd jyst mor ... drist, yn'dydi? 'Dw i jyst ddim yn gallu stopio meddwl amdanyn nhw'n cerdded lawr y stryd 'na. O'n nhw'n edrych mor "fychan" a dibwys, nid eu bod nhw o gwbwl, ond ...'

''Dw i'n dallt,' medd Dai. ''Dw i'n dallt be ti'n feddwl.'

'Pobl bach 'dyn nhw yndê? O'n nhw'n edrych ar goll, ac yn druenus, a bod yn onast. Mae 'nghalon i'n gwaedu drostyn nhw. Am y tro cynta pan welish i nhw'n dod rownd y gornel 'na, 'nes i sylweddoli, ella nad oes gynnyn nhw'm gobaith. Ti'n edrych ar y cynghorwyr 'na, yn dew a chysurus a hyderus – a phrofiadol. Mae Gwynfor Evans yn brofiadol, 'dwi'm yn deud, ond fedar o ymladd hyn ar ben ei hun dywed? A'r bobl 'na aeth heibio inni, yn cega. Nefi. Ma' pobol yn gallu bod yn gas a hunanol yn'dydyn? Mae'r rheolau'n wahanol, dyna'r gwir. Mae'r ddinas yn gweithredu ar un set o reolau a gwerthoedd, a'r pentrefwyr ar set arall, sydd mor gwbwl gwahanol. 'Dwn i'm sut mae cysoni'r ddau begwn, hyd yn oed eu cael i ddeall ei gilydd, wyt ti?'

Maen nhw wedi cyrraedd y stryd y tu allan i'r stesion.

'Tyrd. Gerdda i adre efo chdi,' medd Dai yn dawel. Dydi Geinor ddim yn dadlau – mae hi'n rhy ddigalon.

Ar y prom mae'r gwynt wedi codi hyd yn oed yn fwy. Mae Dai yn synhwyro bod Geinor yn rhynnu wrth ei ochr ac mae'n gweld, o gornel ei lygaid, ei bod yn rhwbio deigryn o'i boch.

'Geinor?'

'Ia?'

'Paid â chrio.'

'Be? Dydw i ddim. Y gwynt ... y gwynt 'ma sy'n fain, yndê?'

Mae Dai yn stopio cerdded wrth ei hochr.

''Dw i'n falch mod i 'di mynd fyny 'na heddiw.'

'A finnau,' medd Geinor, yn troi i edrych arno. 'Waeth pa mor drist oedd o. 'Dw i'n meddwl 'mod i'n dallt pethau'n well o lawer, rywsut. Ac yn gweld be sy rhaid neud. Diolch i ti am ddŵad efo fi.'

'Pleser,' medd Dai, am unwaith fymryn yn anghyfforddus.

Mae tawelwch am eiliad ond am sŵn y tonnau, a'r gwynt yn chwipio ar hyd y prom.

'O, Dai,' medd Geinor rŵan. 'Mae o i gyd mor dorcalonnus yn'dydi? Ddim jyst Tryweryn, ond popeth. Yr agwedd, y realiti ... yr anghyfiawnder, ti'm yn meddwl? Ma' be fydd yn digwydd i Gapel Celyn wedi mynd yn hollbwysig i'n dyfodol ni fel cenedl rŵan, yn'dydi? A 'di pobl ddim yn dallt hynny'n iawn. Does neb yn deud y gwir yn blaen wrthyn nhw, a 'dw i'm yn dallt pam.'

Mae hi'n edrych i fyny i fyw ei lygaid rŵan ac mae dagrau go iawn yn dechrau cronni yn ei llygaid glas hithau. Mae Dai yn edrych ar ei hwyneb tlws, taer, dwys, gonest, ac yn ara deg a gofalus, mae'n lapio ei freichiau o'i chwmpas ac yn ei chusanu'n dyner.

Dydi Geinor ddim yn protestio.

*　　*　　*　　*

'Have you seen this yet, Jack?'

Mae Jack yn edrych ar y copi o'r *Daily Post* sydd newydd lanio ar ei ddesg ac yn gwgu.

'No. Why? Is there a problem?'

Mae Frank yn codi ei ysgwyddau.

'Thought you'd have had a peep. See what you think. Take a look.'

Cydia Jack yn y papur newydd efo'i fodiau bras. Mae'n edrych ar y llun du a gwyn o fachgen bach yn sefyll ger wal o gerrig sychion yn gwisgo cap ysgol a chôt gaberdîn dywyll, ac mae'n darllen y pennawd yn uchel.

'"A ten year old schoolboy walks seven miles to the village of Capel Celyn to catch the bus that takes the villagers of the doomed valley to Liverpool, to protest against the drowning of their homes."'

'And this?' medd Frank, yn estyn copi o'r *Manchester Guardian* iddo. Mae Jack yn sganio'r erthygl hir, 'Capel Celyn Goes to the Big City.'

'"Mr Cadwalader Jones,"' mae'n darllen, '"farms a hundred and one acres at Goo-ur" ... what's that? "Goo-ur-gen-ow ... has a herd of pedigree Welsh Blacks, and is listed sixth in

182

North Wales by the Milk Marketing Board for the quality of his milk." Bully for Mr Jones. "He has spent three thousand pounds on improving his farm ... He is fifty five, and if his land goes, he has not the slightest idea of what he will do because he is too old to start again, and too young to retire."'

Mae Jack yn gollwng y papur ar ei ddesg.

'No mention of the generous compo they'll all get, I see.'

'No. Nor any word about the fact that they are clearly extremists, carrying children – children if you please! – all the way to Liverpool, to sing nationalist songs outside the City Hall. I mean, this isn't Ireland, for God's sake!' medd Frank, yn bigog.

Mae Jack yn ei astudio.

'All the more reason to make sure of the ratepayers' vote in December then, Frank.'

'My thoughts exactly, Jack. I'll let you know as soon as the date is fixed, and then we can ... "make arrangements."'

'Perfect. Thank you, Frank.'

Mae Frank yn troi i fynd ... yna'n cofio:

'Oh – do you want to keep them?'

'What?' medd Jack, wedi drysu, yna'n goleuo. 'Oh. These rags?' Mae'n cydio yn y papurau newydd ac yn eu hestyn 'nôl i Frank.

'No mate. You take them. Make good spills for that fire of yours. Best place for them. Keep me posted.'

'Of course,' medd Frank, yn cilio.

*　　*　　*　　*

Mae Hari'n eistedd ar fwa'r bont dros afon Celyn yn gwylio'r dŵr oer yn llifo o dan ei draed, sydd heddiw yn gwisgo'i sgidiau ysgol arferol eto. Mae ei sgidiau careiau gorau yn ôl yn y bocs ar waelod ei wely yng nghroglofft ffermdy'r Hafod, ers neithiwr.

'Hari. Ti'n gwybod bo' chdi'n enwog rŵan wyt?'

Mae'r llais yn gneud iddo droi. Rhys Bryn Hyfryd sydd yno yn ei wisg ysgol, gyda'i ysgrepan dros ei ysgwydd, newydd gyrraedd adre ar y trên o'r Bala.

'Be?'

'Y *Daily Post*. Llun ohonach chdi a bob dim.'

'O. Hwnne,' medd Hari, braidd yn ddiflas. 'A cyn i chdi ofyn nid fi ddeudodd 'mod i 'di cerdded saith milltir. Y dyn yn y car ddaru 'i neud o i fyny. Ma' pawb 'di bod yn tynnu 'nghoes i drwy'r dydd, 'li.'

Mae Rhys yn gwenu'n gynnil ac yn dod i eistedd wrth ochr ei gyfaill bach pwdlyd.

''Mots rŵan, nach'di,' medd Rhys, yn eistedd, ond gydag anhawster, yn gwingo dipyn. Mae Hari'n sylwi.

'Be sy'n bod arnach chdi, 'ta?'

Mae Rhys yn setlo, yn anghyffordus, ac yn ateb, yn dawel.

'Gesh i gweir heddiw, 'n'do. Yn 'rysgol.'

Mae llygaid Hari fel soseri.

'Be? Yn 'rysgol? Ond pam? Rhai o'r hogie mawr, ie?

'Na,' medd Rhys, yn trio eistedd yn fwy cyfforddus. 'Na. Y Prifathro.'

'Cansen?!' medd Hari. 'Wel, be wnest ti Rhys?'

Mae Rhys yn oedi am eiliad. Yna, 'Yn 'sembli bore 'ma, ddeudodd y Prifathro o flaen pawb bo' fi'n gorod mynd i'w ystafell o, ar ôl gwersi'r bore, felly dyna ddaru mi. A gesh i gweir efo'r gansen am golli'r ysgol "i fynd i Lerpwl i wastraffu amser ac i brotestio yn erbyn boddi rhyw hen le sâl fel Cwm Celyn".'

Mae Hari'n rhyfeddu, a ddim yn gwybod be i'w ddeud. Mae'r ddau yn syllu ar y dŵr am rai eiliadau, ac yna mae Hari yn cynnig:

"Dio'm yn deg, nach'di Rhys?'

'Nach'di, Hari,' medd Rhys. "Dio'm yn deg'.

* * * *

Am hanner awr wedi dau, ddydd Llun, yr ail ar bymtheg o Ragfyr, 1956, mae Corfforaeth Lerpwl yn cynnal y cyfarfod swyddogol o drethdalwyr y ddinas fel rhan o'r drefn y mae'n rhaid ei dilyn cyn iddynt allu rhoi Mesur Dŵr Tryweryn gerbron y Senedd.

Erbyn yr amser penodedig, mae Neuadd San Siôr yn llenwi, ac ar y llwyfan yn eistedd yn eu llefydd mae'r Henadur Braddock, Henadur Cain, Clerc y Dre, Thomas Alker, peirannydd dŵr y ddinas Mr Stilgoe, a'r Arglwydd Faer, John Sheehan, fydd yn llywyddu.

'Shall I call the meeting to order then, Jack?' medd Sheehan, braidd yn fyr ei dymer. Mae eisoes wedi cael llond bol o gyfarfodydd cecrus parthed Lerpwl a Chymru a dŵr. 'We're already running late.'

Ond mae Frank, sydd wedi bod yn astudio'r dorf o tua thri chant o bobol sydd yn dal i ymgasglu yn y neuadd, yn sibrwd, yn llechwraidd braidd, dan ei wynt, wrth Jack. Mae'r Henadur Cain wedi bod yn gwylio'r ystafell yn llenwi ac wedi dechrau amau bod llawer iawn o Gymry Lerpwl yn bresennol. Ac mae yn llygad ei le. Mae yna dros gant a hanner ohonyn nhw. Mae'r sylw a'r cyhoeddusrwydd gafodd gorymdaith pobl Celyn yn y ddinas wedi ysgogi Cymry Lerpwl, a hefyd nifer o drethdalwyr eraill y ddinas, i weithredu, neu o leia, i holi cwestiynau: megis, pam bod eu dinas yn mynnu ychwanegu saith deg pum miliwn galwyn o ddŵr y dydd at eu cyflenwad presennol drwy foddi Tryweryn pan nad ydynt, yn ôl y ffigurau a gyhoeddwyd eleni, ond dwy filiwn o alwyni y dydd yn brin?

'What do you mean, delaying tactics?' medd Jack, yn gwgu.

'It's just that, well, there's a possibility, as it stands ... that we might not get the majority we are seeking.'

Mae Jack Braddock yn edrych fel petai am ffrwydro.

'I thought you had all this in hand, Frank,' mae'n grymial dan ei ddannedd.

'I have, I have. But perhaps it might be an idea to delay the start of the proceedings. Just a little while longer.'

Mae Jack yn syllu arno gyda dirmyg amlwg, ac yna'n pwyso draw i gael gair yng nghlust yr Arglwydd Faer, sydd wedyn yn cael gair gyda Mr Alker, Clerc y Dre, sy'n edrych ar ei oriawr damaid yn bryderus.

Mae'r Maer yn agor ei geg ac yn galw am ddistawrwydd.

'Thank you. Before I call this meeting to order, I would like to make clear that only those persons on the register of electors, eligible to vote, should be present here today and if there is any person not so qualified, I'm afraid I must ask that he will leave forthwith.'

Mae Frank yn gwenu yn gynnil ar Jack, ond mae'r wên yn pylu'n ddigon sydyn pan wêl nad oes neb yn gadael y neuadd.

'Very well then,' medd yr Arglwydd Faer. 'Well, in view of the fact that people are still arriving, we will delay proceedings for ...'

Mae Jack yn dweud rhywbeth o dan ei wynt:

'Er ... Half an hour,' medd y Maer, gan anwybyddu'r ebychiadau o brotest sydd yn dod yn arbennig gan un garfan yn y neuadd: y Cymry. A gyda rheswm. Mae'n ymddangos i bawb fod y cyngor wedi oedi er mwyn gofalu bod digon o'u gweithwyr clerigol yn gallu cyrraedd y neuadd i bleidleisio a sicrhau mwyafrif o'u plaid. Daw hyn yn fwy amlwg pan mae tri o'r gloch yn dyfod a phasio, a'r neuadd yn parhau i lenwi gyda degau o weithwyr y cyngor, rhai hyd yn oed yn dal i wisgo eu lifrai gwaith.

O'r diwedd, ychydig wedi tri o'r gloch, mae'r cyfarfod yn dechrau, gyda'r Henadur Braddock ar ei draed yn egluro prif elfennau'r cynllun, a'i bwysigrwydd i ddyfodol y ddinas. Cynigia fod y Mesur yn cael ei dderbyn, mae Frank Cain yn eilio, ac mae'r Arglwydd Faer yn gwahodd cwestiynau o'r llawr.

Ar unwaith daw honiadau o du'r gynulleidfa. Ydi'r cyngor wedi ceisio llunio buddugoliaeth drwy drefnu bod gweithwyr y ddinas yn bresennol ar gyfer y bleidlais heddiw? Mae'r honiad yn achosi banllefau a churo dwylo sy'n llenwi'r neuadd am ddau funud cyfan, tra mae gweithwyr y cyngor yn parhau i ddod i mewn drwy'r drysau.

Yna mae darlithydd yn adran Pensaernïaeth Prifysgol Lerpwl, Dewi Prys Thomas, ar ei draed, yn gofyn a ydi hi'n wir fod Clerc y Dre wedi cysylltu â phenaethiaid adrannau'r cyngor ddydd Gwener diwethaf, yn eu gwahodd i weithredu gyda staff angenrheidiol yn unig y prynhawn yma, a rhoi prynhawn o wyliau – ar gyflog llawn – i'r gweithwyr eraill, er mwyn iddynt ddod i'r cyfarfod.

Mae wyneb ffoglyd Jack yn dechrau cochi a'i lais yn dechrau codi.

'I do not accept responsibility for the intelligent interest Liverpool citizens have taken in this matter, but I understand that some of them asked for time off to come here. I would like to remind you that the integrity of the Town Clerk is beyond any suspicion.'

'Isn't it also true,' medd Mr Thomas, 'that an Education Committee meeting, due to be held at the same time as this meeting, was postponed, and that the Lighting Committee held earlier this afternoon was told to finish its business in sufficient time for those members to come to this hall?'

'They're still sending for reinforcements!' mae dyn ger y drws yn gweiddi wrth i hyd yn oed mwy o weithwyr y cyngor lifo drwy'r drysau.

Yna mae'r Henadur D. J. Lewis ar ei draed. 'We are as anxious as you are,' mae'n datgan, 'that Liverpool should have water for its industrial expansion. It therefore becomes a city of this magnitude to approach this enormous 20 million pound task with statesmanship, and not by the hole-in-the-corner method.'

Cymeradwyaeth. Mae'n parhau:

'It demands that you should meet the people whence you propose to get this water, and it demands that you should consider the physical damage, apart from the spiritual damage, you would do. It appears to be beyond your conception. That being so, is it not worthwhile that this great city should think once more, and ask the Welsh people in authority to help the city to solve the subject, and not ignore them?'

Cymeradwyaeth fyddarol yn y neuadd. Mae Frank Cain yn dechrau byseddu cefn ei goler, sydd wedi dechrau crafu, ac mae Jack yn cicio'r Maer yn ysgafn o dan y bwrdd i'w annog i gael trefn o ryw fath ar y cyfarfod.

Ond mae'r lleisiau yn dal i godi yn Neuadd San Siôr. A wnaiff Clerc y Dre ateb y cwestiwn – ydi gweithwyr y

Gorfforaeth yma heddiw am eu bod wedi derbyn gorchymyn i'r perwyl? Os felly, ydi hynny yn gyfreithlon? Mae'r Cynghorydd Murphy yn galw am 'national water grid' a'r Henadur Lewis yn mynnu eto, 'There is a right and a wrong way of doing this!'

O'r diwedd, cyfyd llais o blaid y cynllun. Mae calon Frank druan yn codi rywfaint wrth i'r Cynghorydd Bradley nodi bod pobol Celyn wedi derbyn gwahoddiadau niferus i gwrdd â'r Pwyllgor Dŵr i drafod y cynllun, a'u bod nhw wedi gwrthod. 'Besides,' mae'n ychwanegu, 'the valley is not economically important in any way. None of the houses there conform to modern standards of hygiene. Not one!'

Wedi'i galonogi, mae Frank yn ymuno yn y sgarmes. 'The Kell-in Defence Committee were indeed given every opportunity to meet with the City's Water Committee. There has been nothing 'hole in the corner' whatsoever in our proceedings. Furthermore, it should be noted that the Water Committee has considered the proposals with every care. Did we not agree NOT to develop the potential site at Dol-ann-ugg, precisely because of our respect for Welsh culture and tradition? And is it really possible to claim that any kind of "culture" can exist in homes which in all honesty should be condemned, and are more fit for demolition, than for preservation?'

Wedi dwy awr o weiddi a checru a dadlau, mae Jack Braddock yn cloi'r drafodaeth. Ac er syndod i nifer yn yr ystafell, mae'n gwneud hynny gydag ymosodiad llym, yn dilorni protestiadau angerddol Cymry Lerpwl yn erbyn ei gynllun.

'What we have been seeing here this afternoon, is a gathering of these Welsh people, full of their own nationality, who, because of the failure of their own country to provide a livelihood for them, left their own land almost depopulated, with the exception of the poverty stricken areas of South Wales, which the Englishman had to put right.'

Canlyniad y bleidlais? Buddugoliaeth i Gorfforaeth Lerpwl: 262 pleidlais i 161.

*   *   *   *

Drannoeth, mae penderfyniad cyfarfod y trethdalwyr yn cael ei roi gerbron Cyngor y Ddinas, i'w basio yn ffurfiol. Dyma'r glwyd olaf y mae'n rhaid i'r Mesur ei goresgyn ar lannau Merswy. Mae Jack Braddock mor hyderus na fydd unrhyw broblem fel nad yw hyd yn oed yn bresennol ar gyfer y bleidlais. Felly, unwaith eto, mae'r gorchwyl o arwain y cyfarfod yn disgyn ar ysgwyddau blinderog yr Arglwydd Faer, John Sheehan.

Mae'n rhaid bod hwnnw wedi dod yn agos at gyrraedd pen ei dennyn go iawn pan sylweddolodd mai dim ond 74 o gynghorwyr oedd yn bresennol, a fynta angen mwyafrif o 80 o leiaf yn cymeradwyo'r Mesur, '... or the Bill is dead!'

Rywsut, rywfodd, ar ôl ffonio, a chwilio, ac anfon negeseuon hwnt ac yma, maent yn dod o hyd i ddeg o gynghorwyr eraill, ac yn llwyddo felly i gynnal pleidlais: 84 o blaid, a 2 yn erbyn, sef y Gwyddel, y Cynghorydd Murphy eto, a'r Cynghorydd Longbottom, gyda'r Cymro, yr Henadur D. J. Lewis, yn dewis ymatal.

Llwyddiant.

O'r diwedd, mae'r Arglwydd Faer yn gallu cysgu'n dawel yn ei wely. Mae wedi gweld Mesur Seneddol y cyngor yn gofyn am yr hawl i foddi Cwm Tryweryn yn cael ei roi ar ben ffordd.

Ond os yw John Sheehan yn cysgu'n dawel, nid felly

Gwynfor Evans, Lisi May a thrigolion Celyn. Mae'r Nadolig yn agosáu ond ychydig iawn o ddathlu fydd yng nghyffiniau'r cwm eleni, flwyddyn union ers i Dafydd Roberts eu hannerch mor obeithiol yn y capel yn 'hollol argyhoeddedig, unwaith y bydd henaduriaid Lerpwl wedi *dallt* yn iawn be ydi gwir arwyddocâd eu cynlluniau, y byddan nhw'n ailystyried, a hynny'n ddi-oed'. Mae'r trigolion wedi cael eu siomi. Erbyn hyn, i'r gwrthwyneb, mae'r henaduriaid hynny wedi llwyddo i droi'r dŵr, yn llythrennol, i'w melin eu hunain, a dim ond San Steffan all achub Capel Celyn yn awr.

San Steffan. Cadarnle democratiaeth, cydraddoldeb, y rhyddid i lefaru, a *British Fair Play*.

Tybed?

Pennod 9

Tystiolaeth

'Mae'r nos yn ddu, a gwynt nid oes,
Un seren sy'n y nef,
A ninnau'n croesi maes a bryn
I'r fan y gorwedd Ef,
Holl obaith dyn yw Ef.'

Prudd iawn, er yn bersain, oedd y canu yn y capel yng Nghelyn y bore hwnnw. Mi roedd calonnau pawb wedi codi wrth weld Gwynfor Evans yn bresennol, yn eistedd wrth ochr Lisi May, wedi cyrraedd ar fore dydd Nadolig i ddangos ei gefnogaeth selog i bobol y pentre a'r ymgyrch, ond anodd oedd cadw'r iselder a'r tristwch o'u lleisiau, ac anoddach byth cuddio'r anobaith a'r pryder yn eu llygaid didwyll.

''Dech chi'n siŵr na wnewch chi aros i gael tamed o ginio, Mr Evans?' medd Watcyn rŵan, tad Lisi May, yn eistedd yn gysurus yn ei gadair freichiau yn y parlwr clyd ac yn awyddus i fwynhau cwmni Arweinydd Plaid Cymru damaid yn hwy. 'Ma' Lisi May yn dipyn o giamster efo gŵydd adeg 'Dolig wyddoch chi?'

'Tada, ma' gen Mr Evans deulu ifanc yn aros amdano yn y Sowth, a hynny'n eiddgar iawn hefyd fentrwn i, a hithe'n ddiwrnod Nadolig. Mae genno fo dipyn o ffor' i fynd cofiwch, ac maen nhw'n addo tywydd go arw.'

Gwena Gwynfor arni, gan godi i ymadael.

'Diolch Lisabeth. Ac er bod yr ŵydd 'na'n gwynto'n ffein iawn, 'ych chi yn llygad eich lle, fel arfer, ac mi fyddai'n well i mi ei throi hi. Diolch am y ddishgled.'

'Twt. Diolch i chi am bopeth, yndê. Wn i ddim lle bydden ni erbyn hyn, heb eich cyngor a'ch cefnogaeth ddiflino, wir.'

'Wel, dene ni 'te, os oes rhaid,' medd Watcyn. 'Da boch chi, a gyrrwch yn ofalus rŵan.'

'Peidiwch â chodi,' medd Gwynfor, yn estyn ei law. 'Nadolig Llawen i chi.'

'Ie. Dene fo. Nadolig Llawen,' medd Watcyn, braidd yn drist, ond mae'n ysgwyd llaw Gwynfor yn ddigon gwresog serch hynny.

'Dewch. Ddo i at y drws,' medd Lisi May, yn arwain Gwynfor allan, ac mae'n anodd peidio sylwi ar iselder ysbryd y ddau wrth iddynt sefyll wedyn ar garreg y drws yn ffarwelio â'i gilydd.

'O leia mae'r niwl ofnadwy yne wedi cilio,' medd Lisi May. 'Gobeithio chewch chi'm unrhyw anawstere ar y ffor' adre.'

'Wy i'n siŵr o fod yn iawn.'

Mae eiliad o dawelwch, yna mae Elisabeth yn ochneidio.

'Tasen ni ond yn gallu meddwl am rywbeth arall i'w wneud!'

'Dal ati, Elisabeth, dyna sydd raid.'

'Ie wrth gwrs. Dal ati. Ond mae'r rheole wedi newid rŵan, 'n'dyden?'

Mae gan y ddau ddigon o reswm i anobeithio. Yn un peth, mi fydd brwydro'r achos yn San Steffan yn gryn dipyn o her, llawer anos hyd yn oed na brwydro yn erbyn Lerpwl, yn enwedig i Blaid Cymru, plaid nad oes ganddi 'lais' swyddogol yn y Senedd, ac sydd yn gorfod, felly, dibynnu ar bleidiau eraill i ddadlau ar ei rhan. Sefyllfa sydd, yn ôl Gwynfor, yn dangos yn glir cyn lleied o rym a rheolaeth sydd gan y gymuned Gymreig dros ei thynged o dan y gyfundrefn bresennol. Democratiaeth, ond i bwy?

Ar ddechrau mis Rhagfyr, yn y dyddiau yn dilyn yr orymdaith yn Lerpwl, mi roedd yr arwyddion wedi edrych yn eitha ffafriol. Roedd Aelodau Seneddol megis Raymond Gower, hyd yn oed, Ceidwadwr yn cynrychioli y Barri, o'u plaid, ynghyd ag Aelodau Seneddol o'r Blaid Lafur a gododd y mater yn y Senedd, yn mynegi gofidiau am gynllun Lerpwl. Ond ers rhai wythnosau bellach, mae sibrydion wedi lledu yng Nghymru parthed cyfarfodydd dirgel y tu ôl i ddrysau caeedig yn Llundain. Mae'n debyg bod Corfforaeth Lerpwl, Braddock a'r Sosialwyr wrth y llyw fel arfer, wedi cwrdd ag Aelodau Seneddol Llafur, ac yn arbennig, gydag Aelodau Llafur o Gymru, i drafod hynt eu Mesur: cyfarfodydd sydd wedi peri i rai yng Nghymru honni eu bod yn cydweithio, erbyn hyn, yn gyfrinachol. Yn eu tro, mae'r sïon wedi arwain at gyhuddiadau am wir safbwynt Aelodau Seneddol y Blaid Lafur yng Nghymru, yn enwedig Cledwyn Hughes, Goronwy Roberts, a'r Aelod dros Feirionnydd, T. W. Jones. Yr wythnos diwethaf, mae'n debyg, cynhaliwyd cyfarfod rhwng dirprwyaeth o Gyngor Meirion ac Aelodau Seneddol Llafur Cymru gyda'r bwriad, yn ôl y cadeirydd, Walter Padley, Aelod Seneddol Ogwr, o ddod i ryw fath o 'gyfaddawd' neu 'gytundeb' ynghylch y cynllun, a hynny ar frys.

'Cyfaddawd? Cymrodedd?' mae Elisabeth yn gofyn, wedi gostwng ei llais, ond mae'n llawn pryder. 'Mae T.W. mae'n debyg yn mynnu y gwneith o fel mae ei gyngor sir yn dymuno.'

'Ac os bydd aelodau'r cyngor sir yn cael eu temtio gyda chynnig diwydiant, a chyflenwad o ddŵr ar ei gyfer ...' medd Gwynfor.

'Yr atomfa bondigrybwyll 'ma eto ie?'

'Ie. Mae undebwyr yn eu plith sydd o'i blaid, cofiwch, yna does wybod i ba gyfeiriad y bydd T.W. yn neidio. A chofiwch, mae yna fyd o wahaniaeth mewn gwleidyddiaeth rhwng yr hyn sydd yn cael ei ddweud a'i wneud yn gyhoeddus, a'r hyn sy'n cael ei drefnu yn y dirgel.'

'Pa werth "undod", deudwch?'

'Unwaith eto, Elisabeth, mewn gwleidyddiaeth, mae undod heddi yn gallu diflannu drannoeth, ac yn gynt na gwlith y bore hefyd.'

Pe bai Gwynfor yn bwriadu siarad yn ddiflewyn-ar-dafod, mi fyddai efallai yn mynegi ei amheuon am egwyddorion T. W. Jones a'i ymroddiad i'r achos yn fwy chwyrn. Erbyn hyn mae'n dechrau dod i'r casgliad bod y tri aelod seneddol Cymreiciaf yn y Senedd yn paratoi i ochri gyda Lerpwl, a bradychu'r ymgyrch. Gŵyr fod Cledwyn Hughes a Goronwy Roberts yn anhapus gyda'r ffordd y mae Plaid Cymru wedi ymyrryd yn y mater, ac mae o hefyd wedi cael ar ddeall yn ddiweddar fod yr honiadau eu bod nhw wrthi'n trafod gyda Lerpwl yn 'gyfrinachol' yn gwbwl gywir. I Gwynfor, mae hyn yn frad sydd yn peryglu popeth, ac yn difetha'r holl waith sydd wedi ei wneud ar ran Capel Celyn. Beth, felly, yw gwerth democratiaeth Cymru, yn erbyn grym dinas â chanddi gefnogaeth y Llywodraeth Geidwadol, yn ogystal ag Undeb-wyr pragmataidd yr wrthblaid, sy'n cyfri materoliaeth uwchlaw etifeddiaeth, diwylliant, iaith, a chenedl?

Ond dewisa ddal ei dafod. Mae Elisabeth wedi gweithio mor galed ac mor ddygn, does ganddo mo'r galon i'w siomi yn fwy. Mae'n cychwyn am y De, a chinio Nadolig heno yng nghwmni ei wraig a'i blant, gan yrru'n feddylgar heibio'r negeseuon sydd yn dal i addurno rhai o ffenestri'r pentre:

'Your homes are safe, do not drown ours.'

Ond di-liw a digalon braidd yw'r posteri erbyn hyn, cryfder eu llythrennau wedi pylu gyda threigl amser, a digon dig a phrudd yw ei galon yntau. Sut oedd e i fod i gyfaddef heddiw, o bob diwrnod, i Elisabeth druan, ei fod yn credu bod eu hymgyrch ddewr ar ben?

*   *   *   *

Ar ddiwrnod olaf mis Ionawr, 1957, mae'r Liverpool Corporation Bill yn cael ei ddarlleniad cyntaf gerbron doethion anetholedig Tŷ'r Arglwyddi. Dros gant o dudalennau'r Mesur, sydd yn hawlio, ymysg pethau eraill, 'Power to construct works, to stop and/or divert roads bridleways and footpaths ... Power to take water, to dredge, to divert rivers and streams, power to acquire lands with disregard of recent improvements and interests, power to enter, power to purchase ...' Ond dim ond mater o gyflwyno'r Mesur yn ffurfiol yw'r darlleniad yma, ac mae felly'n mynd ymlaen yn ddirwystr i'r ail ddarlleniad ar Chwefror yr 20fed heb unrhyw drafodaeth.

Yn y cyfamser, mae'r Prif Weinidog, Anthony Eden, wedi ymddiswyddo yng nghanol y blerwch yn dilyn stomp Suez, gyda salwch dilys (neu ddiplomatig) yn esgus, ac mae ei olynydd Harold Macmillan wedi mynd ati yn ddiymdroi i aildrefnu ei lywodraeth, gan gynnwys dros ddeg ar hugain o gyn-Etoniaid a hefyd nifer o aelodau o'i deulu ei hun yn ei rhengoedd. Ac efallai, gan fod rhyw fân sylweddiad bod rhywfaint o anniddigrwydd yn mudferwi yng Nghymru wedi dechrau hidlo i ymwybyddiaeth gweision sifil uwchraddol y weinyddiaeth, mae'r Prif Weinidog newydd wedi penderfynu symud y cyfrifoldeb dros faterion Cymru o ddwylo'r Ysgrifennydd Cartref i fod yn rhan o swyddogaeth y Gweinidog Tai a Llywodraeth Leol newydd: sef Henry Brooke, Aelod Seneddol Hampstead. (Na, nid Cymro, ond mae'n debyg bod tad ei wraig wedi ennill un cap fel maswr i Gymru ym 1886. Dewis da felly.)

Gwta ddeuddydd cyn darlleniad cyntaf Mesur Lerpwl, mae Cabinet newydd Macmillan wedi trafod, tu ôl i ddrysau caeedig wrth gwrs, Drydydd Memorandwm y 'Council for Wales and Monmouthshire', dogfen sy'n argymell yn gryf nid yn unig y dylid creu Ysgrifennydd Gwladol i Gymru, ond hefyd Swyddfa Gymreig gyda chyfrifoldeb dros amaethyddiaeth, addysg, tai, iechyd a llywodraeth leol. Mae'r Cabinet yn cytuno bod y fath syniadau yn hollol annerbyniol ond serch hynny nid oes unrhyw ddatganiad i'r perwyl yn cael ei gyhoeddi. Yn lle hynny, mae Henry Brooke yn cael y cyfarwyddyd a'r caniatâd i rygnu ei draed ar y mater, cyhyd â phosib. Y rhesymeg? Gyda llwyddiant y Memorandwm yn y fantol, bydd y Cymry yn llai parod i fygwth a chamfihafio.

Ac yng Nghymru? Ym mis Ionawr mae Aelod Seneddol Meirion, T. W. Jones, yn datgan mai'r unig ffordd i gael gwaith ac atomfa i Sir Feirionnydd yw sicrhau digon o ddŵr, a hynny drwy adeiladu cronfa Tryweryn. Mae Plaid Cymru yn ei gyhuddo o gefnogi Lerpwl er ei fod yn parhau i fod yn aelod o'r Pwyllgor Amddiffyn. Mae *Y Cymro* yn nodi, 'Y mae'r frwydr yn poethi o amgylch Capel Celyn. Ac yn ôl yr arfer nid rhwng y Cymry a rhywun arall y mae'r ddadl, eithr rhwng Cymry a'i gilydd.'

Gydag unfrydedd yn prysur edwino a chyhuddiadau o frad a rhagrith a chyfrinachedd yn pentyrru ar ben ei gilydd, mae'r berthynas rhwng y Blaid Lafur a Phlaid Cymru felly'n suro'n sylweddol. Mae'r Llafurwyr yn argyhoeddedig bod pwyslais dosbarth canol Plaid Cymru ar ddiwylliant ac iaith yn tynnu sylw yn llwyr oddi ar broblemau cymdeithasol gwerin-bobol Cymru – diweithdra, tlodi, addysg, a'r ymgyrch dros ddatganoli, a'r Pleidwyr yn amau bod Aelodau Seneddol Llafur yn hollol fodlon gwerthu eu treftadaeth unigryw i unrhyw gwsmer heb hyd yn oed bargeinio dros y pris.

Ac felly mae'r gaeaf yn troi'n wanwyn a Mesur Lerpwl yn symud ymlaen i'w ail ddarlleniad. Ac wedyn, ym mis Mai, i wrandawiadau Pwyllgor Dethol o aelodau Tŷ'r Arglwyddi, fydd yn gwrando ar dystiolaeth o blaid, ac yn erbyn, boddi Cwm Celyn. O'u blaenau saif tystion, a'r bargyfreithwyr Mr Geoffrey Lawrence, o blaid, a Mr Dewi Watkin Powell, yn erbyn.

'My Lords.'

Mae llais peraidd a chlir yr ail yn mynnu sylw.

'The first submission I would make to your Lordships is that Liverpool's needs are exaggerated, that the Corporation have *not* proved that need, and that a smaller reservoir would suffice.'

Ond mae Lawrence yr un mor awdurdodol.

'My Lords, I should like to point out that the Minister for Welsh Affairs *is* satisfied that the Corporation have a real and urgent need to augment their water resources.'

'But we are told, your Lordships, that Liverpool's present deficit is assessed at 7 million gallons a day. The Tryweryn scheme will provide 65 million gallons a day. Engineers have had no difficulty in proving that a reservoir less than half the size would provide that quantity! And as for submerging the entire village of Capel Celyn ...'

'My Lords, with all respect, it is better described as a hamlet, not a village.'

Ydi, mae'r frwydr yn poethi, chwedl *Y Cymro*, a'r gad wedi dechrau o ddifrif ar dir estron Senedd San Steffan.

*   *   *   *

Mae'n ddiwrnod braf o wanwyn hwyr wrth lannau afon Celyn.

'Neis?'

Mae Siân Coedmynach yn llygadu brechdan Morfudd, ar ei heistedd wrth ei hochr.

'Ma'n iawn,' medd Morfudd, yn gwylio Hari yn castio'i wialen yn dawel i'r dŵr am eiliad, yna mae'n troi i edrych ar Siân. 'Picalili s'gen ti eto?'

'Ie. Eto,' medd Siân, braidd yn ddigalon. 'Ti?'

'Sbam.' Mae Morfudd yn ochneidio, cyn ychwanegu, 'Eto.'

Mae'r ddwy yn cnoi am ychydig eiliadau, ac yna'n edrych ar ei gilydd. Mewn eiliad o gyd-ddealltwriaeth fud maent yn cyfnewid eu brechdanau, ac yn dechrau bwyta drachefn.

''Di dal rhywbeth eto, Hari?' mae Siân yn gofyn rŵan, ei cheg yn llawn o frechdan Sbam. Ond dydi Hari ddim yn ateb, felly mae hi'n trio eto. ''Tisio bachdan?'

Unwaith eto, dim ateb gan Hari.

'Iawn, iawn. 'Mond gofyn o'n i.'

Mae hi'n cymryd hansh eitha pwdlyd arall o'r frechdan ac yn synnu pan mae Hari wedyn yn ei hateb, o'r diwedd:

'Genna i rei.'

Mae wyneb Siân yn goleuo. 'Be 'dyn nhw?'

'Ffish pest.'

Mae Siân wedi gwirioni. 'O! Ga i un!? Ga i un, un bach. Pliiiiiis?'

Ond 'Na chei' yw ei ateb tawel.

Gŵyr Siân yn well na gofyn eto. Mae'r distawrwydd yn teyrnasu drachefn, ond am sŵn yr afon, grwnan ysgafn y gwybed a chân ambell i ehedydd, sy'n cryfhau yn hytrach na thorri ar draws yr heddwch.

'Da oedd ddoe yndê?' mae Siân yn cynnig rŵan, efo gwên.

'O'dd o'n iawn,' medd Morfudd, yn amlwg yn llai brwdfrydig na'i ffrind gore.

'Ie wel, 'dw i 'rioed 'di bod ar y trên o'r blaen, naddo,' mae Siân yn protestio. 'Wnes i fwynhau, 'li'.

'Do,' medd Morfudd, yn syllu ar y frechdan picalili yn ei llaw gyda diflastod. 'Ond, Siân –trip ysgol? I weld *signal box* Llanuwchlyn?'

Mae ei diffyg diddordeb yn siomi Siân. 'Wel? Lle faset ti 'di licio mynd, 'lly?'

Mae Morfudd yn codi gwar, 'Wn i'm ...' cyn ychwanegu ar ôl ochenaid drom arall, ''Misio mynd i unman.'

Mae Siân wedi cael llond bol.

'Wel, 's'im isio i chi fod *mor* ddiflas nac oes? Y? Ma' pawb mor ddigalon 'ma, 'dw i jest â laru, onest rŵan! Ma' nerfe Mam yn rhacs, *a* ma' hi'n crio bob nos.'

Does gan Morfudd ddim ateb i'w gynnig. Mae Hari wedi tynnu ei becyn bach twt o frechdanau allan o'i fag 'sgota, ac wedi dechrau eu dadlapio'n ofalus. Mae Siân yn parhau:

'Ma' Dewyrth Edward 'di deud wrthi gewn ni lot, lot, lot, lot o bres am symud o'ma, wchi?'

Try Morfudd i edrych arni yn crychu'i llygaid yn erbyn yr haul, ond mae ei llais yn llesg o hyd.

'Ydio?'

'Yndi. Ond ma' hi'n dal i grio bob nos, 'r un fath.'

Tro Hari ydi hi i athronyddu.

'Ie. Wel. Hw'rach bod yne bethe sy'n bwysicach na phres, yli.'

Mae Siân yn ystyried hyn am eiliad – cyn penderfynu:

'Hwyrach. Ond 'im i Dewyrth Edward.'

Mae'r tri yn dawel eto.

'O'dd Mrs Roberts yn crio yn yr ysgol ddoe, yn'doedd?' Mae Siân fel pwll y môr eto heddiw. 'Pan oedden ni'n canu'n pnawn. Ddaru hi droi ffwr' a smalio chware efo'r llyfre canu am dipyn. Ond crio o'dd hi. Welish i ddagre.'

'Bechod,' medd Morfudd yn dawel.

'Ie.' Mae Siân yn dechrau mwmian canu, gan gofio'r gân dan sylw, 'Mae'r Iesu yn geidwad i mi, Mae'r Iesu yn geidwad i mi ...' Yna mae'n gofyn, 'Ti'n meddwl ceith hi waith dysgu yng Nghwmtirmynach?'

'Pam fyse hi isio mynd i fanne?' yw ateb swta Hari.

'Wel, pan fydd Ysgol Celyn yn cau yndê?'

'Dydi Ysgol Celyn ddim yn mynd i gau, nach'di?' medd Hari yn bigog. Mae'r ddwy ferch yn rhannu edrychiad.

Daw Morfudd i'r adwy. 'Mae *Mam* yn deud, mae o i gyd yn dibynnu ar be ddeudith Dafydd Robets yn cwrt.'

Egyr llygaid Siân fel soseri.

'Y?' Mae hi mewn sioc. 'Be? Ma' Dafydd Robets yn cwrt Pam? O na! Be ddaru o?' Mae hi'n gostwng ei llais ac yn sibrwd gydag arswyd, 'Dwyn post, ie?'

''Dio'm 'di *neud* dim byd, siŵr!' medd Hari, cyn castio'n flin i'r afon.

'Be? Ma'n rhaid bod o 'di gneud *rywbeth*. O'dd raid i Dewyrth Edward fynd i'r cwrt unweth. Yn 'Stiniog.'

''Im y math yne o gwrt ydio,' mae Morfudd yn cynnig.

'A ddim i 'Stiniog mae o 'di mynd, chwaith,' medd Hari.

Mae syndod Siân yn cynyddu.

'Be. Ddim Bala!?' (Mae'r llys yn y Bala yn llawer pwysicach, yn ei thyb hi.)

'Llunden,' mae Hari yn datgan, yn falch o wybod yr ateb. Ond mae Siân mewn gormod o sioc i sylwi.

'Llunden? *Llunden*?! O na! Rhaid bod o 'di gneud rywbeth ofnadwy, ofnadwy, *ofnadwy*, 'lly.'

Yn sydyn mae Hari yn estyn ei law ac yn cynnig brechdan iddi. 'Hwde.'

Mae Siân wedi drysu. 'Be?'

'Ffish pest,' medd Hari, yn sych.

'O.' Daw Siân ato a chymryd y frechdan. Mae'n ei hastudio yn amheus am eiliad cyn ychwanegu, 'Diolch.'

'Pleser,' medd Harri. 'Unrhyw beth i gau'r geg 'ne.'

Sylla Siân arno yn gwgu, ac yn deall. 'Hy. Wel 'dwi'm isio hi, 'li.' Mae'n ei rhoi yn ôl iddo, wedi ei brifo. ''Ne'r 'gosa ddoi di at 'sgodyn drwy'r dydd, be bynnag.'

Mae hi'n troi ac yn mynd i nôl y goets sydd wedi ei 'pharcio' y tu ôl i Morfudd. 'Ty'd Jinny Alys. Dŵad Morfudd?'

'Yne rŵan,' medd Morfudd, yn codi ac yn dechrau casglu ei phethau fel mae Siân yn gadael, yn gwthio'r goets o'i blaen.

Mae Morfudd yn astudio Hari am eiliad, yna â draw ato gan ofyn yn dawel,

'Hari? 'Sgen ti ofn? Y gwnân nhw ... ti'n gwybod?'

'Be? 'N boddi ni? Nac oes siŵr. 'Im peryg 'ti. Bydd Dafydd Robets yn deud 'thyn nhw. Fo 'di'r dyn pwysica'n lle 'ma, yndê? Ma' nhw'n siŵr o wrando arno fo ...'

Clywir llais Siân yn galw.

'Mor-fudd!'

'Dŵ-ad!!!!' mae'n galw 'nôl fel mae Hari'n castio eto, ac mae Morfudd yn troi ar ei sawdl.

Tawelwch unwaith eto, 'blaw am y gwybed, yr afon, a'r ehedydd. Dechreua Hari sisial canu yn dawel iddo'i hun.

> 'Rwy'n canu fel cana'r aderyn
> Yn hapus yn ymyl y lli
> A dyna sy'n llonni fy nodyn
> Fod Iesu yn Geidwad i ...'

Mae'n ochneidio, cyn tynnu ar y wialen 'sgota dipyn.

'Deudwch chi wrthyn nhw Dafydd Robets. Deudwch chi ...'

* * * *

Er nad yw'r ystafell yn enfawr mae'n ffurfiol, moethus ac urddasol, efo muriau panelog o dderw, gwaith coed cywrain yn addurno'r nenfwd uchel, carped amryliw sgwarog swmpus ar y llawr a chadeiriau coch gyda phorthcwlis coronog aur, marc swyddogol y Llywodraeth, wedi ei weithio i'r lledr ar gefn pob un.

Os bu dyn yn edrych allan o'i gynefin erioed, Dafydd Roberts yw hwnnw heddiw, yn eistedd yn ddywedwst yn ei ddillad gorau unwaith eto, ymysg casgliad o Farwniaid, Ieirll, Dugiaid ac Arglwyddi'r Deyrnas. Mae'r rhodres a'r crandrwydd wedi ei syfrdanu braidd. O'i flaen mae pum Arglwydd: Ardalydd Reading, yr Arglwydd Baden-Powell, yr Arglwydd Ashton of Hyde, yr Arglwydd Milverton, a'r Arglwydd Greenhill. Does wybod pam y dewiswyd y pump yma i wrando ar y dystiolaeth, na chwaith a ydi unrhyw un ohonynt wedi ymweld â Chapel Celyn erioed, neu a ydynt yn deall unrhyw beth am fywyd cefn gwlad, neu, yn y pen draw, am Gymru. Ond y pump yma fydd yn penderfynu ar ganlyniad y gwrandawiadau, beth bynnag.

'Good morning Mr Roberts, and welcome to London.'

Mae llais Dewi Watkin Powell yn awdurdodol ond yn garedig a swynol ar yr un pryd: llais Cymro, yn amlwg, sydd yn gysur i Dafydd, er nad yw ei wig a'i ŵn a'i acen Seisnig ddifai yn gwneud dim i leddfu pryder y ffarmwr o Feirion. Er nad yw wedi cyflawni unrhyw drosedd a'i fod yn ymddangos o flaen pwyllgor ac nid o flaen ei well, mae'n taro Dafydd ei fod yn gallu synhwyro yn awr yn union sut deimlad oedd aros am ddedfryd gan fainc y Barnwr Crogi, Judge Jeffreys, am ddwyn dafad, neu dorth.

Mae'r syniad yn peri iddo geisio llacio ei goler rywfaint, yn y gobaith y bydd hynny efallai yn helpu iddo ddod o hyd i'w lais.

'Ym. Diolch,' mae'n dweud o'r diwedd, ac yna, yn llawn embaras, gydag acen drom, 'Thanc-iw.'

Mae 'Mr Powell' yn gwenu arno eto yn gyfeillgar.

'Mr Roberts. You were born in Capel Celyn, your ancestral home, you became a tenant of Caefadog, and still live there?'

'Yes.'

'Are you a member of the Penllyn Rural District Council, and Parish Councillor for Llanfor, elder of Capel Celyn Chapel, and have you held those offices for thirty-four years?'

'Yes.'

'And do you describe the community as a happy one?'

'A very happy one.' Mae Dafydd yn meddwl am eiliad. 'It is a typical example of a Welsh cultural community.'

'Thank you Mr Roberts. And how would you say a Welsh community such as that expresses itself?'

Mae Dafydd yn oedi am ennyd cyn ateb, 'I would say, in its poetry, music and literature, sir.'

Mae Powell yn gwenu eto, yn awyddus i geisio helpu Dafydd i deimlo yn fwy cartrefol.

'Mr Roberts,' mae'n gofyn rŵan, 'perhaps it would assist the committee if you gave them some idea of the standard of performances achieved?'

'Oh. Ym. Yes. Ym. Celyn has come to the fore very often indeed in the last five years.'

Mae'n edrych ar Powell yn ymbilgar braidd ac mae yntau'n penderfynu ei gynorthwyo.

'In fact, my Lords, thirty first prizes at the Royal National Eisteddfod of Wales, and thirty-six bardic chairs, amongst many others.' Try at Dafydd eto, 'Mr Roberts, would you agree that places like Capel Celyn are regarded as "reservoirs" of the living culture of Wales?'

'Yes.'

'Thank you Mr Roberts. Now, would it be correct, or not, to say that this happy and co-operative spirit also plays a great part amongst the farmers labouring in the district?'

'Oh yes, we are all very ... "co-operative."'

'In what way Mr Roberts?'

Mae Dafydd yn gwgu. Dydi o ddim yn hollol siŵr at beth mae'r bargyfreithiwr eisiau iddo gyfeirio, felly mae'n ateb yn syml:

'Gathering of sheep and lambs in the spring, washing the sheep and clipping in July, dipping in October, threshing ... ym ...'

'Thank you.' Mae Powell yn gwenu ar Dafydd eto. 'Now you have heard it suggested that farms are relatively readily available in this district. Is that so?'

Y tro yma mae Dafydd yn ateb yn syth.

'Oh no. No. Not at all. I am a tenant farmer myself. Farms to let to tenants are very scarce indeed. Farms coming on to the market for sale are also very scarce indeed.'

'I see,' medd Powell. 'So, if the valley were flooded, what would be the result of the loss of farms on the lower slopes to the farmers who remained on the upper slopes?'

'All of the farms remaining would be diminished.' Try Dafydd rŵan, am y tro cyntaf, i edrych yn iawn ar y rhes o Arglwyddi sy'n ei wynebu, gan egluro, 'Because we would have no help, you see.'

Wrth gwrs, does yr un o'r Arglwyddi yn ei ateb. Mae Powell yn parhau:

'Mr Roberts, can you be adequately compensated for the loss of your home?'

Try Dafydd ei lygaid glas llaethog yn ôl i gyfeiriad y bargyfreithiwr. Mae saib, fel petai yn ceisio chwilio am y geiriau. Yna daw'r ateb, yn dawel, a thaer.

'Nothing will compensate me, sir, nothing on earth, for losing my home, and our sacred community.'

Mae Powell, y cwnsler profiadol, yn oedi er mwyn i eiriau diffuant a diymhongar y ffarmwr allu nofio am eiliad neu ddwy ar y distawrwydd sych.

Yna mae'n parhau: 'Mr Roberts, is it true that there have been numerous protests in Wales, and that you now produce letters and expressions of support?'

'I do.' Mae Dafydd yn tynnu rhestr o'i boced a darllen: 'Sir. From six county councils, fifteen borough councils, thirty-eight urban district and thirty-five rural district authorities and a number of parish councils also. Also ninety religious bodies, a number of trade unions, and other Welsh cultural organisations.'

Mae Dewi Watkin Powell yn gwenu yn garedig ar Dafydd eto. Mae wedi gwneud yn dda.

'Thank you Mr Roberts. No further questions.'

Ac mae'n mynd i eistedd wrth i Geoffrey Lawrence – o blaid y Mesur – godi ar ei draed. Mae yntau'n gwenu ar Dafydd ond mae dyn y tir yn ddigon craff i weld bod byd o wahaniaeth rhwng gwên gyfeillgar Mr Powell a'r olwg nawddoglyd yng nghrechwen y Sais tal a thenau sydd erbyn hyn yn sefyll o'i flaen.

'Mr Roberts,' mae'n dechrau, 'you will forgive me if I do not enter upon a cross-examination of you upon matters of Welsh cultural life. It is my loss not to have so far shared in it, and therefore I am quite unqualified to ask you about it. Let me ask you one or two matters of "fact", instead. The people whose lives are directly affected by this proposal number approximately sixty to seventy people, do they not?'

'Yes.'

'Mr Roberts, when you talk about Kapperl Kell-in itself, are you talking about the hamlet?'

Mae Dafydd yn gwgu eto ac yn ateb, 'I am talking about the community. The whole valley is known as Capel Celyn.'

Mae Lawrence yn cymryd arno bod hyn yn wybodaeth newydd, a syfrdanol.

'I see! The "whole valley"? So to be clear: the community stretches, you say, for *miles* around?'

'Yes.'

Try Lawrence at yr Arglwyddi. Mae'n amlwg yn sawru perfformio a dal y llwyfan. 'My Lords, I hope you will forgive me, as I have been dreading the moment when I should have to pronounce Welsh names.'

Mae rhywfaint o chwerthin nawddoglyd yn atseinio drwy'r ystafell, a Lawrence yn gwenu yn gysetlyd wrth barhau:

'Mr Roberts. The suggestion of the Corporation is to offer new houses for people who have lost their houses, and these would be at ... "Ffroan Gock"?'

'Yes,' medd Dafydd, ac yna, yn ceisio bod o gymorth, yn ynganu yn ara deg, 'Fron-goch.'

'Thank you. Now, this place is *not* very far down the *same* valley, is it Mr Roberts?

'No. It is a distance of two miles.'

'So,' mae Lawrence yn parhau, 'these people, if they moved, would *still* be included in the broad cultural area of the Tryweryn valley, would they?'

'No.' Mae Dafydd yn swnio'n bendant iawn.

'No?'

'No. Fron-goch has its own community, different from the Capel Celyn one.'

Mae Lawrence yn gwgu, yn smalio syndod pur.

'Oh? Is "Ffroan Gock" not a Welsh speaking place then?'

Dydi Dafydd ddim yn deall ei ddryswch, wrth gwrs. 'It is, the same as Capel Celyn.'

'They *do* speak Welsh, do they?'

'Yes.'

'As they do at ... Kapperl Kellin?'

'Yes.'

Try Dafydd i giledrych ar Powell: nid yw'n deall o gwbwl beth yw problem y bargyfreithiwr o Sais. Mae yntau'n parhau:

'So, they also appreciate Welsh poetry, do they?'

'Yes.'

'And all the other matters you have been speaking so eloquently about?' Nid yw'n ceisio cuddio'r tinc coeglyd yn ei lais wrth yngan y gair 'eloquently'.

'Yes,' medd Dafydd eto, yn blaen.

'Very well. And that, largely, is true also down at Bala, is it not?'

Unwaith eto, mae Dafydd yn anghytuno.

'No. I'm afraid Bala is losing it today, so far as our language, sir.'

'Oh? I see. Is that because there are pockets of "English invaders" to be found at Bala, Mr Roberts?'

Mae Dafydd yn gwgu eto. 'If you like to call it that.'

'But we *are* always welcome when we come to your country?'

'Yes. Indeed you are.'

'But perhaps not to live there permanently?'

Er iddo ofyn y cwestiwn, nid yw'n aros am ateb.

'Mr Roberts, all this "support" you have spoken of throughout Wales, I'm sure My Lords have found it very impressive. However is it not a fact that this matter has become symbolic of a great many things *besides* the question of water in the Tryweryn valley?'

Unwaith eto, try Dafydd at Mr Powell, wedi ei ddrysu'n llwyr.

'Mr Roberts?' medd Lawrence.

'I don't understand, sir.'

'May I suggest,' mae Lawrence yn parhau, 'that the whole thing has become really a question of ... Raising the Flag of Welsh Nationalism?'

Yn sydyn mae Dafydd yn gweld y goleuni ac yn deall, gyda

dicter, ar ba drywydd mae cwestiynau'r Cwnsler yn arwain. Mae ei lygaid yn caledu damaid ac mae'n ateb yn ddibetrus:

'If you mean, that is, I think people of *all* political creeds, and also religions, have rallied behind us.'

'Including a great many who think that Wales should have its own Parliament, and should look after its own affairs, I suppose?'

Mae Dafydd yn oedi, ond beth arall fedar o roi fel ateb?

'Yes,' mae'n dweud, yn glir.

'Thank you Mr Roberts. No further questions.'

* * * *

Ar ôl naw diwrnod o wrando ar y dystiolaeth, a phwyso a mesur, a thrin a barnu a thrafod, mae'r pum Arglwydd yn gwrando ar grynodeb Geoffrey Lawrence, QC, o sefyllfa 'Tree-wheer-ing'.

'There is obviously a depth of feeling that this proposal constitutes an English intrusion upon Welsh nationhood, but the Minister for Welsh Affairs could not advise that a proposal designed to meet the needs of a great population for water ought to be ruled out solely on this ground ...'

Mae'n pwysleisio 'great population' gyda difrifoldeb dwys.

'The Minister also sympathises with the natural desire of Welsh people to be sure that water in the Principality which may be required for Welsh needs is not diverted elsewhere, but Wales is a land of mountains and valleys, with abundant rainfall.'

'The Minister for Welsh Affairs' y mae'n cyfeirio ato ydi Henry Brooke, sydd hefyd yn Weinidog Tai a Llywodraeth Leol, ac felly, yn ôl rhai, yn was i ddau feistr yn yr achos yma. Mae'n amlwg erbyn hyn, ysywaeth, mai'r meistr yn Lloegr –

Corfforaeth Lerpwl a'i 'hanghenion' – a'i 'great population', sydd wedi ennill ei gefnogaeth ystyriol.

'The Corporation have taken power in this Bill to acquire a site, slightly further down the valley, at Ffroan Gock, to resettle – in new dwellings – those persons who desire to be resettled. We are not casting them adrift, my Lords, and I would venture to submit, if Welsh culture and the language is so *very* deeply rooted and so firm in this valley, perhaps it might be able to survive if it was re-established a little distance down the same valley.'

Ychydig o ystyriaeth sydd yn ei oslef goeglyd i'r ffermwyr, dynion a gwragedd sydd wedi eu magu yn ennill eu bywoliaeth o'r tir, y rhan fwyaf ohonynt â dim profiad o unrhyw waith arall, ac sydd felly yn amharod i fyw mewn tŷ cyngor ar gyrion cronfa ddŵr a chanddo ddim tir. Hyd yn oed tŷ newydd, gyda 'bathroom'.

'Your Lordships will be aware that the number of people who would be displaced is small. However, the disturbance of the life of this *hamlet* ...'

Mae'n ynganu'r gair yn hunanfodlon.

'... has provoked strong views, and the fight to preserve it has taken on a symbolic character, a "symbolic character" entirely divorced we sometimes think, from the actual relative merits of both sides concerned. There *is* no separate government for Wales, therefore how can there possibly be a "national" objection? It is said that local inhabitants have seen fit to set up a committee, known as the Kapperl Kellin Defence Committee. You may ask yourselves whether the activities of that committee are really a reflection of the views of the inhabitants, or whether they are not more accurately to be described as ... the reactions of a strong body of opinion

211

in Wales that has views upon Welsh nationalism and separatism.

'Surely, with great respect, it is getting the matter a little out of perspective to compare the dislocation in this Bill with the deprivation of water supplies to over a million people in one of the most vital areas, from a national point of view, of the whole country.

'It is a question of balance. We recognise that, to each individual, his own "little world" is as big as any other world. But in weighing these things up, we venture to suggest that perhaps it is a little too much that is being made of that aspect of the matter.'

A'r canlyniad? Datganiad y pum Arglwydd?

'The Committee are of the opinion that the Bill should be allowed to proceed.'

Mae Mesur Lerpwl am symud ymlaen, gyda bendith 'mawrion y genedl', i dderbyn archwiliad manwl Aelodau Seneddol Tŷ'r Cyffredin.

Pennod 10

Troi'r Llanw

Gorffennaf 6ed, 1957. Capel Celyn.

Saif Lisi May y tu allan i'r Llythyrdy, yn falch o weld bod y tywydd da wedi parhau a'i bod yn brynhawn Sadwrn digon braf. Mi fydd yr heulwen yn help i ddenu mwy o bobol i ganol y pentre, gobeithio.

Mae hi'n edrych ar ei horiawr. Hanner awr wedi dau. Awr i fynd. Mae hi'n troi i edrych yn ffenestr y Llythyrdy, lle mae poster newydd wedi ei osod gyda'r geiriau 'Please do not drown the home which welcomed Liverpool's evacuees' arno. Try i edrych i gyfeiriad yr ysgol ac mae'n gallu gweld bod negeseuon newydd yn addurno'r ffenestri yn fanno hefyd. Mae'r datganiadau syml yn codi ei chalon. 'Your Homes are Safe, Please do not Drown Ours.' Mae'r misoedd diwethaf wedi bod yn fisoedd anodd iawn, efo ysbryd, a chalonnau, llawer yng Nghelyn wedi suddo i'r gwaelodion.

Eisoes cafwyd darlleniad cyntaf, ac ail, Mesur Lerpwl yn Nhŷ'r Cyffredin, ac yn ystod yr ail ddarlleniad dadleuodd Aelod Seneddol Meirion, T. W. Jones, ac Aelod Seneddol Caernarfon, Goronwy Roberts, yn erbyn y cynllun. Nododd y cynta fod Lerpwl wedi gwneud elw o £1,078,000 drwy werthu dŵr y llynedd, gan fynnu ei bod yn amlwg, felly, mai arian a diwydiant oedd eu cymhelliad dros foddi Celyn, ac nid gwella safon tai (a safonau iechyd a glendid) ei thrigolion. Dywedodd yr ail y dylai'r Llywodraeth ofalu am anghenion y wlad i gyd wrth wneud penderfyniadau heb flaenoriaethu'r rhai a berthynai i un ardal ar draul ardal arall. Ond rhybuddiodd eraill yn y Tŷ y deuai canlyniadau alaethus i filoedd o bobol pe bai dwy neu dair blynedd o sychder yn y dyfodol. Dadleuodd Mrs Bessie Braddock, yr Aelod dros Liverpool Exchange, o blaid Mesur ei dinas gyda phob owns o'i hugain stôn:

'Some disturbance is inevitable. Everyone deplores the fact that, in the interests of progress, sometimes some people must suffer. But that is progress.'

Ond mae'n debyg mai'r 'Minister for Welsh Affairs', Mr Henry Brooke ei hun, darodd yr ergyd farwol, drwy ddatgan:

'Members who vote for the Bill's rejection will saddle themselves with a very grave responsibility for water shortages which might occur in the next few years. I cannot believe that the preservation of the Welsh way of life requires us to go as far as that. I cannot believe that the Welsh people, of all people, want to stand outside the brotherhood of man to that extent.'

Ac felly ar ddiwedd yr ail ddarlleniad rhoddwyd caniatâd i'r Mesur fynd yn ei flaen am drydydd darlleniad, ac er nad oedd y mwyafrif yn fawr, sef pedwar deg naw, mi roedd yn ddigon. Pleidleisiodd pedwar ar hugain o'r tri deg chwe Aelod Seneddol o Gymru yn erbyn, gyda'r lleill yn atal eu pleidlais neu'n absennol. (Ymysg y rhai yn absennol roedd Aneurin Bevan a Megan Lloyd George.)

'Elisabeth?'

Mae llais yn deffro Lisi May o'i myfyrdod ac mae'n gwenu wrth weld Dafydd Roberts a'i wraig Nel yn dynesu.

'Dafydd, Nel. Braf eich gweld chi.'

Tu ôl i Dafydd a Nel mae Elisabeth yn gallu gweld bod nifer o bentrefwyr eraill yn ymlwybro erbyn hyn i'r Llythyrdy o'u ffermydd, rhai o'r bechgyn a'r dynion, yn ôl eu golwg, wedi dod yn syth o'r caeau lle maen nhw wedi bod yn gweithio er ei bod yn ddydd Sadwrn. Try Elisabeth i edrych i'r cyfeiriad arall, ac mae ei chalon yn llamu damaid wrth weld yr un olygfa. Ydyn, mae teuluoedd Celyn wedi ymateb i'r alwad am gefnogaeth unwaith eto, er gwaethaf siomedigaethau di-rif.

'Elisabeth. 'Drychwch ...'

Mae llais Dafydd yn peri iddi droi eto, a gweld bod car wedi cyrraedd ac wedi parcio, a phan wêl Gwynfor Evans yn camu allan ohono mae Elisabeth yn caniatáu i ochenaid o ryddhad ddianc o'i mynwes.

'Elisabeth. Shw' mae?'

Daw Gwynfor ati gan ysgwyd ei llaw yn wresog. Mae yntau yn amlwg hefyd yn blês iawn â nifer y trigolion sydd erbyn hyn yn ymgasglu yng nghanol y pentre. Yn wir mae'n edrych yn debyg bod y rhan fwyaf o'r pererinion a aeth i Lerpwl yn bresennol unwaith eto.

'Diolch byth am hynny,' medd Elisabeth wrth Gwynfor yn awr, o dan ei gwynt. 'O'n i'n poeni'n enaid na fydde llawer yn dod. Mae yne ... beth "anghydfod" wedi bod, wyddoch chi. Ac mae'r straen wedi dechre deud ar bawb hefyd.'

'Dyall yn iawn,' medd Gwynfor. 'Dyall yn iawn,' ac mae'n troi i ysgwyd llaw a thorri gair calonogol gyda'r pentrefwyr wrth i Elisabeth, unwaith eto, edrych ar ei horiawr. Tri o'r gloch.

'Miss Watkin Jones, is it?'

Mae'r wyneb yn anghyfarwydd: dyn ifanc, trwsiadus, gyda llyfr nodiadau a phensil yn ei law, yn edrych arni yn eiddgar.

Mae hi eisoes wedi sylwi ar ambell i newyddiadurwr a ffotograffydd yn cyrraedd i ymuno â'r dorf fechan sydd wedi ymgasglu o'i chwmpas.

'Yes,' mae hi'n ateb yn hawddgar. 'How can I help you?'

'Oh. James Forbes, *The Times* newspaper. Pleased to meet you.'

Mae'n estyn ei law ac mae Elisabeth yn ei derbyn yn fodlon. Y *Times*! Diolch byth am hynny.

'I was just wondering,' mae'r dyn ifanc yn parhau, 'is there any particular plan of action for today's protest?'

Gwena Elisabeth arno.

'Indeed there is.'

Ryw wythnos yn ôl derbyniodd Elisabeth y wybodaeth bod aelodau Pwyllgor Dŵr Lerpwl am deithio i'r ardal heddiw, i gwblhau eu hymweliad blynyddol arferol â'u menter yn Efyrnwy, Llanwddyn, ond hefyd i fanteisio ar y cyfle i ymweld â lleoliad y datblygiad yng Nghapel Celyn. Mae hi wedi bod yn dipyn o her iddi drefnu protest munud ola, a dyna'r rheswm dros ei phryder ychydig oriau 'nôl na fyddai'r ymdrech yn llwyddiant. Erbyn hyn, mae dros drigain o drigolion y pentre yn bresennol, wedi penderfynu cefnogi Ysgrifennydd y Pwyllgor Amddiffyn ar yr unfed awr ar ddeg: er does wybod faint ohonyn nhw sydd mewn gwirionedd yn credu y gall eu presenoldeb heddiw effeithio digon ar 'bwysigion' Lerpwl i beri iddynt newid eu penderfyniad di-droi'n-ôl.

'When the party from Liverpool arrives,' mae Elisabeth yn egluro i James rŵan, 'we have agreed there is to be no argument, no ugly scenes or displays of anger. We will simply meet them here, they will see that all the residents are present, and I will tell them that we have nothing to say to them and ask them to please go back home, and then we will all turn away quietly and walk away, with dignity. Our opinion should therefore be expressed without anger, but completely and wholeheartedly nonetheless.'

'I see,' medd James, yn edrych o'i gwmpas. 'And all the village are present are they?' mae'n gofyn.

'Yes, more or less,' medd Elisabeth. 'If I can put it this way, everyone that can be here, is here. This village means everything to all of us, you see. It is our world.'

'Indeed,' medd James, yn ysgrifennu yn ei lyfr nodiadau. 'Thank you. And when are the Liverpool councillors due?'

'About half past three,' medd Elisabeth. Mae James yn edrych ar ei oriawr. Ugain munud wedi tri. 'Very good. Thank you,' mae'n dweud eto cyn cilio i wylio ac aros gyda'r lleill, yn sefyllian ac yn sgwrsio ymysg ei gilydd.

O'r diwedd, daw hanner awr wedi tri. Ac yna, pum munud ar hugain i, ugain munud i, ac yna chwarter i bedwar. Erbyn pedwar o'r gloch mae rhai yn y dorf yn dechrau anesmwytho.

A gyda rheswm da. Yn ddiarwybod i Elisabeth, Gwynfor a'r pentrefwyr, mae aelodau'r Pwyllgor Dŵr wedi penderfynu peidio ymweld â'r pentre wedi'r cyfan, a chymryd te yn lle hynny gyda'i gilydd mewn gwesty yn y Bala. Maent felly wedi bod yn hamddena ers tri o'r gloch y prynhawn 'ma, yn mwynhau byrbrydau'r Llew Gwyn. Erbyn hyn maent wrthi'n dechrau hel eu traed am eu ceir, er mwyn dychwelyd i'r Ddinas Lwyd.

'O hyn allan byddaf yn cyfeirio at Henry Brooke fel "Minister for Liverpool", ac nid "Minister for Welsh Affairs",' yw datganiad T. W. Jones, Aelod Seneddol Meirion, ychydig wedyn yn y capel yng Nghelyn, lle mae'r pentrefwyr siomedig wedi ymgasglu i drafod methiant digalon eu protest olaf. 'Yn ddi-os, ei ymddygiad o sydd wedi rhoi'r hoelen yn yr arch, er i ni Aelodau Seneddol eraill ymgyrchu mor frwd ar eich rhan. Ond na phoener, er i Mr Brooke geisio tynnu'r carped oddi tan fy nhraed, 'dw i'n rhoi fy ngair i chi yma yn hollol ddiflewyn-ar-dafod y byddaf i, a fy nghyd Aelodau o Gymru yn y Tŷ, yn ymladd ar eich rhan. A hynny i'r ffos olaf!'

Yn gwylio yn y rhes flaen, mae Gwynfor Evans yn anesmwytho ond yn penderfynu dal ei dafod, tra mae James Forbes, yng nghefn y capel llawn, yn ysgrifennu yn ei lyfr nodiadau, 'Welsh Valley Folk Foiled. Reservoir Protest Plan miscarries.' Mae'n edrych o'i gwmpas ar yr wynebau digalon o'i amgylch, ac yn ategu, 'Even to an Englishman, it was a sad afternoon.'

A thrist, unwaith eto, yw Gwynfor Evans, yn gyrru yn ôl am y De. Ni fedr weld, mewn gwirionedd, unrhyw obaith i'r ymgyrch bellach. Teimla eu bod fel plant yn ceisio taflu'r llanw yn ôl, gyda dim i'w helpu ond pwcedi glan môr.

*   *   *   *

Mewn gwirionedd, erbyn hyn, mae gan Lywydd Plaid Cymru fwy na dyfodol trigolion Capel Celyn i bryderu yn ei gylch. Mae bron â chyrraedd pen ei dennyn wrth bwyso a mesur ei sefyllfa ei hun, gyda'r cwestiwn am arddull a chyfrifoldebau ei lywyddiaeth yn datblygu i fod hyd yn oed yn fwy dyrys na phan gollwyd yr achos yn Lerpwl. Yng nghanol y trafod a'r dadlau ynghylch gweithredu, peidio gweithredu, gweithredu'n uniongyrchol, gweithredu'n oddefol, mae'r lleisiau o fewn ei blaid sy'n gofyn am 'safiad', 'aberth', neu o leia am 'benderfyniad polisi' ar fater Tryweryn a thor cyfraith, yn parhau i gynyddu, gyda neb llai nag un o 'Hen Hogia'r Ysgol Fomio' yn mynnu, yn breifat, ei bod yn 'ddyletswydd' i rywun fynd i'r carchar dros Gymru unwaith eto. Ac er nad yw Saunders Lewis wedi ymwneud â materion na gorchwylion dyddiol Plaid Cymru ers mwy na degawd bellach, teimla gydag angerdd fod ysbryd Penyberth 'wedi darfod' yn y Blaid, ac yn amlwg y mae'n barod, yn ôl y sôn, i ddatgan ei farn yn gyhoeddus, fydd yn rhoi pwysau ychwanegol, aruthrol ar ysgwyddau'r arweinwyr, a'r Llywydd presennol yn arbennig.

O leiaf mae un penderfyniad pendant yn cael ei wneud gan y Pwyllgor Gwaith (er nad yw'n unfrydol), sef i ymyrryd mewn rhyw ffordd ag ymweliad Henry Brooke ag Eisteddfod Genedlaethol Llangefni ym mis Awst. Mae'r Gweinidog wedi cael ei wahodd gan Bwyllgor yr Eisteddfod ac mae wedi derbyn, ond mae Cyngor Dosbarth Gwyrfai eisoes wedi ysgrifennu at yr Eisteddfod yn gofyn i'r gwhaoddiad gael ei dynnu'n ôl. Mae'r Blaid, gyda chymeradwyaeth Gwynfor, yn anfon neges at Brooke yn datgan, 'The Tryweryn debate reveals your protestations of concern for Wales to be sheer hypocrisy. Help Wales by resigning.' Mae Aelod Seneddol Llafur Ynys Môn, Cledwyn Hughes, yn gandryll pan glyw am y fath hyfdra, ac unwaith eto wele Blaid Cymru a'r Blaid Lafur benben â'i gilydd parthed 'Y Boddi'.

A gwaethygu mae pethau. Ddeuddydd cyn y trydydd darlleniad yn Nhŷ'r Cyffredin, cyhoeddir erthygl yn y *Western Mail* yn datgan bod Aelodau Seneddol Llafur, ac yn enwedig Aelodau Seneddol Gogledd Cymru, wedi derbyn 'that a final stand would be profitless'. Ar ben hynny mae Llywydd Plaid Cymru yn derbyn llythyr gan ei ymgynghorydd a'i gyfaill Dewi Watkin Powell yn ei rybuddio i bwyllo, gan fod nifer o ardalwyr Tryweryn, mae'n debyg, yn fodlon ar yr iawndal sydd wedi ei gynnig iddynt erbyn hyn ac yn barod i roi'r gorau i'r ymdrech, gan ddiolch i Blaid Cymru am ennill y fath delerau iddynt. Wedyn, meddai'r llythyr, pam yn y byd 'ymgymryd ag unrhyw weithred anghyfreithlon'?

Mae pethau'n edrych yn eitha du, i bob cyfeiriad.

* * * *

Ond dydi Lisi May ddim wedi 'darfod' â'r Llywodraeth, na Lerpwl, eto.

Mae hi'n eistedd, unwaith yn rhagor, wrth fwrdd y gegin ac o'i blaen, unwaith yn rhagor, mae papur ysgrifennu, nodiadau, llythyron, a thorion papurau newydd, a hefyd, heno, proffwydoliaethau trychinebus.

Edrycha ar y papur ysgrifennu plaen o'i blaen. Mae'n cymryd dalen yn ofalus, ac yn ei gosod yn y teipiadur (do, cafwyd teipiadur yn y diwedd i Ysgrifennydd diflino'r Pwyllgor Amddiffyn.). Gyda chalon drom, mae'n troi olwyn swnllyd y peiriant efo clic clic clic, nes cyrraedd top y ddalen, ac mae'n dechrau teipio:

Tryweryn Defence Committee

Honorary Presidents
Lady Haf Huws Parry. Lord Ogmore.
Alderman Gwynfor Evans M.A., LL.B.
Lady Megan Lloyd George. T.W. Jones, Esq., M.P.
T.I.Ellis, Esq., M.A. Dr Gwenan Jones.
Sir Ifan ab Owen Edwards, C.B.E., M.A.
Rev. William Morris. Rev. Dyfnallt Owen, M.A.

President: Alderman E.P. Roberts, Llanfor.
Vice-President: Mr. David Roberts, Caefadog, Capel Celyn.
Treasurer: Mr John Abel Jones
Hon. Secretary: Miss E.M. Watkin Jones

Mae hi'n seibio, ac yna'n dechrau llunio ei hapêl at holl aelodau Tŷ'r Cyffredin.

'Dear Sir or Madam,

Within a few days you will be called upon to make the final decision in the Third Reading of the Liverpool Corporation Bill. Much more than the future of Cwm Tryweryn hangs on the result. Already the Second Division has strengthened the position of those who say that Wales cannot expect Justice in a London Parliament ...'

*   *   *   *

Yn ddiarwybod i Elisabeth, tra mae hi'n ysgrifennu, mae gohebiaeth arall eisoes wedi cyrraedd un o 'fawrion' Prydain.

'It's quite, well ... it's preposterous!'

Eistedda'r Prif Weinidog, Harold Macmillan, yn ei swyddfa breifat ynghyd â dau neu dri o'i gynorthwywyr o'r Gwasanaeth Sifil gyda llythyr oddi wrth Lywydd Plaid Cymru yn ei law. Mae'n parhau, yn syn braidd, yn hytrach nag yn flin:

'"Passing the Liverpool Bill ..."' mae'n darllen, '"would do no more than give a veneer of legality to an immoral act of aggression." I thought Brooke was dealing with all this?' Mae'n edrych ar y llythyr eto. '"It would be a declaration by the English majority in Parliament that it has the power to destroy Wales." Where's Brooke?'

'I believe he's been sent a memo. We haven't heard back from his Private Secretary yet, Prime Minister.'

'A memo? A memo?' Mae Macmillan yn troi at ei Ysgrifennydd Preifat ei hun. 'Have you read this? I mean what does this passage mean?' Darllena o'r llythyr eto: '"If all legal and constitutional endeavours to defend the Welsh heritage are ignored, despite the unity and depth of Welsh conviction, the defence will continue, but by other means." Well? Well?! Is that a threat?'

Mae ei gynorthwywyr i gyd yn codi gwar, fel un.

Oherwydd, yn y bôn, pwy a ŵyr?

*   *   *   *

'Llongyfarchiade. O'n i'n gwybod byddet ti'n ca'l lle.'

Mae Non yn ceisio swnio'n gefnogol er bod ei chalon yn suddo.

'Diolch,' medd Dai, ar ben arall y ffôn, 'Ma'r cwrs gymaint yn well nag un Aber, 'sti.'

'Yndi siŵr,' medd Non. 'Grêt.'

Disgynna tawelwch damaid yn lletchwith rhyngddynt am eiliad. Mae'r bocs ffôn ar stryd fawr y Bala yn drewi o ffags a phi-pi, sydd ddim yn helpu'r sefyllfa.

'A gei di ddod lawr ar y penwythnose i 'ngweld i. Yn y "brifddinas" gyffrous!'

Ceisio cyflwyno dipyn o ysmaldod mae Dai. Dim ond ers y ddwy flynedd ddiwethaf mae Caerdydd wedi ennill statws Prifddinas Cymru. Ond mae ymateb Non yn ymarferol.

'Wel, ia. Gobeithio. Dibynnu ar bres. Ac amser, yndê?'

'Ie. Wrth gwrs. Wel, fedra i wastad ddod fyny i dy weld di hefyd 'sti. 'Dw i'n gobeithio ca'l car bach rhad o ryw fath erbyn hynny. Ddeudodd Dad bydde fo'n helpu 'mi brynu un.'

'Grêt,' medd Non eto. 'Dim ond os bydd Aberystwyth yn ddigon "cyffrous" i chdi erbyn hynny, yndê!'

Ei thro hi i geisio cellwair ydi o, ond mae'r tinc gwag yn ei llais yn adrodd cyfrolau, ac yn tawelu'r ddau eto am guriad.

Roedd Non wedi bod yn eitha siŵr y bydda Dai yn cael ei dderbyn yng Nghaerdydd i wneud ei radd Meistr yn y

Brifysgol yno, a fynta wedi cael gradd dosbarth cyntaf eleni yn Aberystwyth (er gwaetha ei agwedd lai na chydwybodol tuag at ei astudiaethau). Ond mae newyddion Dai heno, sydd wedi cadarnhau ei amheuon, wedi ei ddigalonni serch hynny. Mae hi wedi dewis aros yn Aberystwyth ei hunan, i wneud Ymarfer Dysgu y flwyddyn nesa. Mae'n nes at adre ac yn rhatach na mynd i Gaerdydd, fel y mae Geinor, a nawr Dai, am wneud.

'Ocê. Dw i am fynd rŵan. Ti'm yn meindio nac w't?' ma' hi'n gofyn rŵan, yn obeithiol.

'Nach'dw siŵr,' medd Dai, ac wedyn yn ychwanegu, damaid yn ofidus, 'Ti yn iawn, wyt?'

'Yndw, tad,' medd Non, yn siriol, 'ond mae'r blydi bocs ffôn 'ma'n drewi'n waeth na lle chwech dynion y Farmers!'

Mae Dai yn chwerthin. 'Ocê. Nos da 'ta.'

''Sda Dai.'

''Sda. Wela i di'n Steddfod 'ta, ia?'

'Ia. Nos da.'

Non sy'n rhoi'r ffôn i lawr gynta a gorffen y sgwrs, ac mae ei rhyddhad wrth adael y blwch ffôn yn amlwg, ac nid yn unig oherwydd y drewdod sydd ynddo. Mae hi wedi bod yn ceisio dyfalu ers misoedd bellach pam bod pethau wedi mynd mor 'chwithig', rywsut, rhyngddi hi a Dai. Mae hi'n tynnu anadl ddofn o awyr iach i'w hysgyfaint wrth gau drws y blwch ffôn, cyn troi ar ei sawdl am adre, i lawr y Stryd Fawr, yn methu deall pam nad yw hi'n torri ei chalon. Yn lle hynny, mae hi'n teimlo'n hollol wag.

'Dai? Swper?'

Mae llais ei fam yn y pellter yn torri ar draws myfyrio Dai. Mae'n syllu ar y ffôn o'i flaen ar y ddesg yn stydi ei dad, ac yn gwgu.

'Dafydd!' mae ei fam yn galw eto.

'Iawn!' mae Dai yn galw. 'Yna rŵan!' ac mae'n codi o'r ddesg ac yn mynd am ei swper.

*　　*　　*　　*

'"Much more than the future of Cwm Tryweryn hangs upon the result of your vote. *Can* Wales expect justice, in a London Parliament?"'

'Da iawn!' medd Donos yn frwdfrydig, yn cymryd llowc o'i the. Piciodd hi i mewn 'yn annisgwyl' i weld sut hwyliau oedd ar ei chwaer fawr ac mae hi bellach yn eistedd wrth y bwrdd gyda phaned, yn gwrando ar lythyr ei chwaer fydd, erbyn diwedd yr wythnos, yn cyrraedd desg pob Aelod Seneddol yn Llundain.

'"A great deal has been made of the fact that the Celyn community numbers only seventy, and it is contended that to refuse to evict them would be to deny water to a million people,"' mae Lisi May yn parhau. '"Not *one* of the 'million people' will go without water if Tryweryn is not drowned. Between 1921 and 1956, the domestic consumption of water in Liverpool rose by four million gallons a day to its present level of twenty six million gallons per day. But from Lake Fyrnwy alone, over fifty million gallons a day are drawn: twice the total domestic consumption. What then does Liverpool want the water for? For industrial expansion. To make money."'

'Diawled barus,' medd Donos dan ei gwynt. Mae Lisi May yn codi un ael arni, cyn parhau:

'"Liverpool's present deficit is assessed at seven million gallons per day. The Tryweryn scheme will provide sixty-five million gallons per day. And so, the cause in which we are asked to sacrifice a Welsh community, is *to save money for Liverpool.*"'

Edrycha Donos ar ei chwaer am eiliad. Mae Elisabeth yn edrych yn welw, ac wedi ymlâdd.

'Elisabeth ...?'

'Ie, beth?' medd Lisi May, yn tollti paned arall iddi hi ei hun.

'Ti'n meddwl ... ti'n meddwl gwneith o unrhyw wahaniaeth?'

Edrycha Lisi May ar ei chwaer. Mae'n oedi, cyn ateb, yn dawel:

'Yn onest?'

'Ie ...'

'Nach'dw. Nach'dw wir. Ma'r ysgrifen ar y mur, yn'dydi Donos? Does gennon ni ddim grym, dim dylanwad, dim llais. Ac mae pobol ddyle wybod yn well wedi cefnu arnon ni, neu wedi cyrraedd maes y gad lawer yn rhy hwyr.'

Mae Donos yn gwenu yn drist arni. Doedd hi byth yn meddwl y byddai ei chwaer yn ildio.

'Wnest ti bopeth fedret ti, cofia.'

'Do? 'Wn i'm,' medd Elisabeth yn flinedig.

'Fydd neb yn gweld bai arnat ti'n rhoi'r ffidil yn y to wsti. Ac mae llawer o bobol mae'n debyg yn barod i dderbyn telerau iawndal ...'

Sylla Elisabeth arni, ddim yn deall.

'Yr egwyddor, Donos. Yr egwyddor sy'n bwysig, erbyn hyn. A phwy ddeudodd unrhyw beth am roi'r ffidil yn y to dywed? O na. Hwyrach ein bod ni am golli Capel Celyn a'r frwydr, ond dydi hynny ddim yn rheswm i roi'r gore i'r rhyfel, ydi o? Ma' 'na fwy na dyfodol y cwm yma yn y fantol erbyn hyn Donos. Ac ma' gen i ryw deimlad y bydd brwydr Celyn yn cael ei chofio am flynyddoedd i ddod.'

*   *   *   *

Ychydig o ddiwrnodau yn ddiweddarach, mae Gwynfor Evans yn eistedd yn Swyddfa'r Blaid uwchben siop esgidiau Barratt's ar Queen Street, Caerdydd. O'i flaen mae copi o'r *Western Mail*, ac erthygl sy'n cadarnhau'r sïon sydd wedi bod yn cyrraedd ei glustiau ers dyddiau bellach. Er gwaetha protestiadau ac addewidion Mr T. W. Jones, Aelod Seneddol Meirion, gwta dair wythnos yn ôl, y byddai'n ymladd dros drigolion Capel Celyn 'i'r ffos olaf', yn ôl awdur 'London Letter' y papur newydd, mae'r 'Welsh members' (yn cynnwys T.W.) wedi penderfynu yn swyddogol 'the fight to save Tryweryn is already over'. Mae Gwynfor yn cau'r papur gydag ochenaid flin.

Mi fydd hyd yn oed yn fwy blin pan wêl y *Daily Post* ar fore trydydd darlleniad y Mesur: yr unfed ar ddeg ar hugain o Orffennaf, 1957. Mae'r papur yn datgan: 'Intensive efforts were being made in the Commons last night to avoid any debate on Liverpool Corporation's Tryweryn Bill. Mr. Tudor Watkins (Brecon and Radnor, Socialist), unofficial Whip for the opponents, and Mrs. E. M. Braddock (Exchange, Socialist), unofficial Whip for the supporters, agreed to do their best to dissuade anyone from launching a debate on either side.'

Pwy a ŵyr a dderbyniodd Aelodau Seneddol lythyr angerddol Lisi May? Ar ddiwrnod olaf Gorffennaf, 1957, mae Mesur Lerpwl yn cael ei drydydd darlleniad yn Nhŷ'r Cyffredin: mewn tawelwch llwyr. Roedd y *Daily Post* yn iawn. Neb yn yngan gair. Mae'r Tŷ cyn ddistawed â chynhadledd o'r mud a'r byddar. O fewn mater o funudau, mae'r Liverpool Corporation Act yn cael ei chario, o gant saith deg a phum pleidlais, i saith deg naw. Mwyafrif o 96.

Ar Awst y cyntaf, 1957, mae'r Frenhines Elizabeth ifanc yn rhoi ei sêl ar y Ddeddf. Golyga cael awdurdod y Llywodraeth drwy Ddeddf Seneddol nad oes rhaid i Gyngor Lerpwl 'forol am ganiatâd cynllunio o unrhyw fath gan awdurdodau cynllunio yng Nghymru. O'r eiliad yma ymlaen, mae gan y Gorfforaeth yr hawl, o fewn cyfraith gwlad, i fachu dwy fil a hanner o erwau o dir Cymru, pob cae, bryn, a wal, pob cartref, pob carreg, coeden, pob gwelltyn, a'u dymchwel, cyn boddi'r cyfan o dan filiynau o alwyni o ddŵr.

Ac mae unrhyw un sy'n ceisio eu rhwystro, felly, yn euog o dorri 'cyfraith gwlad'.

Rai dyddiau wedyn, mae un llythyr bach arall yn llawn gobaith ac angerdd yn gadael Llythyrdy Capel Celyn:

'Her Majesty Queen Elizabeth II.

'May it please your Majesty.

'We, the people of Capel Celyn, are taking this bold step of appealing to Your Majesty our Queen personally because our homes are in great danger.

'Most of us have lived here quietly all our lives, and our families for generations, and we have followed the good customs of our fathers on the land and in our social life. But the Liverpool Corporation has obtained Parliamentary approval for its plan to drown our valley and remove us from our homes.

'We cannot bring ourselves to accept this fate and we now humbly venture to appeal to your Majesty to use your great influence on our behalf and save our homes.'

Daw siom arall i'r pentrefwyr pan ddaw ateb i'w neges, nid

227

gan y Frenhines, ond gan y Minister for Housing, Local Government and Welsh Affairs – Mr Henry 'Babbling' Brooke:

'The Minister fully understands ...' Tybed? '... but feels that he cannot advise the Queen to persuade the City Council not to use the powers recently granted by Act of Parliament.'

*   *   *   *

Mae hi'n dawel iawn, iawn, yng Nghwm Celyn. Am y tro. Ceir ffys a ffwdan parthed ymweliad Brooke ag Eisteddfod Môn ym mis Awst, gyda'r Brifwyl yn dal i fynnu bod croeso iddo, a Phwyllgor Gwaith Plaid Cymru yn addo y caiff dderbyniad 'terfysglyd'. Yn y diwedd, penderfynu cadw draw y mae'r Gweinidog. Ar yr un pryd, cynhelir Cyngor Blynyddol y 'Women's International League for Peace and Freedom' ym Mangor, o dan nawdd Cangen Gogledd Cymru o'r mudiad. Ond pan mae cadeirydd ac ysgrifennydd y gangen yn gosod cynnig am Dryweryn gerbron yr aelodaeth, mae aelod o Lerpwl yn ateb, ac yn siarad o blaid cynlluniau ei dinas. Ychydig iawn o drafodaeth gaiff ei ganiatáu wedyn, sy'n peri i'r addysgwraig Mary Silyn Roberts ysgrifennu, ar ôl y gynhadledd, at gadeirydd y WILPF gan ddatgan yn bigog:

'We greatly appreciated the Conference held in Bangor ... but we, your hosts, were and are more than worried at the indifference to the urgent question affecting immediately the minority nation in our midst as British people. Mrs Pritchard, as branch chairman, presented the case of Tryweryn and Capel Celyn ... clearly and earnestly. We realised how small a minority we were. That sincere and terse resolution cut no ice for those who had ears only for the opposition. The indifferent attitude to our resolution closed the matter, and the "Next Question" was proposed and passed while we could only look on helplessly.'

Erbyn mis Hydref, mae Gwynfor Evans yn llwyddo i gyd-drefnu Cynhadledd Genedlaethol ar Dryweryn yng Nghaerdydd, sydd yn argymell cynlluniau cyfaddawdol i Lerpwl. Ond does dim yn newid penderfyniad y Gorfforaeth, na'r Llywodraeth.

Ac felly, wrth i 1957 droi'n 1958, mae lleisiau llawn hiraeth a thristwch – a geiriau croes – yn diasbedain ar wyntoedd y gaeaf dros fryniau a llethrau Meirionnydd: 'Pam ni?' 'I ble yr awn ni?' 'Be nesa?' Ac yn nhudalennau'r wasg, mae *Y Faner* yn nodi bod 1957 yn 'un o'r blynyddoedd y rhoddwyd ynddi fwy nag arfer o ergydion i Gymreictod'. Yn gynnar y flwyddyn wedyn, atega *Y Cymro*'r sylw, 'Nid oes un peth mor ddistaw â distawrwydd. Ystyriwch fusnes Tryweryn.'

Ond nid yw'r frwydr ar ben yn y Blaid, o bell ffordd. Gweithredu? Ym mha ffordd? Peidio gweithredu? Parhau mae'r dadlau a dyfnhau mae'r rhwygiadau: a'r rheiny'n dechrau ymestyn yn bell. Ar ddiwrnod cyntaf Chwefror, yn sgil dirywiad cynyddol a dinistriol diwydiant y chwareli, cynhelir rali'r di-waith Dyffryn Nantlle gyda gorymdaith o Ben-y-groes i Gaernarfon, lle mae saith mil neu fwy yn ymgasglu i ganu emynau a gwrando ar areithiau Tom Nefyn, Goronwy Roberts A.S., a'u tebyg. Ond eu placardiau 'Bread Before Beauty' a 'Pylons Before Poverty' sy'n cythruddo Saunders Lewis, sydd unwaith eto yn rhoi ei fys yn y brywes mewn araith yn Eisteddfod Genedlaethol Glynebwy.

'Na foed i ni werthu ein dyfodol yn yr ugeinfed ganrif am saig o fwyd. Ewch â'ch baneri i Dryweryn, a mwy na baneri hefyd. Mae'n ddyletswydd ar bobl ieuanc Cymru i achub bywyd gwledig Cymru, a dylent fod yn wrol yn amddiffyn eu gwlad ar gyfer yr ugeinfed ganrif ar hugain. Yr hyn sy'n cyfrif yw hunan barch, ac urddas cenedl.'

Erbyn dechrau Ionawr 1959, mae Pwyllgor Gwaith Plaid Cymru yn pasio cynnig o blaid gweithredu goddefol yn Nhryweryn, gyda Gwynfor yn datgan, 'Teimlwn yn llwfr, pe na wnawn ddim i brofi ein didwylledd.' Ond cyn daw'r mis i ben mae eraill yn y Blaid wedi pwyso arno i newid ei feddwl, rhag ofn i weithredu o'r fath niweidio ymgyrch y Blaid (a Gwynfor) ym Meirion, yn yr etholiad sydd ar y gorwel. Yn y pen draw, fodd bynnag, ceir canlyniadau alaethus yn yr etholiad yr Hydref wedyn, gyda'r Blaid a Gwynfor nid yn unig yn colli, ond yn ennill hyd yn oed llai o bleidleisiau na phedair blynedd ynghynt.

Nos Galan, 1959. Diwedd degawd. Mae'r gwaith o werthu'r ffermydd a'r tir yng Nghapel Celyn wedi hen ddechrau, a gyda phob modfedd mae'r methiant yn dod yn fwy ac yn fwy amlwg. Mae'r contractwyr a'r peirianwyr wedi eu dewis a'u cyflogi, y siartiau a'r cynlluniau wedi eu cwblhau, a gyda diwedd degawd a dechrau degawd newydd wele ddiwedd ar un ffordd o fyw, a dechrau un newydd.

Nos Galan. Yn Neuadd San Siôr yn Lerpwl, mae Frank a Bessie a Jack a'u cyd-gynghorwyr unwaith eto yn mwynhau eu *dinner dance* blynyddol gyda bloeddiadau o 'Hooray!' a 'Happy New Year!' a chydganu'n unsain 'Auld Lang Syne' yn flêr a chras, tra yng Nghapel Celyn mae'r ffenestri i gyd yn ddu, a phawb, erbyn hyn, yn fud.

'Hir yr erys y mud wrth borth y byddar.'

*   *   *   *

Ionawr yr ail, 1960.

'Ti'n iawn, Lisi?'

Mae Donos yn cydio'n dyner ond yn dynn ym mraich ei chwaer fawr. Saif y ddwy yn yr oerfel yng nghanol y dorf sydd, ysgwydd wrth ysgwydd, yn llenwi platfform yr orsaf. Maent wedi dod i wylio'r trên ola un, o'r Bala i 'Stiniog, yn teithio drwy'r cwm. Mae trigolion Capel Celyn i gyd yno, nifer ohonynt yn gwisgo dillad du, ac mae rhai yn wylo'n hidl.

Dydi Elisabeth ddim yn ateb, ond mae'n gwasgu llaw Donos yn ddiolchgar.

Wrth i'r injan a'i stêm a'i chwiban lenwi'r awyr, mae Seindorf Arian y Bala yn ymuno yn y sŵn gan daro nodau cyfarwydd, ac mae'r dorf yn dechrau canu fel un, yn bersain, a glân:

> 'Mae ffrydiau 'ngorfoledd yn tarddu
> o ddisglair orseddfainc y ne',
> ac yno'r esgynnodd fy Iesu
> ac yno yr eiriol efe:
> y gwaed a fodlonodd gyfiawnder,
> daenellwyd ar orsedd ein Duw,
> sydd yno yn beraidd yn erfyn
> i ni, y troseddwyr, gael byw.
>
> O fryniau Caersalem ceir gweled
> holl daith yr anialwch i gyd,
> pryd hyn y daw troeon yr yrfa
> yn felys i lanw ein bryd;
> cawn edrych ar stormydd ac ofnau
> ac angau dychrynllyd a'r bedd,
> a ninnau'n ddihangol o'u cyrraedd
> yn nofio mewn cariad a hedd.'

Try Geinor i edrych ar Dai sydd yn sefyll wrth ei hochr ar y platfform, yn dal ei llaw yn dynn. Unwaith eto, mae dagrau yn powlio i lawr ei hwyneb.

Ac yn ei dagrau hefyd y mae Non Bala, yn eistedd yn y gegin yn y tŷ teras ar y Stryd Fawr mewn tawelwch. Mae Magi ei mam yn eistedd ger y tân yn gwau, ond yn gwylio ei merch yn ofalus, o gornel ei llygaid. Clyw'r ddwy'r drws ffrynt yn agor a daw Alwyn i mewn, yn feddw.

'Wel. Dyne fo rŵan. A hwrê. Hwyrach gewn ni dipyn o bres a gwaith yn y lle rŵan, yndê? Lle ma'n swper i Mags? 'Dw i jyst â llwgu.'

Mae'n torri gwynt yn swnllyd cyn eistedd yn drwm yn ei gadair.

Mae Non yn ffoi i'w llofft.

Diwedd degawd. Diwedd Capel Celyn.

Diwedd popeth.

RHAN 2

Pennod 11

Tynged

Nos Fawrth, Ionawr yr ail, 1962.

1962. Blwyddyn newydd arall. Dyddiau cynnar degawd a fydd, gellir dadlau, yn un o ddegawdau pwysicaf y ganrif. Ers i'r trên olaf gludo teithwyr drwy Gapel Celyn o'r Bala i 'Stiniog, mae'r gwaith caib a rhaw – a lorïau a thryciau a wageni – wedi hen ddechrau yng Nghwm Tryweryn, ac mae'r lle bellach yn anadnabyddadwy i'r rhai sy'n cofio ei lethrau a'i borfeydd gwelltog, y coedwigoedd, y nentydd, yr afonydd, a chân y llinos a'r ehedydd yn cymysgu â bref yr anifeiliaid ar ddyddiau heulog. Ac er nad ydi Bob Dylan wedi ysgrifennu na chanu 'The Times They Are A-Changing' cweit eto, mae gwyntoedd cyfnewidiadau wedi bod yn chwythu'n benderfynol a chyson ers amser hyd gyrrau'r ddaear gron.

Ers i Donos ac Elisabeth sefyll gyda'r dorf ar y platfform yna yn codi llaw yn drist ar y cerbydau'n gwichian eu ffordd drwy'r mwg a'r oerfel a'r canu ar hyd y cledrau i orsaf ebargofiant, mae'r Unol Daleithiau wedi anfon milwyr i ryfela yn Fietnam, tra mae'r Rwsiaid wedi anfon *mannequin* (o'r enw Ivan Ivanovich) yn ogystal â mochyn cwta, ci, a nifer o lygod i'r gofod ar Sputnik 4, rhagarwydd o ehediadau dynol i bellafoedd y bydysawd yn y dyfodol agos. Yn Ne Affrica, mae

Prif Weinidog Prydain, Harold Macmillan, wedi datgan: 'The wind of change is blowing through this continent. Whether we like it or not, this growth of national consciousness is a political fact.' Yn Rhufain, mae Cassius Clay wedi ennill y fedal aur am baffio yn y gemau Olympaidd, ac yn America mae dyn ifanc o'r enw John Fitzgerald Kennedy wedi cael ei ethol yn Arlywydd (ieuengaf) y wlad. Mae'r Dywysoges Margaret wedi priodi 'Tony Snaps' ac mae'r cyfan wedi cael ei ddarlledu ar y teledu am y tro cynta; mae Nye Bevan wedi marw, protestwyr yn erbyn ynni niwclear wedi cael eu harestio yn Llundain, a'r cyfresi newydd sbon danlli, *Coronation Street* a'r *Avengers*, wedi llenwi sgriniau teledu ledled Prydain, a chael derbyniad brwd. Gwresog hefyd yw'r ymateb i bedwar dyn ifanc yn perfformio am y tro cyntaf yng nghlwb nos The Cavern yn Lerpwl o dan yr enw Beatles; tra yng Nghymru mae siroedd Môn, Ceredigion, Caernarfon, Caerfyrddin, Dinbych a Phenfro wedi pleidleisio i gadw eu tafarndai ar gau ar y Sul. Mae'r lleisiau sydd yn mynnu hawliau cyfartal i bobol dduon yn America yn codi yn uwch, ac mae'r Ku Klux Klan wedi ymateb drwy ymosod yn dreisgar ar deithwyr rhyddid ar fws yn Alabama. Ym Mhrydain mae'r bilsen atal cenhedlu ar gael, o'r diwedd, o dan y Gwasanaeth Iechyd Gwladol, ac mae'r Miss World gyntaf o Brydain – Rosemarie Frankland, yn enedigol o Rosllannerchrugog – yn cael ei choroni. Ar strydoedd Berlin, mae milltiroedd o weiren bigog wedi ymddangos yng nghanol y ddinas, ynghyd â pheiriannau'n chwalu pafinau a hewlydd er mwyn adeiladu mur fydd yn rhwygo'r ddinas yn ddwy, am flynyddoedd i ddod.

Ac mae mur anferthol yn dechrau codi yng ngheg Cwm Tryweryn hefyd.

Yng nghroglofft ffermdy'r Hafod mae Hari Tomos yn edrych braidd yn bwdlyd ar y llyfr ysgrifennu yn ei law. Mae Hari wedi esgeuluso ei waith cartre dros wyliau'r Nadolig braidd, ac felly mae ganddo dipyn o waith sgwennu i'w gwblhau cyn dychwelyd i'r ysgol bore fory. Mae'n dechrau, yn ara deg, ar ei destun: 'Fy Nyddiadur o'r Gwyliau.'

'Mae'r Nadolig wedi mynd heibio yn eitha tawel. Cefais lyfr *Trysor y Môr-Ladron*, bocs o bensiliau lliw, llyfr tynnu lluniau a llyfr sgrap newydd oddi wrth Mam a Dad, a'r *Ladybird Book of Motor Cars*, pac o gardiau, dis a chwpan, cnau mwnci, bocs o Liquorice Allsorts, a gêm o Jacs oddi wrth Siôn Corn.'

Ar yr un pryd, mae ei athrawes, Mrs Martha Roberts, hefyd wrthi'n ysgrifennu dyddiadur, yn eistedd i fyny yn ei gwely clyd, y cwrlid cwilt clytiau yn dynn amdani, a'r cap nos crosio am ei phen yn ateb dau ddiben: cadw ei *shampoo and set* ddechrau'r tymor yn daclus, yn ogystal â'i chadw yn gynnes rhag oerfel y nos.

'Mae popeth yn barod rŵan yn yr Ysgoldy ar gyfer y bore, pan fydd y plantos yn dychwelyd ar ôl gwyliau'r Nadolig, mewn hwyliau gweddol, gobeithio. Am y tro cyntaf erioed, mae'n rhaid i mi gyfaddef nad ydw i'n edrych ymlaen yn fawr iawn i'r tymor sydd o'n blaenau. Mae'r plant yn eitha' gwydn, ond mae'r ansicrwydd sydd o'n cwmpas ni i gyd wedi bod yn dweud hyd yn oed ar y lleia' ohonyn nhw ers amser bellach, ac mae ffarwelio hefo'r ffrindiau sydd wedi symud oddi yma yn barod wedi peri llawer o ofid, yn enwedig i'r rhai hŷn. Rydan ni wedi dioddef misoedd ar fisoedd o'r sŵn mwyaf dychrynllyd. Ac mae mwy i ddod, mi wn: y peiriannau'n twrio am grafel ym mhen uchaf y cwm, a'r lorïau yn ei gario wedyn yn ddi-dor i'r mur argae, ger Tyddyn Bychan, yn y pen isa'. Mae'r lorïau wedi bod yn gyrru heibio'r ysgol ers misoedd yn ddyddiol ac yn ddi-baid, yn codi cymylau o lwch ar ddiwrnodau braf, a chreu môr o fwd ar dywydd gwlyb. Ac er i ni rhywsut, rhywfodd, lwyddo dysgu dygymod efo'r sŵn a medru ei anwybyddu y rhan fwyaf o'r amser, wn i ddim am faint mwy medrwn ni ddal.'

Mae'r athrawes yn ochneidio, ac yn ceisio ymwroli. "Dw i'n bwriadu dechrau'r bore hefo gwasanaeth Croeso a Diolch, ac wedyn gwers Ddaearyddiaeth. Astudio mapiau. Dangos i'r plant lle mae Lloegr. A Llundain. A Lerpwl. Ac yna, amser ysgrifennu, dipyn o hanes lleol, a thynnu llun wedyn. Lluniau "bulldozers" fydd gan y rhan fwyaf ohonyn nhw i gynnig, mae'n siŵr, fel sy'n arferol dyddiau yma.'

Mae hi'n oedi eto, cyn ysgrifennu, o dan ychydig o deimlad: 'Erys deg o blant yn yr ysgol erbyn hyn. Gobeithio y dôn nhw i gyd yfory. Mae Ysgol Cwmtirmynach wedi gofyn a gân nhw'r piano, pan ddaw'r amser. Dim ond mater o aros ydi hi rŵan, a bod yn onest, cyn daw'r gorchymyn i gau'r Ysgol am byth, ac mae'n torri 'nghalon i wybod y bydd ein haelwyd annwyl a chartrefol yn cael ei thynnu i'r llawr a'i chwalu'n dipiau yn ddiseremoni, unwaith y byddwn ni wedi ymadael.'

Ac nid am y tro cynta, mae hi'n sychu'r dagrau o'i llygaid, cyn cau ei dyddiadur, dylyfu gên yn flinedig, a diffodd y golau. Ond ni fydd cwsg yn dod ar unwaith i Mrs Martha Roberts heno, ac am wageni, a llwch, a nafis anghwrtais eu hymddygiad a'u tafodau y bydd hi'n breuddwydio, nid am lond buarth ysgol o blant hapus yn chwerthin ac yn chwarae mig, fel y buodd yn gwneud bob nos ers talwm, mewn byd a bywyd arall.

Darllen, ac nid ysgrifennu, y mae Lisi May heno, yn eistedd wrth fwrdd y gegin, yn ôl ei harfer.

'Life starts afresh for some of Tryweryn's displaced

villagers' ydi pennawd y *Daily Post* o'i blaen. '"They have no rancour in their hearts,"' mae Elisabeth yn darllen yn uchel i Dafydd Roberts, sydd yn eistedd gyferbyn â hi, a'i ben i lawr yn syllu ar y cwpanaid o de o'i flaen.

'"We are settling down well in Tŷ Ucha', although it was a very disturbing experience when we left our old home and the valley" said Mrs Edwards. "At night we can see the lights on the new road in Tryweryn, and we feel a little homesick."'

Cwyd Dafydd ei lygaid rŵan i edrych ar Elisabeth.

'"Homesick," ydyn nhw? Choelia i fawr.'

Ond mae Elisabeth yn parhau: '"It is a novelty for them also to have electric."' Mae'n ysgwyd ei phen yn ddigalon. 'Oes rhaid iddyn nhw awgrymu ein bod ni 'di bod yn byw mewn ogofâu cyntefig?' mae'n datgan, yn flin.

'Darllenwch y darn am Dŷ Ucha, Lisabeth. Yn y gwaelod 'na yn rhywle,' medd Dafydd.

'Ym ... o ie, dyma ni. "When Tŷ Ucha' became vacant, Mr Edwards approached the Corporation, and they decided to buy the farm, which he knew of ..."'

'"Knew of?"' medd Dafydd yn sych. 'Ma' Moi Edwards 'di bod isio ca'l ei fache ar Dŷ Ucha ers blynyddoedd, fel y gŵyr pawb yng Nghelyn yn iawn!'

'Do,' cytuna Elisabeth. '"I had been interested in it on a previous occasion," said Mr Edwards."' Mae hi'n gwgu, cyn parhau: '"Mr and Mrs Edwards did not sign the petition of protest when Tryweryn was a national talking point ..."'

'Naddo, mwn,' medd Dafydd. 'A dyna eu deg ar hugain o arian nhw.'

Edrycha Elisabeth arno yn drist ar draws y bwrdd.

Y gwir amdani yw bod cymuned y cwm yn simsanu ac yn gwasgaru. Mae'n wir fod 'Mr a Mrs Edwards' ac ambell i deulu arall hefyd wedi manteisio ar y cyfle i symud i gartre 'gwell', ond i'r rhan fwyaf o'r trigolion, mae gweld eu cwm yn cael ei chwalu fel hyn cyn waethed â dioddef cystudd, a thranc: tranc hynod o araf, a diurddas a blêr hefyd. I bob pwrpas, mae'r rhai sydd yn byw yng Nghapel Celyn a'r cyffiniau yn boddi yno eisoes: yn boddi yn y sŵn a'r llwch a'r budreddi ac ym mryntni cannoedd o ddynion yn dryllio a thorri a rhwygo. Mae hyd yn oed tywyllwch y nos, a fu mor ddibynadwy, yn cael ei drywanu noson ar ôl noson gan y llifoleuadau miniog sydd wedi pylu'r sêr a'r lloer. Ac am awyr iach y dydd? Mae wedi troi'n darth o betrol a disel sydd eto'n methu â mygu rhegfeydd estron y nafis rhag atseinio dros y llethrau clwyfedig o bryd i'w gilydd uwchlaw rhu'r peiriannau, i andwyo a sarhau Dafydd, Nel, Elisabeth a'r trigolion eraill.

'Wyddoch chi, Elisabeth?' medd Dafydd yn ara deg rŵan, 'O'n i'n edrych draw dros yr hen le 'ma o Gae Ucha – neu beth sydd ar ôl o Gae Ucha – y diwrnod o'r blaen, ac yn meddwl: mae hi yn union fel tase rhwyg wedi agor yn ystlys y cwm, yn'dydi? A ninne yn gorfod sefyll yma'n hollol ddiymadferth, yn gwylio'r bywyd yn diferu'n ara deg o'r clwyf, yn gwylio'n cartrefi ni'n ca'l eu gwagio, a'u dymchwel, un ar ôl y llall. Mae o fel ... fel rhyw waedlif angheuol, ac mae'n amhosib erbyn hyn i neud unrhyw beth i'w atal o, yn'dydi? Ac am y modd y ma' nhw'n mynd ati. Yn chwythu'n cartrefi ni fyny, neu'n bwldosio nhw i'r llawr, heb unrhyw barch. Mae o bron iawn fel dipyn o hwyl, rhyw fath o sbort, i rai ohonyn nhw. Dene i chi ffarm Moelfryn rŵan. O'n i fyny'n gweld Twm a Now yne ddydd Gwener, fel o'dden nhw'n gadael. A wir i chi rŵan, y funud o'dd y ddau hen frawd allan, y funud yne, dyma'r nafis yn rhoi llwyth o ecsblosif yn y walie yn ddi-oed a chwythu'r cwbwl lot i ebargofiant. Heb feddwl ddwywaith. A'r hen le 'di bod yna ers 1775.'

'Dafydd ...' medd Lisi May, yn ceisio codi ei galon, ond mae Dafydd yn parhau:

'Er mwyn y mowredd Lisabeth, be ma' dyn i fod i neud yn y fath amgylchiade deudwch?'

Mae saib, ac yna mae Dafydd yn gorffen ei baned, ac yn codi i nôl ei gôt.

'Ma' arna i ofn nad oes yne ffasiwn beth â pharch – na chywilydd – i ga'l heddiw.'

Cwyd Elisabeth ar ei thraed hefyd.

'Wn i. Wn i Dafydd. A 'dw i'n hollol argyhoeddedig, hefo mwy o undod a hyder a llai o gecru a difaterwch, ia – a brad, hwyrach – y bydden ni wedi gallu ennill, wyddoch chi?'

'Hwyrach,' medd Dafydd, yn troi yn y drws, a'i galon yn drwm. 'Ond mae hi'n rhy hwyr i Gapel Celyn rŵan, yn'dydi. Llawer yn rhy hwyr.'

*   *   *   *

'Wel, 'nesh i fwynhau hwnne rŵan Ken, do wir!'

Mae Wil yn pwyso 'nôl yn y gadair freichiau yn rŵm gefn y stesion ac yn dipio'i fisged Huntley & Palmers Milk and Honey i'r baned o de yn ei law cyn cymryd llond ceg ohoni'n hamddenol.

'Zed Victor Wan a Zed Victor Tŵ, myn brain i! 'Sen ni'n gallu neud efo cwpwl o Zed Victors yn Bala 'ma hefyd dyddie yma, Ken!'

Mae Ken yn gwenu ar ei gyfaill. Mae'r ddau newydd fod yn gwylio darllediad pennod gynta o gyfres newydd Z Cars ar yr hen set deledu HiFidelity ddaeth Wil i mewn i'r stesion efo fo dros y 'Dolig.

'Mari a'r plant 'di bod yn swnian am ga'l set newydd ers misoedd,' eglurodd o wrth Ken ar y pryd, 'a chan bod "Siôn Corn" 'di bod digon clên i ddod ag un i ni, waeth i ni ga'l yr hen un yn fan hyn ddim, be ti'n ddeud?'

''Mond bod o'm yn 'myrryd â Chonstabiwlari Busnes, Wil, wela i ddim problem,' o'dd ymateb Ken, ac ers hynny mae'r ddau wedi cael y pleser o fwynhau ambell i hanner awr bach eitha cysurus dros yr Ŵyl yn y rŵm gefn yn gwylio arlwy tymhorol y BiBiSî yng nghwmni Max Bygraves, Dickie Henderson, a Brian Rix, ymysg eraill. Ond wrth gwrs, fel aelod selog o'r Collins Crime Club, sioeau ditectif sydd at ddant Ken bob tro.

''Im cystal â'r *Maigret: A Crime For Christmas* welish i Bocsing Dê, cofia,' medd Ken wrth Wil rŵan. 'O'dd hwnne werth ei weld, oedd Tad. Ond wedi deud hynne o'n i'n eitha licio ffordd y Ditectif Sarjant Watt yne heno, rhaid deud.' Ac mae yntau'n helpu'i hun i Lemon Puff o'r tun o fisgedi roddwyd iddyn nhw yn anrheg Nadolig gan Mrs Edna Wilias, Stryd Tegid, am achub ei chath, Tidls, o'r afon – eto.

A bod yn deg â'r ddau, maen nhw wedi haeddu dipyn o heddwch a llonydd dros wyliau'r Nadolig. Ers i'r gwaith ddechrau yng Nghwm Tryweryn, mae'r Bala wedi mynd yn dre brysur, yn dre brysur iawn, ac mae'r gweithwyr sydd wedi mewnfudo i'r cyffiniau dros dro wedi bod yn cadw'r ddau heddwas ar flaenau'u traed ers misoedd bellach. Yfory, mi fydd y rhan fwyaf ohonynt yn dychwelyd i ailgydio yn y gwaith, ac mi fydd y baich o gadw heddwch a threfn yn yr ardal yn disgyn unwaith eto ar ysgwyddau'r heddweision lleol.

'Well na *Dixon of Dock Green*, be bynnag,' medd Wil, yn gadael i'w feddwl grwydro am eiliad, ac yn dychmygu ei hun yn hel lladron a meddwon a dihirod mewn Ford Zephyr gwyn ar hyd llwybrau Meirionnydd, i gyfeiliant cerddoriaeth pibgyrn, chwibanau a dryms.

Saif Ken i ddiffodd y teledu, a gorffen ei baned.

'Well 'ni roi tro, ti'n meddwl?'

'Ia. Ddo i efo chdi rŵan ...'

Ac o fewn cwpwl o funudau mae'r ddau wedi gwisgo'u cotie mawr, wedi cloi drws y stesion, ac wedi dechrau ar eu rownd o amgylch strydoedd oer a thywyll eu tre.

'Dawel heno, Ken? Am *change*,' medd Wil, yn rhynnu dipyn i ddechrau wrth ddod allan o glydwch y stesion i'r oerfel.

'Tan fory,' medd Ken, ei anadl yn cyddwyso'n byffiau bach niwlog o flaen ei wyneb. 'Bydd y diawled i gyd yn heidio yn ôl 'ma 'fory, ac wedyn, lwc owt ... fyddan ni 'nôl i'r Wild West 'ma cyn i ni droi rownd.'

Mae'r ddau'n cydgerdded am dipyn yn nhywyllwch y nos, yn paratoi yn feddyliol am yr annibendod cymdeithasol fydd yn siŵr o ddychwelyd efo'r gweithwyr yfory. Nos Sadwrn ydi'r gwaetha yn y dre. Fel arfer mae'r labrwrs yn gweithio rownd y ril i fyny yn y cwm ond ar nos Sadwrn i dafarndai'r Bala maen nhw'n heidio, i 'ymlacio' a thorri eu syched ar ôl wythnos o falu a rhwygo a dymchwel a thwrio yng Nghapel Celyn.

''Wn i'm pwy 'di'r gwaetha Wil. Hogie Llunden, ynte'r Gwyddelod? Welish i 'rioed y fath beth. Ma'r seit yne yn le caled i weithio, 'dwi'm yn deud, ond ew, ma' nhw'n neud digon o bres yno.'

'*Lot* o bres, Ken. Lot o bres. Ni sydd isio *pay-rise* Ken, rhwng y *Drunk and Disorderlies* sy 'ma rŵan, a'r Gwyddelod yn cwffio.'

'Heb sôn am y crwcs efo'r holl loris 'di'u dwyn, Wil.'

'Ia, ia'.

'Fel ddeudish i, ma' hi fel y Wild West 'ma 'di mynd yn'tydi? 'Dw i'm yn gwarafun i neb ennill ei grystyn cofia, ond ma' 'na ben draw ar fynadd Job hefyd, 'n'does Wil bach?'

Am ryw reswm nid oes yn rhaid i'r gyrwyr lorïau a'r wageni gael *number plates* yn Nhryweryn, a gŵyr Wil a Ken – a'u penaethiaid hefyd – eu bod nhw'n cyrraedd y Gogledd yn aml mewn lorïau sydd wedi eu dwyn, ac yna'n tynnu'r *plate* a'r *chassis plate* gynted â phosib cyn gyrru'r lori wedyn ddydd a nos, dau neu dri ohonyn nhw yn rhannu shifftiau, yn cario pridd o un pen i'r cwm i'r llall, am rai wythnosau. Dympio'r hen lori wedyn yng ngwaelod y cwm, yng nghanol y rwbel a'r gwastraff a'r gro, a mynd i ddwyn un arall, cyn dechrau'r holl broses eto.

Ond ychydig iawn mae Wil a Ken yn gallu ei brofi. Ac mae'r sgam felly yn mynd yn ei flaen heb unrhyw rwystr.

'Anodd credu rŵan, lle distaw a braf *o'dd* 'ma, yndi Wil?' medd Ken rŵan, ar ôl iddyn nhw gerdded am dipyn i lawr y Stryd Fawr, yn hel meddyliau'n dawel.

'Yndi. Wel. Lle pres sydyn 'di Bala rŵan, yndê Ken?'

''Im dim ond dre 'dio chwaith naci? Ti'n cofio 'rhen ddyddie Wil? Mynd am reid fach ar y beic i Landderfel, mynd â gwialen bysgota efo ni, 'sgota am dipyn bach wedyn ar afon Dyfrdwy ac i fyny am Gwmtirmynach a Fron-goch a'r llefydd yne i gyd, ar y beic. Helpu dipio defaid yn erbyn *sheep scab*, ca'l cinio ...'

'Wastad cinio da i blismon adeg yne Ken ...'

'O'dd Tad.' Mae'n ochneidio'n drist. 'Sioe 'di newid i gyd rŵan, 'n'tydio?'

'Yndi. Ma' hwnne'n amser ... wel ... yn amser sy'n ... *gone forever* rŵan 'n'tydi?

Mae'r ddau'n cydgerdded am dipyn eto, a thawelwch a thywyllwch y nos rywsut wedi dylanwadu ar hwyliau lled-athronyddol y ddau.

'O'n i'n gallu gweld ffordd o'dd y gwynt yn chwythu'r diwrnod 'ne ddoth y tsiap 'ne i'r stesion, ti'n cofio?' medd Ken rŵan. 'Ysgwyd llaw yndê, a deud, "I'm from Tarmac, I've come to build the new road for your new dam." 'Idish i wrtho fo ar y pryd, "Well, now, this is the beginning of the end, yndê."'

'Do hefyd, Ken. Cofio'n iawn.'

'A dyne ti. Ti'n gallu gweld y bali ffordd newydd yn eitha clir rŵan o'r topia, fel rhyw graith hyll yn ymlwybro drwy ganol y llanast ma' nhw'n 'i greu fyny 'na. A llanast ydi o hefyd.'

'Ia,' medd Wil, yn dawel. 'Llanast llwyr. A'r cytia bach creosot blêr 'na hyd lle. Ti'n gwybod, o'n i'n darllen diwrnod o'r blaen, yn papur, ma'r "Powers that Be" yn deud rŵan, 'n'dydyn nhw, eu bo' nhw am drio anfon dyn i'r lleuad, cyn diwedd y ganrif. Wel, waeth iddyn nhw safio eu pres, a danfon y cr'adur i Gwm Tryweryn ddim.'

'A dyna sy'n dân ar 'y nghroen i, wsti Wil? 'Sgynnyn nhw ddim cywilydd, nac oes? Ma'n pentre ni'n mynd i fynd o dan y dŵr yn'dydi: y walia a'r hen bont a 'nghartre i a chartre Gwilym, a Dafydd Robets, pob un dim yn mynd, a 'den ni'n gorfod neud yn rownds yn dre 'ma o gwmpas y tafarndai yn gwylio'r crwcs a'r nafis yn meddwi ac yn rhegi, ac yn taflu'u pres budr i'r pedwar gwynt – ac yn chwerthin am ben y "plismyn pentre" ma' nhw'n meddwl eu bod nhw 'di'u twyllo, heb ddeud gair.'

'Zed Victor Wan,' medd Wil. 'Zed Victor Wan. Dyne 'dan ni isio, Ken. A'r dyn Barlow yne. I ga'l trefn.'

Mae Ken yn gwenu arno'n drist. Mae'r ddau wedi cyrraedd pen pella'r dre erbyn hyn. Maen nhw'n troi ar eu sodlau i ddychwelyd drwy'r oerfel a'r düwch i'r stesion am baned arall, eu meddyliau'n llawn – a'u calonnau'n brudd.

Noson ola o heddwch, cyn bydd y trais a'r trwst a'r chwalu yn dechrau drachefn.

*   *   *   *

Dros y dyddiau nesa, mae drwgdybiau Mrs Martha Roberts, Dafydd Roberts, a Ken a Wil yn profi'n gywir, wrth i gontractwyr Lerpwl a'u labrwrs ailafael yn ddi-oed (ac yn ddifeddwl) yn eu gwaith, gan ddinistrio heddwch Cwm Tryweryn eto.

Ac wrth iddynt barhau i rwygo calon Celyn o'r cwm, mae calon y Blaid hefyd wedi dechrau hollti: ac mae digon o drwst, a phrinder 'heddwch' hefyd, yn ei rhengoedd, gyda'r anghydfod yn lledu ac yn dwysáu ers misoedd lawer bellach, wrth i 'Frad Tryweryn' bwyso'n gynyddol ar gydwybod mwy nag un. Ac fel mae mur enfawr yr argae yn tyfu'n ara deg yng ngheg y cwm, mae waliau wedi dechrau codi rhwng y carfanau yn y Blaid hefyd: ac mae rhai wedi dechrau hogi eu cleddyfau go iawn.

Ar droad y degawd, mae'r feirniadaeth yn y Blaid o Gwynfor Evans ar ôl y gynhadledd flynyddol wedi peri i gynghorwyr Henry Brooke yng Nghymru ei rybuddio bod y Llywydd 'in danger of losing his grip over the party to an extreme and younger section'; ac mae Gwynfor Evans ei hun yn derbyn rhybudd bod rhai aelodau wedi dechrau trafod o ddifri ddechrau 'Direct Action Party', ac yn ystyried gweithredoedd amrywiol – yn cynnwys tor cyfraith – i brotestio am yr hyn a wnaed yn Nhryweryn ac sydd erbyn hyn ar y gweill yng Nghlywedog. Teimla'r Llywydd mor amhoblogaidd nes iddo ystyried ymddiswyddo, ond caiff ei berswadio gan aelodau sy'n gefnogwyr i ddal ei dir. Serch hynny, erbyn yr haf 1961 mae'r cecru wedi cynyddu yn sylweddol ar bob tu ac, o'r Gogledd i'r De, o'r Dwyrain i'r Gorllewin, mae'r trafod a'r dadlau angerddol yn bygwth niweidio'r Blaid yn ddi-droi'n-ôl. Yn y gynhadledd flynyddol yn Llangollen ym mis Awst mae'r ymosodiadau chwerw ar Gwynfor Evans a'r arweinyddiaeth, y dadlau dros weithredu ai peidio, a'r gweiddi am Dryweryn a Chlywedog a Phenyberth (a hyd yn oed Swyddfa Bost Dulyn) yn codi'r to, ac ar ei diwedd mae'n fater o hunangadwraeth, yn y bôn, i arweinwyr y Blaid gyhoeddi cyfaddawd: nid oes unrhyw weithred dor cyfraith i gael ei chyflawni yn enw Plaid Cymru ond mae'n 'agored i aelodau ymgymryd â "gweithred" arbennig, pan fo'n fater o gydwybod neu argyhoeddiad ganddynt y dylent ei wneuthur'.

*   *   *   *

Nos Fawrth, Chwefror 13eg, 1962.

'Rhaid imi ... sgrifennu'r ddarlith hon cyn cyhoeddi ystadegau'r cyfrifiad a fu y llynedd ar y Cymry Cymraeg yng Nghymru,' medd y llais ar y weierles. 'Mi ragdybiaf y bydd y ffigurau a gyhoeddir cyn hir yn sioc ac yn siom i'r rheini ohonom sy'n ystyried nad Cymru fydd Cymru heb y Gymraeg. Mi ragdybiaf hefyd y bydd terfyn ar y Gymraeg yn iaith fyw, ond parhau'r tueddiad presennol, tua dechrau'r unfed ganrif ar hugain, a rhoi bod dynion ar gael yn Ynys Prydain y pryd hynny.'

Eistedd Lisi May yn ei chegin yn gwrando yn dawel. Mae tinc henaint yn y llais gwaraidd sy'n llenwi'r ystafell, ond mae ei egni yn glir serch hynny ac nid oes pall ar ei fwriad. Gyferbyn ag Elisabeth eistedd Dafydd a Nel Roberts, mae ei thad Watcyn yn ei gadair ger y tân, a'i chwaer Donos wrth ei hochr. Maent i gyd yn gwrando yn astud, ac yn feddylgar.

'Dyna felly lwyddo o'r diwedd y polisi a osodwyd yn nod i Lywodraeth Loegr yng Nghymru yn y mesur a elwir yn Ddeddf Uno Cymru a Lloegr yn y flwyddyn 1536 ...' mae'r llais yn parhau, yn heriol ond yn glir, a phenderfynol. Mae Donos a'i chwaer yn rhannu edrychiad.

'... polisi ... o ddiddymu'r iaith Gymraeg yn iaith weinyddol mewn na swydd na llys nac unrhyw ysgrif gyfreithiol. Chwarae teg i'r Llywodraeth ...' ychwanega'r llais yn goeglyd, 'trwy ryw bedair canrif o lywodraethu Cymru, er pob tro ar fyd, er pob newid ar ddull y Senedd a moddion llywodraeth, er pob chwyldro cymdeithasol, ni fu erioed anwadalu ar y polisi hwn o ddiddymu'r iaith Gymraeg yn iaith weinyddol mewn na swydd na llys nac unrhyw ysgrif gyfreithiol.' Teimla Elisabeth ias oer yn codi yn sydyn yn ei chefn.

*   *   *   *

'What's that you're listening to, darling?'

Mae Rosemary newydd gerdded i mewn i'r gegin a chanfod Geinor yn eistedd wrth fwrdd y gegin gyda golwg hynod o ddifrifol ar ei hwyneb.

'Mam. Plis. Mae hyn yn bwysig!'

'Oh dear me I'm sure. I'm sorry I spoke!' medd Rosemary yn biwis, yn tynnu'r sgarff oddi ar ei phen.

'... erys y ffaith mai Saesneg yn unig sy'n angenrheidiol i bob swydd neu offis weinyddol yng Nghymru.'

'Who *is* this?' medd Rosemary rŵan, yn ddicllon braidd.

'Saunders Lewis ...!'

'Oh. *Him*?' medd Rosemary yn llawn dirmyg. 'What's he on the wireless for now?'

'Mam, *plis*! 'Dw i'n trio gwrando!'

*   *   *   *

'... Mae'n iawn i ni gydnabod ... na fu, wedi marw Elizabeth, hyd at drothwy'r ugeinfed ganrif, na chais na bwriad gan neb o bwys yng Nghymru i ddatod dim ar y cwlwm a unodd Gymru wrth Loegr, na gwrthwynebiad o unrhyw gyfri i'r egwyddor o deyrnas gyfunol a diwahân ...'

Mae Dai-iô yn troi'r sain yn uwch ar ei radio. Newydd gyrraedd adre i'w fflat yn y Rhath o ddarlith yn y brifysgol mae o, ac mae'n parhau i wrando'n ofalus wrth osod ei fagiau a'i lyfrau i lawr a thynnu ei siaced yn frysiog, gan chwilota ar frys am ei lyfr nodiadau, a phensil.

'... ni fu chwaith unrhyw gais politicaidd hyd at yr ugeinfed ganrif,' mae'r llais yn parhau, 'i adfer statws yr iaith Gymraeg na chael ei chydnabod mewn unrhyw fodd yn iaith swyddogol na gweinyddol. Bodlonwyd drwy Gymru gyfan i'w darostyngiad llwyr.'

Erbyn hyn mae Dai wedi clirio lle i eistedd ar y soffa ac wedi dechrau sgriblo.

'... A oes o gwbl draddodiad o amddiffyn politicaidd i'r iaith Gymraeg?' medd y llais, wrth i Dai ysgrifennu. 'Nid gofyn yr wyf a oes traddodiad o frolio'r iaith mewn areithiau politicaidd neu gan wleidyddion ar lwyfan eisteddfod. Yn hytrach gweld yr iaith fel y mae Llywodraeth Lloegr wedi ei gweld hi erioed, yn fater politicaidd, ac o'i gweld hi felly ei chodi hi'n faner i frwydr?'

*   *   *   *

Ledled Cymru, mae dynion a gwragedd wedi ymgasglu wrth eu setiau radio i wrando ar ddarlith flynyddol y BBC, ac eleni, mae'r Gorfforaeth wedi gwahodd Saunders Lewis i'w thraddodi. Ond os yw'r ysgolhaig a'r dramodydd yn bwriadu mynegi drwy deitl y ddarlith, 'Tynged yr Iaith,' mai am ddyfodol y Gymraeg yn unig y mae am siarad, yn raddol ac yn ddiau mi ddaw'n amlwg i'r rhan fwyaf o'i wrandawyr mai ymosodiad chwyrn – arall – ar Lywydd y Blaid ac ymroddiad llwyr hwnnw i ddulliau cyfansoddiadol o weithredu, gan dynnu sylw yn enwedig at 'fater Cwm Tryweryn', yw gwir nod geiriau un o 'gewri Penyberth'.

*   *   *   *

'Hyd at heddiw,' ebe'r llais, 'mae'n diffyg ni o ymwybyddiaeth cenedl, ein hamddifadrwydd ni o falchder cenedl, yn rhwystro inni amgyffred arwyddocâd ac arwriaeth yr antur ym Mhatagonia … Iaith ar encil yw'r Gymraeg yng Nghymru mwyach, iaith lleiafrif a lleiafrif sydd eto'n lleihau.'

Yn ei hystafell yn y brifysgol yn Aberystwyth mae cyn-ddarlithydd Geinor, Eluned, hefyd yn gwrando ar y radio. Yn gwmni iddi mae nifer o ddarlithwyr eraill yn yr Adran Gymraeg: i gyd yn amsugno pob gair, ac yn pwyso a mesur eu harwyddocâd.

'Be mae o'n drio'i wneud, deudwch?' medd un ohonynt rŵan, Dewi Williams, un o'r darlithwyr hynaf yn yr adran, ac yn gefnogwr brwd i Gwynfor Evans.

'Trio "achub" y Blaid, debyg,' medd Marian Lewis, darlithwraig ifanc, yn goeglyd.

'Trio dinistrio Gwynfor 'dach chi'n feddwl,' medd Dewi yn sur, drachefn.

'Nid oes obaith fyth fythoedd i Lywodraeth Whitehall fabwysiadu safbwynt Cymreig ...' mae Saunders Lewis yn parhau, '... Nid estyn y Llywodraeth fys i achub lleiafrif sy mor boliticaidd aneffeithiol, mor druenus ddihelp, mor anabl i'w amddiffyn ei hun ag yw'r lleiafrif Cymraeg yng Nghymru.'

'Fel ddeudish i,' medd Dewi, yn flin, 'Trio dinistrio Gwynfor.'

*   *   *   *

'Ystyriwch fater Cwm Tryweryn a Chapel Celyn ...' â'r llais yn ei flaen heb atal, ac edrycha Lisi May a Donos ar ei gilydd eto. Mae Elisabeth yn synhwyro beth fydd yn dod nesa.

'Pa achos a oedd i bobl Cymru wrthwynebu cynllun Corfforaeth Lerpwl i foddi'r dyffryn a'r pentre a throi'r fro yn gronfa ddŵr i ddiwydiannau'r ddinas? ... Amddiffyn iaith, amddiffyn cymdeithas ydyw, amddiffyn cartrefi a theuluoedd. Heddiw ni all Cymru fforddio chwalu cartrefi'r iaith Gymraeg. Maen nhw'n brin ac yn eiddil ...'

'Yn union,' medd Watcyn, yn porthi, 'Yn union!'

'Pa Lywodraeth allai osod cymdeithas fechan wledig dlawd Gymreig yn y glorian yn erbyn buddiannau economaidd Corfforaeth Lerpwl? Nid plentynnaidd, eithr anonest, oedd beio'r Gweinidog dros Gymru am na rwystrodd ef y mesur.'

'Anonest?' medd Lisi May. 'Anonest?!'

Mae'r ddarlith yn parhau: 'Ein mater ni, ein cyfrifoldeb ni, ni'n unig, oedd Tryweryn. Ond "Nid Gwyddelod mohonom" meddai cylchgrawn y bobl oedd piau'r amddiffyn.'

'Dydi hyn ddim yn deg, ddim yn deg o gwbwl,' medd Lisi May rŵan. 'Gwynfor ydi'r unig un sydd wedi gweithio'n selog ar ein rhan. A lle o'dd y pleidiau eraill, o ran hynny?' Mae Donos yn edrych yn anghyfforddus. 'Mae Gwynfor yn haeddu gwell! Lot gwell!' Mae Elisabeth yn gwgu'n flin.

*   *   *   *

'Y mae traddodiad politicaidd y canrifoedd, y mae holl dueddiadau economaidd y dwthwn hwn, yn erbyn parhad y Gymraeg. Ni all dim newid hynny ond penderfyniad, ewyllys, brwydro, aberth, ymdrech ... Eler ati o ddifri a heb anwadalu i'w gwneud hi'n amhosibl dwyn ymlaen fusnes llywodraeth leol na busnes llywodraeth ganol heb y Gymraeg ... Codi'r Gymraeg yn brif fater gweinyddol y dosbarth a'r sir.'

Mae Geinor erbyn hyn yn eistedd ar flaen ei chadair, ac mae ei llygaid yn pefrio.

'Nid wyf yn gwadu na fyddai cyfnod o gas ac erlid a chynnen yn hytrach na'r cariad heddychol sydd mor amlwg ym mywyd politicaidd Cymru heddiw ...'

'Cariad heddychol.' Mae'r geiriau'n atseinio yn ei phen, ac yn aros yno.

'Nid dim llai na chwyldroad yw adfer yr iaith Gymraeg yng Nghymru. Trwy ddulliau chwyldro yn unig y mae llwyddo.'

'Hasn't he finished yet?' medd Rosemary, yn dychwelyd i'r gegin o'r ffrynt rŵm lle mae hi wedi bod yn gwylio rhaglen Gerald Durrell ar y teledu. 'Going on a bit isn't he? D'you know that the Malayan jungle looks really quite treacherous? Tea, darling?'

Ond mae Geinor yn ei hanwybyddu. Mae ei phen yn troi.

*   *   *   *

Mae'n eitha hwyr pan mae ffôn Dai-iô yn canu yn ei fflat, ond mae o'n effro o hyd, yn eistedd ar y soffa yn ceisio gwneud pen a chynffon o arwyddocâd y brawddegau sgribledig yn y llyfr nodiadau sydd ar ei lin o'i flaen. Mae'n codi i'w ateb.

'Glywaist ti o Dai? Glywaist ti o?' Mae'r llais byrlymus ar ben arall y ffôn yn llawn cynnwrf. ''N'doedd o'n wefreiddiol? Sori 'mod i'n ffonio mor hwyr. O'n i isio aros i Rosemary fynd i'w gwely. Ma' hi'n 'y ngyrru i'n honco bost hefo'i sylwada gwirion. O'ddat ti'm yn cysgu, nac oeddat?'

'Na,' medd Dai. 'Jyst mynd dros y nodiadau o'n i rŵan.'

'Ac mae o yn llygad ei le. Dyna sy'n rhaid i ni neud, yndê? Dilyn Eileen Beasley. Peidio llenwi ffurflenni na thalu biliau os nad ydi'n bosib ei wneud o yn y Gymraeg. Dyfal donc yndê? Ac os bydd rhaid talu dirwyon ac ia, hyd yn oed mynd i'r carchar, wel dyna fo, yndê! "Dulliau Chwyldro" fel deudodd o.'

'Ia,' medd Dai-iô, ond mae o'n swnio damaid yn bwyllog.

'Be sy?' medd Geinor, ar ôl eiliad.

'Dim. Jyst ... pan ddeudodd o fod yr iaith yn bwysicach na hunanlywodraeth ...'

'Ty'd o'na. Cam ar y ffordd ydio, yndê? Mae'n berffaith amlwg erbyn rŵan na fyddwn ni'n gallu achub Cymru drwy San Steffan. Dyna holl bwynt Tryweryn!'

'Ia. Ond mae'r ddadl mai dim ond drwy gael Senedd i Gymru y gallwn ni achub yr iaith yn dal i fodoli. A beth bynnag, y cwestiwn ydi ddylai'r Blaid fod yn fudiad iaith? Be am y Cymry di-Gymraeg yn y De 'ma? Ma' angen eu cefnogaeth nhw hefyd.'

Mae Geinor yn ymdawelu ar ben arall y ffôn, ei

brwdfrydedd wedi pylu rhywfaint yn sgil cwestiynu craff Dai-iô.

'Ti'n swnio 'fatha Trys,' meddai, o'r diwedd, yn dawel.

Mae Dai-iô yn chwerthin. 'Nac ydw gobeithio! Jyst ... mynd drwy'r dadleuon yn 'y mhen.'

'Wn i,' medd Geinor, yn fwy cymedrol rŵan.

'Ti'n dal i ddod lawr y penwythnos 'ma 'ta?'

Mae Geinor yn chwerthin yn ysgafn. 'Yndw. Wrth gwrs 'mod i.'

'Diolch byth am hynny,' medd Dai-iô. ''Dw i jyst â marw isio dy weld di.'

'A finna chditha,' medd Geinor.

'Go iawn?'

'Go iawn.'

Mae saib arall.

'Dos di gynta 'ta,' medd Geinor.

'Na. Chdi. Fi aeth neithiwr,' medd Dai.

'Ocê. Iawn 'ta. Nos da.'

'Nos da, Gei. Dy garu di.'

'A chditha. 'Sda Dai.'

Ac mae'r llinell yn marw.

'Gaynor? Gaynor? Is that you?' Mae llais Rosemary yn galw o'i llofft.

'Mae'n iawn, Mam,' medd Geinor, yn codi'i haeliau'n ddiamynedd. ''Mond ar y ffôn o'n i.'

'At this time of night? Goodness. Was poor David still awake?'

Unwaith eto, dydi Geinor ddim yn ateb ei mam. Mae'n dechrau dringo'r grisiau i'w llofft yn feddylgar. Doedd hi ddim wedi disgwyl i'w chariad fod cweit mor llugoer – os

254

dyna oedd o – am ddigwyddiad a'i gwefreiddiodd hi mor gyfan gwbwl.

*   *   *   *

Y mis Mawrth canlynol yw'r oeraf ers saith deg o flynyddoedd. Ac fel mae tensiynau rhyngwladol y Rhyfel Oer yn dwysáu, gydag argyfyngau'r Bay of Pigs, Berlin a Checkpoint Charlie, a pherthynas yr Unol Daleithiau efo Ciwba, ac felly'r Undeb Sofietaidd, yn dirywio'n sylweddol, oeri hefyd y mae'r berthynas rhwng carfanau Plaid Cymru, gyda dwy ymblaid wrthwynebus yn dyfod yn fwy ac yn fwy amlwg yn y ffrae: carfan 'Saunders', ys dywedir, a charfan 'Gwynfor', y naill yn mynnu mai mudiad iaith yn unig fydd yn achub Cymru, a'r llall yn gwbwl argyhoeddedig mai'r broses etholiadol, yn arwain yn y diwedd at Senedd i Gymru, fydd yn ennill y dydd. Tactegau ac uchelgeisiau 'Seneddol' yn erbyn tactegau ac uchelgeisiau 'chwyldroadol'.

Aiff misoedd o ddadlau chwerw heibio, ac erbyn Ysgol Haf y Blaid ym mis Awst 1962, a gynhelir ym Mhontardawe, mae'r rhwygiadau'n anadferadwy a'r ysgrifen ar y mur. Yn rhannol o'r herwydd, mae deuddeg o aelodau yn mynd ati i ymateb i ddarlith Saunders Lewis heb beryglu'r Blaid, ac felly mae mudiad newydd yn codi o'r craciau: Cymdeithas yr Iaith Gymraeg, 'i bawb a fyn statws i'r iaith Gymraeg yng Nghymru ac a fyddai'n barod i wneud rhywbeth amgen dros y cyfryw nod na gwisgo bathodyn brithliw.'

Yn bresennol ym Mhontardawe mae Geinor a Dai-iô, ac mae'r ddau'n eitha bodlon efo'r datblygiad: Geinor am ei bod yn gwerthfawrogi bod yna (gobeithio, ac o'r diwedd) fudiad ar droed fyddai'n gwbwl ymroddedig i frwydro'n union-gyrchol dros achubiaeth i'r iaith, a Dai-iô am iddo ragweld y bydd bodolaeth Cymdeithas yr Iaith yn galluogi Plaid Cymru, o'r diwedd, i ganolbwyntio llai ar broblemau diwylliant, a mwy ar fod yn blaid gyfansoddiadol – ac etholadwy – bur.

''Dw i jyst yn meddwl bod yn rhaid i'r Blaid frwydro ar sail mwy o wleidyddiaeth nag iaith,' medd Dai wrthi, dros goffi un bore.

'Pam?' medd Geinor, ond heb fod yn gas. Mae hi'n dal i fwynhau dadlau gwleidyddol yn fwy nag unrhyw beth arall yn y byd.

'Hygrededd. Aeddfedrwydd. Cefnogaeth dorfol. Dydi "penboethiaid" ddim yn ennill cefnogaeth dorfol … ddim fel arfer. Wel, ddim yng Nghymru! "Gwlad y Menig Gwynion."'

'Pwy wyt ti'n alw'n benboeth?' medd Geinor rŵan, ei llygaid yn fywiog ac yn heriol, ond yn gyfeillgar hefyd.

'Neb,' medd Dai, yn gwenu arni.

Ac felly mae haf 1962 yn dirwyn i ben gyda 'chyfaddawd' o ryw fath, tra yn y cyfamser, wrth i'r trafod rygnu 'mlaen, mae'r contractwyr yn dal i rofio enaid Capel Celyn fesul tunnell i fwcedi a chafnau eu wageni mawr swnllyd.

Ond mae 'na ddatblygiadau eraill wedi bod ar droed yn ystod misoedd yr haf, 1962, na ŵyr neb, yn swyddogol, amdanyn nhw. Datblygiadau fydd yn tynnu sylw pawb, unwaith eto, reit i ganol tynged Capel Celyn.

Pennod 12

Trwy Ddulliau Chwyldro...

Medi 22ain 1962.

Mae hi'n noson braf yng Nghwm Celyn. Noson fwyn o Fedi, gyda gwres yr haf yn ddwfn ym mhridd y llethrau o hyd a dim ond yr awgrym lleia o'r hydref a ddaw sydd ar yr awel. Ond ychydig o gynaeafu fydd yn y cwm eleni. Mae'r ffermydd sydd yn dal i sefyll ar yr ucheldir wedi gorfod prynu ffid er mwyn cynnal eu hanifeiliaid dros y gaeaf, gan fod Corfforaeth Lerpwl wedi dinistrio pob gwelltyn o'u cyflenwad arferol islaw yn y cwm. Busnes costus iddyn nhw, bob un.

Ta waeth am hynny, mae Wil Jones yn gwerthfawrogi ei bod hi'n noson mor braf wrth iddo yrru'n hamddenol i fyny'r cwm i gwrdd â Ken. Wedi iddo wneud hynny, mi fydd ei A35 bach gwyrdd yn cludo'r ddau i borfeydd brasach ar y topiau. Cyrraedd yno, a bydd Wil yn dreifio'n ara bach, a Ken yn eistedd ar y bonet efo'r ffôr-ten, yn ôl ei arfer, a'r ddau wrth eu boddau'n mwynhau tawelwch noson fwyn o hirddydd haf yn herwhela'n ddiniwed yn eu bro. Yn union fel oedden nhw'n arfer gwneud, cyn i'r bwystfil Elw gael y caniatâd i ddod atynt a rheibio'u tir, a'u hetifeddiaeth.

'Ti'n ffit, Ken?' medd Wil rŵan, yn tynnu i mewn i godi ei basenjar, sydd yn aros amdano ar ochr y lôn. 'Sori 'mod i'n hwyr. Gwladys fach ni ddim isio i mi ddod allan yli.'

'Gest ti drwsio'r indicetors, 'dw i'n gweld,' medd Ken, wrth eistedd yn y sedd gyferbyn â Wil a chau'r drws â chlep. 'Reit dda.'

'Do cofia,' medd Wil. 'Gostiodd o 'fyd.'

'Rŵls of ddy Rôd, Wil,' medd Ken.

'Wn i. Ond o'dd Mari'n diawlio.'

'Mari druan.' Mae Ken yn chwerthin yn ysgafn. 'Be o'dd hi? "Blydi car 'na eto!" ia?'

'Ia. Ddeudes i wrthi. 'Dio'm yn "blydi car" ddynes. Austin 35 'dio, ac oni bai amdano fo, fydde gennon ni gythrel o ddim byd i roi i'r plant 'ma i ginio dydd Sul yfory!'

'Wel, well 'ni ga'l celc go dda heno 'lly yndê? Y ffôr-ten gin ti?'

'Yndi. Yn y bŵt. Ffwr' ni 'te.'

'Ie. Awê Wil.'

Rhydd Wil yr A35 mewn gêr ac i ffwrdd â'r ddau'n hapus braf, gan ddringo i fyny drwy'r anialwch y mae'r gweithwyr wedi ei greu o'r caeau a'r coed a'r llecynnau lle buodd plant yn chwarae, defaid yn pori, a bugeiliaid yn bugeilio; i fyny, heibio i adfeilion adeiladau fuodd gynt yn aelwydydd clyd, cyn cyrraedd y tir uchel, lle mae yna o leia gwningod i'w cael o hyd.

'Gwladys fach yn iawn, yndi?' mae Ken yn gofyn rŵan.

'Yndi. Yndi. 'Mond bod hi 'di ca'l rhyw chwilen yn ei phen am bobol yn "gadael" a byth yn dod 'nôl. Poeni 'mod i'm yn mynd i ddod 'nôl heno, fel y Tomosiaid.'

'Bechod.'

'Ie. Ma'n galed ar y rhai bychin. Gweld cymaint o newid, cymaint o bobol yn diflannu o'u bywyde. Ddim yn bell, y rhan fwya, wn i, ond ma' pum milltir ac ysgol wahanol cystal â chant i blentyn, yn'dydi?'

'Wrth gwrs.'

'A wedyn ma' raid bod un o'r bechgyn 'di bod yn 'i hypsetio hi am 'mod i'n blismon hefyd.'

'Taw â deud.'

'Wir i ti rŵan. Ofynnodd Gwladys i Meri'r diwrnod o'r blaen, oeddwn i yn erbyn y boddi ai peidio.'

'Gr'adures fach.'

'"Wrth gwrs 'i fod o," medda Mari wrthi. "Dydi dy dad ddim isie gweld y pentre bach yn boddi mwy na neb arall. Ond mae o'n blismon, a'r Cwîn sy'n talu'i gyflog o, ti'n gweld." Ma'n debyg bod Gwladys fach 'di clywed Jinny drws nesa'n deud bod pobol heb wneud digon o ffys.'

'Hwyrach bod Jinny drws nesa'n iawn, Wil.'

'Ie. Hwyrach.'

Mae'r ddau yn gyrru am funud.

'Ond dyne fo. Os cawn ni gwpwl o gwningod bach blasus heno ar gyfer cinio fory, godiff hynna'i chalon hi, reit siŵr.'

'Gwneiff,' medd Ken. 'Troed lawr rŵan Wil, ie? Ne fydd hi'n amser troi 'nôl, myn brain i!'

Ychydig a ŵyr Ken a Wil, wrth iddynt ddringo'r llethrau, eu bod am ddal llawer mwy na chwningod heno.

*   *   *   *

'Kill the headlamps now, or they'll spot us.'

'You sure? Pretty bloody dark, mind,' medd gyrrwr y car.

'Kill them now, and slow down for God's sake,' medd ei gyd-deithiwr, yn eistedd wrth ei ochr yn y sedd flaen.

'Alright, alright!' medd y gyrrwr, yn diffodd y goleuadau. 'Keep your hair on.'

'Look – look. Over there,' medd y dyn yn y cefn rŵan. 'There they are ... Pull over, pull over ... Quietly.'

Mae'r gyrrwr yn ufuddhau. 'Look – see?' medd y dyn wrth ei ochr. 'There's the stores, and the materials stacked over there – just like in Dai's photos.'

'What now then?'

'What time is it?'

'Coming up to quarter to.'

'Right we are then. There's a few workers about by the looks of things. See those lorries up over there …?'

'Can they see us d'you think?'

'No. No, wouldn't have thought so. They're too far away, mun. Right. Coast down as near as we can get. Lights off mind, lights off. And take it slowly, for God's sake!'

Yn ara deg, a braidd yn nerfus, mae'r gyrrwr yn rhyddhau'r handbrec ac mae'r car a'r tri theithiwr ynddo yn dechrau llithro'n araf a thawel yn y tywyllwch i gyfeiriad rhai o brif stordai'r gwaith, ym mhen gogledd-ddwyreiniol y cwm.

*   *   *   *

'The young ones,
Darling we're the young ones,
And young ones shouldn't be afraid
To live, love, while the flame is strong
For we may not be the young ones very long …'

Mae llais siriol Cliff Richard yn dawnsio o'r set transistor Philco bach yng nghwt y gwarchodwyr ger y stordai, ond mae ysbryd y ddau swyddog diogelwch, sydd yn cysgodi y tu mewn iddo, yn llawer llai na siriol. Maen nhw'n bell oddi cartre, mae hi'n oeri, mae to'r cwt yn gollwng, maen nhw yno tan chwech y bore, ac mae eu llefrith newydd ddarfod. Ar ben hynny, dyma un o'r jobsys mwyaf diflas i'r un o'r ddau ei gwneud, erioed. Er iddyn nhw gael sawl rhybudd i fod yn wyliadwrus am fod yr awdurdodau yn ofni y ceir, efallai, weithred o brotest o ryw fath, ryw bryd, ar y safle, ychydig iawn, iawn, iawn sydd wedi digwydd i'w cadw nhw'n brysur, a hynny ers misoedd lawer.

'We agreed Patrick. Last night. You won the whist, so you were getting the milk, I was getting the Digestives.'

'I know. I'm sorry Ted. I just forgot. I'm so bored on this job, my mind's going blank.'

'I hate black tea. Hate it.'

'Coffee then?'

'I hate black coffee too, and as for that Ovaltine Jimmy Mac brought in ... Hang on!' Mae'n stopio'n sydyn. 'Did you hear that?'

'What?'

Mae Ted ar ei draed, ac yn rhoi taw ar Cliff a'r transistor yn ddisymwth.

'Listen!'

'Can't hear a dickie bird.'

'Sh ... there!'

Mae'n troi yn sydyn at y ffenestr fach yn wal y cwt. 'Bugger! We got visitors Pat. There's two fellas out there, by the sand tip. Quick!'

Mae'r ddau'n gafael yn eu tortshys ac yn rhuthro o'r caban, ond mae'n rhaid bod y ddau ddieithryn wedi eu clywed, am eu bod wedi cymryd y goes yn barod. Er i Patrick a Ted redeg ar eu holau ar hyd yr iard, maent wedi diflannu i'r tywyllwch o fewn dim – ac eiliadau wedyn mae'r ddau'n clywed injan car yn cael ei thanio, ac yna'n gweld goleuadau car yn sgubo heibio ar y lôn waith, wrth i gar yr 'ymwelwyr' ffoi fel y fflamiau.

'Bugger!' medd Ted eto. 'Bugger!'

'They take anything Ted?'

'Didn't look like it ... Don't think they had bags with them, did they? Let's have a look over the sand tip before calling the foreman. I reckon we just spotted them in time.'

'What d'you think they were up to, Ted?'

'Dunno. But they didn't come up here to look at the view, that's for sure. I reckon we may just have prevented one of those attempts at sabotage they been on about.'

'Really?'

'Really. Could be worth a pay-rise Pat. Come on, let's have a quick look round, then call Whittaker.'

'Right you are, Ted.'

Fel mae'n digwydd, mae Ted yn iawn, ac mae o a Patrick wedi llwyddo i darfu ar y tresmaswyr cyn iddyn nhw allu cyflawni unrhyw weithred. Ond, yn anffodus iddo fo, tra mae ei sylw o a Patrick, ac yna Mr Whittaker y fforman a'i staff, wedi ei hoelio ar archwilio mynydd o dywod am ôl unrhyw ddrygioni, draw ym mhen arall y cwm mae pâr arall o ymwelwyr wrthi, yn dawel ac yn effeithiol yn y tywyllwch, yn ymyrryd â thrawsnewidydd trydan y safle, yn y gobaith o'i niweidio yn eitha sylweddol am amser i ddod.

Mae Dai Walters, glöwr o Fargoed, a Dai Pritchard, peiriannydd trydanol o Dredegar Newydd, ill dau yn aelodau ifanc o'r Blaid, wedi bod wrthi'n dawel ers amser efo sbaneri yn agor y capiau olew ar y trawsnewidydd, fydd yn golygu y bydd yr olew yn draenio allan ohono yn ara deg, a'r peiriant yn stopio gweithio.

'And they aren't going to get much work done without any power now, are they?' o'dd Pritchard 'di esbonio rai misoedd yn ôl, pan o'dd efe a Walters, a'u cyfeillion, Alf Williams o Faesycwmer a Dai Bonar Thomas o Lanelli, wrthi'n cynllunio'u hymosodiad. Dai Pritchard, fel aelod o Bwyllgor Gwaith Plaid Cymru, oedd wedi galw'r grŵp ynghyd, gyda'r bwriad o weithredu ar ran y lleisiau yn y Blaid a oedd yn ymbil am safiad cryf.

A hyd yma, mae'r cynllun wedi gweithio fel wats. Mae Dai Bonar, Trefor Beasley ac Owen Roberts wedi llwyddo i greu dryswch ger y stordai, er mwyn diogelu Walters a Pritchard a'u gwaith, tra mae Alf Williams ar hyn o bryd yn gyrru i fyny ac i lawr y cwm bob hanner awr (heb oleuadau, wrth gwrs) er mwyn casglu'r ddau wedi iddyn nhw gwblhau eu tasg.

'How long before the whole thing's crippled?' mae Walters yn gofyn mewn llais isel i Pritchard rŵan, wrth iddyn nhw bacio'u sbaneri a chychwyn oddi yno yn dawel.

'Tomorrow. The longer she drains like that the better,' yw ateb ei gyfaill, sydd yn dallt y dalltings ynghylch trydan a pheiriannau.

'God, it's desolate up here Dai. They really *are* ripping it to shreds, mun.'

'Aye. Poor bloody bastards. Right. I told Alf we'd put a stone with a bit of paper in the road when we get back so he'll know we're waiting for the pick-up and hiding until he goes by. Come on. Let's get out of here.'

Ac mae'r ddau'n diflannu i gyfeiriad y lôn, tra mae'r olew yn dechrau gollwng o'r trawsnewidydd, yn araf, ond yn gyson.

*   *   *   *

'She wrote upon it ...
Return to Sender
Address Unknown
No such number
No such zone ...'

Mae Wil yn stopio canu. 'Dew. Da 'di'r Elfis 'na cofia, Ken,' mae'n cynnig rŵan. Mae'r ddau yn gyrru'n hamddenol 'nôl i lawr o'r ucheldir, efo'r ffôr-ten a stodwm go dda o gwningod yn ddiogel yn y gist.

'Well na'r pifflyn Cliff Richard yne o beth wmbreth.'

'Deud ti,' medd Ken, mewn hwyliau da.

'Ia. Yr hen rei, ti'n gwybod. "Blue Suede Shoes," "Hound Dog," "Heartbreak Hotel," "Jailhouse Rock." A be o'dd Mari'n licio? O ie!' Mae'n dechrau canu eto, '"It's now or never ..."'

Mae Ken yn chwerthin.

'Taw 'nei di Wil, myn brain i. Os oes raid iti ganu, cana rywbeth hefo tiwn!'

'Be – fel "Na na na, Na na na na na,"' medd Wil rŵan, yn canu cerddoriaeth *Z Cars*. 'Da 'di hwnne hefyd cofia.'

'Ie,' medd Ken, dipyn yn flinedig. ''Mond gweddïo nad ydi hi'm 'di bod yn "Jailhouse Rock" yn Bala eto heno yndê?'

'Swpyr 'di mynd at ei fam yn G'narfon yn'do? Symol, yndi?'

'Yndi. 'Nunion. A 'den ni'n dau'm 'di ca'l nos Sadwrn *off* ers wythnose, wedyn dwi'm isio neges gen Ellis Robaitsh yn deud bod y stesion 'ne dan ei sang hefo Gwyddelod a Chocnis yn cicio a brathu a'i fod o isio *reinforcements*. Un diog fuodd Robaitsh erioed.'

'Oes yne fwy o'r Chocolate Cream 'ne ar ôl, dywed?

'Nac oes, ti 'di claddu'r cwbwl lot. Genna i Spangles yn rywle os 'tis— Howld ddy bôt rŵan Wil, funud bach ...'

Mae Ken wedi gweld rhywbeth wrth ochr y lôn.

'Wel wel ... pwy 'di'r rhein rŵan meddet ti, Ken, y?'

Mae'r ddau ddyn ifanc ar ochr y lôn yn edrych ar ei gilydd rŵan, wrth i'r car ddynesu.

'It's not Alf,' medd Pritchard, rhwng ei ddannedd. 'Damn. It's not Alf!'

'What do we do?' medd Walters.

Mae Pritchard yn rhoi ei law allan â'i fawd i fyny. 'I'll thumb a lift ... they'll think we're actually thumbing a lift.'

'Hitsh-heicio ma' nhw, ie?' medd Wil, yn y car, yn craffu i'r tywyllwch ac yn arafu.

'But what if they stop?' medd Walters, yn dechrau panicio.

'They won't,' medd Pritchard, yn dawel.

'Well i ni stopio, Ken?' medd Wil.

'Ie. Well i ni,' medd Ken.

Ac maen nhw'n stopio, wrth ymyl y ddau ddyn ifanc.

Mae Wil yn agor ei ffenestr.

'Lle 'dach chi'n mynd, fechgyn?' mae'n gofyn, efo gwên.

'Um. Bala,' medd Pritchard, 'We want to go to Bala.'

'O. Iawn,' medd Wil, yn edrych ar Ken, ac yna 'nôl ar y ddau. 'You're not going to get a lift there now you know, lads. I suppose we could take you, if you'd like a pass.'

Mae Pritchard a Walters yn edrych ar ei gilydd. Lle ddiawl mae Alf?

Yna mae Pritchard yn gwneud penderfyniad.

'Oh. Well. Yes. Thank you.' Mae'n troi at Walters. 'There's a stroke of luck, isn't it Dai?' mae'n datgan, yn llawn eironi. Dydi Walters ddim yn ei ateb.

Dau ddrws sydd ar yr A35, ac felly daw Ken allan i adael y ddau i mewn i'r cefn. Unwaith maen nhw i gyd wedi setlo mae Wil yn dechrau gyrru unwaith eto.

'By the way, I'm Ken,' medd Ken, 'and this is Wil.'

Estynna Walters ei law dros gefn y sedd, ac mae Ken yn ei derbyn, a'i hysgwyd.

'Pleased to meet you,' medd Walters.

'And you are ...?'

'Oh, um, Dai ...'

'Pleased to meet you Dai. And ...?'

Mae Pritchard hefyd yn cynnig ei law. 'Er ... Dai,' mae'n ateb, braidd yn betrus.

'O' medd Ken, braidd yn amheus, gan edrych ar Wil. '*Both* of you called Dai then, is it?'

'Yes. That's right,' medd Pritchard, yn ymwybodol o eironi'r ffaith bod y wybodaeth yna, o leia, yn wir pob gair.

'Dau Ddai,' medd Ken wrth Wil, gyda gwên arwyddocaol, gynnil. 'So. Where've you been then, boys?' mae'n gofyn yn ysgafn wedyn.

'Oh, looking for work, you know, at the site,' yw ateb – yr un mor ysgafn – Pritchard.

'This time of night?' medd Ken, yn ceisio peidio swnio'n rhy chwilfrydig.

'Oh. We, er, we've walked and hitchhiked all the way from South Wales see, and unfortunately this was the time of night we got here,' medd Pritchard.

'So we didn't have much choice, really,' mae Walters yn ategu, yn hamddenol.

'Oh. Now that is a pity,' medd Ken, yn edrych ar Wil eto, sydd wrthi yn llechwraidd yn ceisio astudio'r ddau yng nghefn y car yn nrych y gyrrwr. 'What will you do now then?' mae'n parhau.

'Er ... find somewhere to stay in Bala tonight, I suppose, and come back up tomorrow to look for work.'

'Perhaps you could suggest somewhere?' medd Walters. 'Cheap but clean, you know ... where we could stay?'

'Oh. Yes,' medd Ken. 'Let me have a think ...'

'Ma' gen hwn tu ôl i fi rywbeth yn ei bocedi, Ken,' medd Wil rŵan, gan wenu'n ddel yn nrych y gyrrwr ar Pritchard yn y cefn.

'Oes. Sylwish i fel oedden nhw'n dringo mewn. Ac mae 'na ddarn o raff gin y llall yn y bag yne.'

'O,' medd Wil.

'Sorry,' medd Ken wrth y ddau rŵan. 'Wil and I were just discussing some of the places you might stay. The trouble is, Bala's very full these days.'

'Very full,' medd Wil, yn gefnogol.

'But then ... You don't seem to have much ... "luggage" do you?'

'Er ... No ... we thought we'd ... travel light, you know.'

'Yes. I know,' medd Ken yn bwyllog. 'And erm ... what's in the bag then, with the ... er ... rope, "Dai"?'

'Oh er ... just some spanners and things,' medd Pritchard, yn ddiniwed.

'Right. Spanners, and "things". And the rope, is it?'

'Yes,' medd Pritchard.

'And what's that in your pocket that you're trying to hide...?'

'What? Oh. Nothing. A ... screwdriver or two, that's all.'

'Like I said. We come here to look for a job, so we thought we'd bring a few tools,' medd Walters, yn camu i'r adwy.

'Spanners, screwdrivers ... and rope?' medd Ken eto.

'Er, yes,' medd Walters, yn syml.

Mae tawelwch yn y car am eiliad, wrth i Wil lygadu Ken, a Walters lygadu Pritchard.

Yna mae Pritchard yn ochneidio. 'Alright. We'll be honest with you, Ken. You've been good to us, so ... We went to the site, like we said, looking for work, but it was late and there was no-one about and we, well, we just sort of seen these spanners, and a screwdriver or two, just lying there, see, and we sort of ... well, we sort of took them, off the site.' Mae'n oedi. 'You know how it is, boys.'

'Oh yes,' medd Ken. 'Me and Wil know how it is, *'machgen i*. Where do you have the rope from then?'

'The same place,' medd Pritchard.

'I see,' medd Ken. 'Although I'm not quite sure why you'd want rope.'

'Well, you never know, might come in handy,' yw ateb Pritchard.

'Very handy, I'm sure,' medd Ken, dan ei wynt.

'It was just there really, wasn't it Dai? We just picked it up, and cleared out,' mae Walters yn ategu.

Mae Ken yn edrych ar Wil eto, a Wil yn edrych ar Ken.

'Be ti'n feddwl?' mae Ken yn gofyn, tra mae'r ddau yn y cefn yn shifftio'n anghyfforddus braidd.

'Chlywish i 'rioed y fath lol yn fy myw,' yw asesiad goleuedig Wil.

Try Ken at ei basenjars yn y cefn. 'Look boys. I'm very sorry to have to tell you, but Wil and myself are off-duty policemen, and you've just admitted you've stolen tools from the Tryweryn site. And the trouble now is, you see, I've got no choice. We're going to have to take you to the police station.'

Edrycha Pritchard a Walters ar ei gilydd yn syfrdan.

'Coppers. What were the chances of that?!' medd Pritchard dan ei wynt yn goeglyd.

'What was that?' medd Ken.

'Nothing,' medd Pritchard, 'We understand boys. It's a fair cop.'

'Thank you,' medd Ken. 'Tân dani 'te, Wil, i ni ga'l rhoi nhw'n y *cell* dros nos a gweld be ddoith o hyn yn bore ia?'

'Iawn,' medd Wil, yn rhoi ei droed ar y sbardun ac yn smalio am eiliad mai Ford Zephyr ydi'r A35, tra mae Ken yn troi unwaith eto at y ddau Sowthyn.

'Look on the bright side boys. At least you'll have somewhere to get your heads down for free, *yndê*? Now, would either of you like a Spangle?'

*   *   *   *

Pan mae Ken a Wil yn cyrraedd polîs stesion y Bala hefo'u dau 'garcharor', mae'r dre wedi ymdawelu: wedi'r cyfan, mae hi'n tynnu am hanner nos. Mae'r Cwnstabl Ellis Robaitsh yn synnu'n fawr o'u gweld nhw, a hithau'n noson *off* i'r ddau, ond mae'n amlwg yn edmygus iawn o'u gorchestion, a'u 'llwyth' o ddrwgweithredwyr 'o ffwrdd'.

'Dew. Robaitsh?' medd Ken. '*Cells* i gyd yn wag ar nos Sadwrn? Does bosib?' wrth i Wil arwain Pritchard a Walters – ufudd – i'r celloedd.

'Yndyn, yndyn,' medd Ellis. 'Ma' hi 'di bod yn dawel iawn heno, chwarae teg.'

'Hm,' medd Ken, yn nabod Ellis yn ddigon da i wybod ei fod bob amser yn osgoi unrhyw helynt os yn bosib, ac felly'n annhebygol iawn o arestio unrhyw un, oni bai ei fod yn gwbwl angenrheidiol. 'Gei di fynd adre rŵan, os 'tisio, felly Ellis. Neith Wil a fi ddelio 'fo'r rhein.'

Mae Ellis yn gwenu o glust i glust. 'O. Na. Ydech chi'n siŵr?' Mae'n ceisio swnio fel pe bai'n protestio, ond mae'n estyn am ei gôt fawr ar yr un pryd.

'Ydw. Dos,' medd Ken, ac mae Ellis yn diflannu'n ddigon sionc.

'Ma'r ddau 'di mynd mewn yn hollol fodlon,' medd Wil, yn dychwelyd o'r celloedd. 'Golwg eitha blinedig arnyn nhw, a bod yn onest. Be gebyst newn ni hefo nhw rŵan dywed, Ken?'

'Gweld am y tŵls 'ma, peth cynta'n bore. Ma'n amlwg fod yne lot mwy i'r stori 'ma na ma' nhw'n barod i gyfadde. Wedyn ffonio'r Swpyr, ma' siŵr.' Mae Ken yn eistedd wrth ei ddesg yn flinedig. 'Rho'r tecell i ferwi Wil. Ma' isio i chdi a fi ga'l sgwrs. A 'den ni'n haeddu paned. Synnwn i ddim na fydde'n "Dau Ddai" ni'n ddiolchgar o ga'l un hefyd, was.'

'Yes, boss,' medd Wil, yn bwysig a Z-Caraidd, yn troi am y tecell. Rhydd Ken ei ben yn ei ddwylo gydag ochenaid. Mae ganddo ryw deimlad yn ei ddŵr y bydde pethe wedi bod lawer yn well tase fo a Wil wedi aros ar y topiau am ryw awren neu ddwy arall, ac felly heb ddod ar gyfyl y 'Ddau Ddai' 'ma o'r Sowth – o gwbwl.

*   *   *   *

Am saith o'r gloch bore Sul, mae Wil yn deffro Pritchard, ac wedyn Walters, yn eu celloedd.

'Sorry to wake you so early. Ken ... I mean PC Williams, would like to have a word with you. If that's alright?'

'Of course,' medd Pritchard, yn foesgar.

'I have a little problem you see, boys,' medd Ken, unwaith mae'r ddau yn eistedd gyferbyn ag o wrth y ddesg yn yfed paned arall o de.

'Wil and I have been talking. And we're fairly certain that we won't be finding the owners of those things that you had in your bag.'

'Oh?' medd Pritchard, yn eitha difynegiant.

'They don't look like the sort of tools they use up there on the site, to be honest. And besides ... er, one of

270

the screwdrivers has the initials "DP" scratched into the handle.'

'Oh,' medd Pritchard, yn cochi ryw fymryn.

'Of course, that could be neither here nor there,' medd Ken, 'but, you see, there's something else I can't understand.'

'Yes?' medd Walters.

'Your hands, Mr Pritchard. Wil and I both noticed. They don't look like a labourer's hands. Not at all. They look more like a clerk's hands. They look like mine. Never worked very hard, manually, that is.'

Mae Pritchard a Walters yn dawel.

'So, now, I think you can see what I am driving at, boys,' medd Ken, yn ddigon caredig ac amyneddgar. 'I'm finding it very difficult to believe this story of yours, you see, and so, before I make a call to the Superintendent and all hell breaks loose, can you tell me? Did you come here to blow up the dam, or commit damage, or sabotage, up there, or something?'

Mae'r ddau Ddai yn rhannu edrychiad ac yna mae Pritchard yn deud, yn bendant iawn:

'No.'

'Are you absolutely sure now, lads? Please think carefully before you answer.'

'We're sure,' medd Walters.

'Absolutely bloody sure,' medd Pritchard.

'Alright. I'll have to file a report and talk to the Super then,' medd Ken gydag ochenaid, gan droi at Wil. 'Dos i 'morol am ryw fath o frecwest iddyn nhw. Wil will see to some food for you. You must be hungry, "hitch-hiking" all the way from South Wales.'

'Yes,' medd Walters, ac yna, gyda gwên, 'although we did enjoy the Spangles.'

*   *   *   *

Does gan y 'Swpyr' fawr o ddiddordeb i ddechrau, ychwaith, yn newyddion Ken. Ma' hi'n fore Sul, dydi o (na Ken, o ran hynny) ddim wedi clywed eto am y cythrwfl arall ger stordai'r safle neithiwr (a hithau'n fore Sul, mae Whittaker, y fforman, yn argyhoeddedig nad oedd unrhyw ymyrraeth na dwyn wedi cael ei gyflawni, wedi manteisio ar y cyfle i gael *lie-in* yn ei lojins y bore 'ma, cyn cysylltu â'i benaethiaid). Ac erbyn hyn, mae'r Swpyr wedi arfer ers misoedd lawer â chroesawu pob math o g'nafon drwg i gelloedd y Bala am greu helynt ar nos Sadwrn, wedyn does rhyfedd ei fod o'n llai nag awyddus i ddod yn ôl o Gaernarfon a gwely cystudd ei fam i gyfweld â dau ddihiryn di-nod sydd, beth bynnag, yng ngofal profiadol Ken Williams. Gân nhw aros tan ddydd Llun.

''Di Mari'n un dda am neud pwdin reis, Wil?' mae Ken yn gofyn rŵan. Mae hi'n tynnu am hanner dydd ac mae'r ddau heddwas blinedig wedi bod yn breuddwydio am ginio dydd Sul ers rhyw hanner awr.

'Yndi. Efo croen brown melys lyfli.'

'Ew. Blasus,' medd Ken, yn llyncu'n galed, ond yna mae'n clywed sŵn cnocio. 'Hwnne Pritchard sydd wrthi, ie Wil? Dos i weld be ma'r cr'adur isio.'

Ac mae Wil yn codi ac yn mynd am y celloedd.

'Grefi. Tatws rhost, pys slwdj ...' mae Ken yn dweud wrtho'i hun, yn eistedd yn ôl yn ei gadair ac yn cau ei lygaid am eiliad, i feddwl am y cinio dydd Sul mae'n ei golli heddiw.

272

'Isio gwybod faint o'r gloch 'di hi, ac ydi hi'n bosib iddyn nhw ga'l siarad efo'i gilydd?' medd Wil, yn dychwelyd.

Mae Ken yn ystyried am eiliad neu ddwy, ac yna'n cyfaddawdu. 'Ie. Pam lai. Agora ddrysau'r celloedd Wil. Dyden nhw'm am fynd i unman, nach'den, yn amlwg!'

Mae Wil yn gwneud hynny, ac mae Walters yn ymuno â Pritchard yn ei gell i gael sgwrs, tra mae Wil a Ken yn pendwmpian yn eu cadeiriau o flaen y teledu, sydd wedi ei ddiffodd, am nad oes rhaglenni ymlaen eto a hithau'n ddydd Sul. Wedi'r cyfan, mae hi wedi bod yn noson hir.

'Can we have a word, Ken?'

Mae llais Dai Pritchard yn deffro'r ddau o'u myfyrdodau.

'Of course,' medd Ken, yn teimlo tipyn o embaras am gael ei ddal yn hepian. 'Sorry, lads. Is everything alright?'

'Yes. Thank you,' medd Pritchard. 'But it's half past twelve, and by now the transformer on the dam site should have been drained of all its cooling liquid. Two thousand gallons of it. We are members of the Welsh Nationalist Party and we've come here to do our bit for our country.'

Eiliad.

Yna try Wil i edrych ar Ken, a Ken i edrych ar Wil. Dydyn nhw ddim yn symud, nac yn yngan gair am eiliad arall. Yna, yn sydyn, mae Ken ar ei draed.

''Rargol fawr. Wil, dos i ringio'r Tryweryn 'na, *rŵan*, i'r watshman.'

Ond mae Wil yn dal i edrych arno'n syfrdan.

'Ar unwaith Wil! Awê!' medd Ken eto.

Ac mae Wil yn rhuthro allan i godi'r ffôn yn y swyddfa, tra mae Ken yn syllu ar y ddau Ddai.

'Sorry, Ken,' medd Walters, ar ôl eiliad. 'We couldn't tell you earlier, see. You understand, I'm sure.'

Ond mae Ken hefyd yn eitha syfrdan ac yn edrych o un i'r llall, yn trio gwneud pen neu gynffon o'r sefyllfa. Daw Wil yn ei ôl yn frysiog.

'Wel?' medd Ken.

'Ym. Oel yn bob man,' medd Wil, yn dawel.

'Be?' medd Ken.

Mae Wil yn clirio'i wddw cyn deud eto, 'Oel yn blydi bob man, Ken.'

'Oel yn bob man,' medd Ken yn dawel iddo'i hun. Ac yna, 'Damio!'

*　　*　　*　　*

'I was about seventeen when I joined Plaid Cymru I suppose, and you were about eighteen, was it, Dai? That's how we met see, and how we first heard about Tryweryn.'

Mae'r pedwar yn eistedd dros ginio ffordd gynta (daeth merch fach Wil, Gwladys, a Mari ei wraig â thorth, menyn, caws, afalau, a chorn-bîff i'r stesion ar ôl i Wil ffonio ac esbonio'r sefyllfa) ac erbyn hyn mae Wil a Ken ill dau wedi cwblhau datganiadau byrion gan y ddau 'droseddwr', gorchwyl sydd wedi arwain at sgwrs ac eglurhad mwy manwl, a phersonol, gan Walters a Pritchard.

'We'd heard so much about it and we thought, well, nobody's actually *doing* anything at all up there,' mae Pritchard yn parhau. 'I mean, they were writing letters and that, but we thought, well, pacifism is not going to work in this particular case.'

'If they can ignore the people of Tryweryn, in fact, ignore all our MPs, all the local authorities in Wales, and just go ahead and do what they want to do, well, the point is, boys, if they can do that to you, you know, they can do anything.'

274

Mae llygaid Walters yn pefrio, ac mae brwdfrydedd a didwylledd y ddau yn cyffwrdd y ddau heddwas lleol.

'That's the part and parcel of it,' medd Pritchard. 'You've got to make a stand somewhere, otherwise ... Well ...' Mae'n cymryd llowc o'i baned.

'Fight force with force, isn't it?' medd Walters.

Mae Wil yn edrych ar Ken gyda chymysgedd o edmygedd a chywilydd.

'Don't get me wrong now. We were agreed we wouldn't use explosives, because that would be detrimental to the cause,' medd Pritchard.

'People would say, you know, terrorists,' mae Walters yn ychwanegu. 'They would – they'll say IRA, or whatever.'

'But, well, I'm an electrical engineer, and so I knew we could do the transformer at the site, wreck it even, without actually blowing it up, see.'

'To have the same effect, like, as if it had been blown up, but without harm to anyone.'

'But then, somehow, on our way back, we got a bit lost, and must have come up slightly north of where we originally wanted to come out by.'

'We was walking down to where the pick-up point was supposed to be – we had a driver, see, and he was driving about waiting for us and ...'

'Yp yp yp! Woah now!'

Mae Ken yn torri ar draws Walters, gyda winc. 'I don't think you really want to be telling us about that now, do you?'

Edrycha Walters arno, gyda gwên dawel.

'No. Er. Alright. Well, that was when you found us, anyway. You drove up and we thought you were ... Anyway, we didn't have time to ditch the tools and the rope. We'd used the spanner and screwdrivers on the valves, and the rope to climb up onto the transformer.'

Mae Pritchard yn gwenu. 'Course, we really, really, hadn't expected to be picked up by two policemen out for a night's poaching!'

Mae Ken yn clirio'i wddw.

'No. Right. Well. If you've had enough to eat ...?'

'Thank you. That was very nice,' medd Walters.

'There we are then. We'd better get on and sign these statements then. Before the "Powers That Be" get here from C'narfon.'

'Of course.'

Mae'r ddau yn arwyddo'r datganiadau, yn derbyn pob cyfrifoldeb am y drosedd honedig.

'Er. Do you think I could put "Cymru Am Byth" on the bottom of this?' medd Wil rŵan, yn derbyn datganiad Pritchard.

Mae Pritchard yn gwenu eto. 'No, I don't think so.'

Edrycha Wil yn siomedig.

'It's just, you might make it look a little too amateurish if you start doing things like that,' mae Pritchard yn egluro, ond yn garedig.

'Oh. Alright.' Mae Wil yn gostwng ei lais. 'Thing is boys, well, if you'd told us last night when you got in the car what you'd done, we couldn't have arrested you, you know?'

'Aye,' medd Pritchard, gan ychwanegu, yn syml, 'We know that now.'

'Damio,' medd Wil eto. 'Blydi damio!'

*　　*　　*　　*

Toc wedi hynny, mae'r 'Powers That Be' yn cyrraedd i gyfweld â'r Ddau Ddai, ac er i Wil a Ken eu trin nhw bron iawn fel fisitors nid dyna yw agwedd eu huwch-swyddogion. Mae'r Swpyr yn cerdded yn syth i mewn i gell Pritchard heb na bw na be gan ddatgan yn ymosodol, 'I'm as good a Welshman as you!' Ateb Pritchard – sy'n ei gynddeiriogi hyd yn oed yn fwy – ydi, 'I doubt it.'

"Dw i'm yn rhy *keen* ar y ffordd ma' nhw'n siarad efo nhw 'sti Ken,' medd Wil yn dawel, fel mae'r ddau yn eistedd ger y ddesg tra mae'r croesholi'n parhau.

'Na finne, a bod yn berffaith onest hefo chdi Wil,' medd Ken.

'Dyne i chdi lwc yndê?' medd Wil, yn ddigalon. 'Neu, anlwc. Dim ond am bo' fi a chdi 'di mynd allan i saethu c'ningod ma'r ddau yne yn y celloedd rŵan yndê? A wel, mewn ffordd, Ken,' mae'n gostwng ei lais hyd yn oed yn fwy, "dw i mewn sympathi efo'r hogie, wsti?'

'Ie. Wel,' medd Ken, 'ein pentre ni ma' nhw am foddi, yndê?'

'Chawson ni'm hyd yn oed y pleser o fwyta'r blydi cwningod i ginio dydd Sul chwaith.'

'Naddo,' medd Ken. 'Be wnest ti 'fo nhw, gyda llaw?'

'Berffaith saff, Ken,' medd Wil, efo winc. 'A'r ffôr-ten hefyd.'

Mae'r ddau'n ymdawelu, braidd yn brudd.

'Ma' nhw'n mynd i fod isio twrne rŵan 'n'dydyn?' medd Ken, ar ôl rhai eiliadau. 'Be 'di enw'r boi 'ne, hwnne sy'n fawr yn y Blaid, Elis, Elwyn rywbeth – Morgan ie?

'Wn i'm, Ken.'

'Elystan! Dyne fo. Elystan Morgan. Hwnne s'isio iddyn nhw ffonio.'

'Well 'ti ddeud 'thyn nhw, pan ddaw'r Swpyr allan, Ken.'

'O. Paid â phoeni Wil bach. Fydda i'n siŵr o neud.'

'Llys ben bore fydd hi, ie?'

'Ie. Ma'n siŵr.'

'Dim ond achos 'mod i a chdi 'di mynd allan i saethu c'ningod,' medd Wil eto, yn feddylgar.

'Ie. Ffawd wel'di, Wil. Ffawd. 'S'na'm byd fedran ni neud amdano fo, 'li.'

'Ond tasen ni ond 'di dod adre'n gynt, ne tasen ni 'di aros allan am awr ne ddwy arall ...'

Mae Ken yn ysgwyd ei ben yn ddigalon. 'A tase'r Wyddfa'n gaws mi fydde'n haws ca'l cosyn, Wil bach.'

'Damio,' medd Wil yn dawel. 'Blydi damio.'

*　　*　　*　　*

Drannoeth, mae Pritchard a Walters yn ymddangos yn y llys yn y Bala, gydag Elystan Morgan yn eu hamddiffyn: ond mae'r ynadon yn gwrthod mechnïaeth, ac mae'r ddau yn cael eu hanfon yn ôl i'r ddalfa – yn Amwythig y tro hyn – i aros eu hachos. Wrth ffarwelio efo Ken, mae Pritchard yn diolch iddo am eu trin mor dda ac mae Wil yn mynnu nad oes angen gefynnau ar y ddau ar gyfer y daith.

''Dyn nhw'm am drio dianc, ac o'dd be ddaru nhw ddim harm i neb nac oedd? 'Mond jyst gwaedu'r *transformer* o'r *cooling oil* yndê? O'dd o ddim byd *drastic*.'

Mae Ken yn cytuno ac yn tynnu'r gefynnau cyn i'r ddau fynd i mewn i gefn car yr heddlu, gan egluro i'r ditectif sydd am deithio gyda nhw:

'We can put them back on when we get out the other side.'

Mae'r ditectif yn cytuno. Fel mae'n digwydd, mae'n hanu o'r Rhondda, ac unwaith mae'r car wedi teithio cwpwl o filltiroedd i lawr y lôn mae'n datgan, 'I've always told you Welshmen from the South are better than Welshmen from the North, Ken,' ac mae'r pedwar yn cael dipyn o sbort wedyn yn tynnu coes weddill y ffordd i Amwythig, lle mae Ken yn eu gadael. A dydi'r difyrrwch ddim yn dod i ben yn fanno ychwaith. Hanner ffordd drwy'u harhosiad yn y ddalfa yno daw un o'r gwarcheidwaid, Richard, at y ddau, a gofyn yn eitha swil ydyn nhw'n gallu stopio llif yr holl 'bethau' sydd yn cyrraedd ar eu cyfer. Dydi Walters a Pritchard ddim yn deall wrth gwrs, tan i'r gwarcheidwad eu hebrwng i'r swyddfa, lle maent yn gweld byrddau dan eu sang efo pob math o bethau: 'falau, orennau, bisgedi, sigaréts, ac ati.

'Governor says you've got to stop it,' mae Richard yn egluro. 'You can't have all these. Stands to reason. There'll be no room in the cells!'

*　　*　　*　　*

Hydref y 3ydd, 1962.

Wythnos yn ddiweddarach, ac unwaith eto, mae strydoedd y Bala yn arbennig o brysur wrth i nifer o drigolion lleol chwilfrydig, a newyddiadurwyr holgar, ymlwybro i gyffiniau Neuadd y Sir a'r llys i glywed yr achos; ac yn eu plith nifer fawr iawn hefyd o aelodau'r Blaid, yn dilyn llythyr a anfonwyd atynt ar orchymyn eu Llywydd yn eu hannog i fynychu'r achlysur hanesyddol a phwysig yma, a hynny yn eu cannoedd. Er iddo fynnu yn y wasg nad oedd y weithred wedi ei chyflawni yn enw Plaid Cymru, a'i bod yn ymosodiad a oedd yn gwbl groes i bolisïau'r Blaid, a gwadu, ymhellach, fod unrhyw gynllun i ymyrryd â'r gwaith adeiladu yng Nghwm Tryweryn wedi ei drefnu gan y Blaid, mae Gwynfor

Evans hefyd wedi datgan y bydd Pritchard a Walters ill dau yn ffigyrau uchel iawn eu parch, yn dragywydd, ymhlith gwladgarwyr Cymreig. Mae hefyd wedi sicrhau ei fod ef ei hun yn bresennol yn y Bala heddiw, yn amlwg yn gwneud ei orau i droedio yn hynod o ofalus a chraff ar raff dynn gwleidyddiaeth Cymru. Gallai 'esgusodi' y weithred beryglu cefnogaeth barchus, dosbarth canol, brif ffrwd, y Blaid, tra byddai ei chondemnio'n llwyr yn debygol o gynhyrfu (a thramgwyddo) y carfanau hynny sydd eisoes yn feirniadol iawn o 'lwfrdra' Plaid Cymru yn wyneb 'Brad Tryweryn' – carfanau y mae'r Llywydd yn awyddus i'w cadw o dan reolaeth.

'There's Ken and Wil over there, look,' medd Pritchard wrth Walters gyda gwên, gan godi ei law ar y ddau heddwas sy'n sefyll wrth ddrysau'r llys. Mae'r tacsi sydd wedi cludo'r ddau o Amwythig ac sydd wedi bod yn gwau ei ffordd yn bwyllog hyd yma drwy'r strydoedd poblog wedi cyrraedd pen ei daith, o'r diwedd.

'Don't look so worried Richard,' medd Walters wrth y swyddog carchar sydd yn eistedd wrth ei ochr, gyda golwg eitha pryderus ar ei wyneb wrth iddo weld y fath dorf wedi ymgynnull. 'We'll protect you, won't we Dai?'

'Of course we will,' yw ateb Pritchard. Mae presenoldeb yr holl bobol wedi codi calonnau'r ddau heb os, er mor ddifrifol yr achlysur.

Wrth iddynt gyrraedd y llys, mae Ken yn gorfod atal Wil rhag ysgwyd llaw yn wresog gyda Walters, er ei fod yntau'n gorfod ymdrechu i geisio cuddio'r ffaith ei fod yn falch o'u gweld, ac eisiau dymuno'r gorau iddynt ill dau.

'Wel, dyne ni,' mae Ken yn sibrwd wrth Wil rŵan, wrth iddynt gerdded i mewn i'r llys, sydd dan ei sang. 'Y *Day of*

Judgement, yndê? Pob lwc iddyn nhw ddeuda i. Croesa bopeth Wil bach!'

*   *   *   *

A'r *Judgement*?

Dirwy o £50 yr un, a chostau o £26.

Mae bonllefau o longyfarchiadau a nodau 'Hen Wlad Fy Nhadau' yn croesawu'r Ddau Ddai wrth iddynt adael y llys. Maent yn sefyll gyda Wil a Ken bob ochr iddynt ger y drysau, yn mwynhau'r awyrgylch, cyn i rywun afael ynddyn nhw a'u cludo i'r Llew Gwyn i ddathlu tra mae Gwynfor Evans, yn y cyfamser, yn datgan mai awdurdodau Lloegr yw'r dynion euog a ddylasai fod yn y doc. Prynir pryd o fwyd i'r 'arwyr' a thra mae'r ddau yn bwyta, cynhelir casgliad y tu allan i'r llys ac ar y strydoedd. Erbyn iddyn nhw ddechrau ar eu pwdin mae digon o arian wedi cael ei gasglu i dalu'r ddirwy a'r costau gyda digon yn weddill i ad-dalu'r ddau am golli eu cyflog. Mae Elystan Morgan, eu twrnai, yn eu sicrhau yn ogystal na fydd yn codi ffi arnyn nhw am y gwaith o'u hamddiffyn.

'He said, "I'm not charging you for my services, for what you have done for Wales,"' medd Pritchard, yn cymryd llowc o'i de.

Mae'r ddau erbyn hyn yn eistedd unwaith eto yn rŵm gefn y stesion efo Wil a Ken, yn rhannu straeon am eu prynhawn rhyfeddol. Galwodd y ddau yno'n annisgwyl, eisiau diolch i'r heddweision am eu cyfeillgarwch, cyn iddyn nhw ddychwelyd i'r De.

'Fair play to him, too,' medd Ken yn dawel. Am ryw reswm, mae Wil a Ken braidd yn dawedog pnawn 'ma – yn enwedig o gymharu â brwdfrydedd a chynnwrf Pritchard a Walters.

'See, I can't help thinking,' medd Walters rŵan, 'none of this business would have happened, if people had got together as a unit like that right from the start, would it, boys?'

'Course not,' medd Pritchard. 'And d'you know, when we stood up in front of the judge to be sentenced, I thought to myself wouldn't it be wonderful if all the people in 'ere stood up and said, "Now sentence us all." That would have been wonderful. If only we'd all stand up and say, "Sentence us all. We're all guilty of being Welsh!"'

Toc wedyn, ar ôl ffarwelio o'r diwedd efo'u 'ffrindiau' newydd, mae Ken a Wil yn eistedd yn fyfyriol braidd yn eu cadeiriau, ac mae'r rŵm gefn yn anarferol o dawel.

Y gwir ydi, ar ôl i Walters a Pritchard gael eu cario, bron iawn, o'r llys i'r dafarn, gadawyd Ken a Wil yn sefyll ger y drysau am rai munudau, ill dau yn hynod o fodlon yn eu calonnau mai dirwy ac nid carchar oedd y ddedfryd. Ac yna, fel roedd y bonllefau a'r canu'n ymdawelu, trodd un neu ddau yn y dorf tuag atynt, gan ddechrau gweiddi:

'Bradwr!'

Ymunodd lleisiau eraill yn ddigon sydyn.

'Bradwr! Bradwr! Bradwr!'

'O'dd gas gen i hynna Ken,' medd Wil rŵan, o'r diwedd. 'Achos, wel, dydw i ddim yn fradwr. A 'dw i ar eu hochor nhw. A ... a hwyrach, pwy a ŵyr, faswn i 'di gneud rywbeth tebyg iddyn nhw, hwyrach, 'swn i ... 'se pethe yn wahanol ...'

'Wn i, Wil,' medd Ken, yn dawel, 'Wn i.'

'Wedi'r cwbwl, fel ddudodd Pritch – Cymry ydan ni i gyd yn diwedd, yndê Ken?'

'Ie, Wil. Gobeithio wir. Gobeithio wir.'

Mae Ken yn ochneidio'n drist, cyn agor ei Collins Crime

Club diweddara a cheisio ymgolli ym myfyrdodau Miss Marple a'r *Mirror Crack'd From Side to Side.*

*　　*　　*　　*

'Ti 'di rhoi'r jam ar y bwrdd, 'raur?'

'Ydw Nain. Ym – dim ond yr un mafon sydd 'ne ie?'

'Ie. Dyne fo.'

Eistedd Morfudd wrth y bwrdd yn ffermdy Gwerndelwau, lle mae hi wedi dod i ga'l te pnawn Sadwrn eto hefo'i nain a'i thaid. Fel pob prynhawn Sadwrn.

Ond dydi heddiw ddim fel pob prynhawn Sadwrn. Does yna ddim golwg o'r lliain les lliw hufen arferol, na'r cyllyll arian a'r ffyrc cacen o'r bocs yn y dresel, ac mae'r bara menyn ar y bwrdd, tafell ar ôl tafell un ar ben y llall, ond heddiw maent yn gorwedd ar un o'r platiau bob dydd. Does yna ddim sôn am y plât hirsgwar efo rhosod ar hyd ei ymylon.

'Paid chware hefo dy fwyd rŵan, Morfudd, dyne ferch dda ...'

Mae Morfudd wedi bod wrthi'n dal tafell o fara, cyn deneued â les lliain bwrdd, at y ffenest, yn edrych drwyddi, a'r ffenestr, ar yr heulwen hydrefol yn troedio'n dawel ar hyd y buarth, ac ar Taid, yn eistedd ar wal gerrig bella'r buarth, ac yn llonydd, llonydd fel delw.

'Pam ma' Taid yn iste allan fanne o hyd Nain?' mae hi'n gofyn rŵan.

'Gweitsiad,' ydi ateb tawel Nain.

'Ond mae o'n iste yne heb symud.' Mae hi'n meddwl am eiliad, cyn gofyn, 'Mae o'n iawn yndi, Nain?'

'Rho'r bara 'na lawr rŵan Morfudd 'nei di, os gweli di'n dda?'

Mae Morfudd yn gwneud, ond mae'n dal i syllu ar ei thaid.

'Glywish i Mam yn deud wrth Dad eich bod chi 'di ca'l llythyr. A bod Taid 'di bod yn iste yna ers dyddie. O'dd Mam yn deud ei fod o'n gwrthod symud, ydio?'

'Hidia di befo,' medd Nain, yn ceisio cuddio'r cryndod yn ei llais. 'Ddaw o mewn toc am ei de, fel arfer.'

Try Morfudd at ei nain rŵan.

'Be sy mater hefo fo 'te, Nain?'

Mae'r olwg ofnus, ymbilgar bron, yn llygaid ei hwyres yn peri i'r ddynes fechan, denau, esgyrnog ond cryf roi'r llestri sydd yn ei llaw i lawr ar y seidbord, a dod i eistedd wrth ei hochr. Mae'n gafael yn ei llaw yn ysgafn a thyner.

'Ti'n gweld, Morfudd fach, ti'n gwybod fel ddaru dy daid ymladd dros ei wlad, a dros y Brenin a'r Frenhines, adeg y rhyfel?'

'Yndw. Yn Ffrainc. A gafodd o fedal. Dad 'di deud ...'

'Dyne ti. Wel. Pan ddaeth o, a'r lleill, yn ôl, diwedd y rhyfel ...'

'O'dd ene barti mawr. Yn y Bala. Mrs Roberts 'di deud wrthan ni yn 'rysgol.'

'Oedd. Oedd hefyd. Ond wel, ddaru nhw addo lot iddyn nhw, ti'n gweld.'

'Pwy? Y Cwîn, ie?'

'Wel. Ie.'

'Fel be?'

'Wel, bywyd gwell, gwaith, pres, heddwch – a rhyddid, hefyd. Wedyn, mae o'n mynd o dan groen Taid, yn *ofnadwy*, mai dyma'r diolch mae o'n 'i ga'l rŵan, wel'di? Ca'l 'i orfodi i godi pac a'i hel hi o'ma. Yn ei oedran o hefyd.'

Mae'r ddwy yn dawel am eiliad.

'Yli. Aros di yma. Waeth 'mi fynd â phaned allan iddo fo ddim. Bydd o 'di oeri i gyd os arhoswn ni fama ...'

Ond mae hi'n stopio.

Mae'r ddwy yn gallu clywed sŵn: sŵn nad yw'n anghyfar-wydd erbyn hyn, ond yn annisgwyl serch hynny, gan ei bod yn brynhawn Sadwrn, ac am ei fod yn sŵn sydd yn nesáu. Mae'r ddwy yn edrych drwy'r ffenestr, ac yn gweld bod Taid wedi codi ar ei draed. Rai munudau wedyn, a'r sŵn yn fyddarol bron, gwêl y ddwy fwldosyr mawr yn stopio wrth y llidiart.

Saif Morfudd a Nain ar eu traed, a gwylio heb yngan gair, wrth i Taid symud i sefyll o flaen y peiriant. Yna mae dyn yn dod allan o'r caban bach efo darn o bapur yn ei law. Mae'n ei roi i Taid ac mae'r ddau'n siarad am dipyn. Cymro ydio, mae Taid yn dweud wrth Nain wedyn, ac efallai mai dyna pam mae'r ddau yn troi i eistedd ar y wal gerrig hefo'i gilydd, ac yn rhannu smôc.

Ond mae Morfudd yn gallu gweld, hyd yn oed o ffenest y gegin, fod dwylo mawr Taid yn crynu. Try i edrych ar Nain, ond mae honno'n llonydd, yn syllu ar ei gŵr â dagrau yn ei llygaid.

'Nain ...' medd Morfudd.

'Shhh rŵan,' medd Nain yn dawel. 'Aros di fan hyn efo fi.'

A dyna mae Morfudd yn ei wneud. Sefyll yn y gegin ar y llawr o lechi llyfn, yr haul tenau yn llifo drwy'r ffenestr, yn gafael yn dynn yn llaw ei nain, tra mae'r dyn o'r diwedd yn dringo 'nôl i gaban y bwldosyr ac yn tanio'r injan, sydd unwaith eto yn boddi sŵn yr adar.

Ac wedyn yn ara deg, mae'n gyrru'r bwldosyr i mewn i wal y beudy, tra mae Taid yn eistedd eto ar wal y buarth, efo'i ben yn ei ddwylo mawr. Mae Morfudd yn gweld ei fod yn crio, ond nid yw'n yngan gair.

Ychydig o wythnosau wedyn, mae Nain a Taid wedi symud

i fyw mewn tŷ bach newydd yn Fron-goch. Mae Morfudd a'i mam yn ymweld â nhw yno, i gael te dydd Sadwrn. Dydi Taid ddim wedi yngan gair ers iddyn nhw gyrraedd. Mae Morfudd yn sylwi bod y lliain bwrdd lliw hufen yr un peth ag arfer. A'r bara menyn. Ond mae popeth arall yn wahanol.

Mae dwylo Taid yn edrych yn llipa.

Ac mae Nain yn edrych yn llai nag erioed.

Pennod 13

Gwyntoedd Gerwin

Dichon i Lywydd Plaid Cymru obeithio ei fod wedi llwyddo i ddal y ddysgl yn wastad parthed derbynioldeb – neu annerbynioldeb – gweithred Walters a Pritchard a'i chanlyniadau, ond ymddengys fod eu sbaneri hwythau wedi agor mwy na dim ond capiau olew'r trawsnewidydd yn Nhryweryn, wrth i lif o eiriau beirniadol, a chas, ddechrau dylifo i'w gyfeiriad, ac o ddwy adain ei blaid.

Ar y naill law saif y rhai sy'n credu bod ymddygiad Gwynfor Evans yn hollol ragrithiol, am iddo fynegi ei gefnogaeth i'r ddau 'droseddwr' gan lynu ar yr un pryd wrth ei bolisi cyfansoddiadol, 'dim tor cyfraith yn enw Plaid Cymru,' ac ar y llall, y rhai (yn enwedig y to ifanc) sy'n awyddus, yn sgil y digwyddiad, iddo arwain a chefnogi newid sylweddol yn agwedd y Blaid tuag at weithredu uniongyrchol. Ac yn y canol wedyn, erys nifer o aelodau sydd wedi eu drysu yn llwyr erbyn hyn ynghylch gwir agwedd Plaid Cymru ar y mater. Pe bai unrhyw un ohonynt (ac unrhyw un yn y wasg, neu'r awdurdodau, o ran hynny) yn gwybod bod Walters a Pritchard wedi ymweld â Gwynfor Evans cyn hyd yn oed mentro i Gwm Tryweryn, wedi datgan eu bwriad iddo, ac wedi ennill ei gymeradwyaeth (ar yr amod eu bod yn gweithredu mewn modd na fyddai'n peryglu bywyd), yn ddi-os byddai canlyniadau'r weithred wedi bod yn fwy pellgyrhaeddol o lawer i'r Llywydd, a'r Blaid.

Bid a fo am hynny, mae'r adladd yn flêr ac yn drafferthus beth bynnag, gyda'r Pwyllgor Gwaith yn ceisio diarddel un aelod swnllyd a chythryblus, Neil Jenkins, yn sgil ei ohebiaeth chwerw yn galw am ymddiswyddiad ei Lywydd 'llwfr' yn y *Western Mail*, a Saunders Lewis wedi ei gynddeiriogi o'r herwydd, ac yn corddi'r dyfroedd unwaith eto gyda bygythiad i ymddiswyddo o'r Blaid yn gyfan gwbwl pe diarddelid y 'cenedlaetholwr pur' hwn.

Yn y cyfamser, tydi'r peirianwyr ddim wedi bod fawr o dro'n trwsio'r trawsnewidydd yng Nghwm Celyn ac mae'r gwaith felly yn parhau yn fuan iawn ar ôl yr ymosodiad, a gwaedlif Cwm Celyn yn llifo fel o'r blaen, gyda nifer o'r trigolion wedi eu hailgartrefu, eraill yn aros am dŷ newydd addas, ac eraill eto yn benderfynol na wnân nhw symud modfedd o'u cynefin ar unrhyw gyfri, ond yn synhwyro'n dawel mai yn y diwedd symud fydd rhaid.

A chwta wythnos wedi dedfryd Walters a Pritchard, mae tri dyn yn torri i mewn i stordai Crofts Quarries yn Llithfaen ac yn dwyn mwy na dwy fil o ffrwydrynnau, a phymtheg ffiws.

*   *   *   *

Mae hi'n oeri.

Ar ôl hydref gweddol ddi-nod, mae tywydd hynod o arw yn dechrau ymgripio yn benderfynol ar draws ynysoedd Prydain, yn gwasgu ac yn gafael yn gynyddol, yn ddiysgog ac ystyfnig, ar y tir isel yn ogystal â'r bryniau a'r mynyddoedd. Ddechrau mis Rhagfyr, mae Llundain yn dioddef bron i wythnos o fwrllwch trwchus rhewllyd sydd yn achosi cannoedd o farwolaethau ymhlith pobol â phroblemau anadlu, ac yn rhoi pwysau anhygoel ar y gwasanaethau iechyd. Yn raddol mae'r gwenwyn yn ymledu i'r gogledd, gyda dinasoedd fel Leeds wedi eu gorchuddio yn llwyr a Glasgow yn gweld nifer y cleifion sy'n dioddef o niwmonia yn treblu yn ei chyffiniau. Mae'r lonydd ar hyd ac ar led Prydain yn beryg bywyd, gyda rhew du yn cymhlethu'r diffyg gwelededd, a thagfeydd traffig, ceir wedi'u gadael, a damweiniau di-rif ym mhobman.

Ond er gwaetha'r oerfel, mae rhywrai yn mentro unwaith eto i greu niwed ar safle'r gwaith yn Nhryweryn. Yn oriau mân y bore, y 19eg o Ragfyr, cynheuir tân yn un o siediau'r gweithwyr, gydag ymdrech i losgi un arall yn methu. Mae'r Swpyr yn y Bala yn derbyn cyngor i wneud cyn lleied o'r digwyddiad â phosib, a phan mae swyddogion Tarmac (y prif gontractwyr) yn derbyn galwad ffôn ddienw wedyn, ar noswyl Nadolig, yn bygwth rhagor o ymosodiadau dros yr Ŵyl, mae llefarydd yr heddlu yn gwrthod cadarnhau, na gwadu, bod y fath rybudd wedi cael ei dderbyn. Ac er iddynt wadu unrhyw ofnau eu hunain, mae Tarmac yn cryfhau diogelwch ar y safle, gan osod seirenau uchel yno a threblu nifer y gwylwyr nos o ddau i chwech, yn cynnwys trafodwr cŵn ynghyd â'i fleiddgi.

Ychydig ddyddiau cyn y Nadolig mae hi'n dechrau bwrw eira ym mhobman. Yn drwm. Rhagflas o'r gaeaf sydd eto i ddod: y gaeaf yma fydd yr oera ers 1740, yr union flwyddyn, gyda llaw, pan adeiladwyd tŷ ffarm Gwerndelwau, hen gartre Nain a Taid Morfudd. Ddiwedd y mis, mae stormydd eira yn lluwchio'n ddidrugaredd dros Brydain i gyd, yn cau rheilffyrdd a lonydd, yn dymchwel gwifrau teleffon a thrydan. Mae gwartheg a cheffylau a defaid yn rhewi i farwolaeth ar y llethrau, a bwyd yn brin i bobol hefyd. Rhewa afonydd a llynnoedd mawr a bychain, a gwelir plymenni o rew hyd yn oed ar donnau'r môr. Ni fydd y tymheredd yn codi tan fis Mawrth, a phan fydd hi'n dechrau meirioli o'r diwedd, mi fydd pawb yn dechrau poeni am lifogydd, heblaw am bobl Capel Celyn wrth gwrs, sydd yn gwybod yn sicr y bydd eu cartrefi nhw o dan ddŵr yn hwyr neu'n hwyrach, a hwythau wedi colli popeth, drwy Ddeddf lywodraethol y Sais.

Drwy wythnosau cyntaf yr Ionawr iasoer mae Mrs Martha Roberts yn brwydro i gadw'r ysgol yn gynnes i'r naw o blant sydd yno o hyd, tra mae Dafydd Roberts a'r ffermwyr eraill sydd yn dal i ffermio yn y cwm yn gorfod dyblu'u hymdrechion i ofalu am eu hanifeiliaid. Mae godro yn y fath dywydd ffyrnig yn galed a phoenus, ac os na wellith yr hin, mi fydd ŵyna yn hunllef.

Yn ei chartre, mae hyd yn oed Lisi May ddiflino wedi gorfod ildio, y rhan fwyaf o'r amser, i'r oerfel a gwendid ei brest, a swatio yn ei gwely, neu o flaen y tân o dan gwrlid o frethyn grugog: dydi ei chalon na'i hysbryd ddim wedi eu torri eto, ond mae ei hiechyd yn dechrau talu pris uchel am iddi ymdrechu mor ddygn i geisio achub ei chymdogion, a'i bro.

A draw dros y cwm, bob bore fferllyd, mae Rhiannon yn tremio drwy ffenestri barugog Garnedd Lwyd, ac yn syllu yn dawel drwy'r glasrew a'r rhewynt ar y tir sydd wedi rhewi'n gorn, gyda'r dyhead angerddol am gael lapio'i hannwyl fab rhag yr oerfel yng nghynhesrwydd ei chariad tragwyddol yn araf rwygo'i chalon yn ei hanner.

Mae hi'n hynod, hynod o oer yn y brifddinas hefyd, a hyd yn oed wyneb yr hen Dafwys ddiwyro yn rhewi'n ddigon caled i Lundeinwyr fedru anwybyddu eu pontydd arferol, a cherdded yn syth ar draws yr afon o un ochr i'r llall; y plant yn oedi i sglefrio a llithro ar y rhew trwchus, cyn i leisiau pryderus eu rhieni eu galw yn ôl i dir rhewllyd ond mwy diogel.

Â'r wythnosau heibio, gyda'r oerfel yn cydio â chrafangau awchus ym mhob peth ac ym mhob man. Aiff tanwydd yn brin, sy'n gorfodi theatrau a sinemâu i gau eu drysau, yn creu strydoedd tywyll diolau, ac yn troi palmentydd a ffyrdd yn llwybrau peryg bywyd.

Yn y Ddinas Lwyd mae pethau'n wael hefyd. Er mor llwyddiannus y cais i sicrhau cyflenwad 'digonol' o ddŵr i'r trigolion, ychydig iawn ohono sy'n llifo yno ar hyn o bryd. Mae pibellau'n rhewi mewn fflatiau a thai a swyddfeydd a ffatrïoedd – hyd yn oed yn Neuadd y Dre: bron fel pe bai dŵr ei hun yn cynnal protest, ac yn gwrthod ufuddhau a llifo ar orchymyn dynion barus.

Ddiwedd mis Ionawr, draw yn ei fflat fach uwch ben y siop wlân yn Sefton Park lle mae hi'n byw o hyd, mae Eleanor wedi gwneud ei gorau i ddogni'r ychydig baraffîn sydd ar ôl ganddi i wresogi'r ystafell, ond mae'n dal i rynnu heno, wrth ysgrifennu llythyr.

'I'm hoping this will find you, as I'm pretty sure I've got the address right this time, thanks to the library and old copies of the *Daily Post*. We're all trying to save on electricity in the city at the moment, so I'm writing to you by candlelight. It seems so strange, and reminds me so very much of the old days, except that it's unbearably cold, colder than I ever remember being as a child.'

Mae Eleanor yn oedi, yn rhynnu mymryn, ac yn tynnu'r blanced sydd am ei glin yn dynnach amdani. Mae'n chwythu ar flaenau'i bysedd, cyn parhau:

'I do hope you won't mind that I've written to you. And I hope that you're well. And I do hope, maybe, that we can meet sometime. It's impossible to think of travelling anywhere with the weather as it is, but ...'

Mae'n oedi eto, ac yn ochneidio.

'... but it's been such a long, long time. It feels like it was in another lifetime. And so much has changed. And is changing.

'I hope, I really hope you will write back to me. I ...' Mae hi'n meddwl am eiliad, yn dewis ei geiriau'n ofalus, 'I want.' Mae hi'n croesi'r gair allan, ac yn ysgrifennu yn ei le, 'need very much to see you. My very best wishes to you, Always, Eleanor.'

*　　*　　*　　*

Nos Sadwrn, Chwefror 9fed, 1963.

Mae ystafell gefn y dafarn yn eitha llawn ac yn ddigon clyd gyda thanllwyth o dân yn y grât, ac mae'r awyrgylch oddi mewn hefyd yn gynnes a chyfeillgar, er gwaetha gafael erwin Chwefror ar y tymheredd y tu allan. Mae'r rhan fwyaf o'r gwesteion, yn enwedig y rhai lleol, wedi llwyddo i gyrraedd yn ddiogel er mor beryglus yr hewlydd i foduron a natur anwadal y gwasanaethau trafnidiaeth gyhoeddus yn y dyddiau fferllyd hyn. Saif Non yn gwylio Dai-iô wrth y bar, lle mae'n rhannu sgwrs hamddenol dros beint efo'i dad, Iorwerth. A fynta erbyn hyn yn ddarlithydd, mae rhywfaint mwy o drefn ar ei wallt hir cyrliog, ac mae bellach yn gwisgo barf, ond mae Dai-iô yr un mor olygus ag erioed – os nad mwy felly.

'Non?'

Mae'r llais wrth ei hochr rŵan yn peri iddi neidio fymryn,

er ei bod yn gwybod pwy yw ei berchennog cyn iddi hyd yn oed droi.

'Trys!'

Gwena Trys yn ôl arni. Mae wedi ennill tipyn o bwysau, ac mae ei wallt yn teneuo a britho damaid ar ei ddwy arlais, ond mi fyddai hi wedi ei adnabod yn unrhyw le.

'Wel wel wel Trys, ti 'di cyrraedd wedi'r cyfan!'

'Do. Fel y gweli di,' medd Trys, yn diosg ei gôt fawr ac yn ei hastudio. 'Jiawch! So ti 'di newid dim Non!'

'O! 'Dwn i'm am hynny ...'

'Nac'yt' medd Trys, yn rhoi cusan ar ei boch, ac mae hi'n teimlo ei drwyn oer ar ei chroen. 'Ti'n dala i fod yn un o'r merched perta – a'r neisa – i mi nabod erio'd,' mae'n ychwanegu yn ysgafn, sy'n peri i Non wrido dipyn.

'Gest ti siwrne go erchyll yma ma'n debyg, do?'

'Do 'fyd. 'Sdim terfyn i fod ar y blydi tywydd trychinebus 'ma gwed? Ond fi 'ma nawr.' Mae'n edrych ar ei oriawr. 'Newydd basio naw, edrych. Gwell hwyr na hwyrach, on'd yfe!?'

'Ie. O'dd Dai yn deud gynne, o'dd o'n poeni hwyrach na fyddet ti'n gallu dod, a hithe'n debycach i Wlad yr Iâ na Chymru!'

'Be? Pidio dod? Paid siarad nonsens 'chan. Wedes i wrtho fe, fyddwn i'm yn colli heno, hyd 'n o'd 'sen i 'di goffod dod ar sled!'

Mae Dai, wrth y bar, newydd droi a gweld ei gyfaill ar draws yr ystafell ac mae'n codi bawd yn hapus arno. Mae Trys yn gwneud yr un peth, cyn troi at Non eto.

'Shwt ma'r dysgu'n mynd 'te?'

'*Champion*, diolch. Ma' hi'n ysgol gyfeillgar, a hapus.'

'Gwd. A beth ambyti ti?'

'Beth?'

'Od'yt ti'n hapus?'

Mae cwestiwn Trys yn ddi-lol, fel arfer, ond yn ysgafn, ac mae ateb Non yn ddigon ysgafngalon hefyd.

'Yndw, diolch. Yndw.'

Mae hi'n gwenu arno, ac mae Trystan yn closio ati, gan ostwng ei lais.

'Odi e wedi gweud 'to pwy ma' fe moyn fel *Best Man* 'te?'

Mae Non yn gwenu yn chwareus arno eto. 'Ei fusnes o 'di hynny, yndê Trys?'

Edrycha Trys braidd yn siomedig. 'Ie, ie, wrth gwrs 'ny. Ond ma'n rhaid bod e 'di gweud rhywbeth wrthot ti?'

'Naddo,' medd Non. 'Dim gair.'

'O. Be am y dyddiad 'te? Pryd mae'r *Big Day* i fod?'

'Heb benderfynu eto.'

'O. O, wel, 'na fe 'te. Digon o amser 'da fi i'w atgoffa fe taw fi yw'r ffrind gore iddo fe ga'l erio'd, yfe? Dere, gad i mi ga'l diod i ti. Beth ti moyn?'

Ond cyn iddo allu gwneud ei ffordd tuag at y bar mae Dai wedi gofyn i'r barmed ganu'r gloch 'amser' er mwyn tynnu sylw pawb, ac mae'n troi yn awr i wynebu'r ystafell.

'Wel. Ffrindiau, teulu, pawb sydd wedi llwyddo i ddod yma heno, liciwn i ddiolch o galon i chi am wneud yr ymdrech, a hefyd, gan fod y gwestai ola – Trystan, draw fanna – wedi cyrraedd *o'r diwedd*, 'dw i'n credu y dylwn i, a "fy nyweddi" ...'

Torrir ar ei draws gan beth hwtian a bloeddio chwareus.

'Ie, ie, aisht rŵan,' medd Dai, yn eu tawelu, '... i fi, a fy nyweddi, gynnig llwncdestun i chi i gyd am ddod yma i ddathlu efo ni heno. Felly, rŵan 'ta – lle ma' hi ...?'

'Ti'm 'di cholli hi'n barod?' mae dipyn o gymêr wrth y bar

yn gweiddi, ond fel mae'r chwerthin yn pylu mae Dai yn ei gweld, ben pella'r ystafell.

'Dacw hi. Geinor! Geinor – ty'd i ymuno 'fo fi 'nei di?'

Ac fel mae pawb yn dechrau clapio a chwibanu mae Geinor yn gadael ochr Rosemary ac yn gwneud ei ffordd drwy'r gwesteion nes cyrraedd ochr ei darpar ŵr.

Try Trys at Non, sy'n gwylio'r ddau, yn eitha difynegiant. Yn ddisylw, mae'n chwilio am ei llaw, ac yn ei gwasgu yn ysgafn.

'Ti'n olreit Non?'

'*Champion*. Diolch,' medd Non, yn dawel, ond yn werthfawrogol.

'Fel wedes i. Un o'r merched neisa i fi gwrdda erio'd,' medd Trys eto, dan ei wynt. Tro hyn, dydi Non ddim yn gwrido. Mae'n canolbwyntio yn lle hynny ar beidio â gadael i'r arlliw lleiaf o emosiwn dywyllu ei hwyneb a'i bradychu.

'Felly gobeithio bod gen bawb ddiod – oes? Da iawn.' Mae Dai yn parhau: 'Achos, fel deudes i, mae Geinor a finne'n falch bod gymaint ohonoch chi yma heno, ond yn arbennig felly am fod gennon ni, wel, syrpréis i'w rannu efo chi. Mae llawer ohonoch chi wedi bod yn gofyn heno, a ydyn ni wedi trefnu dyddiad eto, a lle bydd y briodas, ac oes yna fis mêl wedi cael ei drefnu a ... A'r gwir ydi, wel, mae'r ddau ohonom o'r un farn, ac yn hollol gytûn, nad ydan ni ddim eisiau priodas efo lot o sioe a sbloets, a gwastraffu arian ... Ac felly, y peth ydi ... Ym ...'

Mae'n oedi ac yn troi i edrych ar Geinor, sy'n gwenu arno, yn amlwg ar ben ei digon. Mae Dai'n parhau: 'Y gwir ydi, nid parti dyweddïo ydi hwn. Wel, nid yn hollol. Achos, wel, prynhawn ddoe, mi aeth Geinor a finne i'r Swyddfa Gofrestru, a wel ... 'dan ni wedi ei wneud o'n barod. 'Dan ni'n ŵr a gwraig. Felly, a wnewch chi i gyd godi eich gwydrau i yfed Iechyd Da, os gwelwch yn dda, i Mr a Mrs Dafydd ap Iorwerth!'

Mae eiliad o dawelwch llethol yn yr ystafell wrth i bawb dreulio'r wybodaeth annisgwyl yma, a bron na ellir clywed meddyliau ambell un yn rasio gyda chwestiynau: 'Pam? Ydi hi'n disgwyl? Does bosib!' cyn i rai o'r gwesteion iau (gyda Trys, chwarae teg, yn eu harwain) gamu i'r adwy gyda chymeradwyaeth frwd, chwibanu a bonllefau o 'Llongyfarchiadau!', a thorri ar draws y lletchwithdod yn syth. Nid yw'n glir pa fath o groeso yr oedd Dai a Geinor wedi disgwyl i'w 'syrpréis' gael, am i'r ddau lwyddo i guddio unrhyw ymateb ar eu hwynebau i'r eiliadau o chwithigrwydd. Ond yn y sŵn sydd wedi ei ddilyn mae Dai yn gwenu ar Trys yn ddiolchgar, ac yn sylwi bod Non wedi diflannu, wrth i Geinor droi i chwilio yn awyddus am wyneb Rosemary, yn eistedd yn ei chornel efo'i Babycham.

Mae hi'n hollol lonydd, ac yn syllu yn dawel yn ôl ar ei merch gydag edrychiad o ddiflastod pur ar ei hwyneb gwelw.

*   *   *   *

Awr yn ddiweddarach, ac mae hwyliau'r rhan fwyaf o fynychwyr y parti 'dyweddïo' yn well o lawer. Mae rhywun wedi ffeindio gitâr ac mae criw mewn cornel wedi dechrau canu dehongliadau eitha blêr o ganeuon diweddaraf Elvis a Cliff Richard, tra mae pobol eraill yn sgwrsio a chwerthin a rhannu jôcs.

'Ti'n iawn?'

Mae Dai wedi llwyddo o'r diwedd i gydio yn llaw Geinor a'i thynnu o'r neilltu am sgwrs.

'Yndw.'

'Hapus?'

'Yndw.'

'Rosemary'n iawn?'

''Di mynd adra. Roddodd hi'r bai ar y tywydd, ond ...' mae hi'n codi ei hysgwyddau.

'Mi fydd hi'n iawn – gafodd hi sioc, 'na i gyd,' medd Dai yn gysurlon.

'Gobeithio. Ond well i ni'n dau wisgo sachlïain a lludw pan 'dan ni'n galw fory, mêt.'

Mae Dai yn gwenu arni, ac yn ei chusanu. Edrycha Geinor i fyw ei lygaid wedyn, gan ychwanegu, 'Piti bod Non 'di gorfod mynd.'

'O'dd o'n eitha peth bod hi 'di dod, chware teg ...'

'Oedd. Ond do'dd hi'm 'di disgwyl clywad 'n bod ni'n dau 'di priodi, nac o'dd?'

'Na ...'

Mae Geinor yn edrych arno'n ddifrifol rŵan. 'Ti'n meddwl ella'n bo' ni 'di bod yn fyrbwyll Dai?'

Sylla Dai arni'n syn, a thamaid yn ofidus. 'Ti'm 'di newid dy feddwl, gobeithio?'

'Nach'dw, siŵr. Jyst ... do'n i'm 'di bwriadu ypsetio pobol. Mae ambell un yn teimlo'n siomedig, mae'n debyg. Eu bod nhw'm 'di ca'l y cyfla i ... baratoi, i ga'l dymuno'n dda a phetha 'lly. 'Dwn i'm. 'Naethon ni'm 'sidro hynny, naddo?'

'Naddo. Ond chdi a fi sy'n bwysig rŵan, Gci.' Mac'n ci chusanu eto. 'Chdi a fi. Neb arall.'

O gornel yr ystafell mae Trys yn gwylio'i ddau ffrind coleg ym mreichiau'i gilydd, ac yn ochneidio. Tu allan mae'r gwynt wedi gostegu, ac mae'n dawel, ond mae hi wedi dechrau bwrw eira eto, ac yn drwm hefyd.

Yn ei gwely sengl yng nghartre ffrind, a oedd wedi cynnig

ei llofft sbâr iddi am y noson, mae Non erbyn hyn yn gorwedd yn dawel. Mae ei dagrau yn llifo yn dawel hefyd, o'r diwedd. Yn reddfol, mae hi jyst isio mynd adra, dianc yn ôl i'r bwthyn bach diogel ar gyrion y Bala lle mae hi wedi ymgartrefu erbyn hyn, ond mae'n ddiolchgar serch hynny i'w ffrind am y lloches, ac yn gwybod y byddai teithio i unrhyw le heno yn amhosib. A hithau'n ei phluo hi'n reit hegar yma ym Mangor, dyn a ŵyr faint y bydd hi'n lluwchio a chwythu ar fryniau a mynyddoedd Meirionnydd.

*   *   *   *

Mae asesiad Non yn gywir. Mae'r eira wedi bod yn disgyn yn drwm yn y Bala, ac erbyn hyn mae Cwm Tryweryn, a Chapel Celyn, yn gorwedd yn llonydd o dan flanced drwchus o wyndra iasol a chaled. Ar y safle, mae'r peiriannau enfawr yn llonydd, a'r gweithwyr, yn ôl eu harfer ar nos Sadwrn, yn ceisio cynhesu drwy feddwi a chadw stŵr yn nhafarndai'r Bala. Ond heno maen nhw'n fwy niferus a swnllyd nag arfer. Rhwng hynny a'r tywydd, mae hi'n arallfydol o dawel yn y cwm: fel y bedd, a neb na dim yn symud, gyda dim ond murmur myglyd ambell i ddeinamo a phwmp yn curo yn rhythmig mewn ffosydd a thwneli tanddaearol i'w glywed ar yr awel oerias.

Mae'r gwylwyr nos (a'r bleiddgi) yno wrth gwrs, ond mae'r chwech yn swatio yn ddigon call o amgylch gwresogyddion paraffîn yn eu cabanau yn ceisio cadw'n gynnes, ac yn argyhoeddedig na fydd neb yn ddigon ffôl i fentro allan ar noson fel heno. Mae'r sychau eira wedi gwneud eu gorau glas ar y ffyrdd ond mae'r lluwchfeydd wedi dechrau disgyn yn ôl ar draws yr hewlydd eto, o dan bwysau eira newydd. Mae'r rhan fwyaf o briffyrdd y sir wedi eu cau, a'r lôn rhwng y Bala a Ffestiniog yn gwbwl anhramwyadwy, wedyn gellir maddau i'r swyddogion am feddwl bod y safle'n hollol ddiogel o dan y fath amgylchiadau.

'Here you go, Rogan,' medd Patrick, yn cynnig darn o'i Digestive i'r ci, sy'n ei dderbyn yn ofalus er gwaethaf ei ddannedd mawr gwynion. 'You sure he's a guard dog Mick?' mae Patrick yn gofyn. 'Daft as a brush, if you ask me.'

'I wouldn't cross him,' medd Ted yn nerfus, yn cadw draw, gan lygadu'r ci yn ofnus.

'No. And you'd be best not to,' medd Mick. 'Besides, don't go givin' him too many titbits now Paddy. He'll get fat.'

'Ah go on with yer,' medd Patrick. 'Poor dog's freezing his nuts off like the rest of us. Needs a bit of fuel.'

'Aye. None of that brandy now, though. He might start singing rebel songs.'

Mae'r tri dyn yn chwerthin, ac mae Patrick yn ychwanegu joch o frandi o'i fflasg boced i'w paneidiau o de cryf, siwgrog.

'You wanna get some friggin socks for the poor bugger,' medd Ted rŵan. 'His poor paws must get freezin' walking about in this.'

'Aye, well they might, if I had any intention of taking him out in it. Sláinte!'

Ac mae'r tri yn llowcio'r te poeth yn ddiolchgar, heb boeni i hyd yn oed edrych drwy ffenestr eu cwt bach clyd.

Wrth gwrs, tase hi ddim mor oer, bydden nhw wedi bod allan ar 'patrôl' bob awr heno, o leia.

A tase hi ddim mor oer, fyddai'r safle ddim mor anhygoel o dawel wrth i'r eira fygu pob smic – a sŵn troed.

Ac felly, tase hi ddim mor oer, bydden nhw efallai wedi gweld y tri dyn yn llechu y tu ôl i luwchfeydd ger y brif fynedfa.

A tase hi ddim mor oer, bydden nhw efallai hefyd wedi eu gweld, ychydig wedyn, yn cropian yn ofalus ar eu boliau tuag at y trawsnewidydd.

Tase hi ddim mor oer, bydden nhw efallai wedi gweld dau o'r dynion, yng ngoleuadau llachar y safle, yn dringo'n sydyn dros y ffens o amgylch compownd y trawsnewidydd, cyn diflannu.

Tase hi ddim mor oer, bydden nhw efallai wedi eu dal, wrth iddynt osod gelignit a ffrwydryddion ac offer amseru o dan danc olew'r peiriant, cyn i'r tri ddianc unwaith eto i dywyllwch y nos.

A tase hi ddim mor oer, byddai'r tri dyn heb adael olion perffaith o'u sgidiau ar y llawr o gwmpas y trawsnewidydd.

Tase hi ddim mor oer, efallai y byddai'r tri wedi llwyddo i yrru yn y car coch, wedi ei hurio o Aberystwyth, yr holl ffordd 'nôl i Bwllheli, a diogelwch, heb i neb eu gweld.

Tase hi ddim mor oer, efallai y byddai'r car heb fynd yn sownd yn yr eira ar y ffordd i Gerrigydrudion, a byddai'r tri heb gymryd arnynt fod yn Saeson rhonc pan ddaeth bachgen ffarm i'w helpu i ryddhau'r cerbyd, ac wedi cofio amdanynt o'r herwydd, rai dyddiau wedyn.

Ac fel mae Ken yn hoffi datgan, 'Tase'r Wyddfa yn gaws, mi fyddai'n haws cael cosyn.'

Ta waeth am hynny, mae'r cloc yn tician yn yr eira, o dan danc y trawsnewidydd ...

*   *   *   *

Tic toc.

Mae Rosemary'n edrych yn ddig ar y cloc larwm Westclox Big Ben ar y bwrdd bach ger y gwely yn ei llofft. Hanner nos.

Mae'r tician rheolaidd yn mynd ar ei nerfau. Mae hi yn ei gwely 'nôl adre yn Nhal-y-bont ers awr, ond dydi hi ddim wedi cysgu winc. Dydi Rosemary ddim yn hapus. Ddim yt ôl.

Tase fo ddim yn ddigon ei bod hi Geinor wedi mynnu, gwanwyn dwytha, mynd am job – a'i chael – yn yr ysgol Gymraeg newydd yna yn y Sowth, Rhydfelen, agorodd yn ôl yn *September*, ac wedi gadael swydd hyfryd, efo *excellent prospects*, yn Ruabon Girls Grammar er mwyn gwneud hynny, dalltwch! Eisiau bod yn nes at David oedd ei *excuse* i Rosemary ar y pryd, ac mi wrthododd wrando *in any shape or form* ar *common sense* ei mam pan dynnodd hi ei sylw at ddyfodol *totally uncertain* yr ysgol ym Mhontypridd, am mai *flash in the pan* fydda'r holl fusnas *education* yn y Gymraeg yma, ac mi fydda Gaynor yn siŵr o ddinistrio'i *very promising career* drwy fynd yno.

Ond wedyn, ar ben hynny, trio cael ei harestio, *on purpose if you please*, dim ond wythnos dwytha, efo'r *sit-in idiotic* yna ar ryw bont yn Aberystwyth! Gofyn, *actually* gofyn, i'r *police* roi *summonses* iddyn nhw, fel bo' nhw'n gallu mynnu ca'l rhai yn y Gymraeg. *Summons* yn Gymraeg? *Whoever heard of such nonsense*, wir Dduw. *Luckily*, o'dd y *police* efo mwy o *sense*, a ddaru nhw *more or less* anwybyddu nhw, ond o'dd Rosemary'n *terribly embarrassed*, 'run fath, pan glywodd yr hanas.

A heno, rŵan, y busnas priodi yma! *Not only* ma' hi 'di mynnu priodi David sydd *obviously*'n *rampant nationalist*, y fo a'i deulu, ond ma' pawb yn *inner circle* y WI yn siŵr o feddwl rŵan ei bod hi Geinor *in the family way*. Pa *possible reason* arall fydda yna dros fynd *off* i glymu'r *knot* tu ôl i gefnau pawb, *just like that*?

Mae Rosemary'n edrych ar y cloc eto: mae hi wedi un. Ymddengys na fydd Rosemary yn cysgu llawer heno.

*   *   *   *

Egyr Geinor ei llygaid. Mae'r ystafell yn dywyll ac yn dawel, ac yn estron, a'r dillad gwely yn anghyfarwydd. Aiff sawl eiliad heibio cyn iddi sylweddoli yn lle y mae hi, ond wedi gwneud, mae hi'n gwenu ac yn troi ar ei hochr i edrych ar Dai, ond dydi Dai ddim yno. Mae hi'n codi ar ei heistedd yn y gwely, yn troi'r lamp fach ymlaen, ac yn edrych ar ei horiawr. Dau o'r gloch. Mae'n gwgu, ond yn sydyn mae drws yr ystafell yn agor a daw Dai i mewn yn frysiog, gan gau'r drws yn dawel ar ei ôl, cyn neidio o dan y dillad gwely eto i swatio wrth ei hochr, yn rhynnu fel y diawl.

'Nefoedd ma'n ddigon oer i rewi brain yn y lle chwech yna!' mae'n sibrwd, a'i ddannedd yn rhincian. 'Ac mae o reit ben pella'r coridor!'

'Be ti'n ddisgwyl? Yn y Butchers Arms ydan ni cofia, ddim y Ritz!' Mae Geinor yn piffian chwerthin yn dawel, ac mae'r ddau'n nythu'n dynn yn erbyn ei gilydd i gynhesu. Edrycha Dai i'w llygaid.

''Swn i'n mynd â chdi i'r Ritz tasat ti isio, ti'n gwybod?'

'Mmm. Wn i. Beryg 'swn i'n casáu'r lle, a'r bobol ynddo fo.'

Mae Dai yn gwenu. 'Hwyrach bo' chdi'n iawn.'

'Gynnas rŵan?'

'Yndw. Lyfli. Ti'n iawn?'

'Yndw. Stopia ofyn 'nei di?'

'Mi ddaw hi i delera wsti. Yn y pen draw.'

'Pwy? Rosemary – 'ta Non?'

'Rosemary.'

'Gwneith. Yn y pen draw. Ond ... ti'n gwybod be ddeudodd hi, pan o'dd hi'n gadael?'

'Be?'

'Y bydda Dad yn siomedig yna i.'

Mae Dai yn ei hastudio am eiliad.

"Dw i'n sori Gei. Dydi hynna'm yn deg.'

'Nach'di. Tydi hi'm yn iawn chwaith. Bydda Dad 'di bod wrth ei fodd. 'Dw i'n eitha siŵr o hynny. Ac mi fydda fo 'di licio chdi, bendant.'

'Tria beidio bod yn rhy galed arni. Ma' hi'n hen ffash wysti. Pethau 'di newid lot ers pan briododd hi a dy dad.'

'Do.' Mae Geinor yn ochneidio. 'Ond dim hannar digon cofia! Gynnon ni lot i neud o hyd.'

'Oes. Wn i.' Mae Dai yn ei lapio yn ei freichiau. 'Ond 'nei di adael i ni ga'l brecwast bore fory cyn ailgydio yn y frwydr plis?'

Mae Geinor yn chwerthin, ac yn troi i ddiffodd y lamp fach, a daw tywyllwch yn ôl i'r ystafell unwaith eto.

*   *   *   *

Erbyn tri o'r gloch y bore mae Rosemary, Dai, Geinor, Non, a hyd yn oed Rogan y ci, i gyd yn cysgu'n sownd.

Ac yna, yn sydyn, mae tawelwch Capel Celyn yn cael ei rwygo gan fflach o olau, a sŵn ffrwydrad fel taran: ond nid taran mohono. Utgorn rhybuddiol ydyw yn hytrach, yn cyhoeddi tro ar fyd.

Ydi'r genedl ddof wedi dechrau ysgwyd ei llyffetheiriau?

'Y neb sydd ganddo glustiau i wrando, gwrandawed.'

*   *   *   *

Drannoeth, tra mae Geinor a Dai yn teithio yn ôl i Dde Cymru ar ôl ffarwelio â Rosemary bigog, mae tri dyn ifanc yn eistedd yn ystafell gefn caffi ym Mhwllheli, yn aros yn eiddgar ger y weiarles i glywed y newyddion: Owain Williams, perchennog y caffi, John Albert Jones, ei gyfaill, a myfyriwr ifanc o Aberystwyth, Emyr Llewelyn, y tri yn sylfaenwyr mudiad newydd (mor newydd, nhw yw ei unig aelodau hyd yma, a dyma ei weithred gyntaf): Mudiad Amddiffyn Cymru.

'Ti'm yn meddwl bod y cloc 'di rhewi, wyt ti?' mae John yn gofyn, gydag ochenaid ddiamynedd. 'Ma'n rhaid bod rhywbeth 'di mynd o'i le ...'

'Ddaethon nhw o hyd iddo fo ella,' medd Owain. 'Damia!'

Ond erys Emyr yn dawel ac yn feddylgar. Ac yna, o'r diwedd, daw llais o'r weiarles:

'There has been an explosion in the Tryweryn Valley in North Wales, the scene of Liverpool's huge twenty million pounds reservoir scheme.'

Mae'r tri yn edrych ar ei gilydd, eu llygaid yn fawr, ac yn llawn cyffro.

'The main transformer supplying electricity to the site was shattered by an explosion early this morning,' mae'r bwletin yn parhau. 'It is believed to be an act of sabotage, and the police are making extensive enquiries in the area ...'

Ond mae'r tri erbyn hyn wedi stopio gwrando. Maen nhw ar eu traed yn gweiddi ac yn cofleidio ac yn dathlu. O'r diwedd! Mae rhywun – nhw – wedi llwyddo i wneud safiad!

A dydi'r tri ddim ar ben eu hunain. Mae yna ddathlu hefyd yng Nghapel Celyn. Er nad oes neb yn cyfeirio at y digwyddiad yn uniongyrchol yn y gwasanaeth y bore Sul hwnnw, y tu allan i'r capel mae pobol yn oedi, er gwaetha'r oerfel, ac yn trafod. Mae'r stori yn dew ar dafodau pawb: pwy wnaeth? Pam? Beth yn union a wnaethpwyd?

'A bod yn berffaith onest,' medd Mrs Martha Roberts wrth Marian Harris a Lisi May, 'dydi o'n neud fawr o wahaniaeth i fi pwy sy wedi gwneud be. Mae rhywun o rywle 'blaw'r cwm yma wedi codi llais, allan o'r distawrwydd, ar ein rhan ni o'r diwedd, a 'dw i yn un yn diolch i'r nefoedd amdano fo – neu hi, yndw wir! Mi geiff pawb glywed amdanon ni rŵan eto, gewch chi weld.'

Gwena Lisi May arni hi, ac ar ei brwdfrydedd. Mae hi'n troi ei llygaid blinedig i edrych i gyfeiriad Dafydd Roberts, sydd yn sefyll ger y drws gyda Nel, yn sgwrsio efo Hywel, tad Hari. Mae Dafydd yn ei gweld. Mae Lisi May yn gwenu, ac mae Dafydd yn gwenu yn gynnil yn ôl.

Oes. Mae rhywun wedi gwneud safiad. O'r diwedd.

*　　*　　*　　*

Dros y dyddiau nesa, mae'r papurau newydd, y radio a'r teledu yn fwrlwm o adroddiadau am Y Weithred. 'Explosion rocks valley of fear,' 'perpetrated by a fanatical underground movement of Nationalist Extremists,' 'Sabotage at Tryweryn' ac yn y blaen. Mae'r gwaith wedi ei atal am y tro am nad ydi'n ymarferol dod â thrawsnewidydd arall i'r safle mewn tywydd mor arw. Mae Gwynfor Evans yn datgan, unwaith eto, fod Plaid Cymru yn dal i wrthwynebu yn chwyrn ac yn gyfan-soddiadol weithredu uniongyrchol o unrhyw fath, ond ar yr un pryd, mae'n esbonio nad ydi'r gwrthwynebiad hwnnw o reidrwydd yn wrthwynebiad moesol, ac felly dylid cydymdeimlo â'r cyflawnwyr yn yr achos yma, am eu bod wedi gweithredu yn ddewr er budd eu cenedl.

Mae'r *Western Mail* yn ymateb drwy ddatgan, 'It does not

take courage to go out and plant a time-bomb under the cover of darkness.' Ond daw cydymdeimlad annisgwyl efallai o du'r *Times*, sy'n cyfeirio at y bomio fel protest yn erbyn 'the rape of Tryweryn' gan Gorfforaeth Lerpwl.

Ydyn. Mae pethau yn newid.

Ac mi ddaeth tro ar fyd.

Pennod 14

Terfyniadau, Dechreuadau ...

Mawrth 30ain, 1963: yn ôl y *Daily Express*, 'Tears in court for jailed patriot. The drowning of a Welsh village to supply water to Liverpool turned a quiet 22 year old Welsh patriot, Emyr Llewelyn Jones, into a saboteur. His decision came, a court heard yesterday, after years of mental torment.'

Gwta wythnos ar ôl y ffrwydrad yn Nhryweryn, daeth y newydd fod myfyriwr 22ain oed, Emyr Llewelyn Jones, yn cael ei holi yn ei gylch gan yr heddlu yn Aberystwyth a'u bod yn chwilio am droseddwyr eraill. Unwaith y deallodd yr heddlu gan ewythr y llanc a oedd wedi eu helpu allan o'r eira ei fod wedi gweld tri Sais mewn car coch ar noson y digwyddiad, ac wedi eu cynorthwyo, roedd y car a'r llogwr yn eitha hawdd eu ffeindio. Gydag ôl llaw'r llanc ar gefn y Vauxhall Victor coch yn Nelson's Car Hire yn Aberystwyth, ac enw Emyr Morris Jones ar y ddogfen llogi ar y dyddiadau o dan sylw, ac ar ben hynny, olion yng nghefn y car o'r union ddefnyddiau ffrwydrol a ddarganfuwyd o dan y trawsnewidydd, roedd y dystiolaeth yn ei erbyn yn gryf.

Ac felly, ar ddiwrnod ola'r achos llawn yn ei erbyn, mae dros gant o heddlu yng Nghaerfyrddin, a chefnogaeth amlwg i'r diffynnydd yn y dre, yn cynnwys cynrychiolaeth o Blaid

Cymru, gydag aelodau yn dosbarthu taflenni'r Blaid ymysg y dorf ar y sgwâr ger y Guildhall.

Pan ddaw'r ddedfryd – blwyddyn o garchar – disgynna tawelwch llethol y tu allan i'r llys. Mae hyd yn oed y Barnwr yn cyfaddef mai dyma 'one of the most unpleasant tasks I have ever been called upon to perform' a'i fod wedi gorfod pennu dedfryd o'r fath gyda 'great reluctance'.

Ddeuddydd wedyn, mae Owain Williams a John Albert yn ffrwydro peilon yng Ngellilydan sy'n cludo trydan o bwerdy Maentwrog i Dryweryn, a safle adeiladu'r argae. Mae'r heddlu'n credu'n gryf fod cysylltiad rhwng y weithred a charchariad Emyr Llewelyn, ac yn fuan wedyn mae'r ddau yn cael eu harestio hefyd. Ar ôl sawl achos, ym Mehefin, caiff John Albert ei ryddhau ar brofiannaeth am dair blynedd, am iddo roi ei air na fydd yn defnyddio dulliau treisiol eto, ond ar Orffennaf y cyntaf, mae Owain Williams hefyd yn cael ei ddedfrydu i ddeuddeng mis yn y carchar.

*   *   *   *

'Blydi *nationalists* uffar. Cocia ŵyn, bob un wan jac!'

Mae Ditectif Sarjant Huws yn sugno ar ei Senior Service yn hunanfoddhaus, ac yna'n rholio min coch y mwgyn yn ôl a 'mlaen yn grefftus ar hyd ymyl y blwch llwch gwydr melyngoch, yn mwynhau'r sylw y mae'n amlwg wedi llwyddo i'w hawlio gan ei 'gynulleidfa'.

Eistedda'r Swpyr wrth ei ochr, yn wrandawgar ac yn edmygus, gyda Wil, Ken ac Ellis Robaitsh i gyd yn eistedd yn ei wynebu, yn gwrando ar ei 'ddarlith' – ond yn llai brwdfrydig na'u huwch-swyddog. Gan mai efe arestiodd Owain Williams, mae Ditectif Sarjant Huws bellach yn ystyried ei hunan yn ffynhonnell doethineb fwyaf amhrisiadwy'r *force*, ac mae wrth ei fodd yn manteisio ar bob cyfle i frolio am ei orchestion a'i 'modws operandwm' athrylithgar. Mae wedi dod yma y prynhawn 'ma, ar wahoddiad y Swpyr, i rannu ei weledigaeth a'i sgiliau efo bois y Bala, ond mae ei agwedd watwarus tuag atynt yn mynd o dan groen Ken a Wil, yn arbennig.

'Wrth gwrs, dw i'm yn deud fod yna *fai* arnoch chi,' mae'n datgan rŵan, yn nawddoglyd. 'Er mai chi ydi'r stesion 'gosa at y gwaith yndê, wel, ma' 'na 'extenuating circumstances' o'ch plaid ar yr achlysur arbennig yma, oherwydd yr eira. Ond ma' isio i chi ddechra cadw llygad barcud dalltwch, bob eiliad o bob munud. Llygad barcud, hogia. Fel 'na ma' dal y bastads uffar 'ma – a'u dal nhw sy raid, 'lwch. Ma' nhw'n ffanatics, ac yn benboeth, ond ma' nhw'n gallu bod yn gyfrwys.'

Mae'n tynnu ar eu sigarét eto ac yn sugno'r mwg i lawr i'w ysgyfaint yn llawn pwysigrwydd, cyn anadlu allan drachefn. Mae oglau sur y mwg yn llenwi'r ystafell ac yn troi ar Ken, ond nid yw'n deud gair, er ei fod yn dyheu am gael agor ffenest.

'Cymrwch y Williams Caffi 'na. O'dd o 'di bod yn brysur ofnadwy yn'doedd? Y? Ninna 'di bod yn wastio amser – a phres – y Cwîn, a *resources* gwerthfawr y *force*, yn chwilio am y *culprits* ar hyd a lled Cymru. Aberystwyth yn berwl 'fo Special Branch, ditectifs yn cuddio'n bob blydi twll a blydi cornal o bob cwm a phentra o Niwport i Gaerfyrddin. A drw'r amsar, o'dd y cwd o'dd 'di bod wrthi'n chwythu petha i fyny yn gwerthu blydi coffi ffroth a *milk shakes* banana yn hapus braf o dan ein trwynau ni ym Mhwllheli!'

'Clyfar. Clyfar iawn,' portha'r Swpyr.

'Y bastad digywilydd 'di bod yn dwyn *detonators* a ffrwydron a ballu o chwareli yma ac acw. Ers misoedd hefyd.

Fo, a rhyw ddau o hogia bach snwfflyd o Nefyn. Y nhw roddodd ei enw fo i ni, yn 'u *statements*. Do'ddan nhw'm yn hir yn cracio chwaith. 'Mond edrach arnyn nhw'n gas o'dd isio i ga'l nhw i wichian.' Mae'n ysgwyd ei ben ac yn twt-twtian yn ddifrifol. 'Dyna pam o'dd Williams 'di'u sacio nhw ma' raid, a mynd ati i blotio 'fo rhyw ffanatics erill. Y *big guns* 'lly. Fel yr Emyr Llew 'na.' Ar hyn, mae'n pwyso ymlaen yn ei gadair. 'A 'dach chi'n gwybod be ddudodd y cont wrtha i, ydach chi? Bod yn well gynno fo fod yn *nationalist* nag yn fradwr! Y *cheek*, yndê? Digon i godi cyfog ar unrhyw un.' Mae'n sugno eto ar ei sigarét, ac yna'n ei diffodd yn y blwch llwch. 'Ond dyna fo, diolch i fi a'r tîm, fydd Williams ddim yn gwerthu *milk shake* o unrhyw fath i neb am flwyddyn gron rŵan, na fydd? Gobeithio neith hynna ddysgu 'ddo fo drio neud ffŵl o'non ni. Coc oen. Nashi uffar. Ma' ishio'u sbaddu nhw 'dach chi'n dallt, hogia? Wedyn *eyes peeled* o hyn allan, ia? Llygaid barcud, dalltwch, eira neu beidio!'

Ar ôl i'r Swpyr a Huws adael, mae Ellis yn ddigon bodlon ei throi hi am adra efo'i gynffon rhwng ei goesau yn teimlo embaras braidd nad ydio wedi dal na therfysgwr na lleidr na hyd yn oed plentyn yn chwarae triwant eto yn ei yrfa ddisglair, ac yn gadael Wil a Ken unwaith eto ar ben eu hunain yn rhannu panad yn y stafell gefn, ac yn paratoi am shifft nos Sadwrn arall yn delio 'fo mistimanars dihirod y dre.

'Ken?' medd Wil, ar ôl rhai munudau. 'Ti'n gwybod, dydw i'm yn cytuno 'fo *explosives* a ballu, 'im o gwbwl, ond,' mae'n codi'i 'sgwyddau, 'wn i'm, belled â dw i'n gweld, ma' pawb arall 'di bod yn iste ar eu tine'n trafod a dadle ac yn *gneud* diawl o ddim byd. Ers blynyddoedd. Wedyn, o leia ddaru Wilias a'r hogyn Llewelyn 'na drio gneud rywbeth, yn'do?'

Mae Ken yn fyfyriol. 'A'r ddau 'di ca'l blwyddyn o garchar am eu trafferth. O diar annwl. Ma' gymint o fywyde 'di ca'l eu sbwylio a'u brifo efo'r holl blydi busnes Lerpwl 'ma, 'n'do? Wn i'm be i feddwl bellach, Wil bach, na wn i.' Mae'n ochneidio'n ddwfn. 'Ty'd. Agora ffenest 'nei di, reit handi. I ni ga'l yr ogla drwg allan o'r lle 'ma, myn diain i.'

Mae Wil yn gwneud. Ond yn amlwg, dydi mwg, na geiriau – nac agwedd – Ditectif Sarjant Huws ddim yn bethau hawdd i gael eu gwared.

*   *   *   *

Diwedd Gorffennaf, 1963.

Eistedda Mrs Martha Roberts yn ei gwely o dan ei chwrlid amryliw, yn ôl ei harfer, yn ysgrifennu yn ei dyddiadur, yn ôl ei harfer. Ond nid yn ei bwthyn cerrig nid nepell o'r ysgol y mae hi'n trigo bellach, ond mewn lojins ar gyrion y Bala. Gan fod yr ysgol yn cau yfory, mae hi wedi bod wrthi'n chwilio am swydd newydd, ac felly dydi hi ddim wedi ailgartrefu'n barhaol yn unrhyw le tan y bydd hi'n gwybod yn well yn lle y bydd hi'n dysgu yn y dyfodol.

'Dw i'n meddwl bod popeth yn barod ar gyfer y gwasanaeth fory, ond dydw i ddim yn edrych ymlaen. O gwbwl. Dyma fy mhrofiad cyntaf i o fudo mewn ysgol, a does arnaf ddim eisiau'r profiad eto. Mae'n beth trist, ac yn ganmil tristach yma, gan y tynnir yr adeilad i'r llawr wedi i ni ymadael. Dyna ddiwrnod trist fydd hi. Gweld ein hysgol fach hyfryd, sydd wedi croesawu ac ymgeleddu a maethu plant yr ardal ers mil wyth wyth un, yn gorfod cau ei drysau, i beidio ag agor mwy. Mae'r cwm yn anghyfannedd erbyn hyn, â dim ond tri o deuluoedd yn byw yno o hyd. Mae pawb arall wedi mynd – Bala, Frongoch, Cwmtirmynach – i'r pedwar gwynt yn y bôn, ond mae'n debyg y bydd cryn dipyn o bobol yno yfory, rhwng y cynghorwyr, gwesteion, y cyn-ddisgyblion a phawb, wedyn dw i'n gobeithio na fydd y plant bach yn mynd yn rhy nerfus wrth adrodd Salm 23 i'r fath gynulleidfa. Mae Corfforaeth Lerpwl wedi bod yn hynod o awyddus i orffen diboblogi'r cwm, am ei bod yn angenrheidiol iddynt i gloddio am dywod o gwmpas y pentref ...'

Mae hi'n oedi, ac yn meddwl, cyn ychwanegu, 'Nid yw'n naturiol, nac yn arferol, i mi ysgrifennu yn y dyddiadur yma yn chwerw, nac yn filain ychwaith, ond mae'n rhaid i mi nodi yma bod dynion y Gorfforaeth wedi arbed arian yn sylweddol yn ein cwm. Ddaethon nhw o hyd i ddigon o raean a swnd yno at eu dibenion, mae'n debyg, wrth boncyn Ty'n y Bont, y rhan fwya – a dyna'r rheswm am yr holl dyllu a drilio didrugaredd sydd wedi troi'n cwm gwledig gwyrdd yn dyllau a phyllau a thomenni a mwd ym mhob man. Ac mae pob un owns ohono wedi mynd i adeiladu'r wal ddychrynllyd yna. Ac yn waeth na hynny, mae pob carreg, pob un garreg bron â bod, o bob un wal o bob tŷ, pob ffarm, pob beudy a mur a chorlan maen nhw wedi eu chwalu, pob un wedi cael ei chario at y wal 'na. Fel pe tase fo ddim yn ddigon eu bod nhw'n ein hel ni o'ma, maen nhw'n adeiladu'r diawl argae yna efo'n cartrefi ni! Efo'n tir a'n bywydau, efo'n hanes. Beth fyddan nhw isio nesa tybed? Gwaed?'

Mae hi'n ochneidio eto, ac yn rhwbio deigryn o'i llygad.

Ar ddiwrnod ola gwersi yn yr ysgol, mi roedd Mrs Roberts wedi cadw pob peth yn daclus yn y cypyrddau, wedi glanhau'r bwrdd du, fel arfer, ac wedi dweud wrth y plant am roi eu llyfrau yn eu desgiau, a chodi eu cadeiriau ar eu pennau nhw, a dweud pader, fel arfer, yn union fel tasan nhw'n dod yn ôl.

Ond fydd y plant ddim yn dod yn ôl. Ddim ar ôl yfory.

Bydd, mi fydd yfory yn ddiwrnod trist ofnadwy i Mrs Martha Roberts.

*   *   *   *

Drannoeth, mae nifer o bobol yn ymgasglu o gwmpas yr ysgol ar gyfer y gwasanaeth olaf, fel yr oedd yr athrawes wedi rhagweld.

'Lot o bwysigions 'di dŵad o rywle heddiw 'te, Ken?' medd Wil.

Mae'r ddau yn sefyll yr ochr arall i'r bont, yn gwylio'r mynd a dod o gwmpas yr ysgol. 'Ie, yndê?' etyb Ken.

'Pwy 'dyn nhw i gyd, meddet ti?'

'O ... cynghorwrs a gweinidogion, riportars, a rhyw bolitishians, ma' siŵr.'

'Ie, yndê,' medd Wil yn synfyfyriol. 'Y "Powers that Be", 'n'de?'

'Ie. A, wel, dyne ni,' medd Ken, yn dawel. 'Diwedd y sioe go iawn rŵan, yn'dydi? Unwaith mae'r ysgol yn mynd, calon yr hen le'n stopio curo. Tyrd rŵan, awn ni o'ma ie?'

Ac mae'r ddau yn troi i fynd yn ôl at y Ford Anglia bach du, efo bathodyn POLICE ar y rhwyll flaen, sydd wedi ei barcio ger yr afon.

'Atgofion hapus, Ken?' mae Wil yn gofyn rŵan, yn gweld yr olwg hiraethus ar wyneb ei gyfaill wrth iddo agor drws y gyrrwr.

'O. 'Dwn i'm,' medd Ken. 'Ges i ambell i chwip din am gambihafio yne, 'stalwm! Jyst meddwl o'n i. 'Rhen ysgol 'na o'dd cloc y pentre yndê? Dyne sut o'dden ni'n gwybod faint o'r gloch o'dd hi gan amla. Sŵn y plant yn mynd a dod, pan o'dd hi'n amser dechre, amser chware bore, cinio, amser chware pnawn, amser mynd adre. Dyna fo.' Mae'n ochneidio. 'Ia, diwedd y sioe go iawn rŵan.'

Ac mae'r ddau'n mynd i mewn i'r car ac yn ei throi hi am y stesion yn y dre, fel mae'r gwasanaeth yn yr ysgol yn dirwyn i ben. Mae'r plant yn derbyn Testament bob un, i gofio am eu hysgol, ac mae distawrwydd llethol pan mae Dafydd Roberts, sy'n arwain y gwasanaeth, yn hysbysu'r gynulleidfa fod cacen wedi ei derbyn i'w rhannu rhwng y plant, rhodd gan aelodau ifainc Plaid Cymru yn ardal Pwllheli. Ar y cerdyn oddi wrthynt mae'r geiriau, 'Ar ran John, Owain, ac Emyr, i Blant Tryweryn.'

Ac yna, mae lleisiau'r plant a'r gwahoddedigion yn canu yn dringo ar awelon yr haf ar draws y cwm drylliedig:

> 'Dan dy fendith wrth ymadael
> Y dymunem Arglwydd fod ...'

O fewn oriau, mi fydd sŵn bwldosyrs yn dymchwel y to a'r waliau a'r buarth yn diasbedain yn eu lle, yn ddidrugaredd drwy'r fro.

Yn eu gwylio o bellter, yn eistedd ar y cob, mi fydd Morfudd, Siân, Hari, a Rhys. Ar ddiwedd y gwasanaeth, mi fydd y pedwar cyn-ddisgybl yn penderfynu eu bod am weld beth ddigwyddiff. Ac felly mi fyddant yn gwylio pawb yn gadael, ac yna'r bwldosyrs yn cyrraedd, i chwalu. Cyn pen dim, mi fydd y lle'n fflat. Ac wedyn, mi fydd y pedwar yn gwylio'r dynion yn dechrau ar y gwaith o gludo popeth o'na. Fel morgrug.

Mi fydd Siân yn rhoi ei braich am ysgwyddau Morfudd, wrth ei hochr, ac yn gofyn,

'Ti'n iawn, Mor?'

'Nach'dw. Sori,' bydd Morfudd yn ateb yn ddagreuol, yn ychwanegu ar ôl eiliad drist, 'Capel fydd nesa.'

*   *   *   *

'Rhiannon?'

Nid yw'n hollol glir a ydi Rhiannon, ar ei chwrcwd wrth ymyl bedd ei mab, fel arfer, wedi clywed y llais sy'n ei galw. Nid yw'n symud, na throi.

Mae perchennog y llais – merch denau, gyda gwallt brown tywyll, yn gwisgo ffrog ha felen o dan siaced ysgafn lliw hufen, ac esgidiau (anaddas) lliw brown golau – yn dynesu, ac yn dweud eto:

'Rhiannon? It is you isn't it?'

Unwaith eto, nid yw Rhiannon yn ymateb. Mae'r ferch yn edrych allan o'i chynefin yn y fynwent efo'i dillad syml ond smart a thaclus, a'r esgidiau y mae hi erbyn hyn yn difaru dewis eu gwisgo. Serch hynny, mae hi'n trio drachefn:

'Rhiannon? I thought maybe you'd be at the school, but you weren't, and I asked, and a very nice lady said she thought I'd probably find you here.'

Distawrwydd eto.

'Rhiannon? It's me. Eli. Eleanor. Did you not get my letter? I ... I heard about the service at the school today, you see, and I thought, well, she's bound to be at that, so I thought ... Rhiannon? Rhiannon, it's me.'

Tro 'ma, mae Rhiannon yn ateb, er nad ydi hi'n troi i edrych ar yr ymwelydd annisgwyl: ond mae hi wedi adnabod y llais, a'r acen drefol a chry.

'I know,' mae hi'n dweud, yn dawel.

Wedi ei chalonogi rywfaint daw Eleanor yn nes eto, a rhy

ei llaw yn ysgafn ar ysgwydd Rhiannon, sydd yn dal i eistedd ger y bedd heb symud na throi i'w gweld.

Edrycha Eleanor o'i chwmpas. 'It's like a bomb site. I wouldn't have known the place,' mae hi bron â sibrwd.

Am rai eiliadau mae Rhiannon yn parhau i eistedd yn dawel, yna mae hi'n dechrau twtio'r tusw o flodau ar y bedd eto, yn canu yn ddistaw, ddistaw:

> Huna blentyn, yn fy mynwes,
> Clyd a chynnes ydyw hon ...

Mae Eleanor yn gwrando am ennyd, yna'n gofyn:

'Rhiannon, are you ... Alright ...?'

O'r diwedd, try Rhiannon i'w hwynebu. Gwena Eleanor arni yn addfwyn ac mae Rhiannon yn gwenu yn ôl, ond yn wan.

'Why did you come?' mae hi'n gofyn – ond ddim yn gyhuddgar.

Mae Eleanor yn codi gwar. 'I don't know, now, really. I've just, been thinking about you. So much. And I thought ...' Mae hi'n ymbalfalu rŵan am eiriau. Mae gweld cyflwr Capel Celyn wedi mynd â'i gwynt. 'I wanted ... to say, how sorry I am about ... about ... all this ...'

Nid yw Rhiannon yn ateb. Yn lle hynny, try i dwtio'r blodau drachefn. Darllena Eleanor y geiriau ar y garreg:

'Huw ...?'

'My son. My little, little boy.' Daw'r ateb bron fel ochenaid. Eiliad. Saif Eleanor yn syfrdan, ac yn llonydd.

'Oh. Oh Rhiannon I'm sorry. That's awful ...' Mae hi'n stopio ei hun, yn sylweddoli mor annigonol yw ei geiriau. Yna mae'n deall. 'That's why you're not at the school service.'

Try Rhiannon ati eto, yn amneidio, 'Too many goodbyes

already.' Yna mae hi'n codi ar ei thraed. 'Tyrd. Let's go and sit for a while.'

Nid nepell o fedd Huw mae hen fainc yn cysgodi wrth wal y fynwent, ac yn llygad yr haul ar hyn o bryd. Eistedda'r ddwy yn dawel. Rhydd Eleanor yr amser i Rhiannon siarad. O'r diwedd daw'r geiriau:

'It was an accident.'

'There can't be anything worse,' medd Eleanor, yn dyner. 'I mean. I can't imagine anything worse. Losing your ... child ... How do you survive that?'

'I wouldn't know,' medd Rhiannon. 'I haven't,' gan ychwanegu, 'And now, I have to lose him again.'

Nid yw Eleanor yn deall.

'What d'you think will happen to this place, Eli? When the flood comes? Where will I go to talk to my boy then?'

Mae Rhiannon yn dal llygaid Eleanor yn dynn yn ei golwg. Egyr llygaid Eli yn fawr, a daw arswyd ar draws ei hwyneb. Cwyd ei llaw at ei cheg ...

'Oh God. I didn't think ... And here's me ... wanting to say sorry ... How useless is that?'

'It's not your fault.'

'No, but I just thought that you, and your mam and dad, gave me and our Joseph a roof over our heads. We were safe. And you were kind. You gave us a home. Here. You helped us, so much. And now – this.'

'That was war Eli. Not your fault either.'

Mae'r ddwy yn dawel eto. Yna mae Eleanor yn gofyn:

'How are your mam and dad?'

Ond mae Rhiannon yn ysgwyd ei phen. 'I'm glad they didn't live to see this.' Mae hi'n amncidio at gornel ddwyreiniol y fynwent. 'They're just over there ... Yours?'

Tro Eleanor yw hi i ysgwyd ei phen. 'No,' yw ei heglurhad syml.

'I'm sorry.' Cydia Rhiannon yn llaw Eleanor, a'i gwasgu. Yna, gyda gwên mae'n gofyn, yn ysgafnach:

'What's little Joey doing, then? Running Lever Brothers by now, I suppose?'

'No,' mae Eleanor yn ochneidio'n drwm. 'No. I'm afraid he ... got sick. The polio. 1949. Aunty Kathleen reckoned he caught it in the swimming baths. He was one of the ones who never got better. There's only me now.'

Mae Rhiannon yn syllu ar ei hen ffrind am eiliad, ac yna mae'r ddwy'n cofleidio. Yn dynn.

*   *   *   *

Y noson honno, gydag Eli wedi dychwelyd i Lerpwl, mae Rhiannon yn gorwedd yn y dŵr yn y bàth yn yr hen ffermdy, yn hel atgofion. Mae hi'n cofio mor swil a thawel o'dd Eli ifanc, ar y dechrau, pan ddaeth hi a'i brawd bach, Joey, i fyw atyn nhw. A Joey? Mae hi'n gwenu wrth gofio'r bachgen bach pinc, llond ei groen, efo pengliniau tew a dannedd bach miniog, gwallt cwrls, a thrwyn smwt oedd yn rhedeg fel tap waeth beth oedd y tywydd, fyddai'n siarad fel melin bupur, ac yn chwerthin nerth ei ben, â chwarddiad direidus disglair fel dŵr afon yn byrlymu dros gerrig slip.

Ac mae Rhiannon yn gorwedd yn dawel yn y dŵr, ac yn meddwl. Bywydau mor fychain sydd gan bobol, yn y pen draw. A pethau 'bach' ydyn nhw. Ond wedyn, mae hi'n meddwl, mae pawb yn bwysig i rywun, yn'dydi? Peth 'bach' o'dd Joey. Pwtyn o fachgen bach mwrddrwg, annwyl. Ond mi roedd o'n werth y byd i Eli.

Ac wedyn, mae hi'n meddwl, peth bach oedd Huwcyn

hefyd. Ond mi roedd o'n werth y byd iddi hi. Werth y byd i gyd yn grwn. Ac er mor fychan oedd o, mae'r twll sydd yn ei henaid ar ei ôl o yn fwy na'r byd. Yn fwy, hyd yn oed, na'r ceudwll hyll ma'r nafis brwnt wedi ei wneud o'i chartref.

Tybed, mae hi'n ymholi, pwy sydd wedi colli fwya? Eli, ynteu hi ei hun? A phwy sydd i ddweud, beth yn union ydi colled? Sut mae ei fesur o?

Ac mae Rhiannon yn sylweddoli, yn raddol, mai dyna maen 'Nhw' wedi ei wneud.

Maen 'Nhw' wedi pwyso a mesur, a phenderfynu bod Rhiannon, a Gwilym, a Dafydd Robets a Marian Harris a Lisabeth Watcyn a Morfudd Gwerndelwau a Martha Roberts, pawb, pob un wan jac o'nyn nhw, a'r holl le yma, yn llai o 'bwys' na'r bobol acw, a'r lle acw.

Ond iddyn nhw, iddi hi, a Gwilym, a Dafydd Robets a Marian Harris a Lisabeth Watcyn a Morfudd Gwerndelwau a Martha Roberts, i bawb, pob un wan jac o'nyn nhw: dyma'r byd i gyd. Does yne ddim byd arall.

Mae hi'n dawel, ac yn symud ei breichiau wrth ei hochrau yn araf drwy'r dŵr.

'Dyna ydi colled,' mae hi'n dweud rŵan wrthi hi ei hun. 'Llyn anferthol diwaelod o ddŵr oer, du, dienaid. Dyna 'di colled, Rhiannon.'

Mae'n pwyso ei phen yn ôl ar ochr y bàth, ac yn cau ei llygaid.

Dydi hi ddim eisiau meddwl dim mwy.

*   *   *   *

Ddeufis yn ddiweddarach, daw tro'r capel. Medi 28ain, 1963.

Mae'r capel yn orlawn, ond yn llonydd a distaw, ac mae Lisi

May yn arbennig felly, yn eistedd gyda'i thad Watcyn, ei llygaid wedi'u hoelio ar Dafydd Roberts, o'i blaen yn ei le arferol yn y sedd fawr. Mae ganddo hyd yn oed fwy o urddas syml heddiw nag arfer, ond mae Elisabeth yn gwybod yn iawn gymaint o boen, tor calon a chythrwfl sy'n llechu o dan ei ymddangosiad digynnwrf a thawel.

Mae Syr David Hughes Parry, Llywydd Cymdeithasfa'r Gogledd, wrthi'n annerch y dorf.

'Fy ngorchwyl anhyfryd yw cyhoeddi mai dyma'r gwasanaeth olaf a gynhelir yn yr adeilad hwn, a fu am dros ganrif a hanner yn gysegr i'r Duw Goruchaf.'

Mae llygaid Elisabeth yn dal ar Dafydd. Mae hi wedi bod yn frwydr hir, ac mae ôl gwaith a blinder – a methiant a siom – ar ei wyneb, fel y mae hi'n gwybod yn iawn sydd hefyd yn amlwg ar ei hwyneb hithau.

'Cyhoeddaf fod yr Eglwys yng Nghapel Celyn ar y funud bruddaidd hon yn cael ei datgorffori,' mae'r Llywydd yn parhau.

Ac yna, mae'r weithred olaf, symbolaidd, yn cael ei chwblhau. Mewn tawelwch llethol, mae Dafydd Roberts yn cyflwyno Beibl Capel Celyn i'r Llywydd, iddo ei gludo o'r adeilad, unwaith ac am byth. Ac wrth i'r llyfr sanctaidd adael dwylo Dafydd Roberts, gwêl Elisabeth ei egni a'i ysbryd, ei holl fywyd bron, hefyd yn gadael ei ddwylo. O flaen ei llygaid saif dyn yn colli popeth a roddai ystyr i'w fywyd.

Ydi. Mae'r frwydr ar ben.

*   *   *   *

'Ma'r holl beth yn troi arna'i.'

Mae Geinor yn cymryd brathiad arall o'r darn o dost yn ei llaw cyn parhau, dan gnoi, 'Y byd a'r betws yno, 'drycha. Y lle bach yn orlawn. Cannoedd 'di mynd yno, yli. Cywilyddus.'

Mae hi'n eistedd wrth y bwrdd yn bwyta'i brecwast ac yn darllen adroddiad am y gwasanaeth datgorffori yng Nghelyn, y dydd Sadwrn cynt. Mae Dai yn gwenu ar ei thanbeidrwydd nodweddiadol, cyn cynnig, yn gymedrol:

'Ma'n siŵr bod pobol yn teimlo eu bod nhw isio mynegi eu cefnogaeth.'

'Cefnogaeth? Hei, ma'r llong yna 'di hen hwylio dros y gorwel erbyn rŵan ti'm yn meddwl? Nefi! Aeloda Seneddol Llafur yno hefyd, 'drycha. *Cheek*! Cachgwn a bradwyr pob un o'r diawlaid. Mynd i Gapal Celyn i ganu emyna ac edrych yn drist, a hel pleidleisia 'run pryd, decini.'

Mae Dai yn edrych arni wrth iddi hi ymgolli unwaith eto yn y papurau newydd. Mae ganddi hi ddadl gre, fel arfer. Er gwaetha'r gobaith y byddai sefydlu Cymdeithas yr Iaith yn tynnu'r tân o'r cweryla rhwng carfanau amrywiol Plaid Cymru, erys tensiynau enbyd yn ei rhengoedd, rhwng y to ifanc a'r 'hen stejars', rhwng aelodau cymoedd y de-ddwyrain ac aelodau'r gogledd-orllewin, rhwng y rhai sydd â'u bryd ar achub y Gymraeg a'r rhai sydd â'u golygon ar sefydlu Cymru sosialaidd a dwyieithog. Mae sloganau'r Free Wales Army a Mudiad Amddiffyn Cymru wedi dechrau ymddangos yn amlach ac yn fwy eang ar draws y wlad, ac er i Blaid Cymru wadu unrhyw gysylltiad rhyngddi a'r mudiadau radical yma, nid pawb sydd yn ei chredu. Ar ben hynny mae'r holltau difrifol a chyson yn y Blaid yn fêl ar fysedd Llafur yng Nghymru, a'r Rhyddfrydwyr hefyd, yn enwedig gydag etholiad cyffredinol arall ar y gorwel; ac mae penderfyniad y *Western Mail* i gyhoeddi cyfres o erthyglau am y 'Crisis in Plaid Cymru' wedi andwyo hygrededd y Blaid hyd yn oed yn waeth.

Yn y cyfamser, mae cynllun aelodau'r Blaid i brynu lleiniau o dir yng Nghwm Clywedog er mwyn gwrthsefyll cynlluniau arweinwyr Corfforaeth Birmingham i'w foddi wedi methu yn llwyr, ac mae'r Senedd yn San Steffan yn pasio'r Clywedog Reservoir Bill yn rhoi'r hawl iddynt adeiladu eu cronfa. Ac erbyn hyn does yna fawr neb, na dim, ar ôl yng Nghwm Celyn, oni bai am dawelwch. Tawelwch llethol.

'Well i mi 'i throi hi,' medd Dai rŵan, yn codi ar ei draed.

'Faint o'r gloch ma' dy ddarlith di?'

'Deg.'

'Iawn.'

Mae Dai yn pwyso drosti ac yn rhoi cusan ysgafn ar ei thalcen.

'Cym ofal. Paid â thrio neud gormod. Na gwylltio gormod, chwaith,' mae'n ychwanegu yn chwareus.

Mae Geinor yn chwerthin. 'Wna i ddim.'

'Addo?'

'Addo. Aw!'

Rhydd Dai ei law yn ysgafn ar fol chwyddedig ei wraig ifanc. 'Cicio eto?'

'Yndi. Mwy na Dewi Bebb! Rhaid 'i fod ynta'n flin am Dryweryn hefyd!'

Mae Dai yn ei chusanu eto.

'Dos,' medd Geinor, yn hapus. ''Dan ni'n *champion!*'

*   *   *   *

Rhagfyr 1963.

Ni cheir eira fel y llynedd eleni, ond mae'r gaeaf unwaith eto yn eithriadol o oer ar brydiau. Wrth i flwyddyn arall ddirwyn i ben, mae'r degawd yn parhau i syfrdanu, synnu, ac ysbrydoli. Dros yr Iwerydd, yn Washington, yn ystod un o'r gorymdeithiau mwyaf dros hawliau dynol, mae'r arweinydd Martin Luther King yn sefydlu ei hun fel un o'r areithwyr gorau erioed gyda'i araith, 'I have a Dream,' ond ddeufis yn ddiweddarach, yn Dallas, mae llofruddiaeth yr Arlywydd ifanc addawol John Fitzgerald Kennedy a oedd, o dan ddylanwad King, wedi ceisio cofleidio achos hawliau dinesig, yn ysgwyd nid dim ond Americanwyr, ond y byd i gyd. Yn nes at adre mae'r Prif Weinidog, Harold Macmillan, wedi gorfod ymddiswyddo, o'r diwedd, yn sgil sgandal Profumo, ac mae Ronnie Biggs a'i gyd-ladron wedi llwyddo i ddwyn mwy na dwy filiwn a hanner o bunnoedd oddi ar drên y Royal Mail. Ac yn y cyfamser, mae Emyr Llewelyn Jones ac Owain Williams yn parhau i bydru mewn carchardai yn Lloegr tra, gartre yng Nghymru, mae Capel Celyn o dan ddedfryd o farwolaeth, neu, yn hytrach, yn marw. Y capel, yr ysgol, y tai, y coed, y llythyrdy, y ffermdai, y beudai, y corlannau, i gyd wedi mynd, a wal anferthol erbyn hyn yn cau safn y cwm, am byth.

Erbyn Nos Calan, mae aelodau Corfforaeth Lerpwl unwaith eto'n dathlu yn y *ballroom* ar lawr ucha Neuadd y Dre, o dan grisialau'r tair siandelïer anferthol uwch eu pennau, ac yn mwynhau un o *hits* mwya'r flwyddyn, o waith rhai o sêr y 'Merseybeat': 'You'll Never Walk Alone.'

'Great lyrics, great lyrics,' medd Frank wrth Jack, y ddau wedi cael diferyn yn ormod. Maent mewn hwyliau i ddathlu, a hwythau newydd glywed bod y 'Tryweryn Scheme' 'well ahead of schedule'.

'Great lyrics, yes. Though I don't see why the Kop thinks they've got exclusive rights to the tune!' mae Frank yn parhau.

'Well now, would that have anything to do with you

supporting Everton, Frank?' mae Jack yn cellwair, dan chwerthin. 'Cheers!'

Ac mae'r ddau'n llowcio Scotch arall, wrth i eiriau Gerry and the Pacemakers lenwi'r ystafell grand:

> 'When you walk through the storm
> Hold your head up high
> And don't be afraid of the dark
> At the end of the storm
> There's a golden sky
> And the sweet silver song of the lark
> Walk on, through the wind ...'

A hithau'n hwyrhau, a'r ddiod wedi bod yn llifo ers oriau bellach, mae nifer o leisiau persain ac amhersain rŵan yn ymuno yn y gytgan:

> 'Walk on, through the rain
> Though your dreams be tossed and blown
> Walk on, walk on, with hope in your heart
> And you'll never walk alone
> You'll never walk alone.'

Tybed?

* * * *

O'r diwedd mae'r gaeaf llwm a chaled yn dirwyn i ben, ac Emyr ac Owain yn cael eu rhyddhau o'r carchar. Drwy'r wlad mae gwyrddni'n ailddychwelyd, afonydd yn llifo, coed yn blaguro, defaid ac ŵyn yn crwydro'r llethrau'n ddigon bodlon eu byd, a chalonnau'n codi – ond nid yn rhengoedd Plaid Cymru.

Drwy'r gwanwyn, a'r haf, mae'r anghytuno a'r dadlau a'r

trafod wedi parhau i boethi – a chwerwi. Mae mudiad newydd, y 'New Nation Group', o dan arweiniad Emrys Roberts, yr Ysgrifennydd Cyffredinol, wedi dechrau mynegi diffyg amynedd gydag amharodrwydd y Llywydd i ad-drefnu a diwygio, ond mae hynny'n ennyn ymateb chwyrn gan y traddodiadwyr. Erbyn mis Mehefin, mae cyfarfodydd y Pwyllgor Gwaith wedi troi'n ddiflas, cwerylgar a dinistriol, ac mae un o gefnogwyr y Genedl Newydd yn ysgrifennu yn y misolyn, y *Welsh Nation,* nad oes 'no sign of fervour amongst its members, and little sign of a battle being fought' ym Mhlaid Cymru. Ar yr un pryd, mae Ysgrifennydd Cyffredinol y Blaid yn ysgrifennu memorandwm at aelodau'r grŵp, yn galw'r Blaid yn 'amateurish, conservative, lethargic with no drive or initiative' ac yn dadlau bod cymeriad ei Llywydd, Gwynfor Evans, yn 'shy, weak, unimaginative and lacking in drive'. Ac yn yr un mis yn union, mae'r bwldosyrs wedi dechrau dymchwel muriau addoldy Capel Celyn, yn ddiofal, ac yn ddi-hid.

Ond mae gwaeth i ddod.

Y 'City of Liverpool Corporation Act, 1957': 'With respect to the removal of the remains of deceased persons interred in the said burial ground, which burial ground will be submerged by the waters of the Reservoir now being constructed under the above Act.'

*   *   *   *

Gorffennaf, 1964.

Mae'r tîm o ddynion wedi bod yn gweithio yn y fynwent ers rhai dyddiau. Mae'r tywydd yn braf ac mae'r rhan fwyaf ohonynt wedi diosg eu cotiau er mwyn gweithio yn llewys eu crysau, yn codi a symud y meini i ddechrau, ac wedyn clirio'r pridd oddi ar y beddi. Nid pawb o bobol Celyn sydd wedi gofyn am gael symud eu perthnasau, ond mae'n rhaid gwastadu'r fynwent beth bynnag. Unwaith y bydd y gwaith yma drosodd, yn ôl y ddeddf, mi fydd y fynwent yn cael ei gorchuddio gyda slabiau o goncrit, gyda charreg yn cael ei rhoddi yno yn rhywle i ddynodi ei bod wedi bod, ryw dro, yn gladdfa, 'in order to safeguard it should the reservoir be drawn down at any future date.'

'Pam maen nhw'n gwisgo crysau gwyn, dywed?' mae Hari yn gofyn i Rhys rŵan. Dim ond ei deulu o, a Morfudd, sydd yn byw yng Nghapel Celyn bellach, ond mae Rhys wedi dod draw am dro i weld ei gyfaill, ac mae'r ddau rŵan yn eistedd ar un o'r ychydig waliau cerrig sydd yn dal i sefyll, nid nepell o'r fynwent a sgerbwd eu hen ysgol, yn gwylio.

'Peth ofnadwy o ryfedd i neud, yndê?' mae'n parhau, 'a nhwthe wrthi'n gwneud gwaith mor fudr?'

Mae'r ddau fachgen yn dawel am rai munudau, yn gwylio'r dynion wrth eu llafur.

'Wagen Jim Sgrap 'di honne, nacie?' mae Rhys yn gofyn rŵan, yn crychu'i lygaid yn erbyn yr haul ac yn trio ffocysu ar hen racsen o wagen sydd yn sefyll ymysg y casgliad o faniau a wageni wedi eu parcio wrth ochr wal y fynwent.

'Ie,' medd Hari, sydd â llygaid arbennig o graff. Mae wagen Jim Sgrap – a Jim, ei berchennog bochgoch boliog – yn gyfarwydd yn yr ardal ers blynyddoedd, ond yn arbennig felly ers i'r gwaith ddechrau yn y cwm, gan ei fod wedi bod yno yn aml yn manteisio ar y cyfle i wneud dipyn bach o bres drwy gynnig ei wasanaethau yn frwdfrydig: cario cerrig a grafel yma ac acw i'r fforman, ac yn fwy diweddar, yn helpu rhai o'r trigolion i symud tŷ.

'Be mae o'n neud 'ma 'te?' mae Rhys yn gofyn rŵan.

Mae Hari'n codi gwar.

Mae'r ddau'n dawel eto. Wedyn mae Hari yn gofyn yn dawel:

'Rhys? Ti'n meddwl ... hynny ydi ... Ti'n credu bod ffasiwn beth ag ysbrydion i ga'l?'

Try Rhys i edrych arno.

'Nac oes, siŵr.'

'Dim ond ... os ydi Huw ...'

'Taw rŵan.' Mac Rhys yn torri ar ei draws. 'Ty'd. Awn ni i chwilio am Mor, ie?'

'Ie,' medd Hari, yn ddiolchgar, ac mae'r ddau'n codi ac yn troi eu cefnau ar yr olygfa o'u blaenau, ac yn dechrau cerdded i ffwrdd.

Ger wal y fynwent, mae dau o'r labrwrs yn oedi rŵan i gael mwgyn, ill dau yn gwthio eu capiau fflat oddi ar eu talcenni chwyslyd wrth bwyso'n ôl yn erbyn yr hen wal gerrig. Mae'r un boliog yn ochneidio'n drwm, ac yn gostwng ei lais.

'Waeth 'mi gyfadde ddim, Alwyn, 'ma'r joben waetha i mi neud erioed.'

'Paid â chwyno, Jim,' medd Alwyn. 'Jyst ca' dy geg a chyfra'r pres.'

'Ma' hyn yn wahanol Al ... dydi o'm yn teimlo'n iawn rywsut ...'

'Be haru ti? Hei. Pwy o'dd yn brolio i bawb yn y Lion wythnos dwytha 'i fod o 'di neud digon o bres 'ma i brynu wagen newydd, y?'

'Wn i – ond ...'

'Yli, 'den ni jyst â gorffen rŵan nach'den? Bryna i beint i ti heno 'li, i ddiolch i chdi am ofyn 'mi helpu. Dim gair wrth Magi cofia. 'Sdim syniad genni hi lle 'dw i 'di bod, 'li.'

'Iawn. Hei, 'drycha.' Mae Jim yn taflu ei sigarét ar y llawr ac yn ei diffodd â'i esgid hoelion fawr fwdlyd. Mae newydd weld y fforman yn dod tuag atynt, efo dyn dieithr mewn siwt yn gwmni iddo.

'Right boys?' mae hwnnw'n deud rŵan, wrth ddynesu.

'Jyst hafin a litl brêc, syr,' medd Jim, yn daeogaidd. 'It's feri hot wyrc, iw no. Sori.'

'Don't worry about that now, man,' medd y fforman. 'I was just coming to say, you can knock off now, if you like.'

'Oh,' medd Jim. 'Iawn. I mean, good.'

'But er … the thing is … if you'd be willing to come back, about nine, after dark, that is, to er … to, erm … "finish the job" as it were …?'

'Oh,' medd Jim eto, ei frwdfrydedd yn pylu.

'It'll be worth your while. *Really* worth your while. Alright?'

Mae Jim yn meddwl am eiliad, yna'n cytuno. 'Ies. Olrait dden.'

'Good man,' medd y fforman. 'See you later.'

Try Jim at Alwyn, fel mae'r fforman a'r dyn arall yn mynd i siarad efo grŵp arall o ddynion gerllaw.

'Wel?' medd Jim.

'Wel be?' medd Al, yn gwgu.

'Ddoi di 'nôl 'ma 'fo fi, 'n gwnei Alwyn? Heno, 'lly?'

Mae Alwyn yn tynnu ar ei Woodbine.

'Dim ffiars o beryg Jim. Fydda i yn y Lion. Mi fydda Magi isio gwybod i le o'n i'n mynd,' mae'n ychwanegu, yn gelwyddog. 'Fel ddeudish i. Jyst ca' dy geg a chyfra'r pres Jim. Chei di'm cyfle arall pan fydd y gwaith 'ma 'di dod i ben. Cofia hynne.'

Ac felly, y noson honno, mae Jim yn dychwelyd ar ei ben ei hun, gyda llond llaw o ddynion eraill, i gyflawni'r gorchwyl olaf ym mynwent Celyn. Codi'r cyrff o'r beddi a'u rhoi ar eu wageni, cyn eu cludo oddi yno, i gael eu cadw yn rhywle arall nes daw'r amser i'w hailgladdu.

Mae'r drewdod yn annisgrifiadwy, wrth i'r dynion lafurio yn y tywyllwch, mewn tawelwch llethol, fel lladron yn ysbeilio a dwyn o dan gysgod y nos, yn gwneud gwaith y diafol, neu fel yna mae'n teimlo i Jim a'r lleill. Ac mae arswyd y gorchwyl, a düwch y nos, yn peri iddynt ruthro, a pheidio â chymryd llawer o ofal wrth geibio, malu, llusgo a dryllio hen orffwysfan gysegredig eneidiau Celyn.

Drannoeth, mae pob man yn dawel, dawel, dawel. Dim brefiad, dim adar, dim byd.

Ar ochr y lôn, ger y fynwent, mae darnau o eirch, rhai yn gyfan, a phentwr o gerrig beddi. Saif Lisi May yn llonydd fel delw, yn edrych ar y difrod.

'Gwaith y diafol, yndê?' medd llais rŵan, wrth ei hochr.

Try Lisi May a gweld dyn bach boliog, bochgoch, chwyslyd wrth ei hochr. Mae hi wedi dod yn y car, er gwaetha cyngor ac anfodlonrwydd Donos, i weld y difrod drosti ei hunan. Mae ei hwyneb gwelw yn bradychu cyflwr bregus ei hiechyd.

'Be ddeudsoch chi?' mae hi'n gofyn.

'Gwaith y diafol,' medd y dyn eto, yn dawel, gan wgu.

Dydi Lisi May ddim yn ei ateb.

'Mae'n ddrwg gen i misus. Wir rŵan. Mae'n ddrwg gen i. Oeddech chi'n ym ... oedd gennoch chi ... ym ...' mae'n oedi, mewn embaras. 'O'dd gennoch chi deulu yma, 'lly?'

Nid yw Lisi'n troi, ond gyda'i llygaid wedi'u hoelio ar yr olygfa ofnadwy o'i blaen, mae'n ateb yn dawel, 'Roedden nhw i gyd yn deulu. Pob un ohonyn nhw. Pob un.'

Mae Jim yn gwthio'i gap yn ôl ar ei dalcen eto, ac yna'n ailfeddwl ac yn ei dynnu yn llwyr a'i blygu yn ei ddwylaw mawr, creithiog, fel arwydd o barch.

'Ar y ffor' i'r argae 'dw i rŵan, 'lwch. I waelod y wal, 'lly. Am adael y wagen yno. Dyne ma' rhai o'r lleill am ei wneud hefyd. Y drewdod 'lwch. Methu ca'l gwared o'no fo. 'Dw i 'di bod yn sgwrio a sgwrio drw'r bore efo ryw gemicals roddodd y fforman i ni neithiwr. Ond 'dyn nhw'm 'di neud iot o wahaniaeth. Da i ddim rŵan, nach'di, 'rhen wagen?'

Unwaith eto nid yw Lisi May yn ei ateb.

'Wedyn 'den ni 'di penderfynu eu gadael nhw wrth waelod y wal. Gân nhw eu claddu yn y concrit wedyn. Anghofio amdanyn nhw, am byth. Dyna sy ore.'

Try Lisi May i edrych arno eto rŵan, ond nid yw'n yngan gair. Mae rhywbeth yn ei hedrychiad sy'n gwneud i Jim ddistewi hefyd, cyn iddo droi ar ei sawdl a mynd yn ôl at yr hen wagen dramgwyddus gerllaw.

Ond er iddo ei gadael yn seiliau wal yr argae, ni fydd Jim Sgrap yn anghofio am y wagen honno, na'i rhan yn nhranc Celyn, nac edrychiad gwelw Lisi May ychwaith, weddill ei oes.

Ac ar lethr uwch ben y pentre yn gwylio'r cyfan, saif Gwilym yn llonydd a thawel. Bellach, nid yw Cymro'r ci yn gorwedd yn ufudd wrth ei draed yn aros yn eiddgar i glywed gorchymyn nesa ei feistr. Mae Gwilym wedi gwerthu Cymro i Meurig Ifans, Traws. Mae'r rhan fwyaf o offer a chelfi Garnedd Lwyd wedi eu gwerthu hefyd.

'Ci ffarm 'dio. Dyne'i gynefin o. Dorrith ei galon heb waith,' esboniodd Gwilym i Meurig yn y mart, yn dawel ac yn ddiemosiwn, ond nid yn ddideimlad. A dyna daro bargen.

Felly mae'n sefyll yn unig rŵan, fel delw, a'i lygaid yn symud yn llesg dros y tirlun ysbeiliedig o'i flaen. Yna mae'n andlu'n ddwfn, cyn troi ei gefn ar yr olygfa druenus, a cherdded yn ara deg ond yn ddiwyro, gyda'r gwn 12 bôr o hen sied Garnedd Lwyd yn ei law – un o'r ychydig bethau na werthodd – tuag at y mynyddoedd. Yn ôl i'w gynefin.

Ni fydd yn dychwelyd.

*   *   *   *

Pennod 15

Porth y Byddar

Hanner ffordd, bron, drwy ddegawd y 'Swinging Sixties', a JFK, y Bay of Pigs, Martin Luther King, Nelson Mandela, *free love*, Carnaby Street, y bilsen, Vietnam, Fidel Castro, y Rolling Stones, y ras i'r lleuad, Twiggy, y Klu Klux Klan, Mary Quant, Beatlemania, *discotheques*, Che Guevara, mariwana, Kinky Boots, Cassius Clay, Bob Dylan, Malcolm X – a llais, a dwrn, yn codi mewn protest ledled y byd.

A Thryweryn? Oes yna bobol sydd yn 'Cofio Tryweryn' erbyn hyn? Go brin y byddai Corfforaeth Lerpwl yn anghofio am lwyddiant cynllun y 'Treeweerin Reservoir'. Yn ei swyddfa, mae Jack Braddock newydd fod yn gwrando ar adroddiad addawol Frank parthed y sefyllfa bresennol.

'Reports recently received by the Water Committee from the resident Engineer, confirming progress towards imminent completion of the dam, sufficient for impounding to begin,' darllena Frank, yn llawn boddhad, o'r nodiadau yn ei law, 'have led the Water Committee to consider, and recommend, that it would be neither inappropriate nor premature for the Corporation to begin discussions regarding arrangements, and a date sometime next year, for an Official Opening Ceremony.'

'Excellent Frank, excellent,' medd Jack, yn gwenu'n fawreddog.

'And further,' pwysleisia Frank yn frwdfrydig, 'the Committee would venture to suggest that the imagination, foresight, ambition, and undeniable success of this particular venture, securing, as it does, inexpensive and sufficient water supplies for the residents of our ever-flourishing modern city for many years to come, must surely be marked with a celebration of some significant note, hence the recommend-ation to begin discussing such arrangements well in advance of completion.'

'Most definitely Frank, without a doubt,' cytuna Jack, gan ychwanegu, gydag ysbrydoliaeth sydyn, 'I wonder – any chance of persuading Her Majesty to attend, d'you think?'

'Worth a try, worth a try, Jack,' medd Frank, yn wên o glust i glust.

Mae Jack yn pwyso botwm ar ei ddesg gyda'i fys bach tew.

'Miss Riley? Find our contact number for Buckingham Palace would you? Chop chop, there's a good girl.'

*   *   *   *

Gorffennaf 1964.

'Ar ran trigolion Cwm Celyn, hoffwn i ddiolch i'r Parchedig Pritchard am arwain y gwasanaeth heddiw, ac i bawb sydd yma, am eich cefnogaeth, a'ch croeso.'

Saif Dafydd Roberts o flaen casgliad bychan o bobol – y rhan fwyaf ohonynt yn gyn-drigolion Capel Celyn. Mae hi'n ddiwrnod braf o haf, ond mae eu prudd-der yn amlwg.

'Heddiw,' mae Dafydd yn parhau, 'rydym wedi ailgladdu cyfeillion, a chymdogion, o'n bro, yn sgil datgorffori ein capel yng Nghelyn, ac efallai nad hon yw'r bennod olaf yn

333

hanes ein pentre, ond mae hi yn bendant yn un o'r rhai tristaf.'

'Bore 'ma, gorfodwyd i rai ohonom alaru yr eildro am ymadawedigion hoff, wrth gofio hefyd am eraill o'n tylwyth sydd wedi eu gadael ar ôl, yng Nghelyn. Mae heddiw hefyd, hwyrach, yn gyfle i ni fyfyrio ar y golled enfawr yr ydym wedi ei dioddef wrth weld ein cartrefi a'n bro, a'n bywoliaeth, rhai ohonom, yn diflannu – heb adael ôl. Does yne fawr ddim ar ôl yng Nghwm Celyn bellach, ac mae'r sawl sydd wedi bod yno yn ddiweddar wedi sôn wrtha i fod y dŵr yn cronni yn gyflym yn yr agendor a oedd unwaith yn gartref i nifer ohonom ni. Faint mwy o'n dagrau ni sydd wedi llifo nag sydd erbyn hyn yn gorwedd yn y fan honno, fyddwn i ddim eisiau dyfalu.'

Mae'n edrych ar yr wynebau o'i flaen, pob un yn gyfarwydd, a phob un ag olion straen, a phwysau, a thor calon arno.

'Ond, gyfeillion, mi ddyweda i hyn,' mae Dafydd yn ategu, a pheth cryndod yn ei lais soniarus. 'Er i'r estron lwyddo i chwalu'r gymdeithas a oedd gennym, a darostwng ein muriau, ac er i'r dyfroedd ddod i orchuddio ein tai, a'n capel, a'r erw gysegredig gerllaw, mi fydd y llecyn hwnnw yn parhau i fod yn gysegredig iawn i lawer iawn ohonom ni. Gyfeillion, frodyr a chwiorydd, cyfyd atsain, mawl a chân i frig y tonnau uwchben o'r fan islaw, lle bu moliant, am dros ganrif a hanner.'

*   *   *   *

'Brwydr Genedlaethol y Cymry' ydi teitl cynhadledd flynyddol Plaid Cymru, Abergwaun, ddiwedd yr haf, 1964.

''Dw i jyst yn dal i fethu credu sut ma' rhai pobol yn gallu dadlau ein bod ni'n blaid wleidyddol sy'n ffynnu, aeddfedu a datblygu, ar ôl y fath annibendod. Siop siafins go iawn.'

Eistedda Geinor yng nghefn y car yn edrych allan drwy'r ffenestr yn drist, ac yn gwylio'r glaw yn diferu'n araf ond yn gyson i lawr y gwydr. Mae Owain, y babi, sydd erbyn hyn yn naw mis oed, yn cysgu'n dawel yn ei fasged wrth ei hochr. Brwydr fwyaf y gynhadledd y mae'r tri newydd fod yn bresennol ynddi oedd y frwydr rhwng carfanau'r ddau ymgeisydd ar gyfer swydd yr Is-lywydd, un o adain y 'Gwynforiaid' a'r llall o adain y 'New Nation', gydag ychydig iawn, iawn o amser felly i drafod brwydr 'y Cymry' yn gyffredinol, nac unrhyw beth arall chwaith. Mae Dai yn edrych yn nrych y gyrrwr ar ei wraig. Mae hi'n edrych yn flinedig, yn welw – ac yn flin.

'Iawn. Ma' gin Emrys Roberts a'i griw bwynt. Mae delwedd y Blaid yn hollol hen ffash erbyn hyn. Academig, ffanatig, dieffaith hyd yn oed. Ond dydyn nhw'm yn dallt mor beryglus ydi'r sefyllfa?' Mae hi'n ochneidio'n drwm. 'Nefi, ma' isio gras weithia 'sti!'

'"A middle class culturalist organisation playing with politics," dyna ddeudodd Trys, yndê?' medd Dai rŵan, ac mae Geinor yn hwffian hyd yn oed yn fwy pwdlyd y tu ôl iddo.

'Ha! Pwy mae o'n alw'n "middle class" dywed? Be ŵyr Trystan, myn diain i! 'Dwn i'm pam ti'n dal i drafferthu efo'r sinach bach.'

'Mae o'n gwmni difyr. A hwyrach bod genno fo bwynt.'

'O Dai plis – paid ti â dechrau! Ma' un peth yn saff i ti. Ma'r blydi etholiad cyffredinol 'ma'n bownd o ga'l ei alw'n hwyr neu'n hwyrach, a pha obaith fydd gynnon ni yn hwnnw, a ninnau ar gymaint o chwâl dywed? Hôps mul!'

Dydi Dai ddim yn ei hateb. Mae'r ddau yn dawel, yn hel

meddyliau am ychydig, ac yna, yn sydyn, mae lampau blaen y car yn taflu llif o olau am eiliad neu ddwy drwy'r glaw ar wal garreg wrth ochr y lôn, ac arni'n llythrennau 'FWA' wedi eu plastro'n flêr mewn paent gwyn.

'Blydi hel!' medd Geinor, "Na i gyd o'n i isio! 'Free Wales Army', myn diain i. Blydi clowniaid dwl! Ti yn dallt y bydda'r Blaid yn gallu chwalu yn gyfan gwbl yn sgil hyn i gyd, 'n'dwyt ti Dai? Wir yr, rŵan. Chwalu a diflannu, unwaith ac am byth!'

Ond gyda hynny mae Owain bach yn deffro yn ddisymwth, ac yn dechrau bloeddio nerth ei ben o fewn eiliadau. Mae Geinor yn ei godi yn ei breichiau ac yn dechrau ei siglo yn ôl ac ymlaen yn ei mynwes i'w dawelu, gan fwmian yn dawel:

'Dyna ti 'machgen i ... dyna ti ... Mi fyddi di'n iawn 'li ... 'nawn ni'n siŵr o hynny. O leia mi fydd gen ti Fami a Dadi yn edrych ar dy ôl di, yli, hyd yn oed os bydd hygrededd dy genedl di 'di diflannu o dan wyneb y dŵr cyn i ti gyrraedd dy ben-blwydd yn bump oed!'

*   *   *   *

Ganol Hydref, ac mae gan Jack a Frank hyd yn oed fwy o reswm i ddathlu.

'Bloody marvellous news eh? The Gannex mac won the day after all! Cheers, Frank,' medd Jack, yn clincio'i wydriad o Scotch yn un Frank. 'Always said Wilson'd be the man to kick the Tories' arses!'

'Yes, well, let's just hope he remembers who got him there, eh Jack?'

'Too bloody right Frank.' Try Jack o'r cwpwrdd gwirodydd yn ei swyddfa a dychwela at ei ddesg. 'Too bloody right!' Mae'n eistedd. 'Now then Frank, about these "concerns"?'

'Oh!' medd Frank, yn ffwrdd-â-hi. 'Dealt with, Jack. All dealt with.'

Cyfeirio mae'r ddau at y llythyr diwetha i gyrraedd y Gorfforaeth oddi wrth Bwyllgor Amddiffyn Celyn, yn erfyn ar y swyddogion i alw'r gronfa yn 'Llyn Celyn,' ac nid 'Llyn Mawr Tryweryn', fel y bwriedir.

'And?' mae Jack yn gofyn rŵan.

'Simple. We rename the whole project Lin Kelin, as requested.'

'Oh?' medd Jack, gyda pheth syndod. 'Alright. A gesture of appeasement. Fair enough.'

'Well, it might look like it: it gets rid of the old Treeweering handle and does save getting their over-sensitive backs up, but in all honesty according to the surveyor, there already is a Lin Treeweering in the area, so we'd have to think about the name again anyway, to avoid confusion.'

'Oh. Well. There we are then,' medd Jack, yn pwyso'n ôl yn ei gadair gyda'i chwisgi yn ei law.

'The really *very* good news though, Jack, is that we've almost closed the deal with North East Shropshire. As much water as they want, in addition to the quarter of a million gallons they already buy from us ...'

'Good. And the figures?'

'Not finalised. Best not discuss the exact cost of additional supplies at the present moment. But lucrative, doubtless, between you and me, and the first of several such negotiations. Though of course, none of this is public as yet.'

'No, course not. Wouldn't want the bleating Taffs to find yet another reason to whine, eh? Though, speaking of which, Harold's stuck to his word I gather, and given them a Welsh Office and Secretary of State.'

'Indeed. Should shut 'em up for a bit. Steal their thunder even.'

'Absolutely, Frank. Just as well we got in there when we did though, eh?

'Too bloody right. And regarding the ceremony, soon as we get a final completion date it'll be full steam ahead!'

'Marvellous. D'you know, I've got a good feeling about this, Frank. A *very* good feeling. Cheers!'

Am unwaith, mae asesiad Frank a Jack o'r sefyllfa yn eitha agos ati. Mae buddugoliaeth Llafur a Harold Wilson yn yr etholiad, yn enwedig yng Nghymru, wedi ysgwyd seiliau simsan Plaid Cymru hyd yn oed yn fwy byth. Wrth sefydlu Ysgrifenyddiaeth a Swyddfa Gymreig i Gymru, am y tro cyntaf, dan ofal Ysgrifennydd Gwladol, Jim Griffiths, mae'r weinyddiaeth Lafur nid yn unig wedi mynegi ei diddordeb ym materion Cymru, a'i pharodrwydd i ystyried datganoli rhai elfennau llywodraethol, ond mae hefyd wedi tanseilio dadleuon sylfaenol Llywydd Plaid Cymru, Gwynfor Evans, gan annog y Cymry i ymddiried, o hyn allan, yng ngrym eu Haelodau Seneddol etholedig, megis Jim Callaghan, Megan Lloyd George a Cledwyn Hughes, am eu bod o'u plaid. Yn ogystal â hynny, mae colledion Plaid Cymru yn yr etholiad wedi bod yn alaethus. Mae'r pwysau ar Gwynfor Evans i roi'r gorau unwaith ac am byth i'r 'frwydr seneddol' yn cynyddu eto, gyda'r cenedlaetholwyr ieithyddol megis Saunders Lewis ar y naill du, yn mynnu blaenoriaethu iaith a diwylliant, ac yn ysgrifennu, 'The idea that a Nationalist movement can succeed by parliamentary elections has now been proved preposterous,' ac ar y llall, y sosialwyr, megis Emrys Roberts, yn parhau i ysu am ad-drefnu, ac, yn gyfrinachol, am ymddiswyddiad y Llywydd.

Pan ddarganfyddir llythyr ym mis Tachwedd gan Emrys Roberts yn cynllwynio, yn y bôn, i'r perwyl hwn, mae'r ffrwydr yn poethi. Gwelir ei weithredodd yn ddim llai na 'brad', gan rai. Ar ben hynny, mae rhywun neu rywrai yn dweud wrth y *Sunday Mirror* fod Emrys Roberts wedi gadael ei wraig am Margaret Tucker, dynes briod ac ymgeisydd seneddol arall dros y Blaid. Mae'r penawdau yn sgil hynny ar dudalen flaen y papur yn datgan 'Private Lives Row in Party' yn cynddeiriogi adain geidwadol, grefyddol y Blaid. Wythnos yn ddiwedd-arach, caiff Emrys Roberts, Ysgrifennydd Cyffredinol y Blaid, ei ddiarddel, am ddiffyg teyrngarwch. Mi roedd Geinor yn iawn. Erbyn diwedd 1964 mae'r Blaid mewn perygl o chwalu yn gyfan gwbl, a diflannu unwaith ac am byth.

A beth am Dryweryn? Wrth i gynrychiolwyr etholedig Lerpwl drafod a chynllunio'r ffordd orau i ddathlu llwyddiant eu menter uchelgeisiol, mae'r cwm iach a oedd unwaith yn fwrlwm eofn o fywyd amaethyddol traddodiadol Cymreig yn gorwedd yn llwm yng nghoflaid Arennig Fawr, Arennig Fach a Mynydd Nodol fel claf ar ei wely angau: claf sydd wedi ei gystuddio gan raib a thrais clefyd annynol a barus. Mae'n glefyd sydd wedi treulio a thyllu, wedi bwyta ac ysu a brathu, nes bod hyd yn oed y gwaed wedi peidio â llifo o'r clwyfau, y croen tenau wedi colli pob lliw, a'r cyhyrau curiedig yn glynu'n llipa a diffaith ar yr esgyrn brau. Cwm Celyn, tir Cymru, cyn ei foddi: sgerbwd o anialdir diffrwyth, wedi'i anrheithio'n ddiseremoni ac yn ddi-droi'n-ôl.

Ac i wneud yr ofnadwyedd yn waeth, ym mis Rhagfyr, mae hi'n dechrau glawio a hynny'n ddidrugaredd. Drwy gydol y mis, caiff canolbarth Cymru ei chwipio'n feunyddiol gan gawodydd diddiwedd, a Chwm Tryweryn digalon yn dioddef un o'r cyfnodau gwlypaf yn ei hanes erioed. Ac felly, erbyn canol Ionawr 1965, mae'r glaw blin wedi hanner llenwi safle'r gronfa anferthol ac mae'r adeiladwyr o'r diwedd yn cadarnhau dyddiad cwblhau'r gwaith: mis Awst 1965, pum mlynedd union ers cychwyn ar yr anrhaith.

Ac felly mae Jack a Frank yn gallu pennu dyddiad ar gyfer eu seremoni fawr, ac mae camau olaf saga Tryweryn yn dechrau disgyn i'w lle. Pan ddatgelir y newyddion bod Lerpwl yn paratoi i gynnal jamborî yn llawn miri a moliant, mae'r Gorfforaeth yn derbyn apêl ar ôl apêl i beidio â rhwbio halen yn y briw drwy wneud sioe fawr rodresgar o agor y gronfa, ond mae clustiau'r Gorfforaeth yr un mor fyddar ag erioed.

'Insensitivity? What insensitivity? Tell the Press Office to send out an immediate release, Frank. The Corporation has gone to great lengths to nurture and maintain extremely cordial relations with everybody, throughout!'

'Of course, Jack. At once, Jack.'

'I've just about had it up to the back teeth with that pitiful little band of republican trouble-makers!'

'Me too, Jack, me too!'

'Republican troublemakers in pursuit of their own blatantly nationalist agenda! I'll tell you something for nothing, Frank. I'll be bloody glad when the whole bloody thing is up and running and everybody'll forget all a-bloody-bout it!'

Ac mae Jack yn taranu allan o swyddfa Frank yn wynepgoch a blin.

'Everybody'll forget all about it.'

Tybed?

*   *   *   *

Mehefin 1965.

Egyr Lisi May ei llygaid yn gysglyd. Mae'r ystafell o'i hamgylch yn olau iawn, ac mae'n gorfod amrantu o'i herwydd. Cymer rai eiliadau iddi gofio yn union yn lle y mae hi.

'Elisabeth?' medd llais dyn wrth ei hochr, yn dawel. 'Dech chi'n iawn?'

Try Elisabeth ei phen, a gwêl wyneb tenau, esgyrnog, caredig, â llygaid glas, glas cyfarwydd yn syllu arni yn dyner.

'Dafydd ...?'

'Ara deg rŵan – oeddech chi mewn trwmgwsg, Elisabeth.'

'O,' medd Lisi May, yn dod ati'i hun. 'Mae'n ddrwg gen i. 'Dech chi yma ers amser?'

'Twt. Peidiwch â phoeni am hynne rŵan ... digon o amser gen i, cofiwch, dyddie yma.'

Mae Lisi May yn cymryd anadl ddofn, ac yna'n dechrau ceisio eistedd i fyny'n well yn y gwely ysbyty. Estynna Dafydd glustog arall iddi, a'i chynorthwyo.

'Dyne chi ... Dyne chi. Well rŵan?'

'O. Ym. Diolch. Diolch, Dafydd,' medd Elisabeth. Ond mae'r ymdrech fechan yna wedi tynnu'r gwynt o'i hysgyfaint am eiliad neu ddwy. Wedi iddi setlo eto, mae Dafydd yn gofyn, 'Yden nhw'n eich trin chi'n iawn yma wedyn, Elisabeth?'

'Ynden, chwarae teg Dafydd, ynden wir. Hyd yn oed pan fydda i'n cambihafio!' Mae hi'n chwerthin, er yn wan, ac mae Dafydd yn gwenu arni. 'Choelia'i fawr!'

'O, ma'n wir,' mae hi'n parhau. 'Fi sy'n mynd yn rhwystredig yn y lle 'ma yndê? Isio gwella a mynd o'ma 'dw i. Ma' gymaint i'w wneud.'

'A 'dw i'n siŵr y byddwch chi'n ca'l mynd o'ma'n reit handi hefyd. Amynedd sydd eisiau rŵan, Elisabeth.'

'Wn i'm,' medd Elisabeth, gydag ochenaid fas. 'Dydi'r doctoriaid ddim i weld yn rhy siŵr.' Mae eiliad o dawelwch, ond yna mae hi'n gwenu ar Dafydd eto. 'Ond 'dech chi'n iawn. Amynedd sydd eisiau.'

Mae hi'n setlo rŵan yn fwy cyfforddus yn erbyn ei chlustogau, ond mae Dafydd yn sylwi ei bod yn anadlu braidd yn llafurus.

'Sut mae pethe 'te, Dafydd? 'Dech chi a Nel 'di setlo yn y Bala eto?' mae hi'n gofyn yn dawel. Mae'r ward yn ddistaw'r prynhawn 'ma, ac mae hi'n hynod o falch o weld ei hen ffrind.

'Wel – fanno 'den ni'n byw, yndê, ond ddeudwn i ddim ein bod ni wedi "setlo", Elisabeth.'

'Naddo,' medd Elisabeth yn dyner. 'Naddo, mae'n siŵr.'

Mae Dafydd yn craffu arni. 'Dech chi'n gwybod, Elisabeth, 'dw i wedi bod yn meddwl llawer am bethe dros y misoedd dwytha 'ma. A,'dech chi'n cofio deud wrtha i, flynyddoedd yn ôl, deud, hwyrach ein bod ni'n rhy ... "freuddwydiol" ... i achub Celyn?'

'Do? Wn i'm ...'

'Do. "Breuddwydiol." 'Dw i'n cofio'r gair. Ddaru o 'nharo i ar y pryd ... "Breuddwydiol." Ddaru mi ddim deall, bryd hynny, be oeddech chi'n feddwl, yn iawn. Ond oeddech chi yn llygad eich lle, Elisabeth. Breuddwydio oeddwn i yndê? Yn credu, yn *hollol* sicr, y bydde cyfiawnder a thegwch, a chariad hyd yn oed, yn ein cynnal ni ac yn arwain at achubiaeth, yn y pen draw.'

'Diniwed oedden ni hwyrach, Dafydd, dyne i gyd.'

Ond mae Dafydd yn ysgwyd ei ben. 'Na. Breuddwydio oedden ni. Pob un ohonon ni. 'Blaw amdanoch chi,

342

Elisabeth. A dyne o'n i isio ei ddeud. 'Dw i wedi bod yn meddwl llawer amdanoch chi, yn gorwedd yma, ac o'n i eisiau dweud, er bod y frwydr ar ben, 'dw i wir ddim yn gwybod beth fydden ni wedi neud heboch chi. Yn llythyru a thrafod a dadlau a chenhadu, a gwneud gymaint ar eich liwt eich hun. Yn torchi llewys ac yn dal i fynd ati fel lladd nadredd, siom ar ôl siom, yn wynebu pob anhawster, a difaterwch hefyd. A rŵan, mae arna i ofn, 'dech chi'n talu'r pris. A dydi hynne ddim yn deg. Ddim yn deg, o bell ffordd.'

Mae Lisi May yn gwenu yn drist arno. 'Mae yne lawer iawn o bethe yn yr hen fyd 'ma sydd ddim yn deg, Dafydd. A 'nghalon i ydi'r broblem rŵan, nid ymdrech Capel Celyn.'

Mae Dafydd yn edrych i fyw ei llygaid. 'Ddeudwn i fod y ddau'r un peth ...' Dydi Elisabeth ddim yn ei ateb. 'A dyne ni, pawb wedi mynd i bedwar gwynt rŵan,' mae'n ategu.

Mae Elisabeth yn ei astudio. Mae o'n edrych yn llai, rywsut, ac yn fregus. Dyn allan o'i gynefin, yn amlwg, yn yr ysbyty, ond mae Dafydd yn edrych fel dyn fyddai allan o'i gynefin yn lle bynnag y byddai erbyn hyn, am byth.

''Dech chi'n gwybod, Dafydd, ychydig cyn i mi fynd yn symol, ges i brofiad wnaeth wneud i mi deimlo nad ydw i byth isio mynd yn ôl i Gelyn eto. Y diwrnod wedi iddyn nhw glirio'r fynwent o'dd hi ...'

'Ie?' medd Dafydd.

'Gwrddes i â Jim Defis – Jim Sgrap. O'dd o 'di bod wrthi'r noson cynt yn ...' mae hi'n dewis ei gair yn ofalus, 'helpu.'

'Hwnnw. Achub pob cyfle i wneud bach o bres,' medd Dafydd, yn anarferol o feirniadol.

'Yndê? A 'dech chi'n gwybod be o'dd y cyfaill yn ei wneud? Mynd â'i wagen i waelod wal yr argae o'dd o, i ga'l gwared ohoni hi. Drewi yn'doedd, 'dech chi'n gweld. O'dd o 'di trio'i llnau hi, ond wedi methu. Wedi trio pob math o ryw gemicals ma'n debyg, medde fo. Ac felly dyne lle oedd o, ar ei ffordd i gladdu'r "hers" fuodd yn cludo esgyrn Celyn, ein hesgyrn ni, am byth, yn seiliau'r wal ddiawledig yna. Y wal sydd wedi rhoi terfyn ar ein bywydau. Allwch chi gredu, Dafydd? Fethes i ddweud unrhyw beth wrtho ar y pryd. Ond beth o'n i isio ofyn oedd, a oedd ganddo fo gemicals i llnau fyny fan hyn?' ac mae hi'n cyffwrdd ei harlais. 'Achos 'dw i'n methu'n glir â glanhau hwnnw chwaith.'

Edrycha Dafydd yn ddigalon arni.

'Wedyn does arna i ddim eisiau mynd yn ôl yna eto, Dafydd, pan ddo i allan o'r ysbyty 'ma. Ddim i weld y fath anrhaith fras.'

''Dw inne yr un fath, wyddoch chi. Ar goll. Dyne 'dw i'n deimlo. 'Mod i "ar goll". Fel ...' mae'n ochneidio'n wan, '... fel dafad golledig. Yn aros i'r Bugail ddod o hyd i mi, a 'nhywys i adre. Ond, os nad ydi "adre" yno rhagor, i le ma' dyn i fynd, Elisabeth?'

Estynna Elisabeth ei llaw ato ar gwrlid gwyrdd golau'r gwely, ac mae Dafydd yn ei derbyn.

'Mi ddaw cyfiawnder, a thegwch, a chariad ryw ddydd, Dafydd. 'Dech chi'n gweld, mae'n bosib 'mod i yr un mor "freuddwydiol" â phawb arall, wedi'r cyfan. Ond 'dw i'n siŵr y daw o. Hwyrach ein bod ni wedi colli'r frwydr, ond hwyrach ein bod ni, drwy wneud hynne, wedi gwneud yn siŵr na fydd o byth yn digwydd eto, Dafydd.'

'Hwyrach,' medd Dafydd, ac mae'n gwasgu ei llaw.

Ond nid oes yr un o'r ddau ohonynt yn swnio'n argyhoeddedig. O gwbwl.

*   *   *   *

Clic. Mae braich llythyren 'T' y teipiadur yn taro'r papur gyda sŵn croyw, di-lol. Mae Eleanor yn syllu arno. Mae hi'n pwyso'r llythyren nesa – 'h'. Try i edrych ar y nodiadau Pitman wrth ei hochr, ac yna mae'n ychwanegu 'e'.

'Everything alright, Miss Riley?' medd y ferch ifanc wrth ei hochr.

Eistedda Eleanor wrth y ddesg ganol yn yr ystafell, yr enw 'Miss E. Riley' ar arwydd plastig o'i blaen, gydag un arall wrth ei ochr ac arno'r geiriau, 'Personal Assistant to Mr Braddock.'

'Only, you seem a bit ... distracted. You sure you're ok?'

Mae Eleanor yn edrych ar y ferch ar ei hochr chwith. Jenny. Mae hi'n ifanc ac yn annwyl, ond yn reit anobeithiol yn ei swydd. Mae Eleanor wedi gorfod ei hachub droeon pan mae ei sillafu, neu ei ffeilio, neu ei diffyg synnwyr cyffredin wedi arwain, bron, at drychinebau gweinyddol, ac felly mae Jenny yn ddiolchgar, ac yn ofalus iawn o'i huwch-swyddog.

'It's just these glasses. I think I must need new ones.'

'Oh. Right-ho. Oh! I could come with yer if yer like, help choose some groovy ones?'

'Yes. Alright. Maybe. We'll see. Now just get on with those reports, eh, Jenny?'

'Yes, Miss Riley. Of course, Miss Riley. There are two c's in *occasional*, are there?'

'Yes, Jenny,' medd Eleanor. 'Two'.

Teifl Eleanor edrychiad sydyn i gyfeiriad Marjorie, yr ysgrifenyddes arall, ar ei hochr dde. Mae hithau'n codi ei haeliau dipyn ac yn gwenu, cyn parhau gyda'i theipio hefyd.

Edrycha Eleanor ar ei nodiadau eto, ac ar y papur o'i blaen. Mae'n dechrau teipio, yn gynt.

'The Chairman (Alderman F. H. Cain, J.P., LL.D.) and Members of the Water Committee request the pleasure of the company of ...'

Ping! Mae cloch y teipiadur yn canu, wrth iddi wthio'r rholiwr yn ôl i ddechrau llinell arall, ac yna clywir clic clic clic clic sydyn, wrth iddi gwblhau llinell o ddotiau, wedyn 'Ping!' uchel arall, cyn iddi ailddechrau gyda 'on the occasion of the Inauguration of the Reservoir, Llyn Celyn, in the Tryweryn Valley, North Wales, by the Chairman of the Committee, on Thursday 21st October, 1965, when the Lord Mayor of Liverpool (Alderman David Cowley, J.P.) will preside.'

Ping! 'Please reply by the 7th October to the Town Clerk, Liverpool.'

Ping! '11.30 a.m for 12.15 p.m.'

Mae Eleanor yn pwyso 'nôl yn ei chadair gydag ochenaid. Mae Jenny yn ei hastudio eto.

'You sure you're ok?' mae hi'n gofyn rŵan, yn ofalus.

'Yes,' medd Eleanor, yn rhwbio'i llygaid. 'It's just these glasses. Playing havoc with my eyes.' Mae hi'n rholio'r papur mae hi newydd ei deipio allan o'r peiriant yn sydyn, ac yn codi. 'I'll just take this down to the Print Room. Won't be long.'

Ac mae hi wedi ffoi. Mae Jenny'n edrych ar Marjorie.

'Is it me, or was she crying, Marjorie?'

'Not sure, Jen,' medd Marjorie. 'But I think she was, yes.'

*   *   *   *

Mae Dai yn cau'r drws ffrynt yn dawel, dawel, ac yn troi golau'r cyntedd ymlaen. Mae'r tŷ yn hollol dawel. Try at y grisiau a dechreua eu dringo yn ofalus, rhag iddo neud unrhyw sŵn.

Mae drws y llofft ar agor, a'r golau bach wrth erchwyn y gwely ynghyn, ac yn gorwedd ar y gwely mewn trwmgwsg, gydag Owain bach yn cysgu yn ei breichiau, mae Geinor. Mae hi wedi pendwmpian a mynd i gysgu wrth roi'r botel laeth i'w mab. Dyma sydd yn digwydd bob nos bron iawn, ac mae Dai yn gwenu iddo'i hun, cyn troi yn ofalus o'r ystafell rhag eu deffro, a dychwelyd i lawr y grisiau i'r gegin, lle mae'n rhoi'r tegell i ferwi. Mae ganddo gur pen yn barod: ac nid oherwydd y cwrw, ond oherwydd y cwmni y mae wedi'i rannu yn y dafarn heno.

Syniad Trys oedd gwahodd David am beint. Mae Dai a Trys yn arfer cwrdd bob rhyw ddeufis am ddiod neu ddau, i gael sgwrs, a rhoi'r byd yn ei le. Ond am ryw reswm mi roedd Trys wedi mynnu bod Dai yn cwrdd â David tro 'ma. Mae Dai yn gwenu. Mae digon o ddireidi yn Trys o hyd, a dydi o ddim wedi colli'i hoffter o gorddi'r dyfroedd bob cyfle chwaith, yn amlwg.

'A thithe'n ddarlithydd Gwleidyddiaeth, Dai, o'n i'n meddwl dylet ti gwrdd â'r bachan 'ma sy'n byw drws nesa ond un i mi. Be ti'n weud?'

Tasa Dai yn gwybod sut 'fachan' o'dd David, mi fydda fo wedi gwrthod. Aelod o'r Free Wales Army, ac yn hoff iawn o fynegi'i farn yn gyhoeddus – ac yn uchel.

'Face it. You can't tackle arrogant selfish undemocratic oppression through the ballot box, Dai. Plaid has tried, and failed. Spectacularly.' Dyna oedd pregeth David. 'Forget students. They sit around, shout a bit, sing a few songs, make a few banners, then once they've got their degrees, off they go to be nice little Welsh teachers, and perpetuate the same cosy middle-class impossible ideals. Wales needs soldiers now, Dai, not kids. It's time to get serious.'

Roedd Trys wedi bod yn gwenu ar Dai efo boddhad drwy hyn, nid am ei fod o'n cytuno efo 'David' o gwbwl, ond am ei fod yn mwynhau gweld Dai yn ymdrechu mor galed i gnoi ei dafod.

'Ti'n iawn?' Mae llais Geinor yn peri iddo droi. Mae hi'n sefyll yn nrws y gegin ac yn gwenu arno. 'Sori. 'Dwn i'm pam mae rhoi potel i fabi yn neud i rywun fynd mor gysglyd.'

'Ymlacio wyt ti yndê?'

'Ia.' Daw ato a rhoi cusan iddo. 'Sut o'dd Trys?'

'Fel y boi,' medd Dai, yn penderfynu peidio deud wrth Geinor am David. 'Cofio atat ti a'r bychan. 'Tisio paned?'

'Dim diolch. 'Dw i am fynd am fàth.' Ma' hi'n ei gusanu eto, cyn troi i fynd. 'Ma' swpar yn y ffwrn.'

'Diolch,' medd Dai, yn ei gwylio'n mynd. Mae hi mewn hwyliau da, a dydi o ddim eisiau ei gwylltio gyda hanes Byddin Rhyddid Cymru mor hwyr y nos.

*   *   *   *

'Inauguration Ceremony Luncheon Menu: Smoked Trout.'

Mae Nel Roberts yn eistedd wrth fwrdd y gegin yn y tŷ newydd yn y Bala yn darllen y gwahoddiad sydd newydd gyrraedd drwy'r post.

'Cream of Mushroom, Roast Lamb, new potatoes and garden peas,' mae'n parhau.

'Ha!' ebycha Dafydd, yn eistedd yn ei gadair freichiau ger y tân: un trydan, Magicoal, efo tri o fariau coch a haen o lo plastig hollol ffug ar ben dwy lamp oren oddi tanynt, tân y mae'n cwyno yn ei gylch bob dydd, gan hiraethu am y lle tân go iawn yng nghegin Caefadog. 'Fentra i na fydd o'n gig oen Cymreig,' mae'n datgan rŵan.

'Strawberry Flan and Cream, Cheese and Biscuits, Coffee, followed by Toasts ...' darllena Nel.

'Toasts?! Ty'd â hwnne i fi Nel, i mi ga'l gweld. Does bosib ...'

Rhydd Nel y garden yn ei law ac mae'n dechrau darllen. 'Toasts. One. The Liverpool Water Undertaking – proposed by the Lord Mayor of Liverpool, Alderman David Cowley. To reply, the Chairman of the Water Committee. Two. The Guests ...' Mae Dafydd yn stopio ac yn troi'r garden drosodd yn ei law. Ar yr ochr arall mae'r geiriau:

'We hope you will accept our warmest invitation, and let bygones be bygones.' Mae Dafydd yn edrych ar ei wraig yn syn. '"Bygones"? "*Bygones*"?' mae'n gofyn, gydag anghrediniaeth. 'Roia i "bygones" iddyn nhw. Does gennon nhw ddim syniad be 'di ystyr y gair!' A gyda hynny, mae Dafydd yn rhwygo'r garden yn ddarnau mân.

'Wsti be Nel? 'Dw i'n gweld eisiau'n lle tân ni'n fwy nag arfer heddiw. Rho hwn yn y bin sbwriel yne 'nei di. Fyddwn *ni* ddim yno! Dim ffiars o beryg!'

*   *   *   *

Fel mae'n digwydd, nid Dafydd Roberts yw'r unig un i wfftio gwahoddiad Lerpwl. Mae pob un o gyn-drigolion Celyn yn gwrthod mynd i'r seremoni – Mrs Martha Roberts, sydd erbyn hyn yn dysgu mewn ysgol yn Nolgellau, Marian a Trefor Harris a'u mab Rhys, sydd yn brentis mecanic yn garej Williams yn y Bala, rhieni Hari Tomos, Carys a Hywel (mae Hari bellach yn astudio Hanes ym Mhrifysgol Cymru Bangor), teulu Morfudd, sydd yn Aberystwyth yn astudio'r Gymraeg ac yn lletya yn Neuadd Alexander, mam a tad Siân Coedmynach – pawb. Mae eu gwrthodiad unfrydol a chyhoeddus wedi peri dipyn o embaras i'r Gorfforaeth, ond nid digon iddi ailystyried. Mae popeth wedi ei drefnu, yn cynnwys codi pabell ar ben wal yr argae newydd, ar gyfer yr areithiau, y defodau, a'r dathlu.

Yn wir, mae'n ymddangos nad oes dim byd fedr annog henaduriaid Lerpwl i ailystyried, hyd yn oed pan mae gweithgareddau – ac ymddangosiadau cyson – aelodau'r Free Wales Army a'r Patriotic Front wedi dwysáu tyndra'r awyrgylch yng Nghymru, gyda'r heddlu yn cael eu galw i chwilio am fom – honedig – ym Mhafiliwn Eisteddfod y Drenewydd, ym mis Awst. Yn gynnar ym mis Hydref, mae Gwynfor Evans yn ysgrifennu at Thomas Alker, Clerc y Dref, yn bersonol, yn erfyn arno i beidio â chynnal y seremoni. Ond unwaith eto, 'Na' yw ateb Mr Alker. Mae'r Clerc yn mynnu y byddai aildrefnu pethau rŵan yn hollol anymarferol ac yn ychwanegu nad oes gan y ddinas unrhyw fwriad i 'flaunting of the victory forces'. I'r gwrthwyneb, mynte Mr Alker, holl fwriad y seremoni yw claddu unrhyw ddrwgdeimlad, a sbarduno cyfeillgarwch cydweithredol rhwng y Gorfforaeth a'r ardal. O ganlyniad i'r ymateb negyddol yma mae Plaid Cymru yn datgan ei bod am drefnu protest, heddychol, swyddogol, ar y diwrnod. Ond mae Cayo Evans a'r FWA hefyd yn dweud wrth y *Western Mail* eu bod am rwystro'r agoriad yn gyfan gwbwl ac am losgi Jac yr Undeb ar yr un pryd. Maent wedi cyhoeddi a dosbarthu cerdyn, gyda darlun o Eryr Wen Eryri ar un ochr, ac ar y llall, y geiriau, 'True Sons of Wales. For the last time in our history we ask you to raise the flag and call you to arms. This time we will not fail.' Ymateb Frank Cain yw honni taw bai Gwynfor Evans yw hyn i gyd, am suro'r 'cordial relations' oedd gan y Gorfforaeth 'with most people down there'.

Ddeuddydd cyn y diwrnod mawr, gyda phryderon yn cynyddu ymhlith aelodau Plaid Cymru y bydd yr FWA yn ymddwyn yn eithafol a gwneud mwy o niwed iddi hi, ac i'r achos, mae'r arweinwyr yn datgan unwaith eto nad oes gan y Blaid unrhyw gysylltiad â'r FWA, na'i gweithgareddau. Mae Goronwy Roberts A.S., y Gweinidog Gwladol yn y Swyddfa Gymreig newydd, yn derbyn apêl i roi terfyn ar y jamborî arfaethedig, ond mae Frank Cain yn addo eto y byddai unrhyw ymdrech i wneud hynny yn 'little more than futile'. Yn amlwg, mae Frank yn edrych ymlaen yn fawr at fwynhau'r anrhydedd o bwyso'r botwm fydd yn rhyddhau'r dyfroedd (efe fydd yn perfformio'r ddefod, yn absenoldeb unrhyw aelod o'r teulu brenhinol), ac mae Lerpwl a'i swyddogion yn benderfynol o gael eu parti. A pham lai? Mae ganddynt reswm i ddathlu. Yn ôl ffigurau Plaid Cymru, mi fydd y Gorfforaeth yn debygol o wneud tri chwarter miliwn o bunnoedd o elw y flwyddyn, o ddŵr Tryweryn yn unig. Tri chwarter miliwn, o Dryweryn. Bob blwyddyn.

I'r gad?

*   *   *   *

Mae mynwent Llanycil yn dawel, a dail crin yn gwisgo arlliwiau cymysg yr hydref yn gorwedd hwnt ac yma a heulwen denau canol bore yn ymwthio drwy frigau hanner noeth y coed ger y waliau cerrig o'i hamgylch.

'Ken?'

Saif Ken ger un o'r cerrig beddi yn fyfyrgar, ac mae Wil druan yn gyndyn iawn o'i styrbio, ond mae amser yn mynd yn ei flaen, ac mae'n rhaid i'r ddau fod 'nôl yn y stesion erbyn hanner dydd.

'Sori, Ken ... ond ...'

Try Ken ato. 'Mae'n iawn, siŵr. Well i ni 'i throi hi, ie?'

Mae Wil yn amneidio, ac mae'r ddau'n cychwyn am y car. Mae Ken yn dawel ac mae Wil yn teimlo'n anarferol o chwithig o'i gwmpas, a fynta newydd fod yn ymweld ag ail fedd ei fam a'i dad, wedi iddynt gael eu symud yno o Gapel Celyn. Mae'r ddau'n cydgerdded yn dawedog am funud, ac yna mae Ken yn sefyll unwaith eto.

'Mae'n ddrwg gen i Wil.'

'Ew, popeth yn iawn siŵr Ken ...'

'Na. Y peth ydi ... 'dw i ddim yn gallu stopio meddwl am ddydd Iau, ti'n gweld. Ac mae o'n fy mhoeni i'n fawr.'

'O,' medd Wil. 'Na finne chwaith, bod yn onest efo chdi. Ti'n meddwl bod y Swpyr yn iawn – bod yne lot o helynt am fod?'

'Wn i'm wir Wil. A deud y gwir, cyn belled â 'dw i'n gweld, mae'r bechgyn FWA 'ma'n dipyn o gomic strip, yn eu hiwnifforms a phethe. Ond os ydi'r "Powers That Be" yn meddwl eu bod nhw'n *sinister element*, wedyn 'den ni'n gorfod bod ar *high alert*, 'n'dyden?'

'Ond hanner cant o blismyn yno? Faint o'r protestiwrs 'ma ma' nhw'n ddisgwyl dywed?'

Mae Ken yn codi gwar. ''Dw i'm yn dallt y Sgowsers yn mynnu tynnu gymaint o sylw at y peth yn y lle cynta.'

'Na finne,' medd Wil. 'Ond 'dw i 'di gorfod siarsio'r plant i beidio mynd, rhag ofn.' Yna, mae'n ychwanegu, gyda thipyn o gywilydd, 'Ma' Mari'n methu dallt pam 'dw *i*'n mynd.'

'Ie. Wel. Mae pethe'n ddigon o draed moch fel ma' nhw, yn'dyden Wil? Mae isio ca'l dipyn o drefn, yn'does? Dipyn o barch. A ma' hynna'n golygu ein bod yno, yn ein hiwnifform.'

'Yndi.' Mae Wil yn oedi am eiliad, ac yna'n cyfaddef, braidd yn swil, 'Y peth ydi ... wel, a deud y gwir, 'dw i'n poeni hefyd y bydd rhai o'r protestiwrs yne'n ... 'y ngalw i'n ... fradwr. Fel o'r blaen. A, wel, 'dw i'm isio i'r plant fod yno a chlywed hynne, nac'dw?'

'Nac w't. Nac w't Tad.'

Mae Ken yn ochneidio'n ddwfn, cyn dechrau cerdded eto. 'Wyddost ti Wil, pan 'den ni 'di bod yn ca'l y briffings, a phawb yn sôn eu bod nhw'n disgwyl lot o brotestio, fedra i'm peidio â meddwl – pam *rŵan*? Ma' nhw 'di bod yn bildio acw am bum mlynedd! Braidd yn rhy hwyr i ddechre gweiddi rŵan, yn'dydi?'

'Politics yli, Ken,' medd Wil yn athronyddol. ''Dw i 'rioed 'di dallt politics.'

Ond mae Ken wedi stopio cerdded eto. O'u blaenau mae bedd newydd gyda blodau arno, ond heb feddfaen eto, dim ond arwyddbost syml, yn dangos yr enw 'Dafydd Roberts'. Bu farw ychydig dros wythnos yn ôl, cyn y syrcas fawr. Dafydd Roberts: ffarmwr, postmon, a chynghorydd – trysorydd a blaenor Capel Celyn, Cadeirydd y Pwyllgor Amddiffyn.

'Rhy hwyr i Dafydd Roberts hefyd, yndê?' medd Ken yn brudd.

'Ie hefyd,' cytuna Wil. 'Mewn ffordd, 'dw i'n falch, wsti?'

'Be?'

'Bod yr holl beth yn rhy hwyr i'r hen foi. Meddylia – marw. Jyst fel'na.'

'O'dd o 'di gweld digon hwyrach, Wil bach.' Tro Ken yw hi i fod yn athronyddol. 'Llond bol go iawn. Methu diodde byw i weld y jamborî ffiaidd, a phobol ddwâd yn dathlu a chiniawa ar dir ei hendeidiau. Tynnu'i draed ato, a marw, yndê.'

'Ie. Ffidil yn y to go iawn.'

Mae'r ddau'n syllu am eiliad ar y bedd, ar goll yn eu meddyliau.

'Neis hefyd, yndê Ken, wsti, *touching*, ei gladdu fo drws nesa i Elisabeth Watcyn, yndê?'

'Ie,' medd Ken. Mae bedd Lisi May, fu farw ym mis Mehefin, nesa atynt. 'Elisabeth Watcyn, a Dafydd Roberts. Cadeirydd ac Ysgrifennydd y Pwyllgor Amddiffyn. Ochr yn ochr. Yn Llanycil. Chafodd yr un o'r ddau fynd adre, naddo? Hyd yn oed yn y diwedd un.'

'Ti'n gwybod Ken, maen nhw'n deud 'n'dyden, dyma chi'ch fôt, a dyma chi'ch M.P., a dyma chi'ch cownsil. Pa iws o'dd y rheiny yn y diwedd, y? Pa hôps o'dd gennon ni, yn y pendraw? Ond dyne ti. Fel deudes i. 'Dw i'n dallt bygyr ôl am bolitics.'

'Na finne, Wil. Na finne. Ond, 'dw i yn gwybod un peth, yn saff i chdi.' Mae'n troi at Wil.

'Ie?' medd hwnnw.

'*Dwyt* ti ddim yn fradwr, Wil. Iawn boi?'

Mae Wil yn gwenu arno'n dawel.

'Iawn.'

A gyda hynny mae'r ddau'n cydgerdded allan o'r fynwent yn dawel, ac i mewn i'w car heddlu, heb yngan gair arall.

*   *   *   *

Dydd Iau, Hydref 21ain 1965. Diwrnod y seremoni.

Cyn iddi oleuo, mae Ken wrthi o flaen y drych, yn eillio ac yn cau botymau ei iwniffrom â bysedd crynedig. Mae'n methu â bwyta ei frecwast oherwydd y lwmp sydd ganddo fel carreg yn ei wddw. Mae ganddo hefyd deimlad ym mêr ei esgyrn y bydd heddiw yn ddiwrnod blêr, a budr, a brwnt. Mae hyd yn oed y *Times* wedi cyhoeddi erthygl y bore 'ma, yn honni bod y straen wedi bod yn annioddefol ar y rhai a gafodd eu troi allan o'u cartrefi, a bod deunaw o drigolion yr ardal wedi marw, ers i'r dryllio cynta ddechrau yn y cwm.

Does wybod a ydi Frank Cain wedi darllen yr erthygl, wrth iddo fo a'r gwahoddedigion eraill baratoi i ymgynnull ychydig ar ôl naw o'r gloch, yn Neuadd y Dre, Lerpwl, ar gyfer y daith i 'Lin Kelin', lle maent yn bwriadu yfed coffi am 11.30, cyn y seremoni.

Ni fydd cyn-drigolion Capel Celyn yno yn eu haros. Fydd aelodau Cyngor Gwledig Penllyn ddim yno chwaith, am eu bod wedi gwrthod yn unfrydol dderbyn y gwahoddiad ar unrhyw gyfrif; ond mae eu Cadeirydd wedi penderfynu mynd beth bynnag, fel 'unigolyn preifat', gan fynd â'i wraig ac Arolygwr Iechyd a Thirfesurydd y Cyngor hefo fo yn gwmni. Mi fydd o a'i ffrindiau felly yn ymuno ar ben yr argae â thri chant a hanner o fawrion eraill o Lerpwl, Gogledd Lloegr, a Chymru hefyd, yn rhestr hirfaith o OBEs, CBEs, DSCs ac MBEs. Mae'r Cyrnol Price, OBE, DSO, prif berchennog y tir a brynwyd yn Nhryweryn, ac felly, gan fod y rhan fwyaf o'r ffermwyr yn denantiaid, yr unig un a dderbyniodd swm mawr o arian am ei 'golled', hefyd wedi penderfynu peidio â mynd; ond nid felly Cadeirydd Cyngor y Bala, sydd wedi derbyn ei wahoddiad yn hapus, ynghyd â Chlerc Cyngor Sir Meirionnydd, a Chadeirydd Cyngor Sir Drefaldwyn. Ac mi fydd Mr T. W. Jones, Aelod Seneddol Capel Celyn (Llafur, Meirion) yno hefyd. Mae wedi cytuno i anrhydeddu'r digwyddiad gyda'i bresenoldeb, ac wedi llonni calonnau swyddogion y Ddinas Lwyd drwy wneud hynny.

Wrth gwrs, gan y bydd hanner cant o heddweision yn bresennol y tu allan i'r babell, mae'n amlwg y bydd yn rhaid i Brif Gwnstabl Gwynedd fod yno hefyd: ond y tu fewn i'r babell, yn unol â'i statws. Yn mwynhau'r *strawberry flan*.

Ac felly, am chwarter wedi naw o'r gloch, mae'r fintai o

bwysigion yn paratoi i adael strydoedd Lerpwl yn eu ceir a'u bysiau gyda cherbydau crand yr Arglwydd Faer a'i osgordd ar flaen y gad. Yn y cyfamser, ar fryniau Meirionnydd, mae'r protestwyr wrthi'n gosod sloganau a baneri i'w 'croesawu' ar hyd y ffordd rhwng y Bala a Chapel Celyn. Fel llu banerog maen nhw'n dringo'r llethrau i faes y gad, wrth i odreon a llinynnau pabell fawr y gelyn chwifio'n ysgafn ar anadliadau cyntaf y gaeaf yn y cwm islaw. Mae trefnwyr Plaid Cymru wedi apelio am ymddygiad urddasol a threfnus, ond mae tensiwn gwirioneddol ar awel Cwm Celyn heddiw. Erbyn hanner awr wedi deg mae mwy na dau gant a hanner o brotestwyr yn sefyll mewn dwy res hir o boptu'r ffordd i'r argae. Ac yn eu plith, saif tri aelod o Fyddin Rhyddid Cymru yn eu 'lifrai' milwrol, cartre.

* * * *

'Well i ti neud swp arall o frechdane caws, Siân. Does wybod faint o'nyn nhw fydd yn dod 'nôl nes 'mlaen, ond waeth i ni fod yn barod amdanyn nhw ddim!'

Mae hi wedi bod yn andros o fore prysur yng Nghaffi'r Cyfnod heddiw, a'r rhan fwyaf o'r cwsmeriaid wedi bod yn bobol ddŵad, isio paneidiau a brechdanau, a hynny ar frys, a hwythau ar eu ffordd i Dryweryn.

'Iawn, Mrs Meredith. A' i gneud nhw ar ôl 'mi ddarfod y byrdde.'

Mae Siân Coedmynach yn gorffen sychu'r bwrdd yn y gornel efo lliain. Mae'n troi at y ddynes ifanc sy'n eistedd wrth y bwrdd nesa un. Dim ond un neu ddau o'r ffyddloniaid lleol a hi sydd ar ôl yn y caffi rŵan, hi a'i bachgen bach, sy'n eistedd yn sugno ei botel laeth yn un o'r pramiau newydd, modern yna: lot llai na'i hen Silver Cross hi, roedd Siân wedi sylwi, hefo gwên, pan ddaeth y fam a'i gŵr golygus i mewn gynnau.

"Dech chi isio unrhyw beth arall?' mae'n gofyn i'r ddynes rŵan.

'O. Dim diolch. Aros am ffrind 'dw i. Ym, ma' hynny'n iawn yndi?'

'Yndi, Tad,' medd Siân, efo gwên garedig. 'Mae'r syrcas drosodd am rŵan, be bynnag. Cymrwch ych amser.' Ma' hi'n edrych ar y bachgen. 'Del 'dio. A da!'

'Hm,' mae'r fam ifanc yn gwenu.'Yndi – weithiau!'

Try Siân yn ôl at y cownter a'r gegin i ddechrau ar y brechdanau caws, pan mae cloch y drws yn canu wrth i Non Lewis gyrraedd.

'Miss Lewis!' medd Siân, yn groesawgar. Mi roedd Non yn dysgu ei brodyr bach rai blynyddoedd yn ôl, a hi oedd eu hoff athrawes, y ddau o'nyn nhw. 'Steddwch, ddo i atoch chi rŵan.'

'Diolch,' medd Non.

Mae hi'n edrych o'i chwmpas am eiliad, ac yna mae'n gweld rhywun yn eistedd yn y gornel, efo wyneb cyfarwydd. Geinor. Mae hi'n codi llaw ar Non, sy'n oedi am ennyd, ac yna'n mynd ati.

'Paid codi,' meddai. "Cofn iti styrbio'r bwchan yne.' Ac mae hi'n eistedd gyferbyn â'i hen ffrind, yn tynnu ei sgarff a'i menig. Mae'r ddwy yn edrych ar ei gilydd am rai ciliadau. Dyma'r tro cynta iddyn nhw weld ei gilydd ers i Geinor a Dai briodi.

'Hwn 'di Owain 'te, ie?' mae Non yn gofyn.

'Ia,' medd Geinor.

'Mae'n debyg i'w dad,' yw ateb anystwyth Non. Mae'r sefyllfa dipyn yn chwithig.

Ond yna mae Geinor yn gwenu. 'Ma' mor dda dy weld di Non. O'n i'n methu meddwl dod fyny 'ma heb ffonio!'

Ac mae Non rŵan yn gwenu yn ôl, wedi ymlacio, wrth i Siân ddod i gymryd eu hordor.

*   *   *   *

Mae'n tynnu am un ar ddeg y bore, ac erbyn hyn mae tua pum cant o brotestwyr wedi ymgasglu ar hyd ochrau'r ffordd i'r argae, ac fel mae'r dorf yn chwyddo, chwyddo hefyd mae'r tyndra a'r cyffro. Wrth i geir swyddogol, du, yr 'ymwelwyr' – yn cynnwys Jaguars ac ambell i *limousine* – agosáu, mae'r gweiddi dicllon yn dechrau.

'Cymru bia'r dŵr! Cymru bia'r dŵr!'

'Lladron! Lladron dŵr!'

'Boddwch eich dyffrynnoedd eich hunain! Pris teg am ddŵr Cymru!'

Ac unwaith y mae'r cerbydau'n ddigon agos, mae rhai yn y dorf yn dechrau dyrnu a chicio'r toau a'r drysau, curo'r ffenestri gyda'u placardiau, a siglo'r rhai sydd yn aros yn ôl ac ymlaen, yn arw. Mae nifer o'r bobol iau yn eistedd ar y lôn yn llwybr y ceir, ac wrth iddyn nhw gael eu symud gan yr heddlu, daw eraill i gymryd eu lle. Pan welant Gymry yn rhai o'r ceir, mae'r dorf yn gweiddi hyd yn oed yn fwy croch:

'Bradwr! BRADWR!'

Anhrefn.

O'r diwedd, mae'r heddlu yn llwyddo i sefyll fraich ym mraich bob ochr i'r lôn, i geisio creu tramwyfa o ryw fath i'r cerbydau, ond mae'r ceir a'r bysus yn y cefn wedi tystio i'r blerwch ac wedi troi i ddilyn y lôn arall i waelod y cwm.

Pan wêl y protestwyr hyn, try cannoedd ohonynt tuag atynt, gan ruthro i lawr y llethrau i gyfeiriad y babell, yn gweiddi, rhai ohonynt yn dechrau taflu cerrig; ac er i Gwynfor Evans ac eraill o Blaid Cymru ymbil ar bawb i ymdawelu a sadio, fel y disgynna'r pwysigion o'u bysus mae'r dorf eisoes wedi llwyddo i ymgasglu o'u cwmpas, yn edrych i lawr yn llidiog ar y platfform a'r prif safle, lle mae'r Maer, David Cowley, Mr J. H. T. Stilgoe, Peiriannydd Dŵr Lerpwl, a neb llai na Frank Cain, yn cymryd eu llefydd o flaen dau feicroffon yn barod i annerch y dorf.

Ond dydi'r dorf ddim yn gwrando. Mae'n rhy brysur yn gweiddi sloganau a hwtian a bwian a chanu, ac mae'r sŵn yn fyddarol; ac er i'r *Daily Express* orliwio'r holl beth y diwrnod wedyn gan ddatgan, 'A hostile crowd of nearly a thousand hailed stones at the platform,' mae'n wir fod yna rai yn parhau i daflu cerrig mân tuag at yr ymwelwyr ar eu llwyfan, ac at y babell. Mae rhai o'r cynghorwyr yn gweiddi 'nôl. Clywir un yn gweiddi 'Why don't you go home love!' wrth ferch ifanc o'i flaen. 'I *am* home!' yw ei hateb, mewn llais uchel a blin.

Ceisia Frank Cain siarad dros y twrw. 'The last time I visited Wales on behalf of the Corporation I was welcomed – I repeat, *welcomed* – in Porthcawl, with the singing of "We'll keep a welcome in the hillsides!"'

'Stop Robbing Wales!'

'Stop Robbing Wales!' daw'r banllefau o'r dorf.

'We have done nothing to be ashamed of!' mae Frank yn gweiddi. 'We presented our case to the people of Wales and to Parliament, and were given the authority to proceed!'

'Llad-ron! Llad-ron! Llad-ron!'

'The whole process was entirely democratic,' mae'n brwydro ymlaen. 'This ceremony was meant to be an opportunity to strengthen the existing friendship between Liverpool and Wales and ...'

Ond mae rhywun wedi llwyddo i dorri gwifrau'r meicroffon ac mae rhan o'r babell yn dechrau disgyn oherwydd i brotestwyr ymyrryd efo'r rhaffau. Wedi tri munud yn unig o seremoni, mae'r trefnwyr yn penderfynu torri stori hir yn fyr cyn i'r cyfan droi'n annibendod llwyr, a bwrw ymlaen gyda chyflwyno, yn frysiog, ddiodlestr arian i Gadeirydd y Pwyllgor Dŵr, a chloc teithio i'w wraig, ac yna'r ddefod o bwyso'r botwm i agor y llifddorau a gollwng y dŵr i afon Tryweryn islaw – gweithred y mae Frank Cain yn ei chyflawni, yn ddiedifar, ac yn fuddugoliaethus. Mae sŵn y cenllif yn rhuthro drwy'r arllwysfa yn ddigon, o'r diwedd, i foddi lleisiau'r dorf, sydd erbyn hyn yn canu 'Hen Wlad fy Nhadau'.

Felly, do. Cafodd Frank ei ddydd.

Er gwaetha pawb, a phopeth.

*   *   *   *

'O'n i'n meddwl byddet ti'n ymgeisydd Seneddol i Blaid Cymru erbyn rŵan, o leia,' medd Non, yn gorffen ei phaned. Mae'r ddwy wedi bod yn sgwrsio ers hanner awr, ac mae'r awyrgylch lletchwith wedi cilio a'r ddwy ar dir gweddol hamddenol erbyn hyn.

'Ia. Wel. O'dd gin Owain bach blania erill i mi. Mae ca'l plentyn yn newid popeth rywsut. Dylat ti ei drio fo!'

'Gen ti ddigon o amser yn y dyfodol.' Mae Geinor yn sylwi bod Non wedi anwybyddu'i hanogaeth i feichiogi, ond mae'n codi gwar yn hapus. 'Oes. Debyg. Ond liciwn i ga'l un arall, rhag i Owain fod yn unig blentyn fel o'n i, wedyn ...' Mae hi'n penderfynu troi'r sgwrs, 'Ti'n dal i licio'r ysgol?'

'Yndw Tad. Hen blant iawn 'dyn nhw i gyd, yn bôn.'

'A 's'na'm sôn am deulu ar y ffor' i chdi, felly? Dylat ti feddwl amdano fo, 'sti.'

Mae'r cwestiwn braidd yn rhy bersonol, ond plwmp a phlaen, ac fel y teriar fuodd Geinor erioed.

'Mae cadw trefn ar dri deg tri o blant pobol eraill yn ddigon o waith i mi am rŵan, diolch,' ydi ateb amwys Non.

'Ma' Dai yn edrych 'mlaen i dy weld di hefyd. Faint o'r gloch fydd y brotest yn gorffen, ti'n meddwl?'

'Dim syniad. Ond fedra i'm aros. Sori. Gen i gyfarfod yn Aber pnawn 'ma. I neud efo'r undeb.'

Os ydi Geinor yn amau bod hyn yn gelwydd, nid yw'n dangos hynny.

'UCAC, ia?'

'Ia. Hawliau merched yn y gweithle a phethe, ti'n gwybod.'

Mae Geinor yn astudio ei hen ffrind, ac yn gwenu. 'Rhyfadd, yndê? Fel ma' pethau 'di troi allan. 'Swn i 'di taeru mai ti fydda'r un i briodi a magu teulu, a fi fydda'r un i fod yn briod â 'ngyrfa. 'Dan ni 'di cyfnewid bywydau, yn'do?'

'Do,' medd Non, yn dawel. Dydi hi ddim yn lleisio gweddill y frawddeg sydd wedi ffurfio yn ei phen, 'mewn mwy nag un ffordd.' Yn lle hynny mae'n ategu, 'Ifanc oedden ni, yndê?'

'Ia,' medd Geinor. 'Ifanc a ffôl. Llawn o freuddwydion idealaidd.'

'Ella,' medd Non.

'Ond ti'n gwybod, 'dw i'n dal i deimlo'n annifyr am ... Am be ddigwyddodd ...'

'Twt. Dŵr dan bont yndê?' mae Non yn torri ar ei thraws. 'Be bynnag, 'sa'n well i fi 'i throi hi. Isio bod yn Aber erbyn dau.'

Fel mae hi'n gwylio Non yn gadael, mae Geinor yn

sylweddoli eu bod yn awr yn dilyn llwybrau cwbwl gwahanol, ac efallai na welant ei gilydd byth eto.

'Isio rywbeth arall?' medd Siân, wrth ei hochr, yn clirio'r bwrdd ac yn torri ar draws ei myfyrdodau.

'Ym? Na. Na, dim diolch,' medd Geinor. ''Dw i'n meddwl 'sa'n well i fi a'r hogyn bach 'ma ga'l chwa o awyr iach.'

'Iawn. Mae'r gŵr yn y brotest efo'r lleill yndi?' medd Siân, efo'i chyfeillgarwch ac uniongyrchedd arferol.

'Ym. Yndi. 'Swn i 'di licio mynd hefyd, ond ma' Owain bach yn ifanc! Codi calon gweld bod gymaint 'di mynd yno heddiw, 'n'dydi?'

'Yndi,' medd Siân, ond mae ei gwên wedi pylu rhywfaint. 'Ond mae'r lle 'di boddi rŵan 'n'dydi? Wedyn, sori, ond 'dw i'm yn gweld y pwynt, deud gwir. A' i i nôl ych bil i chi rŵan.'

*   *   *   *

'Welest ti 'rioed y fath beth, Wil?'

Mae Ken a Wil yn eistedd yn y stesion, wedi dychwelyd o'r diwedd o'r 'seremoni' a'r sŵn a'r gweiddi.

'Feddylies i 'rioed y byddwn i'n gweld y fath ... drais, a chasineb, yn 'y nghwm bach tawel i. Naddo. 'Rioed. Ond dyne fo. Mae'r holl hanes 'di bod yn smonach o falu a chwalu a dadle a thorri c'lonne o'r dechre yn'dydi?' Ysgydwa ei ben yn drist. 'Pam disgwyl i bethe fod fel arall heddiw?'

Mae Wil yr un mor ddigalon. 'O'n i isio deud wrth bobol Lerpwl – y Maer, yn ei tsiaen a'i limwsîn, wsti – ylwch! *Ylwch* be 'dech chi 'di neud! Ydech chi'n *gweld*, be 'dech chi 'di neud?'

Edrycha Ken arno. 'Piti bod erial ei gar o 'di dod ffwrdd yn 'n llaw i, yndê?'

'Be? Y Maer? 'Mond trio cadw trefn oeddet ti, Ken.'

'Gafael ynddo fo i drio cadw ar 'n nhraed wnes i yndê, efo pawb yn pwshio a gwthio. Sut o'n i i wybod bydde'r peth yn dod yn rhydd yn 'n llaw i? Damie.'

Mae Wil yn gwenu arno yn garedig. ''Dw i'm yn meddwl cei di dy sysbendio, cofia.'

Gwena Ken yn ôl. 'Na. Mae'n siŵr. Oeddet ti yna pan driodd y bois Ffrî Wêls Armi 'na losgi'r Iwnion Jac dywed?'

'Na. Gollish i hwnne. O'n i'n trio shifftio coblyn o foi boliog allan o'r lôn, efo Ellis. Ddaru nhw restio nhw?'

'Wn i'm. Aeth Sî Ai Dî â nhw o'na, be bynnag.'

'Aeth pethe dros ben llestri, 'n'do?'

'Dros ben llestri go iawn, Wil. Ac mae gen i ryw deimlad nad dyna fydd diwedd y stori, chwaith. Dydi'r bobol 'ma ddim yn meddwl be fydd effaith y pethe ma' nhw'n eu gwneud, dywed? Welish i 'rioed y fath beth, yn fy myw.'

*   *   *   *

Saif Marian Harris yn nrws yr ystafell, ond mae'n wag. Mae carthen mewn lliwiau o las golau a hufen ar ben y blanced ysbyty binc ar y gwely, a thedi bêr hefyd, ond does yna ddim golwg o Rhiannon. Mae Marian yn troi i ffwrdd, yn penderfynu mynd i chwilio am nyrs neu ddoctor, ond yna mae'n ei gweld, yn dod i lawr y cyntedd tuag ati, yn edrych yn sobor o welw a thenau.

Rhiannon.

Mae golwg bell, bell i ffwrdd arni, ac mae hi'n cerdded yn ara deg, yn troi rhywbeth – nad ydi Marian yn gallu ei weld – yn gyson ac yn ofalus yn ei llaw. Wrth iddi ddynesu, mae Marian yn sylweddoli ei bod yn canu yn dawel iddi hi'i hun.

'Huna blentyn, yn fy mynwes,
Clyd a chynnes ydyw hon,
Breichiau Mam sy'n dynn amdanat,
Cariad Mam sy dan fy mron ...'

Mae hi'n stopio canu pan wêl Marian wrth y drws. Dydi Marian ddim yn siŵr a ydi Rhiannon wedi ei hadnabod, ond mae'r wyneb gwelw yn gwenu ac mae Rhiannon yn estyn ei llaw, a'i gosod ar fraich Marian, cyn ysgafned ag aderyn.

'Helo,' mae hi'n dweud, yn syml, gan droi i fynd i mewn i'w hystafell, yn arwyddo i Marian ei dilyn. Mae hi'n eistedd ar ei gwely, ac mae Marian yn eistedd yn y gadair wrth ei hymyl.

'Wel? Sut 'dech chi erbyn rŵan Rhiannon?' mae'n gofyn, yn dyner.

'Ydech chi'n meddwl ei fod o'n oer? 'Dw i wedi bod yn poeni 'dech chi'n gweld. Poeni, hwyrach ei fod o'n oer?'

Mae Marian yn gwgu, ac felly mae Rhiannon yn parhau.

'O'n i'n meddwl 'mod i 'di neud y peth iawn, 'dech chi'n gweld. Yn ei adel o. Huwcyn. Ei adel o yno, adre, efo'i nain a'i daid. I gadw golwg arno fo. Dyne o'dd y peth gore i neud, o'n i'n siŵr. Ond wedyn, pan es i i fyny yne, a gweld y dŵr, lot o ddŵr. Lot fawr iawn o ddŵr ... ac mi o'dd o'n edrych mor oer. Y dŵr.'

'Rhiannon, dylech chi drio meddwl am bethe eraill hwyrach a ...' ond fel daw'r geiriau o'i cheg, mae Marian yn sylweddoli mor ofer yw unrhyw ymdrech i newid cyfeiriad meddwl y ddynes fregus, glwyfedig o'i blaen.

Edrycha Rhiannon arni yn garedig – bron â chyd-ymdeimlad.

'Am be arall fedra i feddwl, Marian? 'Sgenna i'm byd arall

ar ôl. Dim cartre. Dim plwy. Dim ffor' o fyw. Dim hanes. 'Sgenna i'm hyd yn oed gŵr bellach.' Yna mae hi'n edrych i lawr ar ei dwylo, yn cofio. 'Mae genna i hwn,' a gyda hynny mae hi'n agor cledr ei llaw, ac yn dangos i Marian. 'Massey Ferguson 35, ylwch.'

Mae Rhiannon yn astudio'r tegan am eiliad, cyn dechrau ei droi yn ei llaw eto, yn fyfyriol, ac yna dechreua ganu yn dawel:

> 'I luna blentyn, nid oes yma
> Ddim i roddi iti fraw;
> Gwena'n dawel yn fy mynwes
> Ar yr engyl gwynion draw ...'

Ac mae Marian yn sylweddoli: mae meddyliau Rhiannon druan ar goll yn rhywle yng ngwaelod Llyn Celyn, efo'i mab, a'i rhieni – a'i hunaniaeth. Yn dragywydd.

*　　*　　*　　*

Mae hi'n glawio.

Glaw. Diferion.

O flwyddyn i flwyddyn, o ddegawd i ddegawd, o ganrif i ganrif, yn gollwng o'r nefoedd fel glaw neu wlith, cenllysg neu eira, yn llenwi llynnoedd, afonydd, ffrydiau, nentydd, ffynhonnau, yn codi a gostwng ym moroedd y ddaear, ac yna'n anweddu, tarthu, ac ageru i'r entrychion unwaith eto, gan ddisgyn drachefn, mewn cylch tragwyddol, i fwydo, dyfrio, golchi, a boddi.

Cylch tragwyddol.

Ac felly, fwy na hanner canrif ers boddi Capel Celyn, mae'r glaw yn disgyn o hyd: yn y tywyllwch, yn ddyfal, i bob cyfeiriad, allan yn y wlad, ac yn y trefi a'r dinasoedd hefyd.

Pa syndod – yng Nghymru fach? Gwlad y gân, cennin Pedr, rygbi, glo, cocos, yr Eisteddfod, Dewi Sant, bara brith, bara lawr, pice bach, llechi, lobsgóws, cawl, Lloyd George, Dylan Thomas, Nye Bevan, glaw, glaw, glaw – a Thryweryn.

A beth am Dryweryn? Pan fydd y glaw yn dawnsio ar wyneb oer Llyn Lladron, fel y'i gelwir erbyn hyn, tybed oes yna leisiau hefyd i'w clywed yn nofio ar y gwynt sydd yn dal i chwythu drwy'r cwm?

'I'd do it again today Dai, but we should have two and a half million people up there. It would never have happened if the people had got together at the start.'

'Mater o reidrwydd oedd mynd i Dryweryn. Mater o godi ar ein traed, a sefyll fel dynion, yn lle byw ar ein gliniau.'

'Ewch â'ch baneri i Dryweryn.'

'Forget students, you need soldiers.'

'Please Liverpool, be a big city, not a big bully.'

A beth am y Ddinas Lwyd?

Fwy na hanner canrif yn ddiweddarach, mae Dinas Lerpwl a'i chyffiniau yn defnyddio llai na hanner can miliwn o alwyni o ddŵr y dydd: hynny yw, llai na'r cyflenwad o hanner can miliwn o alwyni'r dydd yr oedd y ddinas eisoes yn ei dderbyn, o gronfa Efyrnwy, ym 1956, cyn iddi gyffwrdd â modfedd o diroedd Cwm Celyn.

Felly. Oedd angen y gronfa o gwbl? Oedd boddi Cwm Celyn yn gwbl ddianghenraid?

A oedd methiant y trigolion, y gwleidyddion a'r cenedlaetholwyr i amddiffyn y cwm yn ergyd greulon i ymdrechion y genedl i warchod ei hetifeddiaeth, neu ai eu hymdrechion a'u rhwystredigaethau a'u dadleuon nhw esgorodd ar yr ewyllys bendant i fynegi Cymreictod gydag egni a oedd wedi diflannu ers canrifoedd? Ai yn Nhryweryn y cychwynnodd y daith a arweiniodd, o'r diwedd, at Lywodraeth Cynulliad Cymru, Senedd Caerdydd, gan osod carreg filltir yn natblygiad deffroad cenedlaethol ein gwlad?

Carreg filltir, neu garreg fedd?

Mae hi'n dawel iawn yng Nghwm Celyn.

Cwm Celyn, lle daeth estroniaid i adeiladu wal o gerrig, â swnd, a chlai, a graean: swnd ein bro, cerrig ein cartrefi. I Gwm Celyn daeth estroniaid i feddiannu a boddi tir: tir ein cyndeidiau, tir ein plant. I Gwm Celyn daeth grym y mawrion i sathru a chwalu hawliau'r bychain, gan argáu bywyd, traddodiad a diwylliant, ac ailgladdu ein meirwon, o dan goncrit. I Gwm Celyn daeth grym a chwant i oroesi, a chronni gobeithion, breuddwydion, hiraeth, dyfodol a dagrau cymdeithas y tu ôl i'w bared oer.

Pared fel beddfaen.

Beth sydd yn nofio ar wyneb y dŵr yng Nghelyn heddiw?

Gwarth? Llwfrdra? Difaterwch? Aberth? Difrawder? Trais?

Oes yna leisiau yn parhau i ddiasbedain o amgylch llethrau Arennig Fawr ac Arennig Fach, a Mynydd Nodol?

Neu ydi'r cylch tragwyddol gwleidyddol yn parhau i droi hefyd, fel cylch yr hinsawdd, gan adael y werin a'r tlawd a'r gwan yn sefyll yn fud o hyd wrth borth y mawrion byddar?

Beth bynnag yw'r gwirionedd   heno, a phob nos, dŵr oer fydd yn cysgu yn Nhryweryn.

Yn dragywydd.